L'AFFAIRE BRIEN

MICHELINE DALPÉ

Roman

Graphisme :
Chantal Morisset

Couverture :
Jessica Papineau-Lapierre

Révision, correction :
Fleur Neesham

Photographie de la couverture :
ShutterStock

Dépôt légal : 1er trimestre 2012
Bibliothèque et Archives nationales du Québec
Bibliothèque nationale du Canada

Imprimé au Canada

ISBN : 978-2-89690-285-9

Micheline Dalpé

L'affaire Brien

23 mars 1834

Les Éditions
Coup d'œil

DE LA MÊME AUTEURE

Les Batissette, roman, Éditions Au Pied de la Lettre, 1998.

Charles à Moïse à Batissette, roman, Éditions Au Pied de la Lettre, 1999.

La fille du sacristain, roman, Éditions Au Pied de la Lettre, 2002 (réédition Les Éditions Coup d'œil, 2012).

Joséphine Jobé, Mendiante T. 1, roman, Éditions Au Pied de la Lettre, 2003 (réédition Les Éditions Coup d'œil, 2012).

La chambre en mansarde, Mendiante T. 2, roman, Éditions Au Pied de la Lettre, 2005 (réédition Les Éditions Coup d'œil, 2012).

L'affaire Brien, 23 mars 1834, roman, Éditions Au Pied de la Lettre, 2007 (réédition Les Éditions Coup d'œil, 2012).

Marie Labasque, roman, Éditions Au Pied de la Lettre, 2008.

À Marie.

PROLOGUE

L'Assomption, 1819

Chez les Brien, les volets verts étaient clos.

Tout le monde dormait paisiblement dans la modeste maison de pierre quand une ombre furtive surgie de la nuit déposa un objet sur le perron et s'évapora dans la brume d'un petit matin de l'été indien.

Dans la cuisine, Louis-Michel Brien déposait devant sa chaise deux gros sabots en bois blanc qu'il secoua l'un sur l'autre. Quelques fétus de paille échappés descendaient lentement en hélices sur le plancher. Louis-Michel se chaussa en prenant tout son temps puis il se leva et ouvrit les persiennes.

À l'horizon, le soleil se levait sur le bout des pieds tandis que, sous l'appentis adossé à l'étable, les vaches meuglaient, impatientes qu'on soulage leurs pis lourds de lait.

Louis-Michel Brien sortit en fredonnant le *Kyrie éleison* comme prière du matin quand, sur le perron, un vulgaire panier attira son attention. L'homme coupa net à son psaume. Un peu étonné, il prit la corbeille et la déposa sans précaution sur la table de cuisine.

— Regarde, Geneviève, ce que je viens de trouver sur le pas de la porte.

La femme s'approcha et se pencha au-dessus de la manne d'osier. Le linge bougeait. Elle eut un léger recul.

– Encore des chatons!

Au besoin, les villageois utilisaient ce moyen commun dans le but de se débarrasser d'une portée de chats encombrante. Geneviève écarta la pièce de tissu à l'extrémité droite, au-dessus d'un renflement qui semblait être une tête. Elle découvrit une adorable figure ronde et rose. Le nouveau-né bâillait aux anges.

La femme figea sur place, comme frappée par la foudre, le regard rempli à la fois de tendresse et de déception.

– Eh ben! Tu vois ça, Louis-Michel, un nouveau-né! Quelle affaire! Maintenant, on se débarrasse d'un bébé comme d'un chat.

Louis-Michel étira le cou. Les enfants des autres l'avaient toujours laissé indifférent, toutefois, celui-ci piquait sa curiosité. L'homme observait le petit survenant, comme un phénomène étrange. Et comme sa femme, il se demandait d'où venait ce nourrisson et qui avait bien pu le déposer à sa porte.

Geneviève restait là, à regarder le joli poupon, ne sachant qu'en faire.

– Mais pourquoi avoir déposé un enfant à notre porte quand nous en avons déjà sept?

Louis-Michel caressait sa moustache tout en analysant la situation, puis il trancha la question:

– Après le train, je vais atteler et on ira le porter au curé.

Il tourna les talons et fila à l'étable.

Restée seule dans la cuisine silencieuse, Geneviève passait par toute une gamme d'émotions. «Le porter au curé!» Après tout, n'était-ce pas la meilleure solution?

* * *

Trente ans plus tôt, Louis-Michel Brien avait épousé Geneviève Quennel, une fille de fermier. Dans le rang du Haut-de-L'Assomption, le couple et leurs enfants vivaient un bonheur tranquille. Les trois aînés étaient déjà installés : Marie, mariée, Thélis, prêtre, et Jean-Baptiste, cultivateur à Saint-Jacques. À la maison restaient Sophie, Isabelle, Raymond et Olivier.

* * *

Geneviève, atterrée et émue à la fois, caressait les doigts fragiles. Cet enfant était sûrement le fruit d'un amour défendu. Et sans doute s'en était-on débarrassé en vitesse avant que la pauvre mère s'acharne à vouloir le garder. On avait dû lui arracher le cœur en lui enlevant son petit. Cette pensée attristait Geneviève.

Elle démaillota le bébé, l'examina attentivement, puis chercha dans le panier un indice qui puisse la mettre sur une piste, que ce soit une lettre, une médaille, un message, un nom. Rien! Le nourrisson était nu sous une serviette bleue mouillée d'urine. C'était un garçon. Il venait à peine de naître. On n'avait même pas pris le temps de le laver; son nombril montrait des marques de sang frais.

Dans la grande cuisine, le vieux poêle en fonte portait constamment une bouillotte d'eau sur son gros ventre. On appelait ce récipient «le canard» parce qu'il ressemblait à cet oiseau avec son bec avancé.L'eau du canard bouillait tranquillement avec un ronron de satisfaction. Geneviève en versa une petite quantité dans le bol à main granité, y ajouta scrupuleusement un peu d'eau froide, puis elle mesura la température en y trempant un coude. Elle ouvrit toute grande la porte du four et déposa la bassine dessus. Là, tout contre le fourneau, le nouveau-né se sentirait bien au chaud. La femme approcha une chaise, allongea le petit être en travers de ses genoux et entama sa toilette.

Des pas légers trottinaient à l'étage. Geneviève leva les yeux.

D'une minute à l'autre, les filles allaient descendre et la mitrailler de questions épineuses, voire embarrassantes sur l'arrivée soudaine de ce bébé.

Geneviève se hâta, tout en prenant bien soin de recouvrir, au fur et à mesure, chaque partie lavée du petit corps afin de lui conserver sa chaleur. Comme elle se sentait maladroite; depuis Olivier, elle avait perdu le tour de manipuler un nouveau-né. Ce petit être lui semblait si étranger. Toutefois, les gestes posés lui rappelaient la naissance de ses propres enfants. Heureusement, le nourrisson s'abandonnait mollement à ses soins, sans échapper un cri. Le pauvre se trouvait à la merci de qui voulait bien s'en occuper. Geneviève se demandait quel avenir l'attendait.

Isabelle et Sophie apparurent au haut de l'escalier. Quelle ne fut pas leur surprise en apercevant le bébé!

Geneviève enroula vivement le petit être dans son tablier de grosse toile et, comme elle s'y attendait, les filles s'approchèrent et s'accroupirent près du poêle sur leurs talons nus. Elles exigeaient des explications, des justifications à savoir d'où provenait cet enfant.

Geneviève se sentait torturée par leur curiosité. Le problème des naissances était un sujet à éviter et, pis encore, celui des filles-mères. Il était donc hors de question qu'elle fasse part de ses suppositions aux adolescentes. Elle découragea toute nouvelle attaque, en répondant d'un ton sec :

– Je ne sais pas ! Votre père l'a trouvé sur le perron. Dépêchez-vous de déjeuner ; l'ouvrage vous attend.

Isabelle et Sophie restaient sur place, en pâmoison devant l'enfant. Le nourrisson éveillait chez les adolescentes leur sens maternel. Geneviève se leva et de sa main libre, elle vida le bassin d'eau dans l'évier. Elle essuya ses doigts mouillés au rouleau à main et pendit sa serviette à sécher sur une corde fine qui courait au-dessus du poêle.

– N'y a-t-il pas dans cette maison un bout de tissu quelconque qui puisse servir de lange ? Allez ! Trouvez-moi quelque chose pour envelopper ce petit.

Les adolescentes ne trouvèrent rien ; ni layette de bébé, ni bouteille pour nourrir un enfant. Déjà, le bébé mangeait son poing avidement et faisait entendre un bruit de succion qui amusait les filles.

Geneviève pensa à une famille amie dont la femme était une parente éloignée. Les Chévaudier habitaient quelques fermes plus loin. Blandine avait des enfants en bas âge ; peut-être pourrait-elle parer au plus urgent ?

C'est ce que Geneviève espérait tout en emmaillotant le nourrisson dans une taie d'oreiller qu'elle recouvrit d'un châle d'étoffe.

— Les filles, occupez-vous du déjeuner et de la vaisselle. Vous direz à votre père que je reviens dans la minute.

— Où allez-vous, comme ça ? s'informa Isabelle.

Geneviève ne répondit pas. Elle sortit en emportant le bébé. Enfin libérée des filles, sa pensée se tourna de nouveau sur l'enfant qui pesait léger sur son bras. « Il commence bien mal sa vie ; sans parents, sans vêtements », pensait Geneviève en se rendant chez Blandine.

Elle allait à vauvent, à longs pas élastiques et, tout en marchant, elle sentait le petit cœur aux pulsations rapides cogner sur le sien et la chair chaude du bébé s'incarner sur son ventre. Quelque chose d'intense se passait entre Geneviève et le nourrisson, quelque chose qui réveillait en elle une sensation vive, et ce fut comme si ce contact créait un lien maternel et lui apportait un regain de jeunesse.

La nature chantait. Le soleil prenait possession de la campagne. Il réchauffait les cailloux et pâlissait le ciel. Geneviève entendait la galopade d'un poulain dans les prés verts. La bête ne manquait pas d'espace ; les champs s'étendaient à perte de vue. Et dire que dans cette vastitude, on refusait à un enfant une toute petite place où planter ses racines.

Chez les Chévaudier, un groupe de paysans discutaient et gesticulaient devant l'étable. Geneviève passa tout près, les ignora et monta au perron. Blandine ne lui laissa pas le temps de frapper. La porte s'ouvrit toute grande devant elle. Blandine souriait comme une femme heureuse.

– Entrez donc !

– Je vais entrer une seconde, mais seulement une seconde, pas plus ! Ce n'est pas une heure pour arriver chez le monde.

Des enfants couraient en tout sens dans la cuisine. Blandine leur cria :

– Cessez votre tapage et allez jouer dehors. On ne s'entend pas parler dans cette maison.

Le silence rétabli, la femme avança une chaise à sa visiteuse.

– Je me demandais qui venait à si grands pas sur le chemin. Vous êtes donc ben matineuse aujourd'hui.

Soudain, Blandine, étonnée, plissa les yeux.

– Mais voulez-vous ben me dire ce que vous traînez là ?

– Vous ne me croirez pas : un enfant trouvé.

Geneviève déposa son fardeau sur la table et Blandine pencha son grand corps au-dessus.

– Quel beau bébé ! Et si délicat. Moi, ça me revire à l'envers de voir ces petits anges abandonnés et la plupart du temps malmenés.

Geneviève en vint au fait.

– J'aurais besoin de quelques effets. Quand Marie a eu son premier, je me suis débarrassée de tout : couches, berceau, vêtements, bouteilles. Tantôt, on va aller porter le petit au curé pour qu'il lui trouve une famille et je me vois mal lui remettre un enfant affamé et à moitié vêtu.

Blandine se raidit, comme si elle avait reçu une gifle en pleine figure.

– Vous ne le garderez pas ?

– Pas question ! J'ai élevé ma famille ; fini pour moi les bébés.

Blandine ajouta :

– Si je n'en avais pas dix, je vous dirais : laissez-le-moi.

Geneviève sentait un blâme peser sur elle. Sa cousine devait la trouver sans-cœur et avec raison.

– Ma famille est presque élevée. J'ai passé l'âge des couches et des nuits blanches. Je me demande quand même ce que va devenir cet enfant. Vous savez, quand on trouve un petit être sans défense à notre porte, on se sent les seuls responsables ; un peu comme celui qui trouve un magot et qui craint que le propriétaire revendique son bien. Mais hélas, Louis-Michel et moi, on n'a plus la jeunesse. Et je doute fort qu'on réclame cet enfant. Ceux qui l'ont déposé chez nous ont fait une erreur. Et puis là, j'ai beau chercher qui est la mère, éplucher la paroisse au complet, je ne peux même pas soupçonner qui elle est.

– Ça vous avancerait à quoi de connaître son nom ? Si elle s'est débarrassée de son enfant, la pauvre fille n'a sûrement pas l'intention de le reprendre.

– Vous avez ben raison. C'est par simple curiosité. Je trouvais normal de vouloir connaître les origines du petit.

Geneviève sentait Blandine très nerveuse. Excitée, anxieuse, cette dernière parlait pour deux, cherchait des couches et des biberons quand ceux-ci étaient à portée de sa main. Elle offrit aussi une brassière de bébé en toile, un gilet et un bonnet en tricot blanc.

– Vous pourrez tout garder si ça vous va.

– Vous me tirez une épine du pied, Blandine. Comme ça, vous ne voyez pas d'inconvénient à ce que je laisse ce *butin* à la famille adoptive?

– Prenez! Ce petit est dans le besoin. Et puis le bon Dieu me le rendra.

Geneviève ne reconnaissait pas l'attitude de Blandine. Celle-là, la générosité ne l'avait jamais étouffée. Geneviève tenta de faire un rapprochement entre Blandine et l'enfant, mais rien ne laissait poindre l'ombre d'un doute. Charlotte, l'aînée des filles Chévaudier, n'avait pas plus de douze ans. Elle était un peu développée pour son âge, mais elle n'était tout de même qu'une enfant.

– Vos grands garçons ne sont pas là?

– Ils viennent tout juste de monter au bout de la terre, arracher la moutarde sauvage qui infeste les champs de blé.

– Et votre Charlotte aussi?

– Non! Charlotte est partie donner un coup de main à ma sœur qui devrait accoucher d'un jour à l'autre. Après la naissance, elle passera quelques jours là-bas pour les relevailles d'Élisabeth. Dites donc, vous parliez d'aller au village tantôt; si ça ne vous dérange pas de m'amener, j'aurais une commission là-bas.

– On s'en fera un plaisir. Louis-Michel n'aura qu'à atteler sa jument à la voiture à deux sièges. Si on peut vous rendre vos politesses; regardez, je repars d'ici les bras chargés de vos bienfaits. On passera vous prendre dans une couple d'heures.

– Vous avez tout ce qu'il faut là, hein, les couches et tout? N'oubliez surtout pas de couper le lait du petit avec de l'eau bouillie.

Geneviève quitta la maison, le bébé sur un bras, les petits effets sous l'autre. « Si la journée peut finir, se dit-elle, bouleversée, je n'ai plus l'âge des grosses émotions. »

* * *

L'attelage filait vers le village. Tout le temps du trajet qui les menait chez le curé, les passagers parlaient peu. La pensée de Geneviève s'attardait au sort du petit enfant qui dormait dans ses bras, qui attendait tout de la vie et qui méritait, au même titre que les siens, d'être choyé. Et voilà qu'elle s'apprêtait à le refiler à d'autres, comme on refile une vilaine grippe. Geneviève avait le cœur sur le bord des lèvres. Allait-elle regretter son geste ? Isabelle et Sophie avaient insisté pour le garder, mais une fois les filles parties, Geneviève se retrouverait seule à élever l'enfant. Et puis Louis-Michel avait décidé de le porter au curé. Il revenait au chef de famille de trancher toute décision importante.

Sur la presqu'île, de longues rues se croisaient amoureusement pour ensuite se bouder et se séparer un peu plus loin. Les maisons serrées formaient une file interminable. Louis-Michel s'informa auprès de sa passagère :

– Où dois-je vous déposer, Madame Blandine ?

– Oh, vous savez, pour moi, il n'y a rien qui presse. Je ne veux rien changer à vos projets. Vous pouvez passer chez le curé, comme entendu.

Arrivés au presbytère, les Brien descendirent de voiture et Blandine les suivit au pas, ce qui surprit un peu Geneviève qui se sentait talonnée et espionnée. Mais comme elle n'avait rien à cacher, elle ne s'offusqua pas davantage. Après tout, cet enfant trouvé pouvait bien éveiller la curiosité ; il ne lui appartenait pas en propre.

Le curé Jean-Joseph Roy précéda les visiteurs dans l'office. Il tassa la paperasse qui encombrait le secrétaire pour libérer un espace où déposer le nouveau-né. Geneviève marqua une hésitation avant de rendre l'enfant. C'était toute une vie qu'elle allait livrer comme une marchandise. Un petit être que personne encore n'avait embrassé. Geneviève ne voulait pas permettre à l'enfant de s'accrocher et de créer des liens pour les briser aussitôt. Si tout le monde le maternait, l'enfant ne saurait plus différencier qui était sa mère. C'était à cette dernière que revenaient les premières tendresses.

– Ce bébé a été abandonné à notre porte la nuit dernière. Nous avons pensé que vous pourriez lui trouver des parents adoptifs, en espérant évidemment qu'il tombe sur quelqu'un de bien.

Le curé Roy semblait réfléchir. Il invita les arrivants à s'asseoir. Il s'informa de la famille de Louis-Michel, du nombre d'enfants qui vivaient encore à la maison. Geneviève le voyait venir. Le curé devait penser : « un de plus ou un de moins », quand subitement, le prêtre leva les bras au ciel et s'écria :

– Mais, cet enfant est un cadeau du ciel et un cadeau du ciel ne se refuse pas. Le rejeter risquerait de vous attirer les foudres de Dieu. Et puis, quand on a déjà une famille, ce n'est pas un de plus qui fait la différence.

Geneviève, hébétée, ne savait que dire. Il y eut un silence meublé de crainte, une crainte vague, mal définie.

Si seulement elle avait discuté plus longuement avec Louis-Michel et surtout, si elle avait eu quelques années de moins : elle n'aurait pas hésité une seconde à garder le nourrisson. Élever un enfant était une énorme responsabilité qui n'avait plus de fin et puis, ils en avaient déjà sept.

— Avant de prendre une telle décision, nous avons besoin de réflexion.

— Je vois, je vois ! Prenez quelques jours pour mûrir votre décision. Toutefois, il faut baptiser cet enfant au plus tôt. Puisque vous êtes là, je peux le faire tout de suite, si vous le désirez. Madame Chévaudier accepterait peut-être de servir de marraine et, comme je connais mon sacristain, il ne refusera pas le rôle de parrain.

— Ces responsabilités ne reviendraient-elles pas plutôt aux parents adoptifs ? Ce serait à eux de donner un nom de leur choix à leur enfant et ils aimeraient sans doute choisir les parrains.

Geneviève s'entêtait. Pourtant, la seule pensée de se défaire de cet enfant lui faisait mal. Elle s'inquiétait pour ce petit être qui lui appartenait un peu. Et de son côté, le curé revenait à l'attaque, comme s'il l'entendait penser :

— Si l'enfant a été déposé à votre porte, c'est qu'on vous a choisis comme responsables et qu'on vous croit dignes de confiance. Cette marque d'estime est tout à votre honneur.

Geneviève interrogea Louis-Michel du regard. Celui-ci secoua les épaules. Il laissait à sa femme le soin de prendre la décision. C'était à elle que reviendrait la charge d'élever un huitième enfant. Toutefois, Geneviève n'arrivait pas à dire ni oui ni non.

– Peut-être qu'un couple sans enfant serait ravi de le prendre ?

– Cet enfant attirera la bénédiction de Dieu sur votre foyer, reprit le curé. Le Seigneur a dit : « Ce que vous faites au plus petit d'entre les miens, c'est à moi-même que vous le faites.» Qui sait si, plus tard, cet enfant ne sera pas votre bâton de vieillesse ? Trouvez-lui un nom et suivez-moi aux fonds baptismaux.

– Vous me prenez au dépourvu, Monsieur le Curé. Trouver un nom, comme ça, d'un coup pour un enfant étranger... Tenez, on pourrait peut-être le nommer Joseph, c'est le nom que portent tous les garçons.

– Ça va pour Joseph Brien, ajouta le prêtre.

Louis-Michel intervint aussitôt :

– Je suis ben prêt à le prendre en élève, à lui prêter un toit, mais de là à l'adopter... J'ai déjà ma famille. Trouvez-lui un autre nom.

Le curé hébété leva sa plume et attendit, le regard grave, presque menaçant. Il acceptait mal d'être contrarié par le petit peuple.

Au dix-neuvième siècle, la soutane et le col romain conféraient la plus haute dignité. C'était le curé qui tenait les ficelles ; les hommes le respectaient, les femmes le craignaient. Mais cette fois, l'occasion était trop belle pour Louis-Michel d'annuler la partie qui se disputait entre eux.

– Alors, nommez-le Joseph Roy !

En entendant son nom, le curé Roy dévisagea Louis-Michel un moment. Une grimace manifestait son mécontentement. Le prêtre redoutait que ses paroissiens le soupçonnent bassement d'être mêlé de près à cette naissance.

— Voilà bien des simagrées. Peut-être Perreault, proposa le curé.

— Non! rétorqua Louis-Michel, il existe déjà un Joseph Perreault qui est notre deuxième voisin.

Blandine, restée silencieuse depuis le début de l'entretien, intervint :

— Vous pouvez le nommer Chévaudier, ça ne me dérangerait pas, vous savez, que le petit porte notre nom de famille. Après tout, un nom ou un autre, qu'est-ce que ça change ?

Le curé Roy baptisa donc Joseph Chévaudier dit Lépine, né de parents inconnus.

— Maintenant, vous pouvez disposer. Allez en paix et bonne chance avec l'enfant.

Louis-Michel serra la main du curé. À ses côtés, Geneviève portait toujours le nouveau-né dans ses bras.

— On n'a encore rien promis, Monsieur le Curé. On ramène le bébé à la maison, le temps de réfléchir à ce qu'on en fera. De votre côté, si vous trouvez des intéressés…

À la sortie de l'église, le clocher émit un bref tintement. Les cloches sonnaient peu pour les gens de petite souche, juste assez pour avertir les paroissiens d'un baptême.

De la rue, on pouvait voir des faces curieuses à toutes les fenêtres.

Même si la démarche ne lui plaisait pas, Geneviève pria Louis-Michel de la conduire chez le docteur Cazeneuve. Louis-Michel s'étonna.

— Cet enfant n'est pas en bonne santé ?

– Mais oui ! Je veux juste lui demander quelle fille il a bien pu accoucher la nuit dernière.

Blandine les talonnait toujours. Cette fois, elle n'entra pas dans le bureau du médecin. Elle se tenait immobile devant la fenêtre, comme indifférente à ce qui se passait de l'autre côté du mur, mais sitôt la porte refermée sur Louis-Michel et Geneviève, elle s'empressa d'y coller l'oreille.

Le docteur Cazeneuve se renversa dans son fauteuil, poussa un soupir et rétorqua :

– Le médecin est tenu au silence par le secret professionnel. Vous me comprenez bien ?

– Je veux ben, mais les gens de la place vont supposer que ce bébé est l'enfant d'une de mes filles. À quinze et seize ans, Isabelle et Sophie seront sans doute pointées du doigt et peut-être traitées de filles faciles ou encore de traînées.

Le docteur Cazeneuve n'argumenta pas. Il ne s'intéressait qu'à la santé de l'enfant Il prodigua ses bons conseils à Geneviève. Il lui recommanda d'ajouter quelques gouttes de vitamines au lait de vache.

Avant de reprendre le chemin du retour, Geneviève passa chez le marchand acheter quelques vêtements de bébé indispensables, une brosse à bouteilles et des biberons.

Finalement, Blandine se fit conduire chez sa sœur qui demeurait dans le Point-du-Jour-Nord.

– Je vous remercie ben gros. Je me trouverai une autre occasion pour retourner à la maison.

Sitôt Blandine descendue de voiture, Louis-Michel sema un nouveau doute dans l'esprit de Geneviève.

– Qu'est-ce qui la met tant en gaieté, celle-là ?

– T'as remarqué toi aussi ? Veux-tu insinuer que Blandine en saurait plus long que nous sur cette naissance ? Je l'ai trouvée drôlement intéressée au sort du petit Joseph. Mais si Blandine était liée de quelque façon à cet enfant, elle n'aurait pas été jusqu'à proposer son nom. Ç'aurait été la dernière chose à faire.

– Comment savoir ?

– Maintenant, il va falloir montrer nos filles en public si on veut garder leur réputation intacte.

I

L'Assomption, 1832

Treize ans passèrent. Entre temps, l'abbé François Labelle avait remplacé le curé partant, Jean-Joseph Roy. Chez les Brien, Sophie et Isabelle s'étaient mariées. À la maison restaient encore Raymond, Olivier et le petit Joseph. Ce dernier demeurait toujours chez les Brien où on lui laissait une grande liberté.

Le dimanche, on laissait reposer les bêtes et on permettait aux récoltes de pousser en paix. Les colons ne s'arrêtaient pas pour autant. Pour eux, c'était jour de prières et de promenades.

Debout dans son cabriolet rutilant, Raymond Brien commandait sa jument, une belle petite bête de taille fine et nerveuse à poil luisant.

La veille, Joseph Perreault, son proche voisin, avait sollicité un voiturage pour sa fille et Raymond avait accepté de bonne grâce.

De la cuisine, Domitille surveillait le chemin. En apercevant la voiture à deux places, d'un coup d'œil rapide, elle s'assura que rien ne lui manquait : missel, chapelet, mouchoir. Elle sortit.

L'élégante calèche à capote mobile était si haute sur ses roues de bois que Raymond dut tendre une main à la jeune fille pour l'aider à monter. Sitôt sa passagère bien assise, Raymond retira son petit canotier de paille, qu'il portait négligemment juché sur le faîte de la tête, et le posa sur son genou. Aussitôt, le fouet claqua sec, sonore, brutal. La pouliche s'élança brusquement sur l'étroit chemin gravillonné. Domitille dut s'accrocher solidement au dossier de la banquette pour ne pas être soulevée de la voiture.

– Qu'est-ce qui vous presse tant ?

Raymond ne répondit pas. C'était pourtant vrai : qu'est-ce qui le pressait ? Aujourd'hui, il n'entrait pas en compétition avec les jeunes de son rang ; il n'avait pas à prouver que sa bête était la plus rapide. La petite Domitille Perreault, assise à ses côtés, serait-elle plus sage que lui ?

Domitille observait discrètement le garçon. Raymond regardait au loin, ce qui permit à Domitille d'admirer ses cheveux châtains, tirés sur ses tempes, sa peau que le vent et le soleil des champs avaient tannée, ses yeux transparents, son air tranquille.

Elle connaissait Raymond depuis toujours. Il était né dans le même rang, à trois arpents de chez elle. Les familles Brien et Perreault vivaient en bon voisinage. Ils échangeaient régulièrement du temps et des services entre eux, soit pour le travail aux champs, soit pour les commissions. Ils participaient aussi à toutes les festivités, et celles-ci étaient nombreuses parce que, dans cette campagne, tout était sujet à fêter.

Pourtant, ce jour-là, ce fut comme si Domitille voyait Raymond pour la première fois. Un air distingué se dégageait de sa personne. Il se tenait bien droit dans sa redingote du même gris que ses yeux. Domitille découvrait une certaine audace et une gaieté dans son regard. Raymond était loin du moissonneur qu'elle avait vu maintes fois manier la faux et la ramassette. Mais qu'est-ce qui se passait donc de particulier ce matin pour que la jeune fille voie Raymond sous un autre jour? Elle se ressaisit et regarda droit devant elle. Une bonne différence d'âge les séparait, ce qui réfrénait un peu ses élans et calmait son enthousiasme. Elle le regarda de nouveau. Le garçon n'était pas jasant. À quoi pouvait-il bien penser? Domitille aurait bien aimé entendre quelque chose, même banal. Il pourrait se forcer à parler, dire n'importe quoi, lui démontrer un certain intérêt. Et si elle prenait l'initiative? Que dire à un garçon qui puisse l'intéresser? Lui parler de la ferme? Elle osa.

– Cette année, le grain a une belle pousse.

Raymond regardait droit devant lui.

– Vous avez une belle pouliche, renchérit Domitille, un peu audacieuse.

Raymond restait silencieux. Comme ce n'était pas une question, il n'avait pas à répondre.

Elle lui jeta un regard et, l'espace d'un instant, leurs yeux se croisèrent. La jeune fille détourna discrètement la vue.

Habituellement, en route vers l'église, Domitille et ses sœurs s'amusaient à compter les voitures, les maisons. Les fillettes bavardaient comme des pies pour tuer le temps et ainsi raccourcir l'interminable chemin. Aujourd'hui, ces bavardages bien anodins lui semblaient dépassés. Domitille aurait préféré converser avec Raymond, jaser en adultes, mais Raymond devait la trouver un peu jeune pour s'y intéresser ou peut-être trop moche. Elle renonça à lui arracher de force une conversation.

L'attelage s'engageait sur le pont et Raymond n'avait pas encore ouvert la bouche. Subitement, la jeune fille échappa un petit cri étouffé. Elle jucha les pieds sur la banquette et s'accrocha des mains au dossier. Les yeux agrandis par la peur, elle murmura :

— Il y a une bête sous le siège, quelque chose a bougé.

Puis elle figea en retenant son souffle.

Raymond, à son plus calme, mena son attelage sur la chaussée pour céder le passage aux autres voitures. Il sauta de son cabriolet, souleva lentement une espèce de tablier de cuir noir qui voilait le dessous du siège et vit le petit Joseph Chévaudier, recroquevillé sur lui-même, les genoux au menton, l'air effarouché.

— Ah ben, toi, s'exclama-t-il indigné, sors de là tout de suite et file !

D'un geste vif, Raymond attrapa le gamin par son fond de culotte et le précipita au bas de la voiture.

D'un pied rageur, le petit Joseph frappa un caillou qu'il propulsa une trentaine de pieds plus loin. Mais ses colères ne duraient pas parce que ce gamin éprouvait peu de sentiments et de ressentiments. Abandonné sur la route, il cheminait seul d'un pas égal vers le village. À pied, il en aurait pour une bonne heure. Il fallait le voir aller : la chemise ouverte, les lacets détachés, sautant sur un pied et sur l'autre, les bras écartés. Il sifflait comme un merle. Où trouvait-il sa joie ?

Domitille, rassurée, sourit.

– Si j'avais pu deviner que c'était le petit Joseph, je n'aurais pas dit un mot. Maintenant, le gamin est condamné à marcher jusqu'au village, et ce, par ma faute.

Tout le monde connaissait Chévaudier, même Domitille. Il était le presque frère de Raymond. On le nommait le petit Joseph ou encore, l'engagé des Brien. À treize ans, il en paraissait onze. Ce garçon, sans méchanceté, insatiable et curieux, pénétrait partout sans y être invité. Il passait le plus clair de son temps à galvauder dans le rang. Il s'introduisait en cachette chez les voisins et on ne s'étonnait plus de le voir s'échapper des hangars et des granges. Comme il ne dépouillait personne de ses biens, les colons n'en faisaient que peu de cas. On lui administrait parfois quelques coups de pied au derrière bien mérités, surtout quand on le surprenait à écouter aux portes des maisons. Le petit Joseph n'avait pas de parents en propre ; il appartenait, moitié aux Brien, moitié à tout le rang et, ne sachant pas d'où et de qui il venait, il vivait comme s'il était à la fois de partout et de nulle part.

Raymond n'eut qu'à toucher la pouliche de son fouet pour que celle-ci reprenne son erre d'aller.

Domitille se sentait soulevée dans la poussière et dans le vent de cette course folle. Elle posa une main sur son chapeau qui cherchait à s'envoler. Sur la banquette étroite, la cuisse de Raymond touchait la sienne. Domitille se déplaça, un peu gênée de l'effleurer à chaque cahot.

– À tant trotter, vous ne craignez pas que votre bête s'essouffle ?

Raymond sourit, les mains solidement accrochées aux rênes tendues.

– Vous parlez comme mon père. Quel âge avez-vous ? dit-il, en la toisant d'un œil peu enthousiaste.

– Quatorze ans, répondit-elle, sans se retourner.

Domitille venait de s'octroyer une année supplémentaire pour se mettre en valeur. Mais comme elle était grande pour son âge, elle pouvait bien risquer un petit mensonge.

– Et vous ?

– Vingt-deux !

Domitille vit ses yeux étonnés où se peignait un effarement comique. Elle balbutia :

– Qu'est-ce que vous avez ?

– Rien !

– Je vous ai vu rire, vous savez.

D'un coup de doigt rapide, Raymond bascula le petit chapeau de paille jaune et fixa la fille un moment, sans trouver une parole à répliquer.

Raymond devait deviner son âge réel et la considérer comme une enfant. Il ne se départait pas de son sourire railleur dont Domitille ne savait interpréter le sens. Elle afficha un désintérêt total en regardant droit devant elle.

Le cabriolet prit la rue Saint-Pierre qui menait à l'église. Les cloches sonnaient le quart d'heure. Comme il était un peu en avance, Raymond ralentit son attelage au pas.

Habituellement, Domitille prenait plaisir à parcourir cette distance et pourtant, ce matin, elle avait tout manqué du paysage, des belles maisons de pierre, de la fumée qui s'échappait des cheminées comme des petites sorcières blafardes, des marguerites qui s'allumaient le long des fossés, des attelages rutilants que Coquette, la pouliche, avec son erre d'aller, dépassait fièrement. Ce jour-là, ces petites attractions lui semblaient futiles. Durant tout le trajet, Raymond avait monopolisé ses pensées. Seul Raymond comptait.

C'était ce que Domitille pensait quand Raymond colla son cabriolet au parvis de l'église. Le garçon recoiffa son petit canotier bordé d'un liséré noir, sauta par terre et s'empressa de tendre une main à sa passagère pour l'aider à descendre. Domitille aurait préféré qu'il lui ouvre les bras. Elle se contenta d'avancer vers lui une main délicate et, légère comme une mouche, sauta par terre et se retrouva tout près de Raymond. Une odeur entêtante de lait chaud s'échappait de la chair du garçon, une douce odeur qui la faisait chavirer.

Raymond mena son attelage à l'écurie. Domitille secoua de la main sa robe saupoudrée d'une fine poussière de la route. Peu lui importait que le garçon lui échappât. Domitille n'avait pas à craindre qu'il la quittât ; elle était sa passagère et il devait la ramener à la maison. Elle causa un moment avec sa cousine Agathe, puis elle entra doucement dans le sanctuaire. Elle reconnut dans son dos le pas de Raymond sur le plancher de bois. Elle se rendit au banc des Perreault, lui au banc des Brien.

Tout le temps de la messe fut agréable parce que, pendant près d'une heure, Domitille rêva à ce que serait son avenir. Elle sursauta en entendant les gros sous tomber lourd dans l'assiette d'argent. Puis le rêve l'emporta de nouveau. La vie s'ouvrait devant elle et tous les espoirs lui étaient permis.

Au sortir de l'église, les paroissiens s'échappaient par les deux portails. Comme Domitille s'écartait de la foule, un garçon lui adressa un clin d'œil amusé. Domitille reconnut François à Jacques à Piton, un garçon du rang de La Savane. Elle détourna le regard.

La petite scène n'échappa pas à Raymond. Il tira Domitille par la main, comme s'il détenait une autorité sur elle. Ce geste amusait Domitille. De voir Raymond se prendre pour son père lui donnait l'impression de lui appartenir un peu. Elle le suivit, le pied léger, l'âme heureuse parce que la main de Raymond serrait légèrement la sienne et que la journée s'annonçait radieuse.

Pendant que les chevaux quittaient les écuries, Raymond l'entraînait, elle ne savait où. Mystère! Une sensation nouvelle s'ajoutait aux autres. Ils descendirent jusqu'à la rue Saint-Étienne, la rue des commerces, et marchèrent vers l'hôtel de Jimmy Wright.

Domitille pointa le doigt vers le ciel.

— Qui est ce drôle de bonhomme, là-haut?

Au-dessus des toits, on pouvait voir dépasser un soldat de bois à la culotte blanche, au gilet rouge et coiffé d'un chapeau bicorne noir tout blanchi par les fientes de pigeons. Il tenait une épée à la main. Ce drôle de personnage exigeait des explications. Raymond lui raconta:

— C'est le capitaine Prévost. Il y a de ça une bonne dizaine d'années, son régiment partait de l'hôtel de Jimmy Wright pour se rendre à la guerre de 1812. À leur retour, c'est aussi de ce lieu que les soldats retournaient à leur foyer. Un jour, ils rapportèrent un pin de la forêt et y sculptèrent leur chef. C'était un moyen de témoigner leur reconnaissance au capitaine en retour des loyaux traitements que leur avait prodigués le major.

Raymond entraîna la jeune fille à l'intérieur. Sous le porche, Domitille jubilait. Elle ne s'attendait pas à une pareille surprise. Raymond la conduisit dans une grande salle de réception qui ne comptait pas moins de vingt tables presque toutes occupées. Ça sentait bon les fritures. Domitille était-elle bien éveillée? En ce merveilleux dimanche matin, elle se retrouvait dans la salle à manger d'un charmant hôtel et en plus, avec un jeune homme de bonne famille qui éveillait chez elle des sentiments nouveaux.

Des clientes déjà installées dévisageaient cette jeune beauté aux yeux limpides et aux jambes longues qui s'avançait hésitante. Domitille entendit chuchoter dans son dos : « Qui est cette fille ? » À ces mots, elle se retourna et vit une dame retirer d'un décolleté profond un mouchoir de soie aux coins brodés.

Autour, quelques dames présentes portaient des robes en taffetas, aux énormes manches en bouillons qui bruissaient aux froissements des plis. Les unes préféraient des encolures montantes, d'autres, des échancrures osées. Que des tissus riches ornés de couleurs très chaudes et surchargés de broderies. Les hommes, raidis dans leur col empesé, préféraient les nœuds papillon aux cravates. Ils portaient des vestes de cachemire, droites, très peu ouvertes. Ces gens, d'un chic recherché, lui en mettaient plein la vue.

— D'où viennent ces étrangers ?

— La plupart sont des voyageurs venus soit de Trois-Rivières, soit de Montréal.

Domitille baissa les yeux. Pour la première fois, ses vêtements la préoccupaient. Ils n'avaient rien de coquet. Une jupe en indienne brute qui ne valait pas quatre sous, un chandail éclairci par l'usure qui laissait discerner une puberté toute récente et des chaussures éculées. Ses vieilleries la gênaient et faisaient monter des bouffées de chaleur à ses joues. Raymond devait avoir honte de se balader avec elle. Même les filles du village portaient des vêtements en tissus plus souples, plus délicats, des souliers à talons ni gros ni fins et des colliers flexibles.

Raymond cherchait une table à leur convenance. Domitille admirait les plafonniers en cristal, les miroirs et tout le clinquant de la salle à manger quand elle sentit une main toucher sa taille. Raymond lui signifia avec autorité :

— Venez par ici. D'autres clients s'amènent ; regardez la tête qu'ils font.

Il entraîna la jeune fille vers une large baie vitrée qui donnait vue sur la rue.

Le garçon recula une chaise et invita Domitille à s'asseoir. Il prit place en face d'elle et plongea ses yeux gris au fond de ses prunelles noires comme pour y saisir sa pensée.

Raymond l'avait amenée là avec l'intention de lui procurer un plaisir d'enfant et il se retrouvait devant une jeune fille aux traits parfaits, au regard d'une infinie douceur, fragile comme la porcelaine. «Un jour, pensait Raymond, cette fille appartiendra au grand monde et elle épousera un notable.» Mais aujourd'hui, pour quelques heures, Domitille lui appartenait.

C'était ce que Raymond supposait tout en glissant doucement son index sur le bord de son verre. Il sentait qu'on l'épiait et il cédait à une petite vanité secrète, au besoin d'être vu. Il bomba le torse, plus victorieux encore qu'il ne le pensait.

– Domitille, vous voyez cette table dans le coin, tout près de la fenêtre, et cette autre, derrière vous? Depuis notre arrivée, les garçons surveillent vos moindres gestes. Regardez! Ils vont et viennent dans le seul but d'attirer votre attention. Je jurerais que vous leur plaisez.

Domitille ne se retourna pas. Elle ne trouvait aucun attrait à cette volée de jeunes gens qui gravitaient autour d'elle. Raymond se fichait bien d'elle pour aiguiller ainsi son attention vers d'autres soupirants. Cette indépendance à son égard l'étonnait et la blessait. Sa vue se brouilla, mais elle réussit à garder la tête haute.

– Il n'y a que ma table qui m'intéresse, dit-elle dignement; sans vous, je m'ennuierais ici.

Cette fille était-elle indifférente, réservée ou indépendante? Raymond se le demandait. Il lui accorda un large sourire. Moquerie ou flatterie? Domitille ne savait jamais en déterminer le sens.

Elle chercha un sujet de conversation pour meubler le silence.

– C'est chic ici! Avec toutes ces toilettes de ville qui éblouissent, je me sens un peu à part.

Domitille se demandait ce qu'elle faisait là, parmi le grand monde, elle, la modeste fille d'un simple paysan.

Raymond, lui, n'avait pas fait la comparaison. Tout en pianotant des doigts sur la table, il la détaillait mieux. Domitille était une beauté fort singulière, jusqu'à la rendre presque mélancolique. Elle n'avait pas l'air de s'apercevoir qu'elle embellissait même les vêtements les plus démodés. Elle n'avait besoin ni de velours ni de soie pour attirer les regards. Il ajouta :

— C'est ben pour rien. Les gens des villes n'entendent ni ne voient rien dans le brouhaha.

— Vous venez souvent ici ?

— Non, rarement. Ce matin, j'ai pensé que vous pourriez avoir faim.

Tous les fidèles ressentaient la faim. Avant la communion, un jeûne complet à compter de minuit était strictement imposé par l'Église.

— Je sens un grand trou dans mon estomac. Pendant l'élévation, quand tout était au plus silencieux, on aurait dit que des loups hurlaient dans mon ventre.

— Des loups ?

Raymond rit aux éclats. Domitille enchaîna et le garçon vit l'éclair de ses dents blanches passer dans son rire bref. Les dames des tables voisines, l'air offensé et glacial, dévisageaient le jeune couple.

Domitille se sentit fautive. Elle avait ri plus fort qu'elle n'aurait dû. Étonnée de son manque de savoir-vivre, elle restait la main paralysée devant la bouche. Raymond saisit sa main chaude, pleine de douceur, qu'aucun autre homme encore n'avait touchée, et il la posa sur la table.

— C'est mieux comme ça !

– Ma conduite est impardonnable, dit-elle, honteuse.

– Vous n'avez pas à avoir honte. Ces gens, qui ne savent ni rire ni s'amuser, passent à côté du bonheur.

Le cuisinier, un homme joufflu, fort affairé, affublé d'un long tablier blanc, s'approcha des tourtereaux et déposa un journal près de la carafe d'eau.

– Monsieur et Madame! Pour vous servir.

Il avait dit: «Monsieur et Madame». Elle et Raymond formaient déjà un couple. Pareille scène inclinait Domitille à la tendresse. Si Raymond avait su que, dans son cœur, elle lui appartenait déjà…

Comme il passait sa commande, une petite voix surgit à l'improviste.

– Je mangerais ben avec vous.

Raymond et Domitille se retournèrent en même temps. Le petit Joseph attendait, mourant de soif, brûlé d'avoir marché sous un soleil de plomb.

– Eh ben! Encore toi? s'exclama Raymond.

Il fouilla au fond de sa poche et lui lança une pièce de monnaie.

– Tiens, arrange-toi avec ça et déguerpis.

Domitille trouvait les agissements du gamin plutôt comiques. Comment avait-il pu les retrouver?

– Vous l'avez laissé sur la route alors qu'il lui restait la moitié du chemin à parcourir. Comment se fait-il qu'il soit déjà là?

– Il monte dans les voitures de tout le monde.

– Comme moi?

Raymond ne répondit pas.

En attendant d'être servi, Raymond appuya ses coudes sur la table, le visage plus près de celui de Domitille et celle-ci soutint son regard gris perle. Ils restèrent ainsi, âme à âme, sans parler. Il existe de ces moments tendres où on ne dit rien, qui sont plus précieux que les mots. En secret, Raymond préparait-il silencieusement son avenir ?

Une horloge carillonnait les heures et les demi-heures et, à chaque sonnerie, des gens s'en allaient. Domitille et Raymond restèrent attablés jusqu'à midi alors que la pendule en marbre rose sonna les douze coups qui retentirent dans toute la salle à manger. Il était temps de rentrer. Raymond appela le garçon et régla la note. Il poussa le bras de Domitille et ils descendirent dans la rue.

Sur le chemin du retour, Domitille s'inquiétait de ce que penseraient ses parents de ces deux heures de retard. Il faudrait bien rendre des comptes. Au fond, c'étaient les réflexions de son frère que Domitille craignait davantage. Daniel viendrait encore ajouter son grain de sel ; il ne laissait jamais passer une occasion de se moquer d'elle.

Arrivé au fond de leur rang presque oublié, Raymond arrêta son attelage devant une petite maison grisâtre, décolorée par le cours des ans. Son toit incliné, percé de deux lucarnes, clignait des yeux, de la rivière au ciel de L'Assomption.

C'était une maison pleine de rires et de soleil où, à cœur de jour, les portes battaient gaiement. C'était la maison de Domitille. Joseph et Rose Perreault, entourés de leurs six enfants, y partageaient un bonheur tranquille, un simple bonheur au goût de la terre.

Joseph était un bon travaillant qui, sa faux déposée, aimait bien rire et s'amuser. Il tolérait tout de ses enfants, abandonnant ainsi à Rose la déplaisante tâche de corriger, de dire non. Rose ressemblait à Joseph par son côté enjoué. Elle savait rire. C'était une femme dévouée, toujours prête à se *désâmer* pour les siens.

Domitille remercia Raymond, sauta de voiture et entra chez elle.

À la table, le dîner s'étirait. Rose, les sourcils froncés, se leva pour recevoir sa fille.

– Veux-tu ben me dire ce qui te met tant en retard?

– Je sors du restaurant. Raymond m'a invitée à ses frais et je n'ai pas pu refuser. Je ne pouvais toujours pas revenir à pied.

Son frère Daniel siffla un long trait, l'air moqueur. Domitille l'ignora.

Rose échangea un bref regard avec Joseph et ajouta:

– Ça va, pour cette fois, je ne dirai rien, mais il ne faudrait pas que ça se répète, sinon tu vas vider les poches de ce pauvre garçon.

II

Au coucher, Domitille se remémora les précieux moments vécus dans la journée. Un doux rappel qu'elle évoquait avec émotions.

L'adolescente, récemment pubère, ne savait mettre les mots sur ses sentiments, mais pour la première fois, elle songeait à son avenir. Avant, elle n'y pensait jamais. Elle imagina le corps de Raymond à côté du sien. Puis elle se ravisa. Comment pouvait-elle rêver d'un garçon, sans s'assurer que, de son côté, Raymond Brien la trouvait à son goût ? Elle doutait de ses sentiments. Au retour de la messe, celui-ci l'avait laissée bêtement devant la porte. Il n'avait même pas eu la galanterie de quitter sa banquette pour l'aider à descendre du cabriolet. Il avait seulement dit : «Prenez garde! Descendez de dos et posez le pied droit sur le marchepied.» Elle l'avait remercié et il avait répondu : «Y a pas de quoi!» Puis il avait filé, sans se faire inviter au salon, sans même lui dire : «À la prochaine.» Elle n'existait plus pour lui. Pourtant, là-bas, au restaurant, ses yeux gris dans les siens semblaient lui dire que tout n'était pas fini. Peut-être ne voulait-il pas d'une femme dans sa maison. Il avait sa mère pour le servir et celle-ci devait lui suffire.

Domitille choisit d'oublier Raymond au plus tôt avant de souffrir de son indifférence et, pour y arriver, elle se répéta qu'il n'était pas le seul garçon au monde.

En bas, Rose ferma les volets, souffla la chandelle, puis elle suivit Joseph au lit.

Allongés directement sur les couvertures, Rose et Joseph entamèrent une longue conversation. Leurs charmants tête-à-tête s'écartaient peu de la ferme et de leurs enfants adorés.

Le sommeil tardait à venir. Rose se leva et traversa à la cuisine pour revenir aussitôt avec une boîte en tôle à moitié pleine de galettes au gingembre. Appuyés confortablement sur deux gros oreillers de plumes, elle et Joseph rongeaient du bout des dents les petits biscuits secs et le bruit produit ressemblait à un grignotement de rat.

Puis Rose déposa le contenant de métal sur le chiffonnier et balaya de la main quelques miettes éparpillées sur le drap. Sitôt allongée, elle donna un coup de pied sur la porte qui claqua sec. Si Rose ou Joseph fermait la porte, l'autre comprenait la consigne. Il fallait bien protéger leur intimité; l'escalier permettait une vue directe sur le grand lit.

Joseph enleva sa combinaison. Rose retroussa sa robe de nuit et se pressa amoureusement contre son mari. Elle lui offrait son corps pour qu'il s'endorme ensuite d'un sommeil lourd, sans rêves. «Tant que je serai là, pensait Rose, mon Joseph sera le plus heureux des hommes.»

* * *

Au petit matin, Rose, à demi consciente, entendit des petits pas d'enfant trottiner dans l'escalier et, l'instant d'après, la porte de la chambre craquetait sous une poussée discrète.

Rose sursauta, poussa Joseph du pied pour lui faire prendre conscience de sa nudité et, en même temps, d'une main rapide, elle rabattit le drap sur son homme. Rose en voulait à Joseph. Elle interprétait son laisser-aller comme une indécence impardonnable. Elle le lui ferait savoir. Joseph avait l'habitude pourtant. Chaque matin, comme un abonnement quotidien, Aurélie, la petite dernière de la famille, pénétrait furtivement dans l'intimité de ses parents et allait finir sa nuit à la douce chaleur du grand lit. Une mauvaise habitude, attrapée en même temps qu'une forte fièvre.

* * *

C'était deux ans plus tôt. Aurélie était atteinte d'une rougeole. Rose avait transporté l'enfant dans son lit afin qu'au petit matin, à l'heure menaçante des poussées de fièvre, elle puisse sentir la chaleur du petit corps près du sien et, au besoin, administrer un analgésique à la petite malade. Ensuite, l'enfant guérie, matin après matin, Aurélie venait retrouver le lit douillet de ses parents. Rose avait tout essayé pour la dissuader : reproches, menaces, punitions. La petite grimpait sur le côté de lit de son père, bien consciente que celui-ci cédait à tous ses caprices. Finalement, après plusieurs tentatives inutiles, Rose avait abdiqué.

Menue et silencieuse, telle une petite souris, Aurélie se coulait dans le vieux lit de pin dont les joints craquaient et, chaque fois, Rose devait se tasser du côté de la fenêtre pour lui libérer un espace au milieu de la paillasse. L'enfant se pelotonnait entre ses deux parents et, sitôt la tête sur l'oreiller joufflu, elle fermait ses coquins d'yeux noirs.

* * *

Mais ce matin-là, une pluie drue cognait comme des clous aux fenêtres et ce bruit continu invitait Rose à la paresse.

— T'es ben matinale aujourd'hui, ronchonna-t-elle à demi éveillée, retourne donc dans ton lit.

Aurélie faisait la sourde.

Joseph appuya le haut de son corps sur un coude et contempla sa figure d'ange encadrée de boucles folichonnes. De son index, il contourna le front rose, les joues rondes et la bouche fleurie de sa fille. La petite ne bougeait pas. Joseph tenta de lui arracher un sourire. Il chatouilla délicatement le petit cou tendre, les aisselles, les orteils. La gamine demeurait immobile comme une morte, mais ses fossettes se creusaient et Joseph sentait qu'il était sur le point de gagner la partie.

— Ma sacrée démone, dit-il, je sais que tu ne dors pas, va !

Aurélie frotta ses yeux de ses poings, bâilla deux fois, puis ouvrit un petit œil clair plein de finesse et de ruse.

Avec l'agitation de la paillasse, Rose n'arrivait pas à se rendormir. Déjà, le jour entrait par les interstices des contrevents et dessinait des raies blêmes sur le plancher de bois.

Rose secoua Aurélie tendrement.

– Va réveiller Domitille et dis-lui d'allumer le poêle pour le déjeuner. J'arrive dans la minute. Elle ajouta : Et toi, Joseph, n'oublie pas d'enlever ton scapulaire, il a besoin d'être lavé.

– Non papa, reprit Aurélie dans toute sa candeur d'enfant, ça va le *débénir*.

Sa mère sourit tendrement. Aussitôt l'enfant disparue, Rose sermonna Joseph.

– Tu devrais te couvrir d'un drap et être plus réservé devant ta fille. À huit ans, Aurélie n'est plus un bébé et puis, il serait grand temps qu'elle reste dans son lit, celle-là ! Je me demande où est passée la discipline dans cette maison.

Joseph s'étirait en bâillant. Le matin lui donnait toujours une envie de rire, de pousser la malice plus loin.

– Je prends votre reproche en considération, ma belle Rose.

Mais Rose doutait de la sincérité de ses dires. « Joseph tourne tout en dérision, pensait-elle, il raisonne comme un enfant. »

Tout sourire, Joseph glissa un bras musclé autour du cou de sa femme et déposa un gros bec sur sa joue.

– J'ai passé la plus agréable des nuits.

Comme Rose traçait une croix sur ses lèvres pour lui imposer la discrétion, Joseph attrapa sa main et la bécota intensément. Puis il l'éloigna un moment, le temps de crier à s'époumoner :

— Les gars, levez-vous !

Rose sursauta, puis elle sourit. Mariés depuis dix-neuf ans, elle et Joseph filaient le parfait bonheur.

Rose se jeta au bas du lit et enfila rapidement ses chaussures. L'été, elle ne trouvait jamais le moyen de faire la grasse matinée ; la besogne commandait. Elle enserra sa taille dans un corset à baleines qu'elle laça et noua solidement, puis revêtit sa robe de cotonnade noire, boutonnée sur le devant.

— Tu sais, mon Joseph, je m'inquiète un peu pour Domitille. Ces derniers temps, elle a beaucoup grandi et les garçons la voient déjà comme une femme. Dès qu'elle s'éloigne de la maison, je crains qu'elle commette une bêtise.

— Cesse donc de te casser la tête. Dans le moment, notre plus grand souci est de demander à la terre les fruits qu'elle prodigue généreusement.

Rose coupa court à ses préoccupations. Elle glissa les mains dans le ventre de la paillasse, égalisa la paille de maïs, tabassa les oreillers de plumes et recouvrit le lit de la courtepointe. Elle se rendit ensuite à la fenêtre et ouvrit les contrevents sur la page blanche d'un petit matin tristounet.

Toujours le même arbre et les mêmes branches qui caressaient les vitres. Le ciel pleurait. Dans la cour de l'étable, les bêtes immobiles se laissaient doucher par l'averse. Rose avait l'impression que, pendant la nuit, la vigne avait crû plus rapidement. Les toitures et les verdures avaient retrouvé leur couleur franche.

Elle traversa de la chambre à la cuisine Ses trois garçons de dix-neuf, dix-sept et seize ans étaient déjà là, assis bien sagement sur le banc qui s'allongeait derrière la table. Ils attendaient d'être servis.

Rose se fit un débarbouillage rapide puis elle poussa sa bassine d'eau tiède sur le bout du poêle. Elle peigna ses cheveux et les tortilla habilement autour de la tête en un bourrelet serré.

Daniel observait son rituel plutôt bizarre.

Sa mère sortait de son poignet de chemise un grand mouchoir blanc et en dépliait rapidement les coins. Elle en retirait une petite vessie de cochon de ton crème et la plongeait dans l'eau qui avait servi à sa toilette. Elle savonnait, rinçait et secouait ce machin qui ressemblait à un petit capuchon très souple, puis elle l'enfilait ensuite comme un gant au bout du manche à balai où elle le laissait à sécher.

Rose agissait devant ses enfants, ne se doutant pas que ceux-ci pouvaient deviner l'usage de cette petite chose sans intérêt, ni même penser à mal. Depuis un bon huit ans, elle répétait ce geste anodin, sans que personne ne lui pose de questions embarrassantes. Et pendant toutes ces années, elle ne voyait pas ses fils devenir des hommes.

Sous la table, Daniel poussa Médard du pied. Une étincelle railleuse faisait briller ses yeux. Les garçons, à seize et dix-sept ans, savaient que ce petit truc, appelé capote anglaise, tenait à l'abri des maternités. Daniel chuchota:

— Le père va être de bonne humeur aujourd'hui.

— Qu'est-ce que vous dites? questionna Rose.

— Je disais que papa devait avoir la fale[1] creuse, répondit Daniel, peu habitué à mentir.

1. Ventre.

– On commencera le déjeuner sans lui. Récitez votre bénédicité.

Rose répartit également huit tranches de pain d'habitant sur les ronds du poêle. Elle les écrasa à l'aide du fer à repasser, laissé en permanence sur le bout du poêle, parce que les garçons préféraient leurs rôties aplaties. Pendant qu'elles doraient doucement, Rose versa une omelette dans le poêlon et jeta ses coquilles d'œufs sur les tisons.

Les siens servis, elle approcha à son tour. Elle contemplait ses enfants nés de leur amour, trois grands gars passionnés de la terre qui la dépassaient tous d'une tête et qu'elle aimait plus que sa propre vie. Suivaient trois adorables filles qu'elle nourrissait de tendresse et d'attentions.

III

Depuis trois jours, de lourds nuages s'abattaient sur la campagne. Pas un chat sur la route, personne aux champs, la terre se reposait comme les dimanches.

Domitille, le front collé à la moustiquaire, écoutait le gargouillis de l'eau qui courait des rigoles au fossé, pour ensuite aller se noyer à la rivière. Elle en avait marre de passer chez elle ces interminables journées de pluie. Elle murmura :

— C'est ben plate !

Sa mère, la tête penchée sur sa couture, bâtissait un jupon pour l'essayage. Attentive à son travail, la femme s'appliquait à laisser une bonne longueur de fil entre deux piqûres de l'aiguille. Elle fit une pause et leva un regard tendre sur Domitille.

— Si le bon Dieu nous envoie la pluie, c'est que la terre a soif.

Rose ne reconnaissait plus sa fille. À treize ans, Domitille, une petite âme honnête et travailleuse, devenait languissante et plus sombre que jamais. Depuis quelque temps, elle ne se donnait plus la peine de faire aucun effort physique ou moral. Rose piqua son aiguille dans le tissu et, moqueuse, elle nargua Domitille, juste pour voir son adorable sourire.

– Tu vas pas faire la gueule et déformer cette jolie bouche héritée de ta mère ?

Domitille sourit tristement et Rose, satisfaite de lui avoir arraché un sourire, s'appliqua de nouveau à assembler deux lisières de tissu blanc.

– T'auras beau te tourner les sangs, ma belle, ce n'est pas ce qui va nous ramener le soleil.

– Je sais ben !

Le temps pluvieux assombrissait la cuisine et Rose s'arrachait la vue à piquer des petits points invisibles dans son tissu.

– Pousse-toi un peu de la fenêtre, Domitille, tu me bloques le jour.

– Je peux allumer la lampe.

– Ça coûtera moins cher de te pousser. La nature est là pour nous éclairer.

– Avez-vous vu, maman ? La pluie forme des chandelles dansantes sur le perron.

– Occupe donc ton temps à quelque chose de profitable plutôt que de te morfondre à attendre je ne sais quoi. Tiens, si tu taillais une courtepointe ?

– Encore ? Vous en avez plein les armoires.

– Oui, mais on pourrait en vendre, maintenant que nos Canadiens boudent les produits anglais.

– Ils boudent les produits anglais ? Pourquoi ça ?

– Parce que nos jeunes perdent leurs emplois au profit des Anglais, et un peu aussi à cause de leurs divergences d'opinions. Les Anglais essaient de nous mener par le bout du nez. Ils cherchent à nous imposer leurs lois, mais ils vont s'apercevoir que nos petits Canadiens français ont la tête dure. Si on les laisse faire, les Anglais vont nous écraser.

Rose sourit pour rassurer Domitille. Elle ajouta :

– Ces affaires-là ne sont pas ben intéressantes pour une jeune fille de ton âge.

– Au contraire, maman, si vous saviez comme ça me passionne.

Domitille s'élança dans un babillage continu.

– Les Anglais entrent en très grand nombre au pays. Cinquante-deux mille émigrants venus de l'Angleterre sont débarqués à Québec dans le courant de l'année. Savez-vous que c'est treize fois notre paroisse! J'espère qu'ils ne se rendront pas ici. Je ne voudrais pas attraper les maladies de leur pays. Par chance, Québec est pas mal loin de chez nous.

– Tu n'exagères pas un peu? Où as-tu pris tes renseignements?

– J'ai lu ça dans *La Minerve*. Ils disent aussi que les émigrants nous apportent des maladies. Rien qu'à Québec, le choléra aurait tué un peu plus de trois mille personnes en quatre mois. J'ai découpé un coin du journal qui donnait une médication contre le choléra. Regardez!

Domitille retira la découpure de journal de sous la statue de la vierge et lut :

Moyens à suivre avant l'arrivée du médecin :

N° 1 : S'il y a des douleurs dans l'estomac ou dans les entrailles, des nausées, des déjections, les extrémités froides et un sentiment de malaise, la personne doit se coucher tout de suite entre des couvertures de laine, non des draps en étoffe de coton, et prendre de l'eau de cannelle.

N° 2 : Elle prendra deux cuillérées à bouche de la potion n° 1 et elle appliquera une bouteille en fer blanc, dans laquelle on aura mis de l'eau bien chaude, sur l'estomac et les intestins, une autre aux pieds et une à chaque main.

N° 3 : Si dans un quart d'heure le malade ne se trouve pas mieux, il doit prendre une seconde fois deux cuillérées de la potion n° 1.

N° 4 : S'il y a des vomissements ou des spasmes, on lui donnera deux cuillérées de la potion n° 2. Répétez la dose dans un quart d'heure si les spasmes et les vomissements continuent.

N° 5 : On doit frictionner le malade avec les mains recouvertes d'un morceau de flanelle, mais on aura soin de ne pas admettre de froid sous les couvertures.

N° 6 : On doit éviter toute application humide sur la peau du malade, soit spiritueuse ou aqueuse.

N° 7 : Le malade ne doit prendre aucune boisson froide.

Les potions n° 1 et 2 sont disponibles chez votre apothicaire.

Rose observait Domitille de ses grands yeux où se peignait un étonnement qui la laissait bouche bée ; à treize ans, sa fille s'intéressait à tout et conversait comme une adulte.

— Tu ne devrais pas lire le journal. Tout ce qu'on raconte là-dedans n'est pas forcément vrai. Souvent, les journalistes gonflent les chiffres pour faire sensation.

— Mais maman ! C'est vous qui m'avez appris à lire. Si c'était pour me le défendre ensuite...

– Mais non ! Je tiens seulement à ce que tu n'ajoutes pas foi à tout ce que tu lis, que tu saches faire la part des choses.

Au fond, c'était son bien que voulait Rose. Elle cherchait à garder sa fille en dehors des calamités, des guerres et des malheurs afin de prolonger son enfance heureuse, mais pour combien de temps encore ? Déjà, Domitille dépassait sa mère en grandeur et elle conversait en adulte avisée.

– Ne reste pas plantée là comme un piquet. Va me chercher la valise de tôle noire. Elle est quelque part sous les combles. Tu y trouveras quelques retailles que j'ai conservées.

Domitille ne put retenir une moue dégoûtée qui arracha un sourire à Rose. « Celle-là, se dit-elle, même la pire grimace n'arrive pas à enlaidir son joli visage. »

L'amour maternel de Rose pour sa fille frôlait l'adoration.

À sa première grossesse, Rose rêvait déjà d'une fille, mais la nature en avait décidé autrement ; trois garçons avaient précédé les trois filles dont Domitille était l'aînée. L'attente en avait valu la peine. Sa Domitille était ravissante. Ses traits délicats la faisaient paraître fragile comme la porcelaine et, pour ajouter à sa grâce, la nature l'avait dotée d'une simplicité charmante.

– On ne va pas s'atteler à un travail d'automne quand on est en plein été ; on embarrasserait la cuisine d'un métier à piquer. Et puis vous avez besoin des ciseaux pour votre couture.

– D'abord que c'est de même, tu pourrais toujours tricoter des mitaines ou des bas pour la criée des âmes[2] ou terminer la ceinture fléchée ou encore filer la laine ; je ne sais pas moi, il y a tellement à faire dans cette maison.

Mais ce jour-là, le cœur de Domitille était gris, gris comme le ciel, qui confondait tout ce qu'il voilait en une grisaille lugubre.

Elle murmura du bout des lèvres :

– Ça ne me tente pas.

L'adolescente ne bougeait pas d'un poil. Les bras croisés, elle surveillait la route, comme si elle s'attendait à voir apparaître quelqu'un ou quelque chose. Rien. Même chez la Rotureau, rien ne bougeait. La maison semblait morte tant il y avait du silence autour. Seul un filet de fumée blanche montait de la cheminée de pierre qui sortait du toit rouillé. À l'intérieur, mademoiselle Josine devait être en train de cuire son pain.

Josine Rotureau, une vieille fille froide, digne, autoritaire, au long corps maigre et à la figure laide, habitait une maisonnette de crépi blanc avec un perron bas et des corbeaux de bois aux fenêtres. L'habitation était à peine plus grosse qu'un hangar. Deux érables rudement costauds cachaient sa devanture. Au coin de la chaumine, une gouttière vomissait l'eau à pleine gueule dans un tonneau de bois.

La Josine avait été mal servie par dame chance.

---

2. Encan des dons des fidèles sur le parvis de l'église dont les revenus servaient à payer des messes au profit des âmes du purgatoire les plus abandonnées.

La nature l'avait affligée d'un visage aminci comme une lame et d'un nez en bec de buse, mais cette laideur cachait une franchise déroutante. Lorsque le temps était beau, la femme passait ses après-midi à dormir sur une berçante installée au bout du perron. Mais ce jour-là, comme il pleuvait à boire debout, Josine restait cloîtrée dans sa maison.

À la ferme voisine, deux grands garçons couraient sous la pluie tiède. L'aîné portait son frère sur son dos. Ils allaient de la vieille maison de pierre à l'étable. C'étaient Olivier et Raymond Brien.

Domitille s'efforçait d'oublier Raymond le bel indifférent qui la tenait à distance. Elle songeait à Olivier qui lui souriait gentiment chaque fois qu'il passait devant chez elle. À la messe dominicale, elle le sentait toujours un banc ou deux derrière le sien. Olivier se plaçait-il là intentionnellement? Et puis non; c'était interdit de s'asseoir n'importe où. Chaque famille possédait un banc ou deux, payés au curé. Olivier se trouvait assurément dans le banc des Brien. Mais qu'est-ce qui lui prenait tout à coup de se préoccuper d'Olivier Brien? Elle ne ressentait que de l'amitié pour ce garçon. C'était Raymond qui l'intéressait. Avec lui, elle aurait volontiers franchi les frontières. Mais malheureusement, Raymond n'était qu'une illusion. Depuis le déjeuner à l'hôtel, il ne lui avait plus donné signe de vie. Il devait la trouver trop jeune pour s'y intéresser.

Brusquement, sa mère l'arracha à sa douce souvenance.

– Je me demande ce que tu espères à perdre ton temps à lécher les vitres. Tant qu'à rester plantée là, à rêvasser, tu ferais mieux d'éplucher les patates. Tiens, si tu préparais le dîner, je pourrais finir d'assembler mon jupon.

– Je ne rêvasse pas.

Rose haussa les épaules. Elle leva son aiguille vers la clarté de la fenêtre, plissa les yeux, passa le fil dans le chas et inclina de nouveau le front sur son ouvrage, tandis que Domitille bâillait, étirait les bras et prenait de longues respirations.

À gestes lents, la jeune fille retira de sous l'évier une chaudière de bois et ouvrit la lourde trappe qui donnait accès à la cave. Elle descendit sans entrain les quatre marches du petit escalier raide. Domitille détestait cet endroit à l'odeur terreuse où il faisait toujours sombre. Elle devait marcher pliée en deux pour circuler du parc à patates, au parc à carottes, à celui des betteraves et des navets. Elle remonta avec son contenant à moitié rempli de pommes de terre et s'installa devant un grand chaudron en fonte noir.

– J'ai entendu dire que monsieur Brien va se donner à rente à son fils Raymond. Vous saviez ça, vous?

– C'est ce que tout un chacun raconte dans la place. Louis-Michel Brien prend de l'âge, le travail doit y rentrer dans le corps. Mais ce n'est pas encore fait; il y a des vieux qui ne se décident jamais à céder leur bien aux jeunes.

– Paraîtrait qu'Olivier n'est pas d'accord avec la décision de son père, lui aussi veut le bien paternel. Je me demande ben comment cette histoire va finir.

– Si Louis-Michel en a décidé ainsi, personne ne le fera changer d'avis.

– Peut-être madame Geneviève. Elle a toujours couvé son Olivier comme une poule couve son œuf.

– Même pas sa femme. Remarque ben ce que je te dis. Louis-Michel Brien n'est pas un homme à virer son capot de bord. S'il en a décidé ainsi, c'est qu'avant, il a pesé le pour et le contre et qu'il s'est donné le temps de ben mûrir son choix.

– Vous voulez dire que c'est un entêté ?

– Je dirais plutôt que c'est un homme déterminé et tenace, mais avant tout, juste et charitable. C'est toujours difficile pour un père de faire un choix qui déplaira à l'un ou l'autre de ses garçons. Mais son idée faite, Louis-Michel n'en démordra pas.

– Les Brien ont parlé d'envoyer Olivier au nouveau collège de L'Assomption, mais d'après ce qu'on dit, Olivier aurait refusé. Il veut plutôt se caser, et avec raison : les jeunes de son âge sont presque tous installés.

Rose observa sa fille pendant un moment. Domitille la surprenait. Elle en savait donc bien long au sujet des Brien. Où puisait-elle tous ses renseignements ? Le jeune homme aurait-il parlé d'avenir avec sa Domitille ? Rose savait bien que l'heure où Domitille aimerait un garçon pouvait sonner d'un instant à l'autre. Un Brien et sa fille ! Juste à y penser, Rose, sensible à la flatterie, en tirait déjà vanité. Dans la place, on prononçait avec vénération le nom des Brien.

Rose bouillait d'impatience d'en apprendre davantage sur les rapports entre Domitille et les fils Brien, mais elle connaissait sa fille : pour Domitille, avouer ses sentiments était aussi difficile que de se confesser d'un vol. L'air moqueur, Rose, fine mouche, tourna autour du pot.

– Les Brien veulent peut-être en faire un curé.

– Non, un notaire.

– Un notaire ? Tiens, tiens, t'es au courant de ça, toi ?

– Olivier n'a pas dit son dernier mot. Il a déjà un cheval et des poules, il vend même des œufs au village, mais ça ne lui suffit pas. Olivier veut une ferme à lui.

Domitille étira le cou à la fenêtre. Un attelage s'arrêtait dans la cour. Trois hommes, dont deux serrés sous un même parapluie, gravirent le petit escalier du perron, ce qui mit fin aux bavardages des femmes.

– Tiens, de la visite par ce temps de chien.

Du bout de la table où elle cousait, Rose reconnut Antoine Brouillet en compagnie d'un homme et d'un grand garçon qu'elle n'avait jamais vus de face.

Vivement, Rose piqua son aiguille dans le tissu, ramassa son jupon inachevé et en forma un tampon qu'elle dissimula sous sa jupe. Les deux femmes échangèrent un bref regard, puis Domitille pouffa de rire de voir sa mère cacher ainsi son sous-vêtement. Si elle allait se piquer, là…

– Va donc ouvrir, Domitille.

– Entrez ! Ne restez pas sous la pluie.

L'étranger, grand, mince, aux épaules droites, portait un costume de ville marine et des bottines vernies avec de la boue collée aux talons. Il ressemblait à un notaire avec son encrier de corne attaché à la taille et sa sacoche en vachette noire qu'il portait en bandoulière. Suivaient Brouillet et un élégant jeune homme qui devait être le fils de l'autre.

Domitille avança sa main dans l'intention de prendre les chapeaux, mais ce fut pour rien, les hommes les gardaient collés contre leur cœur. Domitille avança des chaises près de la porte.

– Tenez! Assoyez-vous, faites comme chez vous.

– Ce qu'on vient demander peut tout aussi ben se faire debout, dit Brouillet.

L'étranger débita quelques mots en anglais.

Comme Rose ne comprenait ni *yes* ni *no*, Brouillet se fit l'interprète :

– Monsieur Nicholson demande à parler à votre mari.

– À quel sujet ?

– C'est une affaire d'hommes.

Le visage de Rose se rembrunit. Elle n'insista pas davantage. Dans la place, Antoine Brouillet s'était créé une réputation, faite à la fois de crainte et de confiance. Rose connaissait bien cet homme. Il demeurait au Point-du-Jour-Sud, sur le lot cent quarante-quatre. C'était un railleur, reconnu pour s'amuser à contredire tout le monde, mais sous son air belliqueux, il cachait un excellent cœur. Pour rendre service, Brouillet ne comptait ni son travail ni ses ennuis. Les colons pouvaient se fier entièrement à lui. Brouillet ne prendrait jamais parti en faveur d'un étranger, encore moins d'un Anglais.

– Domitille, va donc chercher ton père à l'étable.

– Non, ne vous dérangez pas, jeune demoiselle, reprit Brouillet, nous irons nous-mêmes. Ce que nous avons à lui dire ne regarde pas les femmes.

Sitôt les visiteurs disparus, le visage de Rose se détendit. Elle sortit sa couture de sa cachette.

– Les hommes disent que les femmes en savent toujours assez. Je me demande ce qu'ils craignent. Quand je les vois avec leurs cachotteries et, pour comble, dans ma propre cuisine. Ils ont du front tout le tour de la tête.

– Mais maman, pas tous les hommes ! Papa n'est pas de même. Les autres, que le diable les emporte tous.

Domitille se planta dans la porte, dans une posture nonchalante, les bras croisés sur sa poitrine et le corps appuyé au chambranle. Devant sa face, les mouches rebondissaient avec obstination sur la moustiquaire. La jeune fille regardait et écoutait les hommes discuter sous le petit appentis devant l'étable et elle répétait leur conversation mot pour mot à sa mère. Brouillet gesticulait et expliquait à Joseph :

– Monsieur Nicholson fait le commerce du blé entre le Canada et l'Angleterre. Il dit avoir une affaire intéressante à vous proposer.

– Qu'il fasse son offre. Tout dépendra de son prix.

– Vous possédez combien d'arpents de blé, au total ?

– Quatre-vingt !

– Vous dites, quatre-vingts arpents, ce qui en bout de ligne, doit donner environ quatre cent soixante-dix minots. L'Anglais dit qu'il est prêt à acheter votre récolte au complet.

Brouillet recula d'un pas et, à l'insu des Nicholson, il fit une petite grimace en traduisant le prix à Perreault.

Nicholson surveillait la physionomie de Perreault à savoir si l'offre l'intéressait. Mais ce dernier ne réagit pas.

Au village, le bruit courait que le minot de blé de la place était payé moins cher que celui de l'Île Jésus et pourtant, il était reconnu de meilleure qualité. Cette année, le blé avait une belle pousse et, même si la production était abondante dans la région, Perreault comptait retirer beaucoup de sa récolte. Il ne déciderait rien avant d'avoir tâté le pouls des autres colons. Le lendemain, il se rendrait au magasin général, le point de rencontre des cultivateurs. Il irait renifler quel vent se brassait là-bas avant de traiter avec Nicholson.

– Votre offre demande un peu de réflexion. Attendons les récoltes ; je verrai après.

Nicholson parla et Brouillet traduit :

– L'Anglais dit qu'il ne reviendra pas, que c'est tout de suite ou jamais.

– Si c'est comme ça, je vendrai à un autre commerçant.

Perreault se dirigea vers la maison et les trois hommes s'en retournèrent, Brouillet satisfait, Nicholson bredouille, le jeune homme indifférent.

* * *

Après le dîner, Domitille demanda à sa mère la permission de sortir.

– Si vous n'y voyez pas d'inconvénient, cet après-midi, j'irais faire un petit tour chez les Picotte. Louise m'a invitée maintes et maintes fois.

– Va donc ! Je vois ben comme tu t'ennuies avec ta mère, répondit Rose d'un ton moqueur.

– Oh non, maman ! Nous deux, c'est pas pareil, vous le savez. On est toujours ensemble.

– Je sais ben va ! Tu prendras le parapluie noir.

– Je n'en veux pas. Il a deux baleines brisées.

– Prends-le quand même ; ce sera encore mieux que d'arriver chez les Picotte trempée jusqu'aux os.

* * *

Le ciel était gris.

Domitille marchait seule au beau milieu du chemin. À toutes les maisons, une face apparaissait aux fenêtres. La pluie redoublait, une pluie chaude d'été, mais quand le bonheur est présent, même par jours gris, on sent du soleil partout. Domitille ne regrettait pas son parapluie infirme ; il la défendait assez bien contre la saucée. Et puis là-dessous, elle pouvait prendre tout son temps sans être incommodée. La pluie dansait et lui rappelait un jour pareil où, trempée jusqu'aux os, elle s'était réfugiée sur la galerie de mademoiselle Rotureau. Elle devait avoir dix ans. La vieille fille l'avait invitée à entrer et lui avait servi de la tire.

La terre sentait le renouveau. Chez les Guilbeault, trois gamins couraient sous l'averse et, les pieds nus dans la terre trempée, ils s'arrêtaient pour enlever des grosses galettes de boue collées à leurs pieds, comme de gros sabots difformes. Domitille passa son chemin, puis hâta le pas à l'approche de la maison. Elle frappa doucement à une jolie maisonnette en mortier blanc tourné au gris et flanquée d'un jardinet tout en fleurs.

Elle entendit des pas réguliers à travers la moustiquaire, puis la porte disjointe craqua sous une poussée.

Louise était une petite rousse au front bombé sous un toupet frangé. Ses joues rondes étaient criblées de taches de son.

En apercevant Domitille, elle hocha la tête et son œil s'alluma d'une vraie flamme. Elle paraissait surprise et remuée de cette visite inattendue.

– Toi ? Quelle surprise ! Entre donc.

Avant d'entrer, Domitille secoua son parapluie à petits coups répétés, puis elle le ferma et l'appuya au mur extérieur.

– C'est maman qui m'a obligée à prendre cette vieillerie. J'ai l'air d'une corneille là-dessous.

La grande cuisine des Picotte était claire et d'une propreté méticuleuse. Les fenêtres étaient habillées de petits rideaux de dentelle blancs empesés comme des surplis. Cependant, le mobilier n'était pas riche. Seuls les meubles indispensables garnissaient la maison : une table de planches de sapin, des chaises dépareillées et une huche à pain sur laquelle un gâteau meringué faisait saliver. Au mur, une horloge en bois qui avait perdu sa voix. Un silence de monastère régnait dans cette maison et pourtant, il y avait des enfants partout, dans l'escalier, dans la berceuse, et deux petites filles, assises sur le banc derrière la table, érigeaient des châteaux de cartes.

Louise posa un doigt sur ses lèvres et fit signe à Domitille de prendre la berçante. Elle parlait bas afin de ne pas réveiller sa mère.

Comme le dernierné ne faisait pas ses nuits complètes, l'après-midi, madame Picotte compensait ses heures de sommeil perdues par une sieste qui s'étirait parfois jusqu'à deux heures d'affilée.

– Quelle bonne idée tu as eue de venir, et spécialement aujourd'hui ; c'est ma fête et je m'ennuyais à mourir.

Domitille l'embrassa sur les deux joues et lui offrit ses vœux.

Louise tenait un crayon à la main.

— Tiens, tu sais écrire ? s'étonnait Domitille.

— Très peu, mon nom et celui d'Allen. Mais là, je m'amusais à dessiner.

— Qui est Allen ?

— Viens voir, mais surtout, ne ris pas.

— Non, ne crains pas.

— Je n'ai pas la main ben habile.

Louise avait dessiné un garçon à la stature rigide : grand, mince, épaules étroites et carrées, longues jambes chaussées de bottes montantes. Il était sans visage ; elle ne l'avait pas réussi.

— À le voir sur papier, on dirait un militaire.

— Non, c'est un Anglais. Allen Nicholson. Son père fait le commerce du blé et du bois au compte de l'Angleterre. Allen a vogué sur les mers, t'imagines ? Et puis, il est de descendance noble. Si j'ai ben compris, son grand-père est baron. Il possède des terres là-bas.

— Tu sembles bien le connaître.

Louise décida d'y aller mollo.

— Je l'ai rencontré quelques fois. Si tu le voyais ! C'est un garçon qui a l'air grave, mais parfois, son regard change, il n'a qu'à sourire et tout son visage s'éclaire.

— Je crois l'avoir vu. Les Nicholson étaient justement à la maison cet après-midi avec monsieur Brouillet. Mais dis-moi donc, où as-tu rencontré cet Allen ?

— Je le croise partout où je vais ; au village, au magasin, chez le cordonnier. Chaque fois, il s'arrête et me parle. Il est même venu à la maison avec son père, acheter du blé pour l'Angleterre, mais ils sont repartis avec seulement un panier de légumes.

Louise ne lui dit pas qu'Allen lui fixait des rendez-vous près de la rivière. Elle descendait alors par un sentier en terre battue et longeait l'eau jusqu'à un petit endroit ignoré, entouré d'une végétation touffue. Entre les plantes rabougries et les arbustes épineux se trouvait un espace plat où Allen et elle pouvaient s'allonger et s'aimer en secret. Ces choses-là ne se disaient pas ; les ébats amoureux étaient interdits et c'était leur secret à eux. Domitille ne pourrait comprendre l'attrait romantique et irrésistible de l'amour. Cette fille lui paraissait si vertueuse et si inaccessible que Louise renonça à en dire davantage. Domitille pourrait mal la juger et la traiter de dévergondée.

Un grand chat maigre tournait sans cesse autour de Domitille et se frottait à sa jupe. Celle-ci lui gratta le crâne, passa l'index sous sa mâchoire et sentit ses vibrisses. Soudain, sa main eut un bref recul, comme si elle avait reçu un choc. Le chat excité sauta au visage de Domitille, mais celle-ci fit un écart de côté et quitta sa chaise d'un bond. Elle se rua derrière Louise.

– Il t'a griffée ?

– Non, mais j'ai eu peur. Il a frôlé mon visage de si près.

Vivement, Louise ouvrit la porte et, d'un coup de pied vengeur, elle expédia le félin à l'extérieur.

Domitille se remettait de ses émotions.

– Votre chat est toujours méchant comme ça ?

– Les chats sont hypocrites. Ils sont les ennemis des chiens, donc des hommes. Cette sale bête ne rentrera plus dans la maison. Viens au salon ; ici, les petits peuvent nous entendre. Ils rapportent toujours tout aux parents.

Louise laissa la porte ouverte pour garder un œil vigilant sur les enfants. Elle précéda Domitille sur un sofa bas, très large, recouvert d'une cretonne à grosses fleurs pourpres.

— Je dois t'avouer une chose : Allen me fait la cour et il forme des projets pour nous deux. Il dit qu'il ne retournera plus jamais dans son pays natal.

— Mais... Louise, t'es sérieuse ? Tu ne vas pas t'amouracher d'un Anglais et, par-dessus le marché, un type de religion protestante ?

— J'ai ma croyance et lui la sienne. Je ne vois pas où est le problème.

— Et tes parents sont d'accord ?

— Ben non ! fit Louise, dépitée. On a beau ne se voir qu'à l'occasion, ils en font déjà tout un drame. J'entends encore papa s'emporter : « Jamais, ma fille, t'entends ? Et il n'y aura personne pour me faire changer d'idée. Les Anglais sont rien que des barbares, des porcs. Ils sont incapables de sentiments. » Quand on pense ! Papa traite les Anglais de porcs, eux qui ont une tenue impeccable. Et de son côté, maman me bombarde de conseils et de reproches qui aboutissent chaque fois à la bouderie. Juste le fait qu'Allen soit un Anglais les fait monter sur leurs grands chevaux. Ils ne veulent pas comprendre qu'Allen est différent des autres, qu'il a un bon fond. Eux, ils mettent tous les étrangers dans le même sac.

— Et cet Anglais, il comprend notre langue ?

— Un peu. Disons qu'il mêle l'anglais et le français, mais il fait de gros efforts pour l'apprendre. Si tu l'entendais répéter mes phrases à mots hachés !

Louise ajouta, le rouge au front :

– Il m'a dit avec un petit accent : « *Darling*, je aime vous. »

En parlant, le visage de Louise s'éclairait d'une joie céleste.

– « Darling », qu'est-ce que ça veut dire ? reprit Domitille.

– Je ne sais pas, mais juste à voir briller ses yeux, j'ai compris que c'était un mot doux.

– Vous en êtes rendus là ? Et les parents d'Allen, eux, ils acceptent vos fréquentations ?

– Je ne sais pas. Je pensais qu'à un certain moment de notre vie, on atteignait l'âge de choisir nous-mêmes qui on fréquente.

– Oh ça, je pense que ça n'arrive jamais.

Louise haussa les épaules et, la voix tremblante d'émotion, elle ajouta :

– J'aime Allen et ce n'est pas une passade. Je suis sûre de mes sentiments.

– Arrête ça tout de suite, Louise, avant qu'il ne soit trop tard.

– Comme si je pouvais ! Tu ne peux pas comprendre, toi ; tu n'as jamais été en amour. Dire que je croyais que tu serais de mon bord !

– Je ne sais pas quoi te dire, mais j'aime mieux ne pas marcher dans tes souliers.

Il y eut un silence pendant lequel Domitille ne put détacher ses yeux de son amie, puis elle ajouta :

– Tu n'es pas au bout de tes peines, ma pauvre Louise.

– Peu importe mes peines. Avec Allen, je me sens prête à traverser les pires tempêtes. Tu sais, je m'étais promis de n'en parler à personne, mais je n'en peux plus de tout garder en dedans. J'ai besoin de parler de mes sentiments, d'Allen et de tout ça. Toi, Domitille, dis-moi franchement ce que t'en penses et ce que tu ferais à ma place.

Louise semblait de si bonne foi que Domitille hésitait à donner son avis. Et puis, elle craignait de briser leur belle amitié.

— Je ne sais pas trop. Va donc en parler au curé. Tu peux tout essayer.

— Et me faire excommunier ? Allen n'est pas catholique.

— As-tu une meilleure idée ?

— Peut-être partir, la famille d'Allen est à l'aise ; on pourrait vivre richement dans son pays.

— De l'argent ! Tout ça n'est que pure vanité. N'importe lequel de nos petits colons d'ici peut faire vivre une famille convenablement.

— Je sais, mais aucun ne m'intéresse. Allen occupe toutes mes pensées.

— Tu n'es pas sortie du bois, ma pauv…

Domitille ne termina pas sa phrase. Elle mit un doigt sur ses lèvres pour avertir Louise de se taire. Elle venait d'apercevoir l'ombre immobile d'une femme sur le sol, juste devant la porte du petit salon. Madame Picotte, un peu en retrait, épiait leur conversation. Louise continuait. Domitille la poussa du coude et pointa le doigt vers la silhouette couchée sur le plancher.

Louise serra les lèvres de dépit.

La conversation divergea sur des propos insignifiants. Finalement, comme Domitille allait sortir, Louise retint son bras. Elle parlait bas.

— Faudra qu'on se revoie. Ça m'a fait grand bien de te parler ; sinon, à qui d'autre j'aurais pu me confier ? Après le souper, j'irai te porter des groseilles et si c'est possible, on jasera de tout ça en paix.

— C'est ta fête et c'est moi qui recevrai un cadeau ?

— C'est que tu le mérites bien.

— Oh, pour ça je ne crois pas ; mais je t'attendrai avec plaisir.

Domitille reprit son parapluie noir et l'ouvrit tout grand.

Sur la courte distance qui la ramenait chez elle, Domitille ressassait les problèmes de son amie, qui était là, à se débattre toute seule avec son tourment. Il n'y avait pas d'autre solution à son problème que de briser ses amours impossibles. Pauvre Louise ! Elle avait pu, le cœur ouvert et confiant, épancher sa joie et ses peines auprès d'elle, chercher désespérément son appui et, après l'avoir écoutée, Domitille désapprouvait ses fréquentations. Comme elle devait l'avoir déçue.

Quand on a des amies, on les garde, on les porte, on les subit. C'est ainsi que pensait Domitille. Mais cette fois, elle ne pouvait ni l'appuyer ni l'encourager. Domitille ne regrettait certes pas sa visite ; Louise avait tellement besoin d'une oreille attentive. Et puis, qui n'éprouverait pas une certaine pitié pour cette fille avec ses trémolos, ses reniflements et ses déglutitions ? En plus, c'était sa fête.

Domitille traînait ses sabots sur le sable mouillé. Elle sentait le besoin de respirer, de se purger l'esprit des problèmes de son amie. Mais c'était comme si elle entendait une sorte d'appel, la voix de Louise qui lui demandait de partager ses problèmes.

Comme elle montait le petit escalier de bois résonnant qui menait au perron, Domitille se répétait : « C'est impossible. Louise n'épousera jamais cet Anglais. En plus des religions et des langues différentes, encore trop de choses les séparent ; ces tourtereaux sont à deux pôles opposés. Louise, avec sa robe horrible, ses ongles ternes et ses vêtements usés, néglige sa tenue. Elle chausse de gros sabots de bois et lui d'élégantes bottines vernies. Elle est une fille du terroir, tandis que les Anglais sont plutôt collet monté. Quel étrange contraste entre ces deux personnages ! »

Domitille ferma la porte sur ses talons et regarda sa mère avec ses beaux yeux pleins d'eau pure. Elle en aurait tellement long à lui raconter, mais l'amitié qu'elle portait à Louise lui conseillait de respecter ses confidences.

* * *

Louise Picotte sortit de la maison par la porte de côté. Un soleil d'été asséchait la terre. Quand les racines sont empiffrées d'eau, les fleurs se ravivent. Tout reverdit et tout rit.

La jeune fille se rendit au bout du perron cueillir des groseilles rouges qu'elle égrena dans un contenant de verre. Le pot rempli à ras bord, elle fila aussitôt chez Domitille.

Dans la cuisine, une odeur rance de lessive flottait dans l'air. Domitille, penchée au-dessus de la cuve de bois, frottait des pieds de bas. À l'arrivée de Louise, elle secoua ses mains, les essuya sur son tablier et laissa son travail en plan.

Louise lui tendit le pot de petits fruits comme si une justification était nécessaire à sa visite.

– Tiens, voilà ! Je t'avais promis.

– Merci ! Comme je connais maman, elle va faire un ou deux petits pots de confitures avec ça, puis elle va les cacher et nous avertir sérieusement : « Touchez-y pas, c'est pour la visite. »

– Cette fois, tu lui diras que je les ai apportées spécialement pour toi.

– On s'en reparlera, ajouta Domitille peu convaincue ; dans cette maison personne n'a rien en propre.

Le rire de Daniel emplit la cuisine.

Domitille fixa son grand frère d'un regard froid, pareil au regard des statues. Puis elle invita Louise à l'aider à sortir les berçantes sur le perron.

– On va avoir l'air de mademoiselle Josine avec sa chaise qui craque et qui grince.

Mademoiselle Josine avait un côté fascinant. Cette femme, franche et très directe, disait les choses comme elles sortaient, sans délicatesse, et pourtant, elle était comique avec ses grands airs.

Les filles, occupées à replacer les coussins à volants sur les sièges, tournaient le dos au chemin. Elles ne virent pas approcher la vieille fille.

– La Josine, lança Domitille, elle doit s'ennuyer toute seule dans sa maison. Je me demande si elle a déjà eu un amoureux.

– Sûrement pas, répliqua Louise, sans malice, elle est laide à faire peur.

Les filles échappèrent un rire cristallin égrené note à note et qui montait harmonieux avant de s'étouffer.

— Qu'est-ce qu'il y a de si drôle pour vous faire rire de si bon cœur, s'informa Josine d'un ton sec.

Les filles restèrent sans voix, le visage allongé. Domitille porta la main à sa bouche. La vieille fille les avait-elle entendues se moquer de sa personne ? Elle espérait que non.

— Rien, dit-elle, on riait pour rien. Il faut ben rire un peu.

— J'ai cru entendre mon nom, je me trompe ? Ta mère est en dedans ? Je viens lui porter des groseilles.

Les filles rirent de nouveau.

— Encore des groseilles ! s'exclama Domitille. On aura peut-être la permission d'en manger.

— Ce sera à ta mère de décider.

— Alors c'est non ! s'exclama Domitille catégorique.

Médard et Daniel sortirent à leur tour, la tête vibrante d'excitation. Ils cherchaient à assouvir leur soif de taquineries, et qui de mieux qu'une étrangère pour apprécier leur subtilité d'esprit ? Arrivés en face des filles, ils juchèrent une fesse sur la rambarde du perron, comme pour y rester avec un besoin irrésistible de dire des idioties.

— En dedans, murmura Médard, on entend tout ce que vous dites par la fenêtre ouverte. Vous vous êtes fait prendre à rire de la Rotureau, hein ?

— Vous deux, allez-vous-en !

Les garçons restaient plantés là, un sourire railleur sur les lèvres. Louise riait de les entendre. Ce qui agaçait Domitille amusait Louise.

– Moi, j'y vais, dit-elle, il faut que je vide les cendres du poêle et, tu sais ce que c'est, après il faut toujours laver le plancher au *lessi*; un travail dont je me passerais volontiers. Mais comme je n'ai pas le choix, j'y vais de ce pas. Tu passeras jaser à la maison quand tu le pourras.

– Promis !

IV

Les cloches d'airain vocalisaient avec brio dans le petit matin à la brise fraîche.

La plus excitée des trois claironnait à tout vent son invitation à la messe dominicale. Elle semblait chanter : « Venez fils de L'Assomption. Venez de par les rangs et les forêts, par la rivière et les sentiers. Fermez commerces et boutiques, attachez barques et chevaux. Venez chanter *Gloria, Sanctus, Bénédictus.* »

Du portail de l'église, ouvert sur la rue, on pouvait voir le bedeau, Jean-Baptiste Trudel, qui, dans sa longue houppelande noire tachée de cire, ressemblait étrangement à un prêtre. Il lâcha les câbles et se mêla aux premiers arrivants.

Des bogheis, cabriolets, tilburys, pataches, la plupart élégants sur leurs roues hautes, venaient des quatre coins de la paroisse. Les charretiers menaient leur attelage dans l'écurie basse et puante où on n'entendait que le cornage des chevaux essoufflés.

Les femmes attendaient leur mari devant les grandes portes. Les pas, qui martelaient le parvis, se multipliaient par dix, par cent. On eut dit que toute la paroisse s'était donné le mot pour quitter son nid d'un coup.

Sitôt agenouillée dans le banc des Picotte, Louise, à l'aide de sa croix de chapelet, gravait sur l'appuie-main les initiales L.P. et A.N.

Sa mère la surprit à massacrer le prie-Dieu. Elle lui appliqua une petite tape discrète sur la main. Pourtant, Louise n'était pas la seule à sacraliser ses amours ; tous les bancs étaient incisés d'initiales enlacées.

Avant les prières au bas de l'autel, le curé François Labelle se rendit au banc des Perreault et murmura à l'oreille de Joseph :

— Après la messe, vous passerez au presbytère. J'ai à vous parler. Je tiens à ce que votre dame vous accompagne.

Rose interrogea Joseph du regard. Ce dernier haussa les épaules en signe d'ignorance. Durant tout l'office, Rose se tourmenta à tel point que des chaleurs lui montaient à la tête. Elle passa en revue ses trois garçons de seize, dix-sept et dix-huit ans et imagina toutes les bêtises possibles. Lequel pouvait bien avoir commis une action blâmable ? Et si c'était sa Domitille ? Le curé ne demandait certes pas à les rencontrer pour rien. Et si c'était pour leur reprocher de limiter les naissances ? Le curé réprimandait vertement les femmes qui refusaient d'enfanter. La fidélité au serment passait par la procréation.

Quand Joseph frappa au presbytère, le curé devança la servante et ouvrit avec un large sourire. Son air bon enfant mit Rose en confiance.

— Veuillez me suivre au bureau.

Tout en désignant une chaise, le prêtre s'adressa à Rose :

— On m'a dit dernièrement que votre mère vous a enseigné à lire et à écrire et que vous avez transmis votre savoir à vos enfants. Vous pourriez également transmettre vos connaissances à notre jeunesse.

– Qu'est-ce que vous attendez au juste de moi, Monsieur le Curé?

– Que vous passiez de maison en maison, au moins deux ou trois fois par semaine pour enseigner le catéchisme, le calcul et la grammaire comme le faisaient certains professeurs au début de la colonisation.

Cette pratique était disparue. Ces enseignants français, très mal rémunérés, étaient retournés dans leur pays et de cette instruction élémentaire et rurale, il ne restait à peu près rien. Le curé poursuivit:

– Au début, les Anglais parlaient d'ouvrir des écoles, mais leur but était d'imposer une taxe. Les colons ont toujours refusé. Depuis leur arrivée au pays, ceux-ci s'étaient toujours arrangés sans taxe. Mais depuis, les temps ont beaucoup changé; L'Assomption compte maintenant quatre mille âmes et la plupart des colons vivent à l'aise. Vous seriez donc rétribuée pour votre travail.

Le curé était fier de sa paroisse. Les cultivateurs ne manquaient de rien; la ferme leur fournissait la viande, les produits laitiers, les légumes, le sirop d'érable, les épices, le café d'orge, le blé et la laine. L'argent de la vente du blé, du bois et de la potasse pouvait donc dormir dans le bas de laine.

– Le dernier professeur gagnait soixante piastres par année. Je vous propose donc vingt piastres, ce qui est largement suffisant pour une femme. Cet argent sera versé en propre à votre époux.

Rose, qui ne connaissait rien aux salaires, s'en remit entièrement au prêtre. Le bon curé Labelle n'abuserait certes pas de la naïveté de ses paroissiens.

— C'est un travail d'homme que vous me proposez là, Monsieur le Curé.

— Homme ou femme, peu importe, si vous êtes solide et en bonne santé. L'objectif visé est que nos enfants s'instruisent.

— Il y a le jeune Brien, Olivier je crois, qui lui aussi sait lire. Peut-être que…

— Non, ce serait compromettre une vocation religieuse. Olivier Brien est déjà inscrit au nouveau collège. Quel honneur ! Nos fils de la paroisse recevront une instruction solide et certains embrasseront des carrières de journalistes, médecins, avocats, prêtres. Sans prétendre rabaisser le métier d'agriculteur, la paroisse a besoin de professionnels pour aller de l'avant, pour défendre ses droits.

Olivier Brien, prêtre ! Domitille lui avait parlé de notariat, le curé lui parlait de prêtrise. Rose doutait un peu de cette vocation, mais tout était possible.

— Un jour, continuait le curé, nous aurons peut-être un couvent et des religieuses comme à Québec. Le curé De Geay a donné un terrain situé près de l'église pour y établir au plus tôt un couvent de Sœurs de la Congrégation, mais avec son départ, le projet a échoué.

Rose n'écoutait que d'une oreille. Elle s'informa :

— Je suppose que mon enseignement se limiterait aux enfants de notre rang ?

– On pourrait commencer par le rang du Haut-de-L'Assomption et le rang de La Savane. Ensuite il faudrait englober ceux du Point-du-Jour-Nord et du Point-du-Jour-Sud.

Rose fit entendre une longue respiration qui marquait son embarras.

– Tant de rangs! C'est toute une tâche. Je ne sais pas où je prendrais le temps. J'ai une famille à m'occuper.

– Vous avez une grande fille? Elle prendra la relève. Avec une heure ou deux d'enseignement par maison et en ajoutant des devoirs et des leçons, ce serait déjà un bon début. La paroisse se chargera de fournir les manuels scolaires.

Il avait dit: «une grande fille». Domitille était grande, mais elle n'avait que treize ans. Rose réfléchissait à ce que serait sa vie si elle acceptait.

Certes, c'était bien tentant de transmettre son savoir aux enfants, de retrouver l'odeur de l'encre et des livres. En plus, l'argent était un avantage à ne pas dédaigner. Avant de donner son accord, il faudrait que son Joseph se charge de la voiturer soir et matin et que sa pauvre Domitille accepte de se taper seule les repas, le ménage, le lavage, les conserves et tout le reste. C'était infliger une lourde tâche à une enfant. Mais comment dire non à son curé?

– Vous me prenez de court, Monsieur le Curé. Ce que vous me proposez là demande un temps de réflexion. Je dois d'abord en parler seule à seul avec mon Joseph.

– Allez, réfléchissez! Vous me donnerez votre réponse la semaine prochaine. Il ajouta: Vous êtes un atout précieux pour la paroisse et, sans doute, notre dernier recours. Presque tous mes paroissiens savent signer leur nom, mais leurs connaissances en lecture s'arrêtent là. Rappelez-vous que si vous refusez, les enfants de la paroisse resteront dans l'ignorance.

Soudain, le visage du curé se rembrunit.

— Autre chose aussi, dit-il, votre petite dernière doit bien avoir huit ans. Comment se fait-il que dans votre maison, les naissances aient cessé ? Serait-ce que vous usez de moyens pas trop catholiques ?

Rose, muette, pencha la tête. Joseph s'empressa de rétorquer :

— Vous savez, Monsieur le Curé, des enfants, je peux en faire à la douzaine, mais sitôt nés, je vais vous les amener et vous les élèverez.

Deux plis profonds des sourcils manifestaient le mécontentement du prêtre.

— Vous ne comprenez rien, mon cher Joseph. Ma charge se limite au salut des âmes, et non à élever les enfants de mes paroissiens. Il me revient de vous remettre sur le droit chemin. Si vous empêchez les naissances, vous serez excommuniés tous les deux et à votre mort, vous serez précipités au feu de l'enfer.

La condamnation du curé tombait comme un glas. Joseph sentit une sueur froide parcourir son dos. Être excommunié signifiait être rejeté de l'Église, des paroissiens, des voisins, de sa propre famille et de toute alliance pour ses enfants. Les siens perdraient le privilège d'entrer dans l'église, de s'approcher des sacrements et d'être enterrés au cimetière, ce qui s'avérerait une abomination.

– Si c'est comme ça, Monsieur le Curé, je vais me comporter comme un moine.

– Vous passerez au confessionnal tous les deux.

Les Perreault quittèrent le presbytère sur cette défaite.

Joseph n'avait encore émis aucune opinion regardant l'enseignement. Assis dans la voiture, l'homme fixait le chemin. Il était très fier des connaissances de sa femme, mais il se sentait en reste et il tentait de le cacher. Le seul avantage restait l'argent qui gonflerait le bas de laine.

En passant devant chaque ferme, Joseph imaginait les couples heureux abrités dans leur maison. Et lui, où trouverait-il son bonheur si sa femme accédait à la demande du curé ? Si Rose enseignait, elle ne serait plus là pour le recevoir avec son aimable sourire chaque fois qu'il rentrerait de l'étable et c'en serait fini des petits pinçages de fesses qui faisaient briller ses yeux, quand elle le frôlait, quand elle le servait. Et pour la besogne, Domitille serait-elle à la hauteur ? Ces derniers temps, sa mère la trouvait un peu nonchalante. Il fallait aussi penser à Rose, à la fatigue à laquelle le travail la condamnerait. Joseph posa sa grosse main sur la sienne.

– Si c'était possible de réunir des groupes d'enfants dans une même maison, ça t'exempterait de répéter sans cesse le même enseignement.

– Tu verrais ça, toi ? Peut-être trente ou quarante enfants dans une même cuisine, sans compter Aurélie et Aglaé. Les petites m'accompagneront. Elles savent lire, écrire et compter jusqu'à cent. Elles aideront les plus jeunes à former les lettres et les chiffres et, à la maison, Domitille sera soulagée de leur garde.

— Faudra proposer cela au curé. S'il trouvait un local, Médard et Daniel pourraient te voyager à tour de rôle.

— Il me faudrait partir tous les matins, beau temps, mauvais temps, enceinte ou indisposée ?

— Pas enceinte. Finis pour nous les bébés !

— Voyons, mon Joseph, je sais que tu ne pourras pas tenir longtemps au régime de chasteté. Je fais mieux de garder notre petite vessie de cochon au cas où.

— Non ! Tu jetteras ce machin au poêle. Chaque fois que le désir me démangera, je penserai au feu de l'enfer.

— Et puis il va falloir atteler Domitille à la tâche comme disait monsieur le curé. Lui, il ne sait pas que les enfants amènent plus d'ouvrage qu'ils en abattent. On voit ben qu'il n'en a jamais eu. Domitille reste ma plus grande préoccupation. Si elle allait s'épuiser, je me verrais obligée de revenir sur ma décision.

En rentrant à la maison, le premier mouvement de Rose fut de cacher la petite vessie de cochon, sous une pile de vêtements dans le tiroir du chiffonnier.

Elle attendit le déjeuner pour raconter aux enfants sa visite au presbytère. L'événement mit toute la cuisine des Perreault en effervescence. Domitille encouragea sa mère à accéder à la demande du curé. Mais celle-ci hésitait.

— Ça me coûte de te refiler mon ouvrage. Tu te vois à treize ans avec la charge de toute une famille sur les bras ? Je sais ben que tu es capable d'aider, mais de là à tenir maison seule ; c'est autre chose.

— Oui, mais avec un salaire au bout. Si vous gagnez des sous, vous serez en mesure de me payer.

Rose sursauta.

– Oh, pour ça, non ! Tu ne manques de rien, ici ? Est-ce que tu nous as payés, toi, pour t'avoir élevée ?

– Ce n'est pas pareil ! Vous êtes une mère. Un jour, moi aussi, je le ferai pour mes propres enfants.

– Non, pas question ! Ce sera gratuit et qu'on n'en parle plus. Si j'étais toi, je serais gênée de proposer un pareil arrangement à ma mère. Je me cacherais la face dans les mains.

Domitille pouffa de rire. Et dans un élan de tendresse, elle se pendit au cou de sa mère.

– Vous savez ben que je ferai tout ce que vous me demanderez, maman. Je vous aime assez.

– Tu es une bonne fille, dit Rose.

Elle referma tendrement ses bras sur Domitille. Sa fille la dépassait en grandeur et ses vêtements moulaient son corps comme un boudin. Où trouverait-elle le temps de lui confectionner une nouvelle robe ?

V

Le dimanche suivant, le vent avait balayé les nuages et le soleil revenait en force. À la sortie de l'église, Olivier Brien fendit la foule pour rejoindre Domitille Perreault.

– Bonjour, Domitille ! Venez par ici un peu. J'ai à vous parler et ça ne regarde personne.

Olivier était d'une propreté méticuleuse. Il portait un veston bien pressé sur une chemise blanche amidonnée, fermée au cou par une minuscule boucle noire, un pantalon ample coupé au genou et des bottines d'où partaient des bas trois-quarts. Ses cheveux bruns, frais lavés, étaient coupés courts avec une raie sur le côté. Il aurait été joli garçon n'eut été son air de suffisance qui intimidait les filles.

Il entraîna Domitille un peu à l'écart des paroissiens afin que personne n'entende sa proposition.

Mais le jeune Chévaudier, toujours à l'affût de savoureuses indiscrétions, s'était faufilé en retrait du clocher avec l'intention de surveiller Olivier et la petite Perreault.

Olivier regardait Domitille de ses grands yeux profonds.

– Le temps est au beau, qu'est-ce que vous diriez cet après-midi d'aller faire un petit tour de chaloupe sur la rivière ?

Domitille pencha la tête, le temps de réfléchir.

— Je dois d'abord demander la permission à mes parents.

Comme tous les jeunes de dix-sept ans, Olivier était pressé de savoir à quoi s'en tenir. Depuis des mois, à l'office du dimanche, cette fille l'éblouissait et il se promettait de l'aborder, mais chaque fois, la crainte de se faire éconduire le faisait renoncer.

Domitille était bien agréable à regarder ; ses traits délicats, presque parfaits, en faisaient une fille séduisante. Elle tenait tous les garçons sous le charme et pourtant, elle restait simple et sage.

Olivier avait dû patienter avant de lui faire des avances. Dans le temps, Domitille n'était encore qu'une fillette. Maintenant, elle avait treize ans et Olivier n'attendrait pas qu'un autre garçon le devance.

— Allez leur demander tout de suite. Je vous attends ici.

— Non ! Pas devant tout le monde ; ça se demande mieux à la maison.

Était-ce un refus maquillé ? Olivier était dépité, toutefois, il ne voulait pas laisser paraître sa déception. Il se reprit aussitôt.

— Je me rendrai chez vous après le dîner. J'aimerais que vous m'attendiez sur le perron. Si je ne vous vois pas dehors ; je passerai tout droit.

— Ça va, mais laissez-moi un peu de temps. Après le repas, vous savez ce que c'est ; il y a la vaisselle et tout ça.

— Bien sûr. À bientôt !

* * *

Le dîner terminé, la place balayée, Domitille demanda à sa mère la permission de sortir.

— Olivier Brien m'a invitée à faire un petit tour de chaloupe sur la rivière. On se rendrait au village de L'Assomption.

Derrière la table, Daniel et Médard sifflaient. Ils se mettaient toujours à deux pour l'agacer.

Domitille fit la sourde.

Joseph et Rose échangèrent un regard entendu, agrémenté d'un sourire en coin. Ils avaient prévu qu'un jour, un beau garçon lèverait les yeux sur leur fille, mais de là à s'imaginer que ce serait le fils des Brien, ces voisins honorables dont l'aîné était prêtre, il y avait un monde. Toutefois, Rose se faisait du souci. Sa Domitille si douce, si tendre, saurait-elle repousser un garçon s'il devenait trop entreprenant?

— Qui vous accompagnera?

— Personne. Pourquoi?

— Pour protéger ta réputation. Les filles qui traînent sur les routes avec les garçons font parler d'elles. Si c'était pour la messe, je ne dirais rien, mais sur la rivière, vous serez seuls; ce ne serait pas convenable.

— La route ou la rivière, c'est du pareil au même.

— Non, Domitille! Tous les riverains vont vous voir passer et ils vont peut-être mal vous juger. Trouve-toi un chaperon ou ben reste ici!

— Je peux y aller, moi, proposa Médard, taquin.

— Toi? reprit Domitille insultée. Non! Merci ben!

— Tu peux amener Aglaé, proposa Rose.

Domitille restait muette. Un chaperon, pensait-elle, qui allait se mêler à leur conversation et tout gober ce qu'ils allaient dire. Et avant tout, qu'est-ce qu'Olivier Brien allait en penser?

– Je ne suis pas un bébé. J'aime mieux rester ici.

Elle se dirigea vers la berçante avec à la main un vieux livre écorné par l'usage qu'elle avait lu et relu sans se lasser. Tout en lisant, elle mouillait son doigt de salive à chaque page qu'elle feuilletait.

* * *

La maison des Brien surprenait par la chaleur qui s'en dégageait. La grande cuisine, d'une scrupuleuse propreté, était peinte en vert avec des réchampis en jaune et le sol était revêtu de planches blondes. Tout au fond de la pièce, une armoire à deux portes contenait le linge de maison. On la nommait «la lingerie.» Le crucifix, accroché très haut, touchait presque le plafond dans le but d'inciter les âmes à s'élever vers le ciel.

Chez les Brien, Geneviève recevait, comme tous les dimanches midi. La famille comptait sept enfants dont cinq avaient quitté la maison. Restaient Raymond, Olivier et le jeune engagé de treize ans, Joseph Chévaudier dit Lépine, l'orphelin que madame n'avait pu se résigner à renvoyer à sa misère, et un chien nommé Tout-Petit.

Louis-Michel Brien était assis au bout de la table. Il regardait tournicoter Geneviève autour du poêle. La femme au front dégagé, au teint rose, au regard brillant sous ses longs cils noirs, surveillait un bœuf à la mode où flottaient des yeux de gras. Une grosse poule mijotait sur le rond voisin.

Les enfants, radieux, descendaient des voitures de famille. Ils entraient à pleine porte avec conjoints et marmots. Dans la campagne morte, ce rendez-vous dominical était sacré et si un des leurs s'absentait au repas du midi, les parents leur en tenaient rancune.

Son office terminé, l'abbé Thélis Brien avait quitté son presbytère pour s'ajouter à ses frères et sœurs. C'était un besoin chez lui de se retremper chaque semaine dans l'atmosphère familiale.

Dans la cuisine surchauffée, toute la famille était attablée devant une abondance de choux, de radis, de tomates et d'oignons. Parmi ces victuailles, au hasard, une poule à la tête coupée. On ne s'ennuyait pas autour de leur table.

À la sortie de la messe, toutes les nouvelles vraies ou fausses se communiquaient sur le perron de l'église, et au retour, c'était à qui des enfants rapporterait les mésaventures et les faits récents les plus intéressants.

Pendant que la mère déposait les assiettes creuses et les bols de faïence devant les siens, Raymond rapportait un événement farfelu :

– Après la criée, sur le perron de l'église, Nolin a fait une réparation d'honneur à Séguin qu'il avait traité de « cul doré ». Vous savez à quel point Séguin est précieux. Il ne s'assied jamais sur une chaise avant d'avoir dépoussiéré le siège de sa main. Vous auriez dû entendre Nolin lui dire : « Je m'excuse, monsieur Séguin, de vous avoir traité de « cul doré » quand je ne sais pas si vous avez le cul rose ou brun. »

Une tempête de rires éclata. Thélis et Louis-Michel se contentèrent de sourire. Seul Olivier restait de marbre.

— C'est tout un phénomène, ce Nolin, fit remarquer Geneviève.

— Vous ne savez pas la meilleure ? reprit Sophie. Jacques Gadiou fait les yeux doux à Agathe Morin. Si Agathe Morin lui a tapé dans l'œil, préparez-vous à aller aux noces l'an prochain. Jacques est prêt à marier la première fille qui lui dira oui. Gadiou a une âme amoureuse, mais il ne sait pas de qui.

— Agathe et Jacques ? fit Isabelle étonnée. Qui t'a dit ça ?

— Personne ! J'ai des yeux tout le tour de la tête.

— Moi, ça me surprendrait ben qu'Agathe regarde un des fils Gadiou. Agathe est une bonne fille et pas bête pour deux sous.

— Pourquoi ça ? reprit Sophie, étonnée.

— Parce que les Gadiou, c'est rien que les Gadiou. Ils ne sont pas de sa condition. Isabelle baissa le ton et continua : Jacques Gadiou est un cochon qui boit comme un trou et puis sa tante a déjà été la honte de sa famille et aussi de toute la paroisse. Les Morin ne laisseront pas leur fille marier un garçon marqué au front. Elle ajouta d'un ton malicieux : « Mauvaise herbe croît toujours. »

À cette médisance, les fourchettes arrêtèrent leurs élans. Tous les yeux dévisagèrent Isabelle puis se tournèrent vers l'abbé, mais celui-ci mastiquait son pain, sans parler. Il avait comme principe de ne jamais bombarder les siens de conseils et encore moins de les gaver de remontrances. Il soutenait qu'il n'était pas leur curé. Toutefois, il gardait une oreille attentive et une approbation toujours présente, comme un réconfort, pour quiconque réclamait son écoute.

Ce fut sa mère qui servit à Isabelle des reproches amers. Geneviève ne transigeait pas avec sa conscience. Même si ses filles étaient mariées, elle était toujours là pour les remettre au pas, comme lorsqu'elles étaient gamines.

– Tais-toi donc, Isabelle! C'est de la pure calomnie. On ne dirait pas que vous venez d'aller communier. Et toi, Sophie, tu ferais mieux de te recueillir dans l'église plutôt que de surveiller tout ce qui se passe autour de toi.

Sophie sourit malicieusement: sa mimique était la preuve même de sa complicité. Elle enchaîna comme si de rien n'était:

– Après la messe, mademoiselle Josine jouait la dévote attardée, quand tout le monde sait que sa piété laisse à désirer. C'est une grenouille de bénitier.

Geneviève bondit d'indignation. Elle se servit un peu de sauce avec une cuillère de bois. Elle s'attendait à ce que son mari intervienne, qu'il sermonne Sophie; mais non, il était là qui souriait de les entendre. Geneviève en avait supporté plus qu'assez des propos choquants de ses filles.

– Ah, arrêtez, dit-elle. Si vous pensez que j'ai la tête aux réprimandes…

Puis elle se tut, mais on entendait craquer les grignons de pain sous sa dent dure. La narine nerveuse, l'œil sec, elle dévisageait Sophie. Elle voyait bien que ses reproches étaient inutiles, que ses filles s'amusaient à ses dépens. Elle se tut net.

Isabelle tapota son épaule et lui dit doucement:

– Voyons, maman, vous n'allez pas vous offenser pour un grain de sel ou une goutte de vinaigre ? Il faut ben s'amuser un peu si on ne veut pas oublier de rire. Et elle ajouta : À matin, la Chicoine n'était pas à la grand-messe. Je me demande ben si elle peut être malade.

Le jeune Chévaudier n'attendait que l'occasion pour se tailler une place dans la discussion.

– Hier, dit-il, son mari l'a conduite chez monsieur Crevier, le *ramancheur*. Elle s'est fait une entorse à la cheville gauche. Monsieur Amable a enduit son bobo de beurre brûlé, puis il a bandé sa cheville et lui a défendu de marcher dessus.

Tous les yeux étaient sur lui.

– Tiens, t'es au courant de ça, le jeune ? questionna Isabelle étonnée. Tu as même entendu ce qui s'est dit ?

– Je vous le dis tel que vu et entendu.

Isabelle hocha la tête. C'était à se demander si le petit Joseph n'était pas entré chez le *ramancheur*.

Le dîner terminé, alors que l'odeur du repas flottait encore dans l'air, la maisonnée était si bruyante que Louis-Michel et Thélis avaient peine à poursuivre leur entretien. Marie chantait en berçant ses deux bébés endormis dans ses bras, et sa fillette de trois ans, montée sur un arceau, donnait des élans à la berçante. Au bas de l'escalier, deux bambins s'arrachaient un cheval de bois et criaient à fendre l'âme.

Raymond sépara les gamins.

– Arrêtez votre tapage ! Vous arriverez à rien à criailler comme ça.

Il porta le jouet au hangar.

Après avoir mangé sur le pouce, Olivier s'était retiré dans l'escalier, son coin préféré quand il recherchait la paix. Il surveillait l'heure, et le perron des Perreault. Domitille n'était pas sortie et il supposait un refus. Peut-être les parents de Domitille lui défendaient-ils de fréquenter les garçons; leur fille était si jeune. Olivier se cassait la tête à trouver un autre moyen de l'approcher. Si au moins Domitille sortait sur la galerie, il pourrait aller passer l'après-midi en sa compagnie. Il restait là, les yeux soudés à la fenêtre, soucieux, impatient. Olivier détestait attendre. Finalement, ce fut sa sœur Sophie qui le tira de ses pensées.

– Tiens, notre Olivier n'a pas l'air dans son assiette aujourd'hui.

Olivier se leva en coup de vent et, sans regarder personne, il sortit en claquant la porte.

– L'horloge! cria Geneviève.

L'horloge en bois de chêne, accrochée au mur de la chambre des parents, redoutait les coups de tonnerre et les portes qu'on fermait à tour de bras. Un rien arrêtait son faible cœur de bois de palpiter.

Sophie sentait Olivier agressif. Elle regrettait de l'avoir provoqué. Elle lança son torchon sur la table et tenta en vain de le rejoindre. Elle s'arrêta sur le seuil de bois usé et le regarda s'en aller du côté des Perreault.

Tout-Petit le suivait au pas.

– Vous avez vu, maman? Olivier m'en veut. Je n'avais pourtant pas l'intention de l'agacer.

– Notre jeune frère est maussade depuis quelque temps, renchérit Isabelle, je me demande ben quelle mouche l'a piqué.

– Je le sais, moi, reprit le petit Joseph, c'est la faute à Domitille Perreault. Olivier l'a invitée à se promener sur la rivière. Elle a probablement refusé de l'accompagner et ça doit le mettre en beau joual vert. Ça doit être pour ça que tantôt, il reluquait du côté des Perreault.

– Qui t'a dit ça, le jeune? demanda Isabelle avec son besoin de tout justifier.

– Je le sais. C'est tout!

– Encore une de tes indiscrétions? Ma foi, tu ne changes pas, toi! Tu as toujours le nez fourré partout.

– Laisse-le, reprit Sophie, le petit Joseph a droit de parole comme tout le monde.

Geneviève reprit doucement ses enfants :

– Laissez donc Olivier tranquille! Il a droit à ses humeurs.

– Tiens, écoutez-moi ça! relança Sophie sans méchanceté. Maman surprotège son petit dernier, son chouchou d'amour.

Sa mère se refusait à la trouver drôle.

– Mais non! Taisez-vous donc. Une mère aime tous ses enfants également. Et puis, vous êtes ben pires que moi; vous êtes toutes là, à vous liguer contre lui.

– C'est ben comme je disais : votre petit dernier reste le préféré. Vous ne vous voyez pas, maman, vous pliez à tous ses caprices. Je serais même prête à jurer qu'Olivier n'a jamais essuyé un « non », tandis que nous, on les ramassait à la pelle.

– C'est pas vrai, ça, Sophie! Ce sont de pures inventions. Tu verras ben quand t'auras des enfants qu'on les aime tous également. Tu m'en reparleras.

Sophie posa les mains sur son ventre. « Encore un peu, pensait-elle, et ça y sera. »

Les filles riaient de voir leur mère s'emporter.

– Choquez-vous pas, maman. On fait juste vous taquiner.

Geneviève n'ajouta rien. Quand ses filles s'y mettaient, c'était inutile d'insister. Celles-ci se liguaient à quatre contre elle et, à chaque discussion, Geneviève perdait des plumes.

Soudain, ils entendirent un boum sourd sur le plancher Louis-Michel Brien se retrouvait par terre, sans connaissance. Un silence de mort s'ensuivit. Puis les enfants se bousculèrent confusément en interpellant leur père à grands cris pour le tirer de sa léthargie. Marie les écarta et prit son pouls. Le cœur battait. Geneviève imbiba un linge d'eau froide et humecta les tempes et le front de son mari. Thélis conduisit tous les petits à l'extérieur pour leur épargner un spectacle qui risquait de les marquer.

Chévaudier sortit. Sa première réaction fut d'aller prévenir le médecin. Il détacha la pouliche de Thélis et galopa vers le village. À l'arrivée du docteur, Louis-Michel était déjà sur pied.

– Ce n'est rien, dit-il, tout le monde s'est énervé pour rien. C'est mon repas qui passait mal.

– Ce n'est pas votre digestion.

– D'abord, c'est la fatigue.

– Ça me surprendrait un peu. Passez à la chambre, je vais vous examiner.

Après une investigation sommaire, le médecin posa les quelques questions qui lui semblaient les plus importantes.

Puis il recommanda à Louis-Michel de ménager ses forces.

– Ne prenez pas votre malaise à la légère. À la moindre indisposition, qu'on vienne me chercher.

VI

Ce même dimanche, chez les Perreault, Rose pelait des pommes et laissait tomber ses trognons sur un court comptoir de tôle galvanisée. Cette permission refusée à Domitille l'obsédait. Elle regrettait un peu d'avoir été inflexible. Si à l'avenir sa Domitille allait s'amouracher d'un garçon quelconque, Rose l'aurait bien cherché en éloignant le jeune Brien, un garçon remarquable et de bonne famille. Et, ce qui ne gâchait rien, Olivier, grand et hautain, avait très bonne mine. Rose revint donc sur sa décision.

– Tu sais, le jeune Brien dont tu me parlais, si tu le laisses filer, il lèvera peut-être les yeux sur une autre fille et ce serait dommage ; les partis intéressants comme lui se font plutôt rares dans la place.

Domitille ferma doucement son petit livre de lecture, le déposa sur ses genoux et leva ses beaux yeux purs sur sa mère.

– Je sais, mais je ne veux ni d'un parti intéressant ni d'un chaperon. C'est réglé et je ne veux plus qu'on y revienne !

Sitôt dit, elle détourna la vue et marmonna :

– Le dimanche, c'est assez ennuyant. Il ne vient jamais de visite. Il ne passe presque personne sur ce rang de misère.

– Ce n'est pas un rang de misère, reprit Rose, les gens vivent très à l'aise sur ces terres. Si les promeneurs du dimanche utilisent plutôt le chemin de l'autre côté de la rivière, c'est qu'il est plus populeux et que par là, ça bouge davantage. Tu vois, les gens recherchent la société pour chasser l'ennui. Ils ont besoin de voir d'autres visages que leurs voisins immédiats.

Domitille fixait le bout de ses sabots, comme les rares fois où on lui adressait des reproches.

– C'est ben ce que je vous disais. Je veux voir d'autres gens.

Rose s'approcha de Domitille et, de son index, elle releva son menton délicat pour forcer sa fille à la regarder.

– Écoute, si tu me promets de te tenir comme il faut, je t'accorde la permission d'accompagner le jeune Brien, mais si jamais tu te conduisais mal, tu me ferais beaucoup de peine. Tu me comprends ?

– Vous savez ben, maman, que je ne suis pas une fille à me pendre au cou des garçons.

Domitille regarda l'heure sur des lignes gravées à cet effet sur le rebord de la fenêtre. Le soleil marquait le mitan de l'après-midi. Elle déposa son livre sur une petite corniche et le coinça entre la statuette de la Vierge et le mur, puis elle monta lentement à l'étage. Elle referma la porte de sa chambre sur ses talons et fouilla dans le tiroir du haut qui lui était assigné. Chaque fille avait le sien ; celui du milieu était alloué à Aglaé et celui du bas à Aurélie. Domitille déposa sur son lit une robe de soie écrue et un chapeau de paille garni d'un long ruban. « Ce sera si romantique, se dit-elle, un garçon et une fille dans une chaloupe à ramer et glisser sur l'eau.» Elle ferma les yeux un moment pour mieux se représenter la scène. Elle imagina Raymond à ses côtés, puis elle chassa aussitôt cette vision fantastique de ses pensées. Elle s'habilla, arrangea ses cheveux de son mieux et descendit.

Une fois dehors, elle aperçut Olivier. Il approchait d'un pas allongé, la casquette sur l'œil. Tout son bonheur se retrouvait dans son sourire.

– Accordez-moi deux minutes; je vais chercher la chaloupe et je vous retrouve ici.

Domitille, fière de sa robe et de sa capeline à rubans, était heureuse d'aller se balader sur l'eau. Pas précisément pour Olivier; c'était plutôt qu'elle tirait une certaine fierté de prouver aux filles du rang que les garçons s'intéressaient à elle. Toutes les filles l'envieraient et verraient qu'elle n'était pas une laissée pour compte.

Quelques minutes passèrent. Olivier revint essoufflé d'avoir monté de la rive à la maison. Il tira la main de Domitille et ils prirent un sentier bordé de ronces, tout piétiné. L'été, les Perreault utilisaient fréquemment ce raccourci; les garçons pour la pêche, les femmes pour la lessive. Olivier aida Domitille à descendre un raidillon assez traître qui menait à un petit espace plat où la végétation était à peu près inexistante.

Trois canards barbotaient.

– Attendez! Je vais vous porter dans mes bras jusqu'à la chaloupe pour garder vos pieds au sec.

– Non! J'aime mieux marcher.

Domitille retroussa sa jupe qui lui descendait jusqu'aux chevilles et se plia en deux pour enlever ses chaussures.

Sur un fond caillouteux, avec de l'eau froide aux mollets, les tourtereaux traversèrent bravement à gué la distance qui les menait à une vieille chaloupe rouge. Domitille s'assit à l'avant de la barque et Olivier prit place à l'arrière, face à sa belle. Il se mit à ramer vaillamment du côté de la presqu'île.

Domitille se prélassait, bercée par le mouvement de l'embarcation. La nature gardait tous ses sens en éveil. Le long de la rivière, les oiseaux piaillaient dans les arbres et à toutes les fermes, les chiens aboyaient. Le soleil d'août traçait sur l'onde pure une longue traînée lumineuse, comme une poussière argentée qui venait jusqu'à eux. Domitille ne regrettait rien. Il y avait le claquement des eaux provoqué par le mouvement des rames et la brise légère qui caressait ses bras et son cou.

Vues de la rivière, les maisons étaient presque méconnaissables. La famille Brien cherchait un peu de fraîcheur sous le saule.

Olivier les salua.

Sur la rive, ses sœurs dessinaient de grands signes de la main, les invitant à approcher de la berge, mais Olivier, ignorant ce qui se passait chez lui, ne vit que de l'amusement dans leur invitation. Il fila vers le village.

Domitille s'étonnait de voir tant de monde chez les Brien.

– C'est jour de fête, chez vous?

– Non! C'est comme ça tous les dimanches. On ajoute une rallonge à la table et on en monte une deuxième avec des planches sur chevalets. Maman sert deux tablées. Un jour, je vous inviterai à venir dîner à la maison.

– Votre mère doit en avoir assez comme c'est là. Le fait de recevoir tant de monde doit l'épuiser ! Elle n'est plus jeune.

– Maman aura soixante-trois ans en août. Elle ne se plaint pas. Elle dit que le jour où ses enfants ne viendront plus, il ne lui restera qu'à mourir.

– Vous ne devez pas vous ennuyer avec tant de monde autour.

– Parfois, oui ! J'aime mieux être ici, seul avec vous.

– C'est gentil ce que vous me dites.

– Regardez, Domitille, vous voyez à ma droite, le saut-de-loup, ce petit fossé qui se jette dans la rivière ? J'aime bien ce terrain en pente douce qui s'étend jusqu'à la clôture de ligne. Je vais le demander à mon père. Comme il parle de laisser sa ferme à Raymond, il ne pourra pas me refuser un petit coin de terrain sur la rive. Un jour, nous aurons une belle vie et une jolie maison face à la rivière.

Domitille sourit. Elle ignorait qui faisait partie de ce «nous»; en tout cas, certainement pas elle; ils en étaient à leur première rencontre. Sans doute, Olivier faisait-il allusion à celle qu'il choisirait un jour. Olivier parlait beaucoup et Domitille aimait bien l'écouter raconter ses projets. Ce garçon était de commerce agréable. Elle le trouvait même modeste et sympathique; elle qui craignait de ne pas être à la hauteur. «Dire que les filles le trouvent prétentieux, se dit-elle, c'est bien mal le connaître.»

– Moi, je veux la ferme de mon père, mais c'est Raymond qui l'aura. Comme il est l'aîné, il passe avant moi. Un jour, j'aurai une ferme et si c'est possible, près de la rivière. Après avoir passé mon enfance près de l'eau, je ne saurais plus m'en passer.

– Je pensais que vous vouliez devenir prêtre.

– Non, c'est mon père et mon frère Thélis qui m'orientent dans cette voie, mais encore faut-il sentir l'appel!

Un canot, bondé de filles et de garçons, les frôla de près. Ils étaient huit jeunes à pagayer. Ils secouaient gaiement leur chapeau à bout de bras. Domitille reconnut Agathe Morin, une cousine, qui demeurait non loin de chez elle, sur le lot 241.

À cette époque, les mariages étaient la plupart du temps conclus entre voisins ou cousins. Ainsi donc, tout le monde était un peu parent.

Agathe, le buste emprisonné dans un corsage serré, était assise collée contre Jacques Gadiou et, comme une mangeuse d'hommes, elle l'embrassait à bouche que veux-tu. «Lui, avec Agathe», se surprit Domitille. Elle connaissait bien les Gadiou. Ils demeuraient la deuxième maison après la croix du chemin. Agathe leva la tête et cria: «Allô!» de toutes ses forces. Domitille la salua gentiment, comme elle aurait salué Louise Picotte ou encore n'importe quelle fille de son rang.

Puis le canot traça, rapetissa et disparut de sa vue. Domitille s'agenouilla dans la chaloupe. Penchée à plat ventre par-dessus bord, elle bougeait ses mains dans l'eau. Subitement, un coup de vent effronté bomba sa robe et emporta son chapeau de paille.

D'une main leste, Domitille replaça sa jupe, espérant qu'Olivier n'ait rien vu.

Mais l'espace d'un éclair, Olivier avait vu ses longues jambes droites et ses cuisses fermes.

Il s'assura que le canot de jeunes ne fasse demi-tour et il déposa les rames. Sans gêne, il enleva sa chemise, laissa glisser son pantalon et plongea à l'eau. La chaloupe tangua dangereusement. Domitille prit peur. Olivier avait disparu sous la chaloupe et comme elle ne savait pas nager, elle ne pouvait le repêcher. Elle tendit une rame, espérant qu'Olivier la saisisse. Soudain, six ou sept mètres plus loin, la tête d'Olivier émergeait de l'eau.

Domitille respira de soulagement. Elle avait eu peur pour rien. Après quelques brasses, le garçon revenait avec sur le faîte de la tête, le chapeau de Domitille. La paille et les rubans étaient trempés et l'eau dégoulinait comme d'un parapluie. Olivier le lança au fond de la barque, puis il s'accrocha des mains sur le rebord, si près de Domitille que ses cheveux mouillés touchaient les siens. Les yeux d'Olivier brillaient de toutes les ardeurs de l'amour et du plaisir. Domitille s'amusait de le voir, la crinière collée au front et l'eau qui dégouttait sur ses joues. Olivier secoua la tête et l'aspergea de gouttelettes froides pour la taquiner. Domitille éclata de rire et essuya sa figure de ses mains. Olivier fit un dernier plongeon et, vif comme un poisson, il sauta d'un bond dans l'embarcation. Il était presque indécent avec sa culotte trempée qui lui collait à la peau.

Olivier s'étirait à se briser les os et grognait de satisfaction, puis il invita Domitille :

– Approchez ! Venez vous asseoir sur mes genoux.

Domitille, stupéfaite, semblait frappée par la foudre. Son sourire s'effaça et elle baissa les yeux. Une émotion très forte rougissait sa figure. L'invitation était gênante pour son esprit encore timide. L'instant d'avant, elle avait presque aimé le coudoiement, la relation fragile et étroite qui se tissait entre eux et qui ressemblait à une douce intimité. Mais avec sa proposition choquante, Olivier brusquait la fragilité de ses treize ans. Domitille rêvait de sentiments purs et tendres et Olivier ébranlait sa vision de l'amour.

– Vous plaisantez? Vous vous amusez à m'intimider, dit-elle, contrariée.

Olivier la regardait fixement avec une douceur dans les yeux.

– Pourquoi je plaisanterais?

– Si plutôt on retournait à la maison? dit-elle, confuse.

– Qu'est-ce qui vous presse tant? Vous n'êtes pas bien ici?

Domitille bafouilla quelques paroles décousues.

– C'est juste que maman va s'inquiéter. Le temps passe et il y a le souper à préparer.

Olivier se précipita vers elle, mais elle l'arrêta comme pour réfléchir. Elle fit non de la tête et ses yeux se détournèrent lentement.

Il s'affaissa mollement sur les genoux, glissa ses doigts dans les cheveux souples et d'une voix langoureuse, il lui chuchota, bouche contre oreille:

– Je vous aime, Domitille. Je vais vous faire un aveu. Vous ne m'en voudrez pas, j'espère.

– Dites, toujours!

– Le soir, quand les lampes s'allumaient aux fenêtres, je venais rôder autour de votre maison dans le seul but d'apercevoir votre sourire.

Domitille ne dit rien. L'embarras la paralysait, comme si, soudain, elle avait peur de lui. Elle ne pouvait répondre à ses sentiments. Tout s'emmêlait dans sa tête. Les yeux gris de Raymond se superposaient sur les yeux bruns d'Olivier. Et si elle lui disait carrément qu'elle ne l'aimait pas d'amour ? que c'était Raymond qu'elle aimait ? Et puis non, ce serait trop blessant, trop dur à avaler.

Subitement, Olivier repoussa la couette de cheveux qui cachait la moitié de son œil et écrasa ses lèvres sur les siennes. Sa langue s'attarda un moment dans sa bouche et sa main suivait la cambrure de son dos. Domitille se raidit. Elle était morte de gêne. Olivier ne lui laissait pas le temps de réfléchir. Il lui avait arraché ce baiser. La vie, c'était donc ça ! Les garçons prenaient leur plaisir et les filles marchaient sur leurs sentiments ? Mal à l'aise, Domitille retenait une envie de le repousser, mais que penserait Olivier de la voir aussi effarouchée ? Comment réagissaient les autres filles dans la même situation ? Elle regarda autour et ne vit personne. Olivier avait attendu que le canot s'éloigne et que le coin soit désert pour tenter de la séduire.

La sentant trembler, il relâcha un peu sa prise et lui chuchota bouche contre oreille :

– Je vous trouve belle, Domitille.

Une phrase que tous les garçons lui répétaient et qu'elle n'entendait plus.

– Je ne suis pas une fille qui se laisse tripoter.

– Vous savez, toutes les filles embrassent et font autre chose aussi.

– Sans amour ? dit-elle en évitant son regard.

– Mais je vous aime ! Les filles qui refusent passent pour des saintes nitouches. Celles-là, les garçons les laissent moisir dans leur coin et elles restent vieilles filles.

Après un silence, Domitille leva sur Olivier un regard indigné.

– Les garçons parlent de ces choses, entre eux ?

– Bien sûr !

Les filles parlaient des garçons entre elles, mais leurs confidences se limitaient aux baisers chastes, sauf une fois où sa cousine Agathe, malavisée, lui avait raconté qu'embrasser un garçon sur la bouche risquait d'engrosser une fille.

Domitille ajouta :

– Ces filles, ça ne leur fait rien de passer pour des riens de rien ?

– Il faut bien essayer.

– Ça ne vous dérangerait pas, vous, de marier une fille qui a couchaillé à gauche et à droite, qui a essayé, comme vous dites ?

– Peut-être ! Mais moi je vous aime et c'est vous que je veux. Seulement vous.

– Et ensuite, comme tous les autres, vous irez raconter aux gars de la place ce qui se passe entre nous ?

– Non, Domitille ! Ce sera notre secret à nous. Personne n'en saura rien, je vous le jure. Dites donc oui. On est seuls et l'occasion ne se présentera peut-être plus.

Domitille, intimidée, se tut. Elle qui rêvait de tendresse de la part d'un garçon. Elle ne ressentait aucun élan, aucun sentiment pour lui. Mais Olivier insistait tellement qu'il la mettait mal à l'aise. Domitille fixait les rides à la surface de l'eau. Sa conscience lui conseillait de refuser, mais elle ne savait plus si elle devait accéder à sa demande. Elle était jeune et ne connaissait rien de la vie. Olivier, lui, avait dix-sept ans ; il fréquentait les grands et il avait l'esprit vif et avisé. Domitille craignait de passer pour une niaise à ses yeux. Olivier lui avait rapporté assez clairement les jugements des garçons à l'égard des saintes nitouches.

Elle ne savait comment réagir. Si seulement elle avait pu prévoir plus tôt ce qu'Olivier attendait d'elle, Domitille aurait refusé de l'accompagner.

Il insistait et elle hésitait. Ainsi se heurtaient leurs émotions les plus contradictoires.

Toutefois, comme elle n'était pas catégorique, Olivier la sentait déjà à lui. Brûlant de désir, il s'allongea sur Domitille, mi-hésitante, mi-résignée et, comme il allait la pénétrer d'un coup de reins, Domitille échappa un cri étouffé et, d'une poussée du genou, elle repoussa le garçon avec force.

Domitille s'assit carré au fond de la chaloupe. Elle lui lança un regard méprisant. Certes, Olivier allait lui en vouloir de l'avoir repoussé, peut-être même allait-il la bouder ?

Après un long silence, le regard évasif, elle bredouilla :

– Je m'excuse, mais je ne peux pas faire ça.

Son ardeur refroidie, Olivier demeurait silencieux, comme s'il se recueillait.

– Vous n'avez pas à vous excuser, ce serait plutôt à moi de le faire. De toute façon, c'est un peu tard pour les regrets.

– Quoi? Vous avez…?

– Non! N'allez pas croire que…

Domitille porta les mains à ses lèvres pour retenir des paroles amères qu'elle pourrait regretter ensuite.

C'était donc ça? Olivier Brien l'avait eue. Il avait pris son corps et son âme et lui avait laissé un goût d'amertume au cœur.

Domitille, mal avertie, en avait encore à apprendre sur les garçons, sur la conception et la sexualité. Confrontée à la réalité, elle ne savait plus que penser, sinon qu'elle aurait dû repousser Olivier bien avant.

Olivier était assis sagement à l'autre bout de la barque. Il la regardait avec son petit air hautain. Puis il lui adressa un sourire charmeur auquel Domitille fut incapable de répondre. Elle pencha la tête par-dessus bord. Sa main retenait sa jupe ramassée sur ses chevilles, comme un interdit. Ses cheveux retombaient sur sa joue et cachaient ses yeux, ainsi Olivier ne verrait pas poindre son amertume.

Elle qui s'était fait de l'amour une image très sentimentale découvrait que la réalité était tout autre. Olivier aurait dû tenir compte de son hésitation. Maintenant, elle lui en voulait et elle regrettait son laisser-aller. Si elle avait eu pour deux sous de jugeote, elle aurait été catégorique.

Et si elle se retrouvait enceinte? Domitille mesurait maintenant toute l'étendue de sa faute. Distraite, elle sentait à peine tanguer la chaloupe. Olivier s'approcha doucement, releva une mèche de cheveux et vit son désarroi. Elle était ramassée en boule tout comme l'étaient ses nerfs. Ses yeux humides semblaient avoir absorbé toute l'eau de la rivière.

– Vous pleurez, Domitille ?

– Non !

Elle avait sa fierté. Elle reprit son air tranquille.

Olivier glissa sa main sur la peau rose et écrasa la dernière larme.

– Si vous saviez comme je m'en veux ! Je sais que vous n'avez pas apprécié mes manières, Domitille. Je ne sais pas ce qui m'a pris ! Comment voulez-vous ? Vous étiez là devant moi, belle comme vous l'êtes. Je n'ai pas été correct de me laisser aller comme je l'ai fait. Je ne recommencerai plus. Faites-moi confiance.

Olivier avait beau se fondre en excuses, Domitille ne parlait pas. Sa gorge serrée ne laissait rien passer.

Les plis de sa robe s'échappaient et s'ouvraient en éventail sur ses jambes longues et ses mains ne cessaient de les rapprocher.

Olivier avança doucement une main et releva le joli menton.

– Nous reviendrons, dimanche prochain. Cette fois, je ne vous toucherai pas, promis ! Je vous aime tellement.

Olivier s'approcha pour l'embrasser. Elle le repoussa et fit mine d'être de nouveau prise de nausées. Il venait tout juste de lui promettre de ne pas la toucher et déjà, il ne pouvait s'en empêcher. Elle en avait assez, trop même. Elle frissonnait.

– Je veux retourner chez moi. J'ai froid.

– Déjà ?

– Oui, dit-elle d'un ton ferme.

– D'accord !

Olivier reprit les rames et aussitôt, la chaloupe rouge piqua du nez vers la maison.

* * *

Le retour fut silencieux. Le fond de l'embarcation touchait le sol. Domitille débarqua dans l'eau jusqu'aux mollets, mais elle se fichait bien de ce détail sans importance. Sitôt un pied sur la terre ferme, elle donna une forte poussée à la barque.

Olivier disparu, elle éprouvait un soulagement à se retrouver seule. Elle nettoya la boue de sa jupe dans l'eau de la rivière et s'en retourna chez elle. À deux pas de la maison, elle frôla la balançoire de câble. L'envie la prit de s'y asseoir un moment afin d'assimiler sa malheureuse aventure. Elle sentait le besoin d'une cure de silence pour penser librement, mais de la fenêtre, sa mère pourrait la voir. Elle se contenta de donner un élan à l'escarpolette et rentra, l'âme frileuse, l'air abattu.

Domitille respira. Elle rêvait de rencontrer un garçon et voilà qu'elle se sauvait devant le premier venu. Maintenant, elle était chez elle et rien ne pouvait plus lui arriver.

Rose s'affairait à ses fourneaux. Elle lui jeta un bref regard, puis un autre plus insistant. Sa fille était morne et silencieuse. L'amertume creusait deux plis à la commissure de ses lèvres.

— Bon sang, Domitille, ta jupe est toute trempée. Ma foi, on pourrait la tordre.

— Vous savez ce que c'est; comme nous n'avons pas de quai, il m'a fallu marcher dans l'eau jusqu'à la rive. C'est là que le bas de ma robe s'est mouillé.

Rose doutait. Sa Domitille devait cacher une blessure derrière son silence et son visage tourmenté. Peut-être même avait-elle perdu ses rêves de petite fille ? Une mère sait détecter les défaillances de ses enfants, mais Rose feignit de ne s'apercevoir de rien. Elle n'avait pas cette facilité à guérir les déchirures de l'âme comme les petits bobos du corps. Pour la première fois, elle se sentait impuissante à aider sa fille. Toutefois, son cœur de mère souffrait du même mal à l'âme. Et plus encore, il lui semblait que sa petite fille, avec ses secrets, était en train de couper les liens serrés qui les unissaient.

— T'as fait une belle promenade ?

Domitille se troubla comme une enfant fautive et rougit. Elle ravala puis se pendit au cou de sa mère. Elle avait besoin de ses bras pour la consoler, comme à la moindre contrariété, lorsqu'elle était enfant. Mais cette fois, la déception était de taille.

Quand elle s'arracha des bras maternels, l'âme apaisée, Domitille s'efforça de sourire pour rassurer sa mère.

— La rivière était d'un calme, dit-elle. C'était assez beau de voir le soleil dessiner un petit ruban argenté sur l'eau. Vous devriez voir ça. Papa n'a jamais pensé à s'acheter une embarcation comme celle des Brien ?

— Ce serait une folle dépense. On n'a pas besoin d'une chaloupe.

– Ce n'est peut-être pas aussi cher que vous le croyez.

– Ce dont on n'a pas besoin est toujours trop cher.

– J'adore me promener sur la rivière. Et puis, c'est cette paix qu'on ressent; sur l'eau, on oublie tout. C'est comme un autre monde. En passant devant la grange des Majeau, on a rencontré un plein canot de jeunes : Agathe Morin, Jacques Gadiou, Alexis Christin, Napoléon Prud'homme. Je pense même que ma cousine Agathe à un œil sur Jacques Gadiou. Je me demande ce que tante Gertrude dira de ça.

Rose coupa net, comme pressée :

– Viens vite me donner un coup de main au souper.

Domitille attendait la réaction de sa mère, mais celle-ci ne laissait rien transparaître. Qu'elle ne dise rien en disait plutôt long. Rose semblait ailleurs. Pour la première fois, les amours naissants de tout un chacun ne semblaient pas l'intéresser.

Domitille revêtit un grand tablier, passa un torchon humide sur la table et disposa les assiettes d'étain directement sur le bois doré. Elle regardait ses frères.

– Allez chercher des tasses.

Les garçons, affalés sur leur chaise basse, riaient et attendaient d'être servis comme des seigneurs.

Domitille voyait clair. Elle connaissait bien les qualités et les défauts, les plus et les moins de chacun. Ses frères la poussaient à bout.

Quand les garçons mettaient le pied dans la maison, c'était pour s'asseoir. Allait-elle s'asseoir aux champs, elle ? Tout l'hiver, les hommes se prélassaient pendant que les femmes se tuaient à la peine. Sitôt les récoltes engrangées, la maison se transformait en véritable ruche où régnait une activité incessante et bien organisée. Il fallait voir les femmes, en plus des repas, du lavage et du ménage, s'affairer comme des abeilles à filer, tisser, fouler la laine, tricoter, coudre, piquer des courtepointes, fabriquer les chandelles de suif et le savon. Ou bien les hommes ne voyaient rien, ou bien ils étaient indifférents.

– Vous avez de la chance, leur dit-elle, d'être nés garçons, d'avoir les femmes à vos pieds. Moi, je ne me mettrai jamais à genoux devant un homme.

Domitille n'était pas le genre à s'apitoyer sur son sort. C'était plutôt qu'elle avait un sens aigu des réalités. Et puis, ce jour-là, elle avait trouvé quelqu'un sur qui déverser son amertume.

D'une main, Rose avançait la corbeille de pain et de l'autre, elle déposait le sucrier.

– Ma pauvre fille, tu fais mieux de ne pas te marier.

– Si ma vie, c'est rien que ça! Vous ne les voyez pas? On dirait que je leur demande la lune.

– Je t'en prie.

Sa mère ne se rendait même pas compte que les choses pourraient être autrement.

– Qu'est-ce qu'on mange? demanda Domitille, contrariée.

– Un ragoût de pattes de porc.

Domitille grimaça. Elle n'avait pas faim. Elle aurait préféré réfléchir en paix à sa mésaventure de l'après-midi; mais il y avait trop de monde dans cette cuisine.

* * *

Ce soir-là, Domitille entra dans sa chambre éperdue, désabusée. Elle déboutonna sa jupe qui glissa au sol et l'étendit machinalement sur le pied du lit de fer.

En un instant, sa vision de la vie avait basculé. Pour Domitille, c'était un processus irréversible ; l'amour, pour être vrai, devait passer par le cœur pour aboutir aux sens, et Olivier, en faisant passer la sensualité avant le cœur, avait changé l'ordre établi. Domitille regrettait sa promenade, ses gestes, sa tolérance. Maintenant, son adolescence s'en allait amèrement avec ses rêves d'amour tendre. Pourquoi n'avait-elle pas repoussé Olivier ? Qui, des garçons ou des filles, avaient droit à plus d'emprise sur l'autre ? Chez elle, l'avantage revenait toujours aux garçons. Pourquoi fallait-il toujours plier à leurs caprices, comme s'ils étaient les rois et maîtres de l'univers ?

Domitille apprenait brusquement que la soumission était l'apanage des femmes.

Préoccupée par ses remords, Domitille échangea sa robe contre une vieille chemise de nuit effilochée. Elle regrettait de s'être tant préoccupée de ce qu'Olivier Brien pouvait penser d'elle. Il avait pris son corps, sa vertu et depuis, elle ne s'aimait plus. Lui l'aimait pourtant. Il le lui avait répété maintes fois ; mais elle ne partageait pas ses sentiments. Et quand bien même Olivier Brien l'aurait traitée de sainte nitouche, elle n'en serait pas morte. Elle avait agi en écervelée et elle voyait déjà planer le déshonneur sur sa famille. C'était toutefois un peu tard pour les remords. Elle renifla légèrement.

Domitille s'agenouilla près de son lit, tira son chapelet de sous l'oreiller et égrena quelques *Ave* fervents. Elle avait commis une faute grave avec Olivier et curieusement, lui ne semblait pas tant s'en préoccuper. Domitille se demanda pourquoi les garçons pouvaient tout se permettre, même ce qui était défendu, sans ne ressentir aucun remords. Pourtant, les Brien avaient un fils dans les ordres et on les considérait comme des gens d'Église.

Et si, pour comble, Olivier lui avait fait un bébé ? Domitille s'allongea sur son lit. Il faisait une chaleur étouffante et les petites percées de la moustiquaire ne laissaient pas filtrer un souffle d'air. Elle demeura sur le dos, les yeux ouverts.

Avant cette aventure, elle dormait tranquille.

* * *

Les jours qui suivirent, Domitille se lança corps et âme dans le travail de maison. Elle devait s'y habituer ; à l'automne, toute la besogne lui tomberait sur les bras. Mais le fait de travailler ne l'empêchait pas de penser à son avenir. Elle prit la décision de ne pas se marier. Elle resterait fille, comme sa voisine, mademoiselle Josine. Les garçons la décevaient. Ils manquaient de tendresse. Ils ne l'intéressaient plus et elle ne voulait plus rien savoir d'eux. Pourtant, Domitille ressentait un pincement au cœur en pensant que peut-être jamais elle ne serait mère. Après tous ces mois à rêver au prince charmant, à une famille bien à elle, Domitille en était rendue, à treize ans, à faire une croix sur l'amour. Était-elle trop prude, ou trop « sainte nitouche », comme disait Olivier ? Puis elle se demanda comment aurait réagi Raymond s'il avait été à la place d'Olivier. Est-ce qu'elle l'aurait repoussé ? Elle sentit une tendresse l'envelopper, mais elle repoussa aussitôt cette pensée qui ne servirait qu'à alimenter des sentiments à sens unique.

* * *

Olivier ne lâchait plus Domitille d'une semelle. Il la trouvait charmante, indépendante, et plus Domitille lui résistait, plus Olivier s'entêtait à l'aimer. Pour lui, elle était son bien et aucune autre fille ne trouvait grâce à ses yeux.

Le dimanche, il revint la voir et ce fut pour ne pas le rabrouer que Domitille, bien résolue à rester sur la réserve, l'invita à passer au petit salon.

Domitille entendit la porte se refermer derrière eux. Elle regarda Olivier d'un œil sec et rouvrit la porte.

— Je suis très déçu, ma belle, d'être privé du plaisir de vous parler sans que les vôtres soient témoins de nos entretiens.

— Auriez-vous des secrets à cacher ?

— Toutes les âmes ont leur part secrète, comme vous d'ailleurs. Ceux qui n'ont pas de secrets n'ont pas de charme.

Domitille n'avait pas de secrets, que des peurs et celles-ci étaient sous le secret du confessionnal.

— Je n'ai donc pas de charme. Tant pis ! J'ai seulement un tempérament réservé.

— Ne vous évertuez pas à désigner de qualités les défauts que vous ne voulez pas corriger. Je découvrirai bien le fond de votre pensée.

Domitille se redressa et répliqua d'un ton cassant :

— Mais qu'est-ce que vous cherchez au juste, Olivier Brien ?

Olivier, piteux, baissa les yeux sur ses mains qu'il tripotait tout en parlant.

— Rien. Je veux juste que nous n'ayons pas de secrets l'un pour l'autre. Je dois partir pour le collège la semaine prochaine. Je suis inscrit au premier cours et comme je serai loin de vous, je compte sur votre fidélité.

— C'est un bon choix qui devrait vous réjouir. Et si, avec les années, vos projets changeaient et que les études vous menaient au sacerdoce ? Monsieur le Curé a des vues sur vous. Il a déjà parlé de votre vocation à mes parents.

— Le sacerdoce ? Non merci. C'est le choix de mon père et des autres. Pour moi, partir pour le collège est aussi difficile que de partir pour la guerre. Je ne veux pas vous laisser, Domitille. Je ne peux plus me passer de vous. Si j'avais une ferme et un roulant, je vous épouserais tout de suite.

Domitille l'écoutait et sympathisait comme elle l'aurait fait pour n'importe quelle offre d'affaires, mais de là à se marier, il y avait tout un monde.

— Vous avez de beaux projets, mais vous allez devoir renoncer à vos folles espérances, Olivier. Je ne me sens pas prête pour le mariage.

— Vous m'aimez ? C'est tout ce qui compte.

— Je vous trouve agréable ben sûr, mais je ne suis pas pressée, c'est tout. Comme je suis l'aînée des filles, maman compte sur mon aide dans la maison.

– Vos parents vous ont beaucoup trop gâtée. S'ils vous avaient moins dorlotée, vous seriez contente de quitter la maison.

– Vous vous trompez royalement, Olivier Brien. Je me lève à la barre du jour et je travaille toute la journée comme une forcenée. Si quelqu'un est gâté, c'est plutôt vous, le bébé de la famille Brien. Je vous vois de chez moi, monter aux champs au pas de poule ou ben traînasser autour de la maison, quand ce n'est pas au village.

Ils n'en finissaient plus d'argumenter. Ils finirent par rire. Toutefois, Olivier ne perdait pas espoir. Domitille était une fille réfléchie et, même si tous les garçons n'avaient d'yeux que pour elle, il était le premier et le seul à la courtiser.

VII

À une époque où personne ne se pressait, Louise courait comme une folle. Arrivée chez Domitille, elle manqua la première marche et s'agrippa à pleines mains au perron. Elle se redressa aussitôt et entra sans frapper. N'en pouvant plus, elle s'affaissa sur la première chaise et un « ouf » sourd s'échappa de sa poitrine.

Louise entrait dans une cuisine en pleine effervescence. La famille Perreault venait de s'attabler pour le dîner et la soupe était servie par la mère qui ne mangerait qu'après les siens.

Tous regardaient l'arrivante qui, après sa course folle, haletait comme un petit chien. Il se fit un silence absolu. On attendait la raison de cette visite inopinée.

– Mais, s'exclama Rose, dis-moi donc ce qui se passe de si grave pour te mettre dans un pareil état ? Approche, viens manger. Quand il y en a pour huit, il y en a pour neuf. J'ai un bœuf bouilli qui n'est pas piqué des vers.

Rose se leva pour ajouter un couvert.

Louise fit signe que non. Quand elle put enfin parler, elle s'exclama encore essoufflée :

– Il y a un cas de choléra dans la place.

Joseph figea. Rose blêmit. Elle regarda le crucifix et se signa.

– On peut se préparer à compter nos morts.

La pandémie faisait sa première victime et son apparition causait une vive inquiétude.

Le choléra, une maladie très grave, causait des selles fréquentes, des vomissements, des crampes et un grand abattement. Presque toutes les victimes mouraient au bout de quelques heures.

Quelques jours plus tôt, Domitille avait lu dans le journal *La Minerve* que la maladie s'était déclarée le huit juin et que Québec comptait trois mille trois cents décès.

L'épidémie venait des vieux pays. Les longues traversées de l'Europe au Canada étaient difficiles. Les navires étaient bondés d'animaux et de nouveaux arrivants qui, faute d'espace, s'entassaient les uns sur les autres. La nourriture se gâtait, l'hygiène et les médicaments manquaient; résultat : des adultes et des enfants décédaient et les corps étaient jetés à la mer.

Depuis peu, les bateaux venus du vieux continent s'arrêtaient à l'île de la Quarantaine et on y débarquait un nombre considérable de malades. Toutefois, parmi les voyageurs se trouvaient des immigrants contagieux, encore non diagnostiqués qui, inconsciemment, propageaient les épidémies. Ainsi, les cas mortels de choléra se multipliaient en sol canadien.

Joseph, les dents serrées, le ton rancunier, ajouta :

– C'est la faute aux maudits Anglais qui nous rapportent les maladies de leur pays.

Louise reçut l'accusation comme une gifle en plein visage. Elle pinça le bec et figea sur place, ne sachant plus si elle devait partir ou rester. Domitille s'en rendit compte et tenta d'amortir le coup.

– Pourquoi les Anglais ? Qui vous dit que l'épidémie ne vient pas de France, papa ? Il y en a même qui disent qu'elle vient d'Asie.

– France, Angleterre ou Asie, c'est du pareil au même. La peste est entrée par le port de Québec, elle vient des vieux pays. Mais je ne pensais jamais que cette maudite maladie se rendrait chez nous. Sait-on qui est la victime ?

Louise desserra les lèvres.

– Monsieur Brouillet a dit qu'il s'agissait d'un voyageur, un nommé Pouliot, qui revenait de Québec. Hier, le pauvre homme a été trouvé dans un pénible état dans la grange de Magella Marion. Six heures plus tard, il était mort. Monsieur le vicaire a chanté son service le soir même.

Louise se leva et d'un signe discret de la tête, elle invita Domitille à l'extérieur.

– Je suis venue avec l'intention de te parler seule à seule. Et elle marmonna : Je te dis que ça chauffe à la maison, Allen m'a demandée en mariage.

– Et tes parents, qu'est-ce qu'ils ont dit ?

– Ils refusent, naturellement. Mon père lui a crié : « Chien d'Anglais ! Prends le bord immédiatement et que je te voie plus jamais remettre un pied ici, sinon tu me forceras à me servir de ma carabine. » Allen a filé. Il faut dire que je m'y attendais un peu. Après son départ, j'ai insisté, j'ai supplié, mais papa, rouge comme un coq, criait à tue-tête : « Jamais ! Les Anglais ont déporté les Acadiens, ils ont brûlé les maisons des colons et ils cherchent à nous imposer leur langue et leur religion. Qu'est-ce qu'il te faut de plus? Qu'il ose revenir dans les parages et je vais lui faire une passe.» Quand je lui ai dit que je l'aimais, papa a dit: «Tu vas faire mourir ta pauvre mère avec tes maudits Anglais.» Il s'est levé et il est sorti de la maison en coup de vent.

— Pauvre lui.

— Comment «pauvre lui»?

C'étaient des larmes de colère qui sortaient de ses yeux.

— Mes parents se fichent ben de mes amours. Maintenant qu'ils connaissent mes sentiments pour Allen, ils passent leur temps à descendre les Anglais devant moi. À les entendre, tu jurerais que c'est Allen qui a déporté les Acadiens il y a presque un siècle. Je dois supporter leurs phrases dures. J'en suis rendue à éviter ma propre famille. Quel que soit le côté où je me trouve, ce ne sont que conseils et reproches qui tournent chaque fois à la chicane. J'en ai assez de cette maison!

— Et ta mère, dans tout ça?

Louise parlait du bout de ses lèvres tremblantes, le ton méprisant.

— Maman! Si tu l'entendais! Elle m'a dit: «Si tu fréquentes les Anglais, tu vas te faire haïr avec eux.» Elle dit aussi que, partout où ils passent, les Anglais enlèvent les croix de chemin, expulsent les religieuses, défendent de parler français. Tout ça, juste pour m'éloigner d'Allen. Mes parents ne veulent pas comprendre qu'Allen est différent des autres Anglais.

Petit à petit, Louise s'échauffait à parler nerveusement. Elle s'arrêta une longue minute, le temps de ravaler sa salive. Domitille crut un moment qu'elle allait pleurer.

De la cuisine, Rose appelait :

— Domitille, viens manger. Ton assiette va refroidir. Approche, toi aussi, Louise. Il y en a pour tout le monde.

— Mettez-la dans le réchaud, s'écria Domitille qui ne bougeait pas d'une semelle.

Louise cachait sa peine derrière un silence doulou-reux qui bouleversait Domitille plus que ne l'auraient fait des larmes.

— Pauvre Louise ! En bout de ligne, qu'est-ce que tu comptes faire ?

— Allen doit parler de nos projets à ses parents. On va attendre leur réaction avant de prendre une décision finale.

— Quelle décision ?

— Peut-être attendre d'être majeurs et nous marier sans le consentement des parents.

— Tu sais ben, Louise, que tout ça ne tient pas debout. Le curé va refuser de te marier à un protestant. Tu connais notre religion.

— Oh toi, tu me mets hors de moi avec tes grands airs d'expérience.

— C'est que toi et moi, on pense différemment, c'est tout. Toi avec ton cœur, moi avec ma raison.

Louise, la mine boudeuse, fixait l'horizon.

— Si c'est comme ça, je partirai avec Allen.

— Bon sang, Louise, ça aussi, c'est défendu. Et tu irais où ?

— N'importe où, peut-être dans son pays.

— Tu parles comme si l'Angleterre était à notre porte. Il y a un océan à traverser, Louise, te rends-tu compte ? Et un coup là-bas, tu ne reviendrais peut-être jamais plus. Tu serais prête à couper les ponts avec ta famille ?

— Avec le temps, mes parents finiront peut-être par comprendre et s'ils ne comprennent pas, eh ben, tant pis.

— Et moi dans tout ça ? Si tu fréquentes un Anglais, mes parents vont me défendre de te parler. Ta mère te l'a dit : tu vas te faire haïr.

— Tu ne vas pas pencher de leur côté toi aussi et me haïr ?

— Non ! Moi, je ne sais pas haïr. Mais je dois pencher du côté de l'autorité, même si je ne suis pas toujours d'accord ; je dois obéir à mes parents. C'est de même que ça marche, tu sais ce que c'est ? Au fond, moi, tout ce que je veux, c'est rester en bons termes avec tout le monde.

Louise se tut, mais ses méninges travaillaient fort. Comment Domitille pouvait-elle prendre parti, elle qui disait n'avoir vu Allen qu'une seule fois ? Elle n'avait pu distinguer le grain de sa peau, le luisant de sa joue, ni sentir son odeur, ni entendre le timbre de sa voix quand il lui murmurait des mots doux ; elle n'avait pas reçu son souffle chaud sur son cou, tenu sa main, et mille autres phénomènes secrets non moins envoûtants.

La porte claqua. Joseph Perreault sortait de la maison. Il aperçut les deux jeunes filles, pleines de santé : une brunette aux cheveux courts et une rousse aux longues tresses attachées par un fil de trame, et pendant qu'elles conversaient allègrement, de grands cils battaient leurs joues. Comme cette jeunesse était belle ! Joseph s'arrêta et leva la tête sous un ciel menaçant.

— Mauvais temps pour la culture, dit-il de sa voix brève et un peu rude.

Domitille s'arrêta net de parler. Puis Joseph, jamais pressé, se dirigea d'un pas lent vers l'étable.

Les filles reprenaient leur causerie quand Louise Picotte vit venir son père au pas de course sur le bord du chemin. Elle s'exclama :

– Tiens, mon père qui vient. Qu'est-ce qu'il a donc à tant courir ? Il doit encore me penser avec Allen.

Charles Picotte arriva à bout de souffle chez les Perreault. Il fila directement à l'étable.

Les deux hommes réapparurent, silencieux, la tête basse, la mine défaite. Ils croisèrent les filles, sans un regard et entrèrent à la maison. Domitille s'étonna :

– Ma foi ! On dirait que le ciel leur est tombé sur la tête.

Il devait se passer quelque chose de grave pour abattre ainsi leurs pères. Les filles, curieuses de connaître la raison de leur déprime, suivirent les hommes. Comme elles entraient dans la cuisine, Charles Picotte annonçait :

– Le malheur est sur nous. Monsieur le vicaire vient de mourir du choléra.

Rose écarquilla les yeux et porta les mains à sa bouche pour étouffer des petits sanglots qui secouaient ses épaules. Elle pleurait bien sûr un mort connu et estimé, mais davantage la crainte de perdre les siens. Elle décrocha le crucifix et le serra sur sa poitrine.

Quand la peste entrait dans une maison, elle n'épargnait personne ; la preuve, la veille au soir, le vicaire chantait le service de Pouliot et aujourd'hui, c'était à son tour de rendre l'âme. Ce soir, le glas sonnera pour lui. Et les autres jours, le glas sonnera pour qui ?

Charles Picotte mit la main sur la poignée de porte.

— On dit qu'à Montréal, les enterrements se font le soir, à sept heures, pour ceux qui sont morts dans la journée. C'est une véritable course aux tombeaux.

— C'est à se demander où on sera demain. Au village, ça sent le diable. Les gens font brûler du goudron à tous les coins de rue et ils étendent de la chaux sur toute la presqu'île pour enrayer l'épidémie.

La pandémie s'étendait comme une traînée de poudre qui s'allumait et qui ajoutait une sorte de terreur dans l'air.

— Il va falloir se cantonner dans nos maisons, à l'abri de tout contact, reprit Rose. Et moi qui dois commencer à enseigner et fréquenter toutes les familles.

— Même les animaux sont exposés. À Québec, ils ont dû tuer des troupeaux complets.

— Ils auront beau brûler du goudron, épandre de la chaux, faire des mains et des pieds, il n'y aura que la prière pour arrêter cet affreux vent de la mort. Et si on faisait comme pour les invasions de sauterelles ? On pourrait commencer une neuvaine à la croix du chemin.

Rose s'adressa aux filles :

— Louise et Domitille, allez vite avertir tout le rang. Que les gens se rendent à la croix pour sept heures, sans faute.

— Non, laissez, reprit Joseph, je me charge d'aviser les gens. Je vais monter Bergère, ce sera plus rapide.

Neuf soirs d'affilée, une centaine de personnes de tout âge, debout devant la croix, les mains jointes sur les poitrines, imploraient le ciel de protéger leurs familles et leurs animaux.

VIII

Ce jour-là, au retour du village, Charles Picotte se pressa de dételer son cheval et entra en coup de vent à la maison. Sa femme s'en allait laver une pleine manne de vêtements à la rivière. Charles la retint par un bras.

– Écoute ce qu'on raconte au village, Catherine, tu vas être contente, dit-il, sans égard pour Louise. La semaine dernière, trois grands vapeurs anglais sont arrivés au port de Montréal chargés de charbon et hier, ils reprenaient la mer pour l'Angleterre avec un chargement de bois. Nicholson en a profité pour retourner son fils dans son pays et mettre le holà à ses amourettes. Il l'a fait surveiller sur le bateau pour être ben sûr qu'il ne reviendrait pas à la nage. On va enfin avoir la paix avec cette histoire.

En entendant la nouvelle, Louise resta sans voix, incapable d'articuler les mots qui se bousculaient dans sa gorge. Elle monta en flèche à sa chambre et s'effondra sur son lit en proie à une grande douleur.

Si elle avait su plus tôt, elle aurait empêché Allen de partir. Maintenant, c'était trop tard, il était déjà loin sur l'eau, emportant son cœur, sa vie.

En bas, on l'entendait pleurer, hoqueter, renifler.

Catherine n'avait émis aucun commentaire, mais c'était pour elle un grand soulagement. Sa fille aurait de la peine bien sûr, mais un peu de temps encore et elle oublierait son Anglais.

Elle monta rejoindre Louise. La jeune fille était étendue à plat ventre, les avant-bras sous les yeux. Sa mère ne pouvait voir sa figure. Elle s'assit à ses côtés et, avec un coin du drap, elle essuya ses larmes de désespoir, puis elle caressa son dos.

– Allez-vous-en! Je veux rester seule, hurla Louise en se dégageant brusquement.

Au bout d'un moment, Catherine lui dit:

– Le temps te fera oublier. L'éloignement efface les visages, même si tu crois le contraire. Mais tu as le droit de pleurer, tu sais, ça allège le cœur.

Catherine se leva.

– Bon! Je dois y aller; ma lessive m'attend. Prends ben soin de toi.

À l'heure du dîner, Louise ne se présenta pas à la table. Au souper non plus. Sa mère crut bon de lui laisser vider sa peine. Plus tard, elle lui monterait une soupe claire.

* * *

Le souper terminé, on frappait en bas.

Après un simple bonjour, Domitille demanda à voir Louise.

Catherine appela par deux fois:

– Louise! C'est pour toi, descends.

Louise apparut au haut des marches, les yeux gonflés, rougis par les larmes. Elle aperçut Domitille qui patientait sur le pas de la porte.

– Qu'est-ce que tu me veux ? demanda-t-elle platement.

Domitille fut surprise de trouver son amie dans un tel abattement. La pauvre n'avait presque plus figure humaine. Ses yeux étaient injectés de sang et sous ses paupières inférieures, des bouffissures mauves surplombaient ses joues.

Domitille ne savait plus si elle devait s'en retourner ou rester.

– Je venais te voir, dit-elle, mais si je te dérange…

Louise descendit lentement. Domitille se sentait mal à l'aise de parler devant la famille.

– Viens dehors, on va marcher un peu.

Louise la repoussa.

– Laisse-moi tranquille. Je te vois venir avec tes « je te l'avais dit ».

– Tu te trompes, Louise, je suis venue pour t'écouter me raconter ce qui se passe. Et elle murmura : Je veux qu'on parle d'Allen, toutes les deux.

Au nom d'Allen, Louise retrouva un peu de sa bienveillance naturelle. Elle suivit Domitille sur le perron où deux berçantes les attendaient à bras ouverts. Domitille colla sa chaise contre celle de Louise.

– Tu sais, je suis au courant, à propos d'Allen. On dit qu'il a repris la mer.

Louise ajouta entre deux hoquets :

– Quelque chose me dit qu'il va revenir. Il ne peut pas me laisser comme ça. C'est cruel, ce que son père a fait. J'ai le pressentiment que sitôt arrivé là-bas, il va m'écrire.

Domitille n'ajouta rien. Elle ne faisait qu'écouter les stupidités de son amie. Elle déplorait l'attitude de Louise de s'accrocher, d'espérer l'impossible. Quand allait-elle se résigner à perdre la partie ?

— Et si tu te faisais encore plus mal ? Tu peux perdre ta jeunesse et peut-être ta vie à espérer.

— Je suis prête à attendre toute ma vie s'il le faut.

— Et si pendant ce temps, là-bas, Allen s'amourachait d'une Anglaise ?

Brusquement, Louise détourna la tête et, le ton rancunier, elle balbutia :

— Je le savais que tu serais contre moi, toi aussi. Personne ne me comprend.

— Je ne suis pas contre toi, mais contre ta manière de voir les choses. Si j'étais contre toi, je ne serais pas ici. Préfères-tu que je te dise : vas-y, accroche-toi à ton Anglais, pleure et souffre dans l'attente impossible.

Louise restait sans rien dire.

— Maintenant, ajouta Domitille, aimes-tu mieux que je m'en aille et que je te laisse mourir de peine et d'ennui ?

— Non, reste ! Je le sais que je m'accroche à un rêve, mais c'est difficile pour moi de couper court à mes sentiments. Et puis, là-bas sur les mers, Allen doit souffrir tout autant que moi.

Louise se remit à pleurer.

Domitille tenta de lui changer les idées.

— Tu te souviens, tu me disais que tes parents ne t'aimaient pas ? Eh ben, ils viennent de me prouver le contraire. Ton père est venu me chercher à la maison pour venir te réconforter. Il s'inquiète pour toi. Il m'a dit que tu passais le plus clair de ton temps cloîtrée dans ta chambre.

— Papa a dit ça ?

— Oui, mamzelle. Tu vois comme il s'en fait pour toi, Louise.

— Eux, si tu savais comme je les déteste. Ils se réjouissent de mon malheur.

Cette vive contrariété conduisit les filles au silence. Puis Domitille proposa :

— Demain, ce sera ton tour de venir à la maison.

— Seulement si tes frères ne sont pas là. Daniel me gêne. Plus jeune, il était un bien gentil camarade, mais maintenant, il m'intimide et chaque fois qu'il est là, je sens le rouge me monter aux joues.

— Daniel ? Pourtant, celui-là, tu n'as pas à te gêner devant lui, hein. Si tu savais ce qu'il peut être bébé.

— Je ne dirais pas ça. Il est là qui me regarde sans parler avec son air autoritaire et ça me glace. Mais ne va pas lui rapporter ça, tu m'entends ?

— Tu le connais mal. J'espère que la gêne ne t'empêchera pas de venir à la maison.

— Je ne sais pas. J'ai le cœur ailleurs. Si je m'écoutais, je resterais ici à pleurer Allen le restant de mes jours.

— Essaie donc voir. Tiens, si tu ne viens pas, j'enverrai Daniel te chercher.

La boutade arracha un maigre sourire à Louise.

— Ce ne sera pas nécessaire. J'irai.

IX

Depuis le chant du coq, Olivier surveillait du côté des Perreault avec l'intention secrète d'aller retrouver Domitille et lui faire ses adieux avant son départ pour le collège.

Le soleil était déjà sur les toits quand il vit les trois fils Perreault, armés de haches et sciottes, marcher dans les champs en longeant la clôture de perches qui menait au bois. Les garçons marchaient sans se hâter.

Plus près, sous l'appentis, Joseph Perreault attelait sa jument au boghei. Sa femme et ses deux filles sortaient de la maison avec des livres sous le bras. Dans quelques minutes, Domitille se retrouverait seule. Encore un peu et il pourrait la serrer dans ses bras et l'embrasser à volonté. Il sortit cueillir quelques glaïeuls.

Là-bas, l'attelage des Perreault disparaissait au coude du chemin, emportant le couple et les deux fillettes et laissant le champ libre à Olivier.

Afin de se soustraire aux regards, Olivier descendit à la rive. Une nappe de brume dormante s'allongeait sur le lit de la rivière. Il détestait se cacher ; cela lui donnait l'impression d'être hypocrite. Mais avait-il le choix ? Si la Rotureau l'apercevait, elle avertirait sur-le-champ les deux familles et le curé. Le garçon courait agilement entre les broussailles, évitant les alluvions et les chicots qui traînaient, rejetés par l'eau. Plus près de chez les Perreault, il remonta sur le chemin.

* * *

Dans ce rang de campagne peu fréquenté, la fenêtre de la cuisine gardait un œil ouvert sur la vie rurale et personne ne foulait le chemin sans éveiller une certaine curiosité. Les colons connaissaient le nom de chaque passant auquel ils accordaient un vif intérêt.

Domitille étira le cou au carreau. Olivier Brien s'amenait d'un bon pas, les bras chargés de fleurs. Elle l'entendait chantonner en poussant gaiement un petit caillou du bout du pied. Il venait assurément chez elle. Cette visite lui causait une amère déception. Toutefois, même si ses assiduités l'ennuyaient, Domitille se gardait bien de mettre un point final à ses fréquentations. Elle se réservait Olivier, au cas où elle se trouverait enceinte. Elle se sentirait alors liée à lui par une obligation et elle le marierait en vitesse. Sinon, elle se déroberait et en finirait une fois pour toutes avec ce garçon. Elle serait claire et catégorique, du moins, elle en avait la ferme intention.

Elle fila par la porte arrière. Dans la bassecour, une poule grise vint picorer près de ses pieds. Domitille l'effaroucha des mains et l'oiseau ouvrit les ailes pour déguerpir en vitesse.

Derrière la maison s'étendait un grand potager que son père avait clôturé afin d'empêcher les vaches et les poules de venir y prendre des petits goûters. Situé en plein soleil, à l'abri des grands vents, le jardin descendait en pente douce vers la rivière. Dans l'inclinaison du terrain, Olivier ne pourrait la voir.

* * *

Olivier escaladait en courant les quelques marches du perron et frappait chez les Perreault. Pas de réponse; la maison restait muette. À travers la moustiquaire, il appela d'une voix qui portait haut:

– Domitille!

Rien. Olivier entra doucement dans la grande cuisine où il y avait l'air de n'avoir personne. Ses mains étaient pleines de fleurs chapardées dans les plates-bandes de sa mère. Il avança lentement, étira le cou au haut de l'escalier et poussa un profond soupir. Domitille ne devait pas être loin pourtant; la table du déjeuner n'était pas desservie. Des croûtes de pain séchaient au fond des assiettes et les confitures s'ennuyaient entre le sucre et la mélasse. Olivier appela une deuxième fois. Rien. Domitille devait être allée porter le lait au puits. Il se cala dans la berceuse.

* * *

Au jardin, Domitille s'agenouillait près d'un rang de carottes et tirait les fanes résistantes. Elle prenait tout son temps pour décourager Olivier de l'attendre. Après deux échecs, elle eut recours à la fourche à cinq dents que son pied droit enfonçait dans la terre. Une fois les carottes soulevées, elle les déchaussait à la main. Trois pieds plus loin, elle planta de nouveau la fourche dans le sol, ramassa sa cueillette et retourna à la maison, en souhaitant qu'Olivier se soit éclipsé avant son retour.

Au fond du corridor, une porte claquait. Domitille rentrait par la porte arrière, les bras chargés de légumes, le tablier blanc d'une saleté repoussante des genoux à la taille.

Dans la cuisine en désordre, Olivier se berçait.

— Vous, ici? dit-elle, feignant la surprise.

Domitille déposa sa cueillette sur la table.

Olivier remarqua un vide dans son regard. Il lui présenta sa gerbe.

— Tenez! C'est pour vous.

— Des fleurs, dans une cuisine tout à l'envers?

— Je les ai cueillies avant que le gel ne les grille.

— Vous allez devoir vous en retourner avec. Comment j'expliquerais à mes parents votre présence ici, sans soulever leur colère?

Pour toute réponse, Olivier sourit et jeta les fleurs au poêle. Avec toute la fougue de sa jeunesse, il enlaça Domitille, mais celle-ci se redressa et se dégagea en le contournant vivement.

— Vous ne voyez donc pas comme je suis sale?

Olivier recula. Domitille, vexée, n'était pas d'humeur à s'amuser. Elle repoussait ses avances.

Elle versa un peu d'eau chaude dans le bol qui servait à la toilette du matin et, sans accorder le moindre regard au garçon, elle savonna de son mieux ses mains terreuses et les moussa jusqu'aux coudes.

Olivier l'observait. Chacun de ses gestes avait un petit côté gracieux; que ce soit son pas souple, sa manière de pencher la tête ou encore, l'agilité de sa main à manier les légumes. Qu'elle était belle, la Domitille! Même en dépit de sa vieille robe ambrée d'une salissure noirâtre et usée à la corde, elle embellissait la cuisine. Il fallait voir son cou long et gracieux, sa taille fine, la belle chute de ses reins et ses jambes qu'on devinait longues et droites sous sa jupe en droguet.

Olivier l'adorait. Sa main brûlait de caresser ce beau corps d'adolescente, de la toucher, ne serait-ce que poser une main sur sa hanche. Il aurait ainsi l'impression de la posséder un peu. Mais Domitille le repoussait.

Elle saisit un couteau à lame large et tranchante et, comme pressée, elle coupa les queues de carottes à petits coups secs et les gardait en réserve pour nourrir les lapins.

Olivier la taquina:

– Avec un pareil instrument, ce serait imprudent de vous approcher.

Domitille ne répondit pas. À force d'ignorer Olivier, elle découragerait peut-être ses approches hasardeuses. À part la colère, elle ne trouvait que l'indifférence comme moyen efficace pour se défaire de sa présence inconvenante.

– Allez-vous-en, Olivier. Si les voisins vous voient ici, ils vont jaser sur notre compte. Vous savez comme mademoiselle Josine surveille tout ce qui se passe dans le coin?

– Personne ne m'a vu. J'ai longé la rivière par en bas.

– Mes frères peuvent entrer d'une minute à l'autre.

– Vos frères, dites-vous? Tantôt, je les ai vus monter du côté du bois. Ils ne descendront pas avant le dîner. Vous ne voulez pas de moi, hein? Si c'est ça, dites-le, tout de suite.

Pour la première fois, Olivier lui parlait sur un ton sec, offensé. Elle faillit lui répondre que sa présence lui

déplaisait, mais au fond d'elle, une petite voix lui soufflait de patienter encore un peu. Elle ajouta plutôt, le ton
vibrant d'émotion :

— C'est juste que ce n'est pas correct que vous vous
pointiez ici quand je suis seule à la maison. Vous me met-
tez dans de sales draps. Ensuite, ce sera moi qui écoperai.

Puis elle s'écarta du sujet.

— Les choux sont mal entretenus ; ils tournent au jaune.

Olivier faisait mine de ne rien comprendre. Partir,
c'était rater sa dernière chance de serrer Domitille dans
ses bras avant sa rentrée au collège. Il lui offrit son aide.
Comme Domitille ne répondait pas, il s'affala de nouveau
dans la chaise berceuse et se balança sagement. Assis
devant elle, il pensait à son départ et il sentait à quel point
elle allait lui manquer.

Domitille s'offensait de le voir prendre ses aises de
façon si familière qu'elle frôlait l'insolence. Après tout,
elle ne l'avait pas invité à s'asseoir.

Olivier suivait ses mouvements. Domitille était chiche
de paroles et de regards. Elle s'affairait vivement autour
du poêle, lui tournant ainsi le dos pour le contraindre à
s'en aller. Elle affichait ce petit air indépendant qui lui
était particulier et qui, loin de décourager le garçon, l'incitait plutôt à lui faire la cour.

Olivier se sentait en reste. Il demeura silencieux un
moment, le temps de ravaler sa déconfiture. Puis il se leva
et prit la main de Domitille, une main réticente qu'elle
retira sans rien dire. Olivier s'appuya au chambranle de la
porte et croisa les bras sur sa poitrine, l'air malheureux.

– Demain, je pars pour le collège, dit-il avec mépris. La prison! Vous m'entendez? la prison! Je vais aller pourrir d'ennui entre ces quatre murs de pierre, juste parce que Thélis et papa l'ont décidé pour moi. Quatre longs mois, d'ici à Noël, sans vous, Domitille, ce sera l'enfer. Là-bas, je vais penser à vous continuellement et, malgré la défense formelle de correspondre avec les filles, il n'y aura pas un chrétien qui m'empêchera de vous écrire. Promettez-moi de répondre à mes lettres.

Olivier tentait l'impossible pour parvenir à ses fins. Domitille réfléchit un moment. Elle refoula un «non» catégorique qui tentait de sortir de ses entrailles. «Je dois me le sauvegarder encore un peu, se dit-elle, au cas où je serais enceinte.»

– Je répondrai, dit-elle, faiblement, mais partez vite avant qu'on vous surprenne ici.

Domitille débarrassait la table, l'esprit ailleurs. Certes, elle répondrait, mais sa missive serait peut-être décevante. Tout dépendrait de ses règles qui ne devaient pas tarder à apparaître ou à retarder, ce qui la jetait dans une confusion totale. Si elle se retrouvait enceinte, elle s'efforcerait d'aimer Olivier parce que c'étaient, selon elle, les conséquences logiques inévitables et la seule solution à envisager. Sinon, rien ne la rattacherait plus à lui. Elle pensait combien il serait déçu. Domitille se sentait injuste et cruelle envers Olivier qui l'aimait de tout son cœur. Elle allait lui causer une peine énorme, elle qui détestait faire souffrir les autres. Mais elle n'allait pas par pitié sacrifier sa vie à un garçon qu'elle n'aimait pas profondément.

Olivier sourit, satisfait. Il ne bougeait pas.

Domitille s'impatientait.

– Regardez l'heure sur l'appui de la fenêtre. Papa ne doit pas être ben loin. Vous feriez mieux de partir avant son retour. Il n'aimerait pas nous trouver seuls ici.

– Embrassez-moi et ensuite je me sauve.

Elle l'embrassa du bout des lèvres, dans le seul but de se débarrasser de lui. Elle espérait que ce soit la dernière fois. Mais à son étonnement, Olivier, inassouvi, l'enlaça tendrement et l'étreignit sur son cœur. Au contact de son corps, Domitille ressentit un petit frisson.

– Je vous aime, Domitille. Après mes études, si vous voulez, on se mariera.

Domitille resta interloquée. Encore une fois, Olivier lui parlait de mariage.

– J'y réfléchirai, dit-elle, décontenancée, mais chaque chose en son temps.

Domitille vit les yeux d'Olivier se mouiller. Pour une rare fois, Olivier laissait voir sa faiblesse et c'était beaucoup mieux ainsi ; un petit peu de modestie lui faisait perdre son air de suffisance.

Soudain, Domitille aperçut une face à la fenêtre. Joseph Chévaudier les épiait.

– Regardez, Olivier, qui est là !

Olivier se précipita à la fenêtre et vit le jeune Chévaudier courir les talons aux fesses et disparaître au coin du hangar.

– Celui-là, il est partout et avec ça, malin comme un singe.

– Vous voyez que j'avais raison, le petit Joseph va aller crier partout qu'il vous a vu ici. Dans la place, tout se sait et on ne se gêne pas pour en rajouter. Ça va m'en faire toute une réputation !

— Ne craignez pas ; je m'en charge. Chévaudier ne dira rien.

— Et comment vous le savez ?

— Je vais lui promettre de l'amener veiller au village avec les gars. Il va être content ; il cherche par tous les moyens à venir me retrouver sur la rue d'en bas où la gang se rassemble le soir.

Domitille reconduisit Olivier. La porte grinça sur ses gonds rouillés.

Domitille respirait de soulagement. Elle en aurait pour quatre bons mois avant de revoir Olivier. Elle regardait le garçon s'en retourner vers la rive, le pas lent, la mine basse, envahi par un sentiment de tristesse, d'angoisse, et elle se sentait impuissante. Elle se demandait pour quelle raison elle ne pouvait répondre à ses sentiments. Olivier avait beau lui parler d'amour, de mariage, elle restait de glace.

* * *

Olivier reprit le chemin par lequel il était venu. La plage sous ses pieds était vaseuse, un peu comme de la poix. Sa semelle collait au sol et dès qu'il levait le pied, ses empreintes laissaient des marques creuses qui s'emplissaient d'eau. Une joyeuse nuée de moustiques voltigeait autour de sa tête et s'attaquait à ses yeux, son nez et ses oreilles. Olivier, incommodé, les chassait de la main. Décidément, tout allait de mal en pis.

**

Cette première journée de classe fut une dure expérience, et pour Domitille, et pour sa mère.

Au retour de Rose, la maison était sens dessus dessous. La femme rentrait épuisée de sa première journée. Si elle avait écouté sa fatigue, elle serait allée se jeter sur son lit, mais devant le désordre de la cuisine et la mauvaise mine de Domitille, elle s'attela aussitôt à la tâche.

Une araignée du matin avait tissé sa toile au plafond de la cuisine. Rose l'enleva avec un plumeau. Le plancher était encore barbouillé de la boue du jardin et la table encombrée de pots en verre, de chaudières à lait, de farine de blé, de moules à pain. Les cahiers et les livres des petites traînaient sur les chaises et le souper n'était pas commencé.

Rose regarda Domitille avec attention. Ella aussi devait être éreintée ; ses traits tirés en disaient long sur sa rude besogne. En fait, Domitille n'avait pas chômé ; elle avait même travaillé fiévreusement. Il lui avait fallu laver la vaisselle, refaire les lits, boulanger, pétrir et cuire le pain, aller cueillir des patates et des carottes au potager, préparer le dîner pour son père et ses frères. Après la vaisselle du midi, elle avait poussé les restes de repas sur le bout de la table, puis elle avait cueilli, lavé et salé les petits cornichons du jardin. Elle s'était fait une bile noire pour que tout arrive à point et elle se retrouvait en plein gâchis. Malheureusement, elle ne savait pas prendre son ouvrage.

Aurélie et Aglaé, déjà installées au bout de la table, bavardaient comme des pies. Aurélie venait de perdre sa première dent et les « s » passaient tout droit dans l'interstice. Chacune racontait les détails de sa première journée. Domitille les enviait. Ses sœurs avaient passé des heures merveilleuses à se promener de maison en maison, les chanceuses !

Domitille, humiliée de sa défaite, baissa les yeux pour ne pas affronter le regard de sa mère qui pourrait croire à une négligence paresseuse.

Domitille s'attendait à des reproches de sa part, mais non ; elle l'encouragea plutôt.

– Ma pauvre fille, tu t'es donné ben de la peine ; on aurait pu remettre les cornichons à samedi, mais trop tard, c'est fait et c'est correct comme ça. On va commencer par nettoyer la cuisine et souper. Ensuite, on traînera un peu à la table, histoire de se reposer avant de reprendre le collier.

– Comment vous vous y preniez maman pour réussir à tout faire dans une même journée ?

– Sans doute l'habitude. Les enfants ne me sont pas tombés sur les bras six d'un coup.

Les hommes de la maison entraient pour le souper. Rose enfila un tablier en grosse toile, alluma le poêle et posa le canard sur le feu vif. L'eau bouillante servirait au café et à la vaisselle.

– Pour ce soir, ce sera du pain et des légumes. Domitille, va quérir des tomates et de la salade au jardin et reviens vite. Les autres, ramassez vos effets et de grâce, taisez-vous ! Vous raconterez votre journée plus tard. Et puis tenez, en attendant le souper, allez donc jouer dehors.

Rose avait grand besoin de silence. Dire qu'elle s'était embarquée dans cette galère pour dix longs mois. Si c'était à refaire, elle abdiquerait sur-le-champ, mais maintenant elle ne pouvait plus reculer. Sa parole donnée, elle tiendrait son engagement jusqu'à la fin de l'année scolaire. Si au moins, avec la routine, Domitille arrivait à mieux répartir ses tâches.

La pauvre Domitille n'arrêtait pas. Sitôt revenue du potager, elle se pressait de débarrasser la table avant d'aller chercher le beurre et le lait au puits.

* * *

Le souper terminé, Rose versa un canard d'eau chaude dans la cuvette et y ajouta un petit morceau de savon du pays.

– Aurélie et Aglaé, venez laver la vaisselle.

Rose détacha son tablier et le noua sur les hanches d'Aurélie. La fillette recula d'un pas afin d'éviter la vapeur redoutable qui lui montait à la figure. Elle plongea délicatement les tasses dans le petit bassin, puis au contact de l'eau brûlante, elle retira vivement ses petites mains charnues et les secoua dans les airs.

– Maman, l'eau est trop chaude; elle me brûle les mains. Voulez-vous y ajouter un peu d'eau froide?

– Non, ça prend de l'eau bouillante pour dégraisser les assiettes. Endure un peu; après quelques lavages tes mains vont s'habituer. Et elle ajouta: Ce n'est rien ça, à côté de l'enfer.

Rose remit un grand linge blanc à Aglaé et la poussa vers sa sœur.

– Tiens, prends ça et va essuyer la vaisselle.

Aglaé se donnait une importance à rendre service. Elle saisit un gobelet granité et le laissa aussitôt tomber avec fracas sur le plancher.

– Ouf! C'est brûlant.

– Endure, reprit Aurélie, maman dit que l'eau de vaisselle est encore plus chaude en enfer.

* * *

Le soir venu, la maisonnée se coucha tôt.

Domitille rangea les chaises et les sabots près de la porte, donna un coup de balai rapide dans la pièce et monta à sa chambre. Elle déposa la chandelle sur le rebord de la fenêtre et se jeta sur son lit, tout habillée. Ses deux jeunes sœurs dormaient à côté, dans des petits lits de fer. Les yeux grands ouverts, Domitille repassa sa journée en revue, une journée tuante. Et dire que l'année scolaire ne faisait que commencer. Pour la première fois, elle appréciait le calme de sa chambre. Elle pensa à la visite d'Olivier qui l'avait laissée perplexe. Elle se leva. Il fallait bien se déshabiller. Elle enleva sa robe et ses bas et crut apercevoir du sang sur sa jarretelle. Elle approcha la chandelle et échappa un soupir de satisfaction. Quel soulagement de constater qu'elle n'était pas enceinte! Elle pouvait enfin cesser de se tourmenter. C'en serait bientôt fini d'Olivier Brien.

X

Le jour du départ, Olivier mit une éternité à revêtir le costume du collège : un veston noir sur une chemise blanche avec, sous le col, une boucle noire qui étranglait son cou, et des bottines en cuir verni d'où partaient des bas trois-quarts qui montaient jusqu'aux hauts-de-chausses.

En bas, Geneviève, le cœur un peu serré, s'assit devant la grosse malle de son fils et passa tout son linge de corps en revue : draps, chemises, bas, serviettes, débarbouillettes, savon etc. Tout était là bien plié, bien disposé. Elle referma et tourna la petite clé dorée qu'elle glissa dans son gant.

L'attelage partit au pas. En passant devant la maison des Perreault, Olivier se tordit le cou dans le but d'apercevoir Domitille à la fenêtre. Mais il ravala vite son sourire. Sa belle ne se montra même pas le bout du nez pour lui adresser un dernier bonjour.

Assis sur la banquette avant, Louis-Michel fumait la pipe et sa fumée incommodait Olivier, le faisait tousser. Le garçon demeura silencieux tout le temps que dura le voyage. À son côté, sa mère, le port droit et majestueux, ressentait un vif sentiment de dignité à se pavaner ainsi dans la paroisse avec une grosse malle bombée à l'arrière de la voiture.

Le collège était l'endroit où, par l'instruction, on pouvait acquérir la richesse intellectuelle et matérielle. Un autre de ses fils allait se faire un nom. Il lui semblait reculer dans le temps et revivre la rentrée de Thélis au grand collège de Montréal. Mais cette fois, c'était différent ; on était en pleine épidémie de choléra et la presqu'île empestait l'odeur âcre et nauséabonde de chlorure de chaux et de goudron. Des petites casseroles, posées de distance en distance sur des réchauds tout le long des rues, laissaient échapper une flamme rouge et une fumée épaisse.

Geneviève grimaçait.

– Ça pue, tout ça !

Olivier eut pour sa mère un regard de compassion. Au fond de sa campagne, celle-ci n'avait encore rien vu et c'était mieux ainsi. Le soir, ces petits feux avaient une apparence sinistre, presque infernale. Un corbillard noir traîné par deux chevaux effectuait régulièrement la navette entre les rues et le cimetière et ramassait les morts. Entassés au cimetière, les corps attendaient qu'on puisse creuser des fosses, jusqu'à ce qu'on opte pour une fosse commune où on parlait de les brûler. Les services étaient chantés sans corps.

Lors d'une sortie du dimanche soir, Olivier avait surpris une étrange conversation entre le boulanger et le vicaire. Ce dernier racontait que le médecin donnait à ses malades des pastilles à base d'opium. Cette puissante drogue engourdissait le mal et causait un agréable assoupissement qui possédait les clés du paradis. L'inévitable s'était produit : plusieurs malades passant pour morts avaient été jetés vivants dans une fosse. Quand ces supposés défunts reprenaient conscience, ils retournaient chez eux, vêtus de leur linceul et effrayaient la population. Après avoir creusé au même endroit pour exécuter de nouveaux travaux, les fossoyeurs avaient découvert des personnes enterrées vivantes qui avaient tenté en vain de sortir de leur impasse sans y arriver à cause de leur faiblesse et des obstacles. Au village, c'était l'enfer.

Olivier en avait des frissons, mais il avait l'esprit trop occupé ailleurs pour rapporter les faits. Sa gorge se nouait à la pensée d'aller s'enfermer dans une institution.

Arrivés au collège, les Brien n'étaient pas sitôt descendus de voiture qu'un garçon empressé offrait à Olivier de l'aider à monter sa valise au dortoir. Geneviève les suivit pendant que Louis-Michel faisait la file devant la porte de la procure où les pères réglaient la pension des élèves.

Dans une salle commune étaient alignées une quarantaine de couchettes nues, sans cellule et sans batflanc entre les lits pour isoler les pensionnaires. Cette vaste pièce était d'une austérité monastique. Aux deux extrémités du dortoir, une petite cabine à claire-voie décelait le réduit d'un surveillant.

Bien en évidence, sur une affichette pendue au mur, on pouvait lire: «Cette nuit, peut-être!», un avertissement qui signifiait que Dieu pouvait venir les chercher à toute heure du jour ou de la nuit.

Sur la porte du cabinet de toilette, un autre écriteau: «Mon Dieu, éloignez de moi la tentation.»

Des dizaines de grands garçons s'affairaient à vider leur malle en silence. On désigna à Olivier un petit lit tout maigre en cage de fer avec des pieds à roulettes. Un oreiller en coutil s'ennuyait sur le matelas. Geneviève y disposa la literie. L'institution fournissait les couvre-lits en cretonne blancs. Olivier aida sa mère à garnir le lit.

Les collégiens étaient ensuite invités à se rendre à la salle de cours où le surveillant lut le règlement :

– Le bain se prendra deux fois par mois au jour et à l'heure définis pour chacun. La plus élémentaire décence exige qu'on se baigne en chemise et non pas nu. Ne demeurez que le temps nécessaire aux endroits séducteurs. Je deviens intraitable lorsqu'il s'agit de combattre le péché honteux. Le mystère de l'obscurité pousse les élèves au péché. Les coupables doivent requérir une absolution immédiate, donc un prêtre est continuellement à votre disposition pour la confession. Le silence du dortoir, de la chapelle, des salles de bains, des cabinets doit être strictement observé. Nous n'aurons aucune pitié pour les manquements. Pour les fautifs, ce sera le renvoi.

Olivier écoutait et analysait tout, le regard en coin. Silence par-ci, silence par-là. Il n'en revenait tout simplement pas. Ici, on allait épier ses moindres gestes. Son front se plissa. Chez lui, c'était plein de vie et de rires et les portes battaient joyeusement à cœur de jour.

Le garçon reporta son attention au règlement :

– Si un garçon se permet une amourette, et que le surveillant l'apprend, aussitôt ce sera l'ultimatum : quitter la fille ou le collège.

Olivier leva les yeux au ciel et échappa un long soupir. À peine arrivé, il regrettait déjà la maison chaude de son père.

* * *

L'année scolaire commençait par trois jours de retraite, trois jours de recueillement, sermons, cantiques, prières. Dans la cour de récréation, les étudiants marchaient en rang en récitant chapelet sur chapelet. Il y avait la messe obligatoire avec le parfum de l'encens et le tremblotement des cierges. Il fallait se tenir le corps raide, les jambes serrées. À la fin du troisième jour, des confessions obligatoires et un Te Deum clôturaient la retraite.

On exigeait le silence, mais Olivier manquait souvent au règlement. Il cherchait à faire connaissance avec ses confrères et parlait pendant les prières. Olivier n'avait plus le goût de tant prier. L'obéissance à la règle s'avérait dure, sévère, impitoyable et sa liberté se trouvait sans cesse assujettie au son d'une cloche. La vie collégiale le paralysait, l'étouffait. Le soir, au coucher, il entendait pleurer, renifler et moucher. Lui arrivait à se contrôler; l'espoir était présent. Ses nuits étaient peuplées de rêves, d'attente. Il n'avait en tête qu'une seule idée, revoir l'adorable, la douce Domitille. Le premier mois lui parut une éternité.

* * *

Les mains nouées derrière le dos, le professeur d'histoire générale se promenait entre les pupitres et posait des questions.

Subitement, sans annoncer sa visite, le directeur entra dans la classe. Les étudiants se levèrent dans un bruit de chaises déplacées. Il devait se passer quelque chose de spécial pour ainsi déranger une classe en plein cours. Le proviseur, d'un geste impératif, invita les élèves à se rasseoir. Le regard fermé, il déposa un bout de papier sur le bureau du titulaire et sortit sans prononcer un mot. Seulement une petite inclination de la tête en guise de salut ou d'excuses.

Le message laissé intriguait les garçons. Lequel d'entre eux était visé et pourquoi ? Une visite de parents, un reproche ? Les élèves se tracassaient. À cette époque, on administrait des corrections dans les collèges ; on infligeait même le fouet.

Une sonnerie vibrante annonçait la récréation. Le titulaire fit signe à Olivier Brien d'avancer. Le directeur le convoquait dans son bureau.

Le garçon s'y rendit à contrecœur. Les collégiens détestaient ces rencontres fortuites où l'élève occupait le plus bas degré de la hiérarchie. Les plus fluets d'entre eux pleuraient en sortant du bureau. Mais sa croissance terminée, Olivier, un garçon solide, n'accepterait pas qu'on lève la main sur lui. Le directeur avait-il eu vent de sa correspondance avec Domitille ? « Si oui, ça va chauffer », pensait Olivier.

Il frappa et entra.

Les murs de la pièce étaient finis en bois de chêne que les reflets du soleil jaunissaient.

Le directeur regarda l'élève par-dessus ses montures de lunettes, comme le faisaient les presbytes, puis il se leva, lui serra la main et retourna à sa table de travail. Il lui désigna un siège. Olivier s'assit, inconfortable ; le dossier de la chaise, trop droit, projetait son corps en avant. Par chance, ces visites avaient l'avantage d'être brèves.

– Monsieur Brien, j'ai rencontré votre père hier et nous avons discuté de votre avenir. Vous voulez devenir prêtre, c'est bien ça, n'est-ce pas ?

– Heu… Oui, monsieur !

– Eh bien, je vais vous dire ce que je pense de votre vocation. À la manière dont vous entamez l'année, je me demande si vous la finirez parmi nous. Les filles semblent vous intéresser davantage que votre avenir. On me dit que vous avez sollicité certains de vos confrères en vue de faire poster des lettres en douce.

Olivier serra les poings. Deslauriers l'avait dénoncé. Pourtant, lui-même passait son temps à composer des vers qu'il offrait aux filles. Le salaud !

L'atmosphère était chargée. Le prêtre regardait Olivier au fond des yeux comme s'il cherchait à découvrir quelque chose, peut-être savait-il lire dans les cœurs et détecter les sentiments amoureux. Le garçon baissa la vue sur son béret que ses mains nerveuses tortillaient. Il sentait la toute-puissance du directeur peser sur lui et l'écraser. Allait-on le renvoyer ? Être mis à la porte d'une institution était très mal vu et Olivier avait sa fierté. Il ne voulait pas salir le nom des Brien ni déplaire à son père qui dépensait de l'argent pour ses études, même si dans ce collège, l'ennui le tuait.

– Vous avez un talent remarquable, jeune homme, mais ici, les aptitudes ne suffisent pas. Vous devez vous conformer à la règle. Maintenant, qu'est-ce que vous avez l'intention de faire ?

– Me conformer, répondit Olivier, sans s'accorder le moindre temps de réflexion.

– Au fait, J'ai causé de vos études avec votre professeur. On se demande si vous ne perdez pas votre temps ici. Votre place serait plutôt au grand collège de Montréal. Maintenant, allez vous raser, ajouta le directeur, le ton impératif.

– Oui, monsieur !

– Vous pouvez vous retirer.

– Merci monsieur !

Ces cinq minutes d'entrevue avec le directeur avaient semblé une éternité à Olivier.

Sitôt sorti, il regrettait d'avoir été coulant, de ne pas avoir contesté. Il se constituait ainsi prisonnier des quatre murs du collège. Qu'est-ce qui lui avait pris de se soumettre ainsi à la discipline, à la volonté du prêtre ? Sans doute sa réaction infantile et routinière de s'incliner devant l'autorité ajoutée à l'intimidation du directeur.

Olivier errait dans le corridor, l'âme à l'envers. Il passa une main sur sa joue. Ce soir, il se raserait pour la première fois. Toutefois, son entretien avec le directeur le préoccupait davantage que ses rares poils follets.

Il songea à revenir sur ses pas et, cette fois, exposer clairement son point de vue. Il n'était pas à sa place dans cette institution. Pourquoi cette approbation fausse du début à la fin de sa rencontre avec le proviseur ? Il se jura que désormais, plus personne ne le ferait ramper de la sorte.

Olivier réprima une envie folle de prendre la clé des champs. Il était tanné de suivre le même peloton à la même heure, au même endroit, entendre les mêmes voix, les mêmes pas traînants, sans compter certains collégiens qu'il ne pouvait supporter. Derrière ces murs, il étouffait sa jeunesse, ses sentiments vrais et c'était terrible.

Il baissa son béret d'étudiant sur ses yeux, traversa la cour de récréation et s'appuya au mur de pierre. Une clique d'élèves, sous surveillance serrée, s'amusait à la balle au mur. La plupart étaient des fils de parvenus, tous plus jeunes que lui.

Olivier passait son temps à tenter de solutionner son cas. Après la remontrance du directeur, comment écrire à Domitille sans se faire pincer ? Il lui faudrait redoubler de prudence.

Puis lui vint une idée géniale. Avec l'autorisation du surveillant, il pourrait se rendre au magasin s'acheter un rasoir et profiter de son échappée pour poster une lettre à Domitille. Il lui écrirait aujourd'hui même dans les toilettes du collège. Cette perspective lui redonna un peu de vigueur.

XI

On était le deux novembre, jour de la fête des morts. La nature en deuil avait laissé tomber sa délicate vêture de tous les tons de vert et les arbres leur apparat de pourpre et d'or. Le paysage était désolé, lugubre et triste, mais comme consolation, depuis un mois, l'épidémie de choléra diminuait de jour en jour

Domitille réunit quatre pots de confiture et les déposa dans une boîte de carton. Elle les entoura précaution-neusement de paille pour parer aux chocs. Avant de refermer le couvercle, elle ajouta quelques mains de tabac. Puis elle pria son frère Médard de porter les effets dans la voiture.

C'était sa première sortie seule. Domitille monta dans le boghei. Elle aimait bien l'odeur de cuir des vieilles voitures. Elle remonta la couverture de laine sous son menton afin de braver un vent effronté venu du nord et, les rênes enroulées solidement aux mains, elle mena son attelage vers le village.

* * *

La messe terminée, le parvis de l'église s'animait et ressemblait à un marché à ciel ouvert. Deux femmes cha-peautées échangeaient des recettes de sirop contre la toux et une autre parlait de ses récentes mises en conserve. Domitille portait fièrement sa lourde boîte.

Le glas se mit à sonner la criée des âmes.

Les dons affluaient. Les tables se remplissaient. Ces pauvres colons arrivaient tous à confectionner quelque chose à partir de rien, que ce soit un tablier, des mitaines, des tapis nattés ; tous participaient activement à la vie de l'Église.

Le crieur public monta sur une tribune à deux gradins installée sur le parvis. Il souleva son chapeau melon et, avec toute la verve d'un orateur, il fit monter les enchères des marinades, des pièces d'étoffe du pays, des mains de tabac, etc. L'encan terminé, il ajouta :

– Madame Charles Cadotte a égaré un gant de laine gris. Prière de le rapporter aux objets perdus. Un chapelet noir a été trouvé dans le confessionnal. Le propriétaire est invité à le réclamer à la sacristie.

* * *

Sur le chemin du retour, Bergère, la jument des Perreault, avançait tranquillement en regardant par terre. Domitille repensait aux paroles de madame notaire : «Votre mère a toujours les meilleures confitures.» Ce à quoi elle avait répondu : «Je lui dirai. Maman sera ben contente.» Domitille lui en était reconnaissante. Chaque année, cette dame faisait monter les enchères de ses pots de confitures et plus les prix montaient, plus la fierté de la jeune fille s'enflait.

Domitille entendit des sabots de chevaux talonner sa voiture. Elle tourna la tête et reconnut la barouche à trois sièges des Brien qui suivait la sienne de près. Raymond la salua d'un bref coup de tête.

Soudain, le vent souleva un sac de papier qui traînait sur la route. Bergère, se sentant menacée, se cambra, tête et crinière dressées, fit un brusque écart et prit le trot qui se changea aussitôt en épouvante. Domitille, effrayée, avait beau tendre les rênes avec force, crier «woh!», à tue-tête, Bergère était incontrôlable. Le chemin filait à un train d'enfer sous les roues. Domitille, saisie d'effroi, sentait ses genoux et ses jambes mollir. «Je vais me tuer», se dit-elle.

Aussitôt, elle lâcha les rênes pour sauter sur le chemin, mais la crainte d'un saut fatal la fit plutôt s'agripper des deux mains à l'avant de la voiture. Pour ajouter à sa frayeur, un attelage venait à sa rencontre. «À ce train d'enfer, Bergère ne pourra jamais le croiser», se dit-elle. Au même instant, la jument et l'attelage se retrouvaient dans le fossé. Domitille, projetée dans les airs, retomba dans les fardoches tout près d'un taillis. Son cœur battait à tout rompre.

Raymond Brien suivait doucettement la voiture de Domitille. Il avait bien vu la jument s'emballer et il avait entendu la fille échapper un long cri, mais il était dans l'impossibilité de rejoindre et de retenir la bête. Un cheval à l'épouvante est incontrôlable.

Il vit la voiture se fracasser dans le fossé et Domitille bondir dans les airs et retomber au sol. La jument débridée continuait sur sa même lancée.

Le garçon se leva de son siège, fouailla sa bête à tour de bras et sitôt arrivé sur les lieux, il jeta ses guides sur la croupe de son cheval et se précipita au bas de sa voiture.

D'un saut, il enjamba le fossé, et d'un autre, la clôture de perches.

Domitille était étendue sur le sol, le visage égratigné, le nez et les yeux barbouillés de terre, les vêtements délabrés. Ses dents claquaient et tout son corps tremblait comme une feuille secouée par le vent. Elle geignait. En apercevant Raymond Brien, son premier réflexe fut de replacer pudiquement sa jupe retroussée et de refermer son manteau. Puis elle réalisa qu'elle avait perdu ses chaussures.

Raymond s'agenouilla à ses côtés et lui parla doucement.

— Vous avez mal ?

— Un peu. Je me suis éraflé la cuisse sur la clôture, dit-elle, les syllabes entrecoupées de claquements de dents.

— Ne bougez pas. Je vais regarder ça.

Il releva sa jupe, sans manière. Domitille s'en remettait à lui comme à un médecin. Son bas, déchiré du mollet à la cuisse, laissait voir une affreuse entaille qui saignait abondamment.

Raymond était aux petits soins pour la blessée. Il tâta ses membres pour s'assurer qu'elle n'avait pas de fractures et, sans lui demander si elle pouvait marcher, il la souleva délicatement dans ses bras et, à grands pas, la porta à sa voiture.

— Vous allez m'échapper, dit-elle.

Il rit.

– Vous pesez une plume.

Domitille, d'abord excitée par le choc, ressentait maintenant une grande fatigue. Elle se mit à pleurer sans même savoir pourquoi. Raymond la serra contre lui. Elle se sentait bien dans ses bras, mais elle s'efforçait de ne rien laisser paraître de ses sentiments. À pas de géant, Raymond franchit de nouveau la clôture et le fossé, puis il déposa son précieux fardeau dans sa voiture. Il enroula Domitille bien serrée dans une couverture à carreaux qui recouvrait la banquette, puis de ses mains pures et bien vivantes, il desserra une ouverture à la hauteur de ses beaux yeux agrandis par la peur.

Domitille appréciait les prévenances du garçon. Elle sentait ses mains l'envelopper, ses doigts frôler ses joues. Ses gestes caressants n'avaient rien de choquant. Elle se laissait dorloter.

Une masse de curieux se pressait sur les lieux. Tous ces gens revenaient de la messe. Des voix jacassaient. Les premiers voisins accourus examinaient la voiture abîmée, les limons brisés et la banquette arrachée qui gisait au fond du fossé.

Chacun y allait de ses commentaires. Lépine aperçut deux petits souliers de bœuf. Il les tendit à Raymond qui les lança au fond de la voiture.

– Mes chaussures, insistait Domitille, je veux mes chaussures.

– Elles sont trop froides pour les porter. Vous risque-riez de prendre un rhume.

En petite fille soumise, Domitille se conforma à l'opinion de Raymond.

L'attelage partit au pas. Domitille fixait la route, droit devant elle.

– Quand papa va voir dans quel état se trouve sa voiture, il va être fâché contre moi. C'est la première fois que je mène un cheval ; ce sera sans doute la dernière.

Raymond glissa un bras rassurant derrière ses frêles épaules et de sa main libre, il saisit les rênes. La maison approchait. Dans le silence, Domitille n'entendait que la sonorité des roues sur le sable du chemin. « Dommage que la route achève, se dit Domitille, je serais prête à aller au bout du monde serrée contre Raymond. » Mais qu'est-ce qui lui prenait de penser de même ? Raymond Brien était âgé de vingt-deux ans et elle n'en avait que treize. Elle n'avait qu'à se rappeler deux mois plus tôt ; il l'avait amenée à la messe et tout s'était arrêté là sans un sourire, sans même un au revoir.

– Votre père va comprendre, dit-il, c'est un bête accident, c'est tout ! Il va plutôt être soulagé que sa fille soit encore en vie. En tout cas, ce serait mon opinion.

– Merci, j'espère qu'il pensera comme vous. Merci aussi pour être venu à mon aide.

– C'est le simple bon sens. Comme vous étiez sur mon chemin…

Domitille était déçue. Elle s'attendait à une remarque plus enthousiaste, plus chaleureuse après qu'il l'eut tenue tendrement dans ses bras. Comme elle, Raymond devait sûrement avoir ressenti une attirance.

Arrivée chez elle, Domitille écarta la couverture et comme elle s'apprêtait à lever un pied, Raymond la retint d'un geste vif du bras.

– Vous n'allez pas marcher nu-pieds sur la terre froide ? Attendez ! Regardez votre jument là-bas.

La bête attendait devant l'étable dans une rigidité de fer, la croupe écumante et une bave mousseuse aux babines molles.

Domitille se fichait de Bergère. Un sentiment amoureux se rallumait et, à part Raymond, plus rien n'avait d'importance.

– Ne bougez pas, le temps d'attacher ma jument au piquet et je reviens vous chercher.

Domitille pinça les lèvres pour ne pas afficher sa satisfaction. Elle profiterait encore une fois des bras accueillants de Raymond. Quand il la souleva de la banquette, elle s'abandonna contre son corps solide.

Sa mère, étonnée de voir sa fille dans les bras de Raymond, ouvrit la porte toute grande, porta les mains à son cœur et pâlit.

– Ma petite Domitille ! Qu'est-ce qui t'arrive ?

Le garçon déposa délicatement son fardeau sur la berçante et tout en décrivant l'accident fâcheux, il aida Domitille à enlever son manteau.

Rose se mit à pleurnicher.

– Ma petite fille ! Ma Domitille a failli se tuer. Pauvre petite ! On n'aurait jamais dû la laisser partir toute seule.

– Pas toute seule, madame. J'étais là, moi, et j'en ai pris ben soin, croyez-moi. Maintenant, il faudrait nettoyer la plaie à sa jambe. J'aurais besoin d'un peu d'eau bouillie et d'un linge propre.

– Une plaie ? Montre un peu.

Domitille remonta sa robe. Rose fit une grimace et un frisson la secoua.

— Il faudrait la conduire au docteur.

— Je ne pense pas que ce soit nécessaire. Il y a beaucoup de sang, mais l'écorchure semble superficielle. Je vais commencer par nettoyer du mieux que je peux, ensuite on verra. Si ça saigne trop, je la conduirai chez le docteur Cazeneuve. Trouvez-moi une pommade ou un onguent désinfectant. J'aurais aussi besoin d'un bandage propre.

— Je n'ai rien de ça.

— Envoyez un enfant en chercher à la maison. Chez nous, on a tout ça et plus encore. À la moindre toux, maman nous bourre de sirop pectoral. Elle fabrique des onguents et des remèdes à partir de plantes ; des secrets qu'elle détient des sauvagesses.

— Quand on a besoin des enfants, ils sont tous disparus. J'irai moi-même.

Rose se précipita à l'extérieur. Raymond s'agenouilla devant Domitille. Il trempa le coton dans l'eau et le pressa au-dessus de la plaie.

— Aïe, ça brûle !

— Essayez d'endurer. Votre blessure est extrêmement sale de terre et elle est peut-être infestée de microbes. Vous ne voudriez pas que l'infection se mette là-dedans ?

En bon soigneur, Raymond tamponnait, nettoyait, et recommençait.

Domitille supportait en silence, mais la douleur lui arrachait les larmes. Raymond tira un mouchoir de sa poche et essuya ses yeux.

Rose revint avec l'onguent, la plaie nettoyée avait diminué de saigner. Raymond appliqua la pommade et pansa la blessure.

— Ne vous portez pas sur votre jambe, pour mieux permettre à la plaie de cicatriser. Demain, je viendrai m'assurer que tout guérit bien.

* * *

La nouvelle de l'accident se répandit aussitôt dans tout le rang.

Après le souper, Agathe frappait chez les Perreault. Elle insistait pour voir les blessures de Domitille, mais celle-ci refusa de relever sa jupe devant ses frères.

— C'est presque rien. Raymond dit que je n'en mourrai pas.

Agathe colla une chaise près de Domitille et lui remit une petite boîte de tôle.

— Tiens, c'est pour toi.

— Pas du sucre à la crème ?

— Oui mamzelle, et fait de mes propres mains.

À la vue des friandises, Médard et Daniel s'approchèrent et tendirent une main quémandeuse. Mais Domitille referma vivement le couvercle et défendit son bien de ses mains.

— C'est à moi seule. Elle ajouta, le ton railleur : C'est parce que je souffre.

Sitôt ses frères disparus, Domitille ouvrit son petit récipient métallique et offrit un carré de sucre à Agathe. Celle-ci lui murmura à l'oreille :

– Il faudrait se revoir et piquer une bonne jase. Quand tu seras sur pied, on ira s'asseoir sur le bout de la galerie. J'en ai ben long à te raconter.

– Moi aussi. Reviens demain. Je pourrai sûrement marcher.

* * *

Le lendemain, tel que promis, Raymond fit une courte visite à sa protégée. Il décolla le pansement sanguinolent par petites secousses répétées. Domitille échappa des soupirs et les larmes lui montèrent aux yeux. Toutefois, l'éraflure guérissait trop vite à son goût. Domitille aurait accepté de supporter bien davantage de douleurs pour ne pas perdre son soigneur.

XII

L'attelage revenait au trot. Bergère était toujours pressée de retrouver l'odeur familière de sa crèche. Joseph laissa à Médard la tâche de dételer et entra dans la maison.

Il rapportait à Rose un petit miroir encadré, à Domitille un collier de fausses perles avec camée, à Aurélie et Aglaé des peignes importés du pays des ancêtres. Finalement, il sortit une missive de sa poche et la remit à Domitille.

Celle-ci regarda son père ; il était la bonté même. Elle avait tellement envie de lui dire qu'elle l'aimait.

Mais son attention se porta sur la petite enveloppe. Sur le papier jauni, courait une écriture à grands jambages. Elle lut :

Ma chère Domitille,

Je vous écris à la hâte, d'un coin de la cour, le dos tourné au surveillant et je dois faire vite car la cloche sonnera bientôt.

Que de temps s'est écoulé depuis notre dernière rencontre. Ici, c'est l'ennui, la prison, une vie de sacrifice, vous voyez ? Le règlement est chargé de lois rigoureuses, ce qui exige une forte discipline de l'esprit et une soumission de tous les instants à laquelle je n'étais pas habitué. Les dimanches sont insupportables. Chez nous, toute ma famille est réunie autour de la table à s'amuser et à rire, tandis que je mange en silence en pensant à eux. Ici, toutes les portes sont fermées quand chez nous, entre qui veut. Nous sommes assujettis au son d'une cloche, pour le réveil, la messe, les repas, la classe, les récréations, etc.; de vrais esclaves!

Comme de raison, on nous défend formellement toute correspondance avec les filles. Après avoir accordé ma confiance à un confrère de classe, celui-ci a vendu la mèche et j'ai dû passer devant le directeur. Si par malheur je me fais prendre de nouveau, ce sera la porte.

Les cours et l'étude ne nous laissent aucun répit, pourtant l'ennui est toujours présent. Un prêtre, son nom m'échappe, m'a dit qu'avec le temps, je prendrai le pli mais j'en doute. Le temps est bien long loin de vous. Heureusement, il me reste le beau souvenir de notre promenade en chaloupe et l'espoir de vous retrouver et de vous serrer dans mes bras, aux fêtes de Noël.

Domitille ne put retenir une moue de déception. Elle reprit sa lecture.

Je voudrais un souvenir de vous que je conserverai sous mon oreiller, que ce soit un ruban ou un petit rien. Ainsi, je vous sentirai près de moi la nuit et il me semble que je dormirai mieux.

Voulez-vous demander à mon frère Raymond de m'envoyer l'argent de la vente de mes œufs pour m'acheter du papier à lettres et me payer des petits caprices, entre autres, du savon blanc. Si Raymond peut venir le porter, ce sera encore mieux. Arrangez-vous pour que mes parents n'en sachent rien, papa surtout. Pour lui, toute dépense inutile est du gaspillage.

Le cœur de Domitille se mit à battre la chamade. Aujourd'hui même, elle irait parler à Raymond. Ses mains tripotaient et froissaient négligemment le papier. Quelle distraite elle faisait!

Mes notes montent toujours. Je suis deuxième de ma classe et je ne fais pourtant pas de gros efforts si ce n'est qu'on m'oblige à écrire de la main droite, ce qui n'est pas facile pour un gaucher.

Répondez-moi, comme vous me l'avez promis, et donnez-moi des nouvelles de la place.

Vous posterez votre lettre à Eustache Bolduc qui me la remettra en main propre.

Vous savez comme je vous aime. Je vous embrasse très fort mon amour,

Votre Olivier

«Mon amour», se répétait Domitille qu'aucun sentiment n'atteignait. Elle s'attristait pour Olivier, mais elle ne pouvait rien pour lui. «Dommage que l'amour ne se commande pas, pensait-elle, ce pauvre Olivier m'aime tant.»

La jeune fille replia la missive. Elle se leva en douceur. Depuis sa chute, les premiers mouvements causaient chaque fois une douleur à sa cuisse. Elle jucha la lettre sur la corniche dos à la Vierge.

Olivier l'avait chargée d'une commission qui lui donnait l'occasion de revoir Raymond et cette rencontre lui donnait des ailes. Mais avant tout, elle répondrait à la lettre d'Olivier. C'en serait fini de se sentir prisonnière d'un garçon qu'elle n'aimait pas. Toutefois, elle ressentait une certaine pitié pour Olivier. Elle était sur le point de lui causer une peine immense et son intention n'était pas de le blesser.

Le soir, elle s'installa au bout de la table, sous l'abat-jour d'une lampe qui donnait plus de fumée que de clarté. Elle restait là, le doigt contre la tempe, sans pouvoir se décider à rédiger une réponse adéquate. Après avoir réfléchi longuement devant son encrier, elle écrivit platement une lettre sèche et courte, à peine convenable.

Bonjour Olivier,

Toutes mes félicitations pour vos notes élevées. Vous vous préparez un bel avenir. Dans la place, il n'y a pas beaucoup de fils de colons qui seront aussi instruits.

Comme vous me l'avez demandé, j'irai voir votre frère au sujet des œufs. Soyez sans crainte, tout se fera dans la plus grande discrétion.

Je n'ai rien à vous envoyer et, même si j'en avais, je ne le ferais pas, parce que voyez-vous, Olivier, j'ai beaucoup d'admiration pour vous mais je ne vous aime pas d'amour. Une autre que moi saura sûrement vous donner le bonheur que vous méritez. Et de grâce, essayez d'oublier notre promenade sur la rivière. Ce jour-là, j'ai agi comme une écervelée et je le regrette amèrement.

Je sais que je vais vous faire de la peine. Je déteste faire souffrir les autres. Je m'en excuse.

Je vous garde mon amitié,
Domitille Perreault

Domitille relut la petite page, colla l'enveloppe d'un coup de langue et respira de soulagement. «Tout est fini entre nous. *Amen.* », se dit-elle.

* * *

Le lendemain, sa mère et ses sœurs parties pour les classes, Domitille profiterait de la tranquillité du jour pour parler à Raymond. Elle enleva son tablier, remonta ses bas en grosse laine du pays et replaça sa jupe brune en droguet, une étoffe de bas prix. Le vêtement démarquait sa taille fine et tombait lourd sur ses pieds. Domitille peigna longuement ses cheveux et repoussa les boucles derrière ses oreilles. C'était bien pour rien ; une mèche rebelle s'entêtait à cacher son œil droit et à chatouiller sa joue satinée. Elle attacha son camée au cou. Raymond allait-il la trouver à son goût ?

Bientôt son père reviendrait des bâtiments, il fallait faire vite et filer en douce. Mais comment se présenter chez les Brien sans éveiller des doutes et comment parler à Raymond à l'insu de ses parents ? Cent fois, elle se rendit à la fenêtre jeter un œil du côté de la vieille maison de pierre et pour la centième fois, rien ne bougeait. L'idée lui vint de balayer la galerie ; ainsi elle pourrait mieux surveiller ce qui se passait chez le voisin. Enfin, là-bas, la porte de côté s'ouvrit. Joseph Chévaudier, le jeune engagé des Brien, sortait de la maison. Domitille se planta au bout du perron et de toutes ses forces, elle cria son nom et lui fit signe d'approcher. Le gamin, à l'affût du moindre fait, accourut aussitôt.

– Vous m'avez appelé ?

– J'ai besoin de parler à Raymond sans que ses parents ne le sachent. Tu peux lui transmettre le message et garder ça secret ?

– Ben sûr ! Vous pouvez compter sur ma parole.

Domitille nettoya vivement la cuisine. Quand le cœur est léger, le travail ne pèse pas lourd au bout du bras. Quelques minutes plus tard, l'ordre établi, Raymond frappait à sa porte. Il lui adressa un large sourire et cligna de la paupière, l'air mystérieux.

– Le temps est beau. Qu'est-ce que vous diriez de marcher un peu?

Comme ils s'engageaient dans le petit escalier qui menait au bas du perron, Raymond lui offrit galamment son bras.

– Comment va la jambe?

Domitille lui sourit gentiment.

– Guérie, complètement guérie, si ce n'est une toute petite cicatrice. J'espère que le temps l'effacera.

Raymond lança à la diable :

– Ce n'est pas ce qui va vous empêcher de vous marier.

– Non, c'est autre chose.

– Autre chose? Et je peux savoir?

– À vous, je peux le dire. Je ne fais pas confiance aux garçons.

– À tous les garçons? Même pas à moi?

Domitille rougit.

– Vous, ce n'est pas pareil. Vous m'avez si bien soignée. Vous êtes presque mon docteur.

Raymond la transperça de son regard.

– Pourtant, dit-il, j'aurais juré que vous étiez éprise d'Olivier.

– Non, c'est plutôt l'inverse ; Olivier s'est épris de moi. Je viens justement de lui faire savoir que je ne ressens rien pour lui, mais je ne sais pas s'il va vouloir comprendre. Je me sens tellement lâche de l'affliger de la sorte. Il reste à côté de chez nous et je veux continuer de vivre en bon voisinage avec lui.

– Domitille, les sentiments, c'est une affaire à deux. On ne peut pas forcer quelqu'un à nous aimer.

– C'est aussi ce que je pense. Écoutez-moi donc, je suis là qui parle, parle et j'en oublie ma commission.

Une charrette, chargée de foin, écrasait le gravier près d'eux.

Domitille attendit qu'elle s'éloigne et fit part à Raymond du message d'Olivier.

– Mes parents ne sauront rien et s'ils l'apprenaient, tel que je les connais, ils accepteraient d'emblée, même si ça leur coûtait la peau des fesses. Ils ne refusent jamais rien à Olivier. Dimanche prochain, j'irai lui porter l'argent de ses œufs. Ça vous dirait de m'accompagner?

Domitille cessa de respirer. Son corps figeait en même temps que son cœur s'emballait. Elle porta une main à sa bouche pour empêcher un joyeux «oui» de s'échapper. Puis elle regarda Raymond, plus comme une petite fille cette fois, mais bien comme une femme.

– Non, dit-elle, ce serait encourager Olivier quand je veux lui enlever tout espoir.

– C'est une sage décision.

XIII

Chaque jour, Domitille reprenait sa rude besogne laissée au coucher. La veille, son père avait abattu une vache et aujourd'hui, il se préparait à tuer et saigner un porc engraissé pour la boucherie. Pour la première fois, il exigeait de sa fille qu'elle recueille le sang qui servirait à apprêter le boudin.

— Ça, je ne pourrai pas! Je n'ai jamais pu assister à la mort d'une bête. Demandez à Médard ou Daniel de le faire.

— Tes frères ont d'autres chats à fouetter. Ils sont allés bûcher.

Chaque propriété jouissait d'une terre en bois debout. On y trouvait des pruches, mélèzes, pins, sapins, et cèdres. L'automne, les paysans devaient bûcher, scier et rentrer leur bois de corde. Ils le laissaient ensuite sécher une année complète avant de s'en servir. En tout autre temps, Joseph Perreault aurait accompagné ses fils, mais cette fois, comme il devait s'adonner à la boucherie, Daniel et Médard décidèrent d'en finir avec l'abattage des arbres.

Domitille, dépitée, allait pleurer.

— D'abord, demandez à monsieur Brien.

— On ne va pas déranger les voisins pour si peu. Ta mère le faisait, elle. Tu apporteras un grand chaudron.

Domitille éprouvait une répulsion insurmontable pour cette besogne déplaisante. Toutefois, en bonne petite âme ménagère, toute de tendresse et d'obéissance, elle se soumit sans entrain.

Depuis que sa mère enseignait, Domitille n'avait pas un instant de répit. Elle réalisait à quel point sa mère avait travaillé pour les élever. Se marier et avoir des enfants exigeaient beaucoup des femmes. Domitille apprenait à la dure école que celles-ci étaient nées pour trimer toute leur vie et servir. Elles travaillaient beaucoup plus que les hommes qui dormaient la nuit, tandis que la mère allaitait, consolait les nouveaux-nés, soignait les maux de dents, les grippes, les coqueluches. L'après-midi, les hommes piquaient un petit roupillon pendant que les femmes ramassaient les restes du repas, lavaient la vaisselle, boulangeaient. Et que dire de l'hiver ? Les hommes au repos, les femmes devaient laver, coudre, tricoter, tisser, piquer des couvre-pieds, fabriquer des chandelles, faire le grand ménage de la maison et tout le tra-la-la, en surplus des repas à préparer. La mère de famille se couchait toujours la dernière, épuisée. Où trouvait-elle sa joie ?

Domitille pesait le pour et le contre du mariage. Avait-elle le choix ? Même les vieilles filles besognaient dur et, après la mort des parents, elles devenaient les servantes de l'héritier et de sa famille.

Aujourd'hui, il lui faudrait préparer des plats de cochonnailles, comme la tête en fromage, le jambon, le boudin qui obligeait à laver les tripes de porc à grande eau, insérer la charcuterie dans les boyaux et les cuire.

À peine avait-elle fini sa sale besogne que son père entrait dans la cuisine avec de grands vaisseaux de fonte remplis d'une quantité décourageante de morceaux de viande crue.

– Tiens, tu hacheras le porc pour le ragoût. Quand ta mère roulait ses boulettes, elle les enrobait de farine.

Domitille essuya son front sur la manche de son chemisier.

– Je n'en peux plus, papa! J'en ai par-dessus la tête de mon travail de maison. Vous n'avez qu'à regarder le désordre de la cuisine.

Son menton tremblait.

– Il faut que ça se fasse. Ta mère le faisait, elle! Et arrange-toi pour en mettre un peu de côté pour les cretons.

– Un peu… c'est quelle quantité, ça?

– Vas-y à l'œil.

Domitille, épuisée, se mit à larmoyer. Mais son père ne se laissa pas émouvoir. Il sortit.

Quand il revint, il lui tendit une enveloppe blanche.

– C'est pour toi. Ça vient de L'Assomption.

Domitille ne put retenir une moue dégoûtée. La missive venait d'Olivier Brien. Elle reconnaissait son écriture fine et penchée.

– Qu'est-ce qu'il me veut encore, celui-là?

– Lis, tu verras.

– Vous voyez ben que je n'ai pas le temps de lire. Il faut que je me tue à l'ouvrage.

Pour la première fois, Domitille parlait d'un ton sec à son père. Certes, elle donnerait un dernier coup de collier, mais ce soir, elle s'en remettrait à sa mère. Elle lui ferait savoir à quel point son père ambitionnait sur ses forces.

Tout allait de mal en pis pour Domitille. Comme elle se croyait libérée de l'emprise d'Olivier, celui-ci reprenait contact par lettre. « Une autre affaire, pensait-elle mécontente, ce n'est pas ma journée. »

Elle parcourut les petites pages en vitesse. Olivier lui racontait ses mélancolies du collège et comme il espérait revoir son visage. Il parlait aussi de son ennui et des petits faits de tous les jours. Il la remerciait d'avoir parlé à Raymond. Il lui répétait qu'il l'aimait, comme s'il n'avait pas compris qu'elle voulait en finir avec lui. Au bas de la page, il signait : « Olivier, avec tout mon amour. »

Olivier s'accrochait. N'avait-elle pas été assez explicite ? Pourquoi cet entêtement ? Elle était démontée. Elle ne répondrait pas.

Dans un mois, ce serait les fêtes de Noël. Un mois encore et Olivier Brien reviendrait chez lui. Cette perspective désolait Domitille.

Elle sortit le clou, la cannelle et, à petites pincées répétées, elle ajouta les épices au porc haché. De la table, elle pouvait suivre le va-et-vient dans la cour des Brien.

XIV

La grimaçante saison d'hiver débutait avec ses tempêtes de neige, vents, verglas, giboulées.

Après la petite pluie fine de la nuit, le frimas avait saupoudré la nature d'une couche de cristal. Tout étincelait pour le plaisir des yeux. Les toits, les bouleaux, les clôtures et les brindilles de foin séchées étaient revêtus de costumes de verre, telles des parures de diamants. Un spectacle éphémère d'une somptuosité plus que royale, susceptible d'émouvoir même les cœurs les plus durs.

Le froid s'installait pour de longs mois. Heureusement les maisons étaient bâties contre la rigueur des saisons. Les doubles fenêtres étaient installées et bien calfeutrées.

Aglaé et Aurélie entraient en coup de vent. Rose suivait.

– Qu'il fait bon rentrer chez soi ! Je m'ennuie de ma maison. L'an prochain, ce sera non à l'enseignement. Le curé me trouvera une remplaçante.

Rose jeta sur une chaise son mantelet de batiste noir et son châle à carreaux noir et gris, plié en pointe.

– Domitille, si tu mettais le souper sur le feu, ça me donnerait le temps de me débarrasser du reprisage.

– Qu'est-ce qu'on mange ?

– Pas de viande ! Le vendredi est jour maigre.

– Peut-être des œufs, d'abord ?

Rose, la tête ailleurs, ne répondit pas. Il fallait allonger une robe à Aurélie, recoudre une manche à la redingote de Médard et poser un bouton au pantalon de Daniel. Rose n'arrêtait pas. Après le souper, elle se mit à nettoyer, brosser, déterger jusqu'à ce que la maison retrouve sa propreté. Tout en abattant sa besogne, elle comptait mentalement le nombre de convives qui partageraient sa table.

– Domitille, il faut rouler des tartes. Dimanche, on va inviter tous les voisins à notre fricot. J'ai compté comme ça, on ne sera pas moins de quatre-vingts personnes.

Les paysans donnaient toujours un grand festin de campagne les jours suivant l'abattage du porc gras.

– Vous n'êtes pas fatiguée ? Avec vos classes et tout ça, vous feriez peut-être mieux de modérer vos transports.

– J'aurai ben le temps de me reposer quand je serai morte.

Au fond, Domitille pensait autrement. Le fricot était une occasion inespérée de se rapprocher de Raymond Brien, de danser, rire et s'amuser. Bien sûr, il y aurait les préparatifs, mais Raymond serait sa récompense.

– Cette année, comme vous enseignez, on pourrait réduire le nombre de nos invités. Prenez, par exemple, la Rotureau, elle ne nous reçoit jamais.

– J'ai dit tous les voisins, Mademoiselle Josine comme les autres.

– Même les Gadiou ? Malvina Gadiou a la manie de critiquer sur tout.

– Même Malvina. On ne va pas laisser nos voisins de côté juste parce qu'ils ont des défauts. Qui n'en a pas?

Domitille se réjouit intérieurement de savoir que les Brien seraient de la fête. L'occasion de revoir Raymond l'enchantait. Elle regarda du côté de la maison de pierre et ne vit que le jeune Chévaudier, le petit engagé des Brien, en train de rentrer une brassée de bois dans la maison. Domitille sortit de l'armoire la farine, la graisse de lard, un grand bol en bois qu'elle déposa sur la table et, toute fringante, elle prépara une belle pâte blanche au goût de l'amour.

***

Les collégiens devaient quitter l'institution pour les vacances des fêtes, mais depuis le matin, une tempête se déchaînait sur la paroisse.

Louis-Michel Brien tenta de dissuader Raymond de sortir par un pareil temps.

– Attends un jour ou deux. Pense un peu à ta bête. Si elle s'écarte du chemin, elle peut se casser une patte.

Mais Raymond tenait tête. À cet âge, on n'a peur de rien.

– J'ai le temps de faire un bon bout de chemin avant que la route ne s'efface complètement. Quand je pense à Olivier qui s'ennuie là-bas et qui manquerait le fricot des Perreault, ce serait ben dommage. Non, il faut y aller, même par ce temps de chien. Olivier doit m'attendre avec impatience et je ne veux pas le décevoir.

– Tu jetteras une robe de carriole sur le siège et une autre sur vos genoux. Comme ça, au moins, vous serez au chaud. Si vous êtes mal pris, ne vous gênez pas pour aller frapper aux portes. Vous faites mieux de demander l'hospitalité que de mourir gelés.

Au départ de la maison, le vent fouettait le faîte des arbres et la neige tourbillonnait et accumulait dans tous les recoins des amoncellements blancs. Tant que les piquets de clôtures resteraient visibles, Raymond pourrait tenir son attelage au centre du chemin.

* * *

Au retour, Olivier se sentait heureux comme il ne l'avait jamais été. La jument guidait ses pas dans les ornières d'une voiture précédente. Bien à l'abri, sous la robe de carriole, Olivier ne sentait pas le vent qui soufflait violemment. Il se laissait bercer au gré des cahots. Raymond lui annonça l'invitation des Perreault.

Quinze jours de vacances, de réjouissances où il allait revoir Domitille qui lui avait tant manqué. Ces derniers temps, elle ne lui écrivait plus, mais quand elle le reverrait, sa flamme se rallumerait et elle tomberait de nouveau dans ses bras. Et puis il avait tellement hâte de rentrer à la maison, de retrouver ce nid douillet et chaud, habité d'un simple bonheur. Il lui avait fallu s'éloigner pendant des mois pour mesurer les douces joies de la vie reliées à cette maison. Le voyage de retour ne causa aucune mauvaise surprise. Raymond arrêta l'attelage devant la porte.

– Regarde papa planté devant la fenêtre. Il t'attend. Il était là quand je suis parti. J'ai l'impression qu'il n'a pas bougé d'un poil.

Quand Olivier entra chez lui, le béret enfoncé jusqu'aux oreilles, une douce émotion l'envahit. Son père le reçut à bras ouverts et sa mère, un peu en retrait, vint vers lui et tira sa main.

– Donne-moi ton paletot et viens t'asseoir devant un café chaud. Je veux que tu me racontes ce qui s'est passé pendant tous ces mois au collège.

La douce vie de famille reprenait au coin du feu.

XV

Le lendemain, tout au bout du rang, Amable Crevier, l'air absent, se berçait à coups de bascules réguliers, au même rythme que la pendule. Puis soudain, il s'arrêtait net et son visage se fermait. Il dormait pendant un bon moment, la bouche entrouverte. Ses lourds ronflements ne dérangeaient personne ; il vivait seul. Puis il sursautait et sa chaise reprenait son tic-tac endormant.

Amable se leva et jeta un œil à la fenêtre. Une bise mordante sifflait et décapuchonnait les sapins. « Mauvais temps pour le fricot des Perreault », pensait le veuf.

Mais aucun gros temps n'empêcherait Amable de sortir. Il bourra le poêle et leva la tige afin d'activer le tirage, mais le cendrier qui débordait gênait la circulation de l'air. Amable dut se résigner à le vider. Il sortit jeter les cendres au bout du perron où le grand vent eut tôt fait de les disperser. Il balaya la place puis, prenant tout son temps, il sortit sa cuve de bois du hangar. Après l'avoir renversée, secouée et essuyée avec soin, il la traîna sur le plancher de la cuisine jusqu'au bout du poêle.

Il allait enfin se décloîtrer de chez lui. C'était une joie pour le veuf d'être invité au fricot des Perreault, de se mêler aux voisins, lui que la solitude tuait. Et seulement à y penser, la dinde et les tourtières lui chatouillaient les papilles.

Certes, Amable sentirait le bonheur des couples, les regards échangés, pour se retrouver encore plus triste au retour, mais cet inconvénient ne le retiendrait pas chez lui. Peut-être devrait-il se décider à parler aux femmes? L'année précédente, la servante du curé, les veuves Bernèche et Lapalme et mademoiselle Josine comptaient parmi les invités. Cette dernière était libre et sans enfants. Mais que dire d'intéressant à une créature? Depuis le départ de sa Jeanne, décédée vingt ans plus tôt, Amable avait perdu l'habitude des conversations. Seul le tic-tac de l'horloge lui faisait une causette assidue. «Une femme, se dit-il, une table bien garnie, un lit chaud, mais surtout une présence dans la maison» et il se sentait déjà ragaillardi. Il se mit à chantonner. Là-bas, il regarderait s'il n'y avait pas une veuve ou une demoiselle. Mais est-ce qu'une femme accepterait ses avances?

Amable pendit son habit sur la corde à linge qui courait autour du perron. Il prit soin de le placer à l'abri du gros vent. Sitôt entré, il enleva ses vêtements et les laissa tomber sur le plancher. Quand un homme vit isolé, il ne scandalise personne avec sa nudité. Amable ne voyait donc pas d'inconvénient à se baigner nu dans sa cuisine à la chaleur du gros poêle.

Il remplit le baquet d'eau chaude, s'y recroquevilla, les genoux au menton, puis il se savonna de la tête aux pieds. De sa tignasse, l'eau dégoulinait sur sa figure et dans son dos. Il demeura dans son bassin, ramassé sur lui-même, jusqu'à ce que l'eau refroidisse. Alors seulement, il sortit, frileux, la peau toute ratatinée.

Une humidité lourde, chargée d'une odeur savonneuse, flottait dans l'air.

Amable se rasa de près et se cura les ongles. Depuis le décès de sa Jeanne, Amable ne s'était jamais donné tant de soins pour sa toilette.

Quand il sauta dans sa voiture, le cœur plein d'espoir, il n'était plus le veuf à la barbe raide, à la veste démaillée, aux bas noirs et à la pipe de plâtre, qui traînait les pieds lourds de sa solitude.

Amable avait rajeuni de dix ans.

* * *

Il neigeait et ventait à écorner les bœufs. L'entêtement du vent, qui enveloppait les voitures et les gens, annonçait que l'hiver commençait d'un coup, sans prévenir. Mais aucun gros temps n'empêchait les braves gens de sortir de leur maison.

Chez les Perreault, chaque fois que la porte s'ouvrait sur les arrivants, des rafales de vent et de neige s'infiltraient et refroidissaient la cuisine, mais pour peu de temps ; le poêle chauffait au rouge.

Au loin, des grelots annonçaient l'arrivée prochaine d'autres voitures.

Les yeux scellés, les cils givrés de neige, les invités ressemblaient à des momies vivantes qui se confondaient avec le sol blanc.

Comme il faisait bon de trouver un port dans la tempête où l'odeur des pommes à la cannelle se mariait aux viandes parfumées d'aromates sauvages.

Les hommes secouaient les paletots au-dessus du tapis, les mères déroulaient les écharpes de laine et passaient les bébés aux bras des filles.

Agathe Morin entra à son tour, les pommettes rouges. Le froid pinçait ses joues. Elle soufflait sur ses doigts et piétinait sur place pour dégeler ses pieds. Suivait son ami Jacques Gadiou avec son premier violon qu'il tenait sur son cœur. Les tourtereaux avaient fait le trajet à pied jusqu'à la croix du chemin où un voisin secourable les avait invités à monter dans sa carriole. Le garçon enlevait ses mitaines et, de sa main nue, il balayait la neige qui s'agrippait aux cordes de son instrument. Aglaé et Aurélie emportaient les manteaux et les couchaient sur le lit des parents. En un rien de temps, la maison se remplit de vieillards, de jeunes gens et jeunes filles. Sans doute, les plus belles jeunesses de la paroisse avaient élu domicile dans le rang du Haut-de-L'Assomption-Nord.

Joseph Perreault était radieux. C'était un grand travailleur aux mains gourdes, mais à ses heures, il était aussi un bon causeur et, comme sa Rose, il aimait la bonne compagnie. Il berçait un marmot d'à peine six mois et un autre près de lui tirait sur sa pipe de plâtre. Dieu sait s'il y en avait des enfants dans ces fricots : des enfants grouillants, espiègles, qui sautaient, qui claquaient les portes, qui descendaient l'escalier sur les fesses. Leurs rires sonnants emplissaient la cuisine.

L'abbé Thélis Brien montait le petit escalier extérieur. Joseph déposa aussitôt l'enfant sur les genoux de Josine Rotureau qui se trouvait le plus près.

La vieille fille, embarrassée, enveloppa l'enfant d'un regard dur, écarta les bras et grogna de dépit.

— Ma foi, vous le faites par exprès ! Vous savez ben que j'ai des rhumatismes, et puis je n'ai jamais eu le tour avec les enfants.

— Tantôt, Amable Crevier va se pointer ; vous lui demanderez de vous faire passer votre mal. Je lui ai dit que vous seriez de la fête. Mais faites attention, ajouta Joseph, l'œil moqueur, Amable pourrait ben aller jusqu'à vous décrocher le nerf du cœur.

— Ben, arrêtez donc, vous !

Josine Rotureau sourit, la bouche pincée, et referma ses longs bras secs sur l'enfant, mais pour peu de temps ; la mère reprit son petit et l'emporta.

Josine replaça sa jupe et rajusta sa ceinture. Joseph Perreault devait s'être moqué d'elle. Le veuf Crevier était un homme distingué, un *ramancheur* reconnu, presque un docteur. Objectivement, c'était un homme encore tout à fait désirable. Il ne lèverait jamais les yeux sur elle ; quand est-ce qu'un homme regardait Josine Rotureau ? Tout de même, la boutade de Joseph l'amusait, lui laissait croire qu'elle avait du charme.

Joseph Perreault serra la main de l'abbé. On s'empressait autour du prêtre dont la soutane noire et le col romain avivaient la dignité. À ses côtés, les colons avaient des reflets de rudesse.

— *Dégrayez*-vous monsieur l'abbé et venez vous chauffer.

— Quelle bonne idée de m'avoir invité à votre table. Merci Joseph.

– Chez moi, vous serez toujours considéré comme un membre de la famille.

L'abbé Brien fila droit au poêle dégourdir ses mains rougies de froid. Il souleva le couvercle d'une marmite où mijotait un ragoût de pattes de porc. Il ouvrait les narines pour aspirer les bonnes odeurs des mets longuement mijotés.

Le prêtre serra ensuite la main de chaque homme présent. Puis il salua d'une discrète inclination de la tête les femmes et les jeunes filles.

Suivaient Geneviève, Marie, les enfants, Sophie, Chévaudier le petit engagé et enfin, Olivier qui brillait par son chic. Déjà, on considérait le collégien au même titre qu'un notable.

Domitille étira le cou au-dessus de son épaule et vit Raymond qu'elle cherchait des yeux. Elle ressentit dans son âme un frémissement amoureux. Raymond n'avait qu'à apparaître et le cœur lui sortait de la poitrine. Comme elle s'avançait vers lui, Raymond mordait ses mitaines pour les enlever. Il les rentra au fond de ses poches, lança son paletot d'étoffe dans les bras de Domitille et déposa son feutre gris sur la tête de la jeune fille.

– Voilà, ma belle !

« Ma belle ! » Un éclair de joie passa dans le regard pétillant de l'adolescente et elle sentit une chaleur lui monter au front. Les émotions fortes rougissaient sa figure. Domitille détestait que le rouge lui monte au visage et démarque ses états d'âme. Elle se rendit à la chambre du bas et, se pensant seule, elle se permit une petite douceur avant de déposer le vêtement sur le lit. Les yeux fermés, elle caressait d'une joue langoureuse le paletot froid de Raymond quand, sans prévenir, Agathe entra et surprit son geste tendre. Celle-ci s'exclama, l'air étonné :

– Je pensais que t'aimais Olivier !

Domitille rougit davantage, honteuse qu'on découvre ses sentiments secrets.

– On s'en reparlera. Le moment se prête mal aux confidences avec toute la visite qui se pointe. Viens, on va aider maman à dresser les tables.

Domitille glissa son bras sous celui d'Agathe et entraîna la jeune fille à la cuisine, là où on ne s'entendrait plus parler à travers le bruit confus de voix.

La cuisine était comble d'invités et encore des familles complètes s'ajoutaient : les Morin, les Coderre, les Morisseau, les Doucet, les Picotte et ce n'était pas fini. On ne se plaignait jamais d'être trop tassé.

Rose fit attabler les convives. Ceux-ci se tenaient les coudes serrés contre les flancs. L'abbé Thélis Brien récita tout haut le bénédicité et bénit les tables.

Le rhum coulait à flots. Joseph Perreault débouchait des bouteilles et versait une rasade à chacun. Sitôt vides, les gobelets se remplissaient et un chaud contentement en résultait. Quand les esprits furent un peu réchauffés, les invités virent d'un œil surpris Joseph Perreault s'approcher de son fils Daniel, qui n'avait pas plus de seize ans, et trinquer avec lui pendant un bon moment. Ils se souriaient réciproquement. Ils ne semblaient pas gênés de laisser transparaître leurs sentiments devant les invités. L'eau de vie resserrait leur relation père-fils.

Domitille se frayait difficilement un chemin entre les dossiers des chaises. Elle devait écarter les épaules des invités pour déposer les plats de viande et de légumes sur la table. Sitôt remplis, les contenants se vidaient.

Vers la fin du repas, on pria les hôtes de chanter. Chacun y allait de sa chanson à répondre. Ceux qui n'avaient pas de voix tapaient des mains et frappaient du pied pour accompagner les modulations.

Les estomacs bien gavés, les hommes qui se tenaient encore debout démontèrent les tables et tassèrent les meubles pour faire place à la danse. On jucha des chaises sur les tables à l'intention des musiciens.

Mademoiselle Josine, assise dos à l'escalier, écoutait la conversation entre Agathe et Domitille. Elle se rappelait sa jeunesse, vingt ans plus tôt. Dans le temps, toutes les filles avaient des amoureux, mais sur elle, aucun garçon ne levait les yeux.

Josine aspira à petits coups une agréable odeur de savon du pays. Qui, se dit-elle, pouvait bien dégager ce souffle de propreté qui l'environnait?

Le temps de se retourner, Amable Crevier posait la main sur son poignet. Il profitait de la berçante désertée d'un danseur pour entamer une longue causerie avec la vieille fille.

— Prenez donc la berçante, mademoiselle Rotureau, vous y serez beaucoup plus confortable.

Josine n'avait jamais ressenti pareille émotion. Elle n'allait pas se dérober à cette main sur la sienne.

— Mais non, monsieur Amable, de ma chaise, j'ai une belle vue sur toute la cuisine. Ce n'est pas tous les jours qu'on est invité aux fricots. Je ne dois rien manquer si je veux rapporter de beaux souvenirs chez moi pour combler ma solitude.

Amable plaça une chaise devant Josine et s'y campa à califourchon. Son genou droit touchait celui de la vieille fille.

— D'ici, dit-il, je vous entendrai mieux à travers la musique. Puis il ajouta : Si vous saviez comme je me suis gavé de pâtés et de tartes. Un vrai péché !

— Pauvre vous ! Vous ne devez pas manger des desserts ben souvent.

— Je me contente de lait caillé. Je ne me casse pas la tête : j'ai rien qu'à laisser traîner un peu de lait sur le bout du poêle et c'est fait. J'ai appris à me contenter de petit lard et de galette de sarrasin. Je ne sais même pas cuire mon pain. Je l'achète chez le voisin. En même temps, j'en profite pour faire un brin de causette, sinon, je ne parlerais pas de la journée et je perdrais mon français.

— Si vous voulez venir à la maison, je pourrais vous montrer comment boulanger.

— Démêler, pétrir et tout le reste ? Ça ne rentrerait pas dans ma caboche. Je suis un gros zéro en cuisine.

— Peu importe, moi, je ne vous donnerais pas de note ni de bulletin.

– L'idéal, ce serait de prendre femme, ajouta Amable, les repas seraient meilleurs, mais j'hésite. Une créature, ça vous change une vie.

– En mieux ou en pire?

– Je ne saurais pas dire, mais je ne voudrais pas m'embarrasser d'une veuve avec des enfants. J'aime trop ma tranquillité.

Sans réfléchir davantage, Josine enchaîna:

– Moi, je n'ai pas d'enfant, mais les hommes ne me regardent pas. Ils doivent me trouver trop indépendante.

– Heureusement, parce que moi, je vous trouve à mon goût et j'aimerais pas que les autres lèvent les yeux sur vous.

Quelle douce jalousie! Une immense joie gonflait le cœur de Josine. Monsieur Amable était sans doute en train de lui décrocher le nerf du cœur, comme disait Joseph.

– Ah pour ça, vous pouvez être tranquille.

– Il faudrait d'abord s'assurer de ben s'entendre. Si vous acceptiez de m'accompagner à la grand-messe, dimanche en huit, ça nous permettrait de causer un peu. Je vis seul et vous vivez seule aussi… vous me comprenez?

Josine jubilait. Monsieur Amable allait s'afficher avec elle devant toute la paroisse. Elle et lui dans une carriole comme un vrai couple. Josine Rotureau plaisait à un homme. Son cœur se démenait, comme s'il cherchait à s'envoler. Jamais Josine n'avait connu pareilles palpitations. Elle se dit qu'elle avait de la chance; la vie l'avait si longtemps boudée sur le rapport des fréquentations.

Elle sourit et son sourire la rendait encore plus laide. Amable devait pourtant lui trouver un petit quelque chose d'attrayant, peut-être sa tenue. Toutes les femmes étaient chaudement vêtues de noir, même l'été. Josine portait une coquette robe de lainage noire aux plis droits, à col de dentelle blanc, fermée sur le devant et agrémentée d'une étroite ceinture qui enserrait une taille déjà élancée. Ses souliers à talons plats étaient fabriqués de cuir de bœuf. Elle paraissait encore plus mince et longue qu'elle ne l'était en réalité. Quelques cheveux follets s'échappaient de son chignon.

Un quadrille de danseurs épuisés se défaisait et aussitôt un autre se reformait. Monsieur Amable invita mademoiselle Josine :

– M'accorderiez-vous cette danse ?

– Il y a belle lurette que je ne sais plus danser. Je risquerais de vous écraser les pieds.

– Vous n'aurez qu'à vous laisser conduire.

Josine quitta sa chaise et le suivit. Tout le temps de la danse, la taille élancée de Josine frémissait entre les mains d'Amable.

– Vous dansez rudement bien, dit-elle.

Bercée par tant d'émotions nouvelles, la vieille fille se sentait comme à vingt ans. L'éveil des sentiments de la sensualité l'excitait. Légère comme un nuage, elle ne savait plus si elle vivait au ciel ou sur terre. Elle se sentait prête à toutes les folies. Une femme de son âge devait pourtant être sage et raisonnable. Autour, tous cachaient leurs sentiments, les uns devant les autres. Comment y arrivaient-ils ?

On frappait fort à la porte. Domitille courut ouvrir.

Des survenants entraient et refroidissaient toute la maison. Ils détachaient les ceintures fléchées, enlevaient les tuques et les mitaines, secouaient les manteaux sur le tapis. C'était une clique de jeunes, venus de tous les coins de la paroisse. Aglaé en compta neuf. La surprise était de taille pour les Perreault qui n'attendaient pas pareil groupe de lurons. Comme le voulait la coutume en milieu rural, les gens de la maison accueillaient tous ceux qui se présentaient pour danser. La plupart avaient apporté une bouteille d'eau de vie et, avant d'entrer, ils avaient pris soin de la cacher, soit derrière les marches du perron, dans le hangar ou dans leur voiture. De temps en temps, pendant la danse, ils sortaient boire une petite gorgée.

Jacques Gadiou frotta les quatre cordes de son archet sur un morceau d'arcanson. Puis il coucha son violon entre l'épaule et le menton et fit entendre un crincrin qui donnait le frisson.

Agathe prit place près de Domitille. Elle se pâmait devant le bijou accroché à son cou.

— Ce sont des perles ou des grains de chapelet?

Sa question fit rire Domitille.

— Je ne sais pas. C'est un cadeau de mon père, c'est tout.

Agathe colla sa bouche contre l'oreille de Domitille pour éviter d'être entendue des siens et lui confia:

— C'est rare un père comme le tien. Le mien ne penserait même pas à ça.

— Peut-être pas, mais ton beau Jacques, lui?

Agathe lui donna une bourrade amicale.

– Regarde-le qui cherche son arcanson, à quatre pattes sous la table. Agathe ajouta : Il faut que je te dise un secret, dimanche au soir, Jacques m'a demandée en mariage.

– Ah oui ?

– Il faudrait ben se voir pour en jaser. D'ici là, je te défends d'en parler à Louise Picotte.

– Pourquoi ?

– Parce que ce n'est pas de ses affaires. Tu sais comment elle est. Elle a toujours parlé derrière mon dos.

– Vous êtes encore comme chien et chat, toutes les deux ?

– Louise a toujours été jalouse de moi.

Olivier coupa net à leurs confidences. D'un geste délicat, il souleva sa chaise et l'approcha contre celle de Domitille. Il n'était pas sitôt assis, que les ménétriers entamaient une musique de bastringue endiablée qui électrisa les danseurs.

Olivier battait la mesure du bout du pied. Il quitta sa chaise et fit une révérence devant Domitille.

– Est-ce que la plus jolie fille au monde veut bien m'accorder cette danse ?

– Est-ce de moi que l'on parle ? riposta Domitille amusée.

Au même instant, surgi de nulle part, Raymond prenait sa taille. Domitille se sentit soulevée et transportée au beau milieu de la place. Elle sourit à Olivier et haussa les épaules en signe d'impuissance. Celui-ci répondit à son sourire et lui cria à tue-tête pour couvrir le son des violons :

– Je vous réserve pour la suivante.

Sans perdre un instant, Olivier saisit la main d'Aglaé et se mêla au même quadrille.

Encore une fois, Domitille se retrouvait dans les bras solides de Raymond. Il la conduisait d'une main ferme, la faisait tourner comme une toupie et faisait palpiter son cœur. « S'il savait comme je rêve de lui, je me demande ce qu'il en penserait », se dit-elle. Domitille réfrénait son désir de poser la tête au creux de son épaule. Si Raymond allait la rabrouer ce serait la pire humiliation de sa vie. Elle tenait quand même à sa dignité. Tout en tournant, elle vit Daniel s'avancer vers Louise, se pencher vers elle et lui tendre une main invitante.

— Vous voulez bien m'accorder cette danse, Louise ?

Chaque veillée devenait une occasion de rencontres ; de nouveaux sentiments s'éveillaient, des couples se formaient et les cœurs battaient.

Domitille aurait aimé s'arrêter un moment pour connaître la suite, pour voir Louise rougir de gêne, mais les mains de Raymond sur ses hanches souples l'emportaient, la soulevaient légèrement et la faisaient tournoyer.

Dans cette atmosphère euphorisante, Louise s'ennuyait d'Allen. Elle aurait préféré rester assise, mais tout refus venant d'une fille était reçu comme une insulte pour un soupirant, et Daniel ne méritait pas d'être éconduit. Elle se leva sans entrain et se laissa conduire au beau milieu de la place, agrandissant ainsi le cercle des danseurs. Tout en tournant, Louise dirigeait les mains de Daniel de sa taille vers ses hanches, geste que Daniel interprétait comme de la réserve. Il disait quelques mots et Louise souriait, en dépit de sa récente déception, comme si la musique et le rythme lui insufflaient un peu de vie.

Les violoneux s'arrêtèrent un moment, le temps de s'humecter le gosier. Les quadrilles se défaisaient. Les danseurs profitaient de ce court répit pour reprendre leur souffle, mais les sièges manquaient; les enfants les accaparaient. Ils dormaient aux quatre coins des pièces, couchés sur deux chaises rapprochées. Les danseurs durent donc s'appuyer au mur.

Domitille et Louise, exténuées de tourner, se laissèrent choir sur une même chaise. Elles se tenaient, assises dos à dos, un bras accroché au dossier pour s'empêcher de glisser du petit siège à fond canné. Louise devait se tordre le cou pour regarder Domitille.

— Merci de ton intervention auprès de ton frère. Il est moins intimidant que je le croyais.

— Qu'est-ce que tu vas chercher? Je n'y suis pour rien. Tu lui demanderas.

Louise lui adressa un sourire incrédule.

— Daniel serait venu à moi de lui-même?

— Je n'en sais rien, crois-moi. Tu veux qu'on lui demande? Viens!

— Non, laisse. Il devait trouver que je faisais pitié, seule dans mon coin. En fin de compte, il s'est amusé, c'est tout ce qui compte.

— Daniel et toi, ça me plairait bien.

Louise n'ajouta rien. Son cœur était ailleurs, sur un autre continent.

De toute la soirée, Domitille ne manqua pas une danse. Finalement, les danseurs épuisés allaient s'asseoir tour à tour, soit sur une chaise, soit sur une marche d'escalier.

Seules sur le plancher de danse, Agathe et Domitille, infatigables, continuaient de s'étourdir. Les bras au-dessus de la tête, les cousines tapaient des mains et les jeunes gens les encourageaient de leurs applaudissements rythmés.

Soudain, François Lafortune, un des gais lurons, s'avança au beau milieu de la place, salua la compagnie et enlaça Agathe. Domitille leur céda le plancher.

Le diable au corps, Agathe et François, les yeux dans les yeux, tourbillonnaient, comme transportés dans un autre monde.

Gadiou, un peu chaudasse, crevait de jalousie. Il fallait voir son air courroucé. Prêt à faire un esclandre, le garçon déposa son instrument et aussitôt, les autres musiciens croyant à un moment de répit l'imitèrent. Gadiou sauta de la table qui lui servait d'estrade et fonça droit sur Agathe.

Il se fit un silence de mort. Tous les yeux étaient sur eux.

Agathe eut un léger mouvement de recul face à Gadiou. Elle le sentait furieux, terrible. Gadiou la saisit par un bras et la ramena durement à sa chaise. Il la regardait avec mépris et sans prendre la peine d'envelopper ses mots, il lui cria :

— Salope ! Crasse ! Tu vas me dire qui est ce garçon et où tu l'as connu.

— Et toi, tu vas me ficher la paix !

Gadiou parlait plus fort qu'elle.

— Tu ne veux pas parler ?

– Et toi, tu ne veux pas te taire?

Gadiou rageait. Agathe en était rendue à lui rire au nez.

– C'est bon, je le saurai ben, va! Tu ne me connais pas encore.

Puis Gadiou baissa le ton d'un octave pour n'être entendu que d'Agathe: «Au diable toutes nos belles promesses», dit-il.

Gadiou n'osait pas s'en prendre à l'inconnu: toute sa gang était là et penchait en sa faveur.

Agathe dégagea son poignet d'un coup violent, puis Jacques et elle restèrent face à face un moment.

Alors, Gadiou marmonna:

– Tu fais mieux de te tenir tranquille, sinon, tu auras affaire à moi.

Agathe rétorqua:

– Tu es mort pour moi, Jacques Gadiou.

Mais en son for intérieur, son cœur lui disait que tout n'était pas fini.

Joseph Perreault, frappé par le ton agressif de Gadiou, s'approcha et l'avertit de se tenir tranquille. Il se faisait un devoir d'intervenir; ça faisait partie de sa droiture, plût aux gens de penser ce que bon leur semblait. Il était le maître dans sa maison.

Gadiou essuya l'écume au coin de sa bouche. Il sentait qu'on faisait bloc contre lui. Il se considérait un ennemi au milieu de ces gens. Il resta pourtant, peut-être pour mieux surveiller sa proie.

Agathe laissa tomber sa tête dans ses mains pour cacher son désarroi. Puis elle courut à la chambre se refaire une figure présentable devant un miroir un peu dépoli.

Elle revint à la fête. Elle dissimulait mal sa gêne. Les doigts de Gadiou étaient restés marqués sur son bras. Le garçon qu'elle avait choisi lui causait la honte de sa vie.

Domitille n'en revenait pas de sa surprise. Sa mère disait que la musique rendait bons les gens mauvais. Gadiou était l'exception à la règle. Il se rendait ridicule à crier devant toutes ces personnes. Sa cousine Agathe ne se laisserait pourtant pas malmener par Gadiou sans réagir. Après cette scène odieuse, elle allait sûrement briser ses serments.

Debout, le dos appuyé au mur du salon, les gais lurons, armés de boutades, plaisanteries et moqueries, passaient des remarques entre eux. Des murmures emplirent la cuisine. Joseph Perreault eut la présence d'esprit de détendre l'atmosphère lourde en invitant chaque jeune à pousser sa chanson.

Les hommes profitaient de la relâche pour prendre un coup. Ils buvaient de la *guildive*, un rhum de moindre qualité.

Puis de nouveau, la cuisine frémit au son de la musique. Les vieux comme les jeunes sautaient au son du violon et de la clarinette. Les filles souples, déhanchées, affichaient leurs plus beaux sourires.

La soirée et la nuit entière furent consacrées à la danse.

De nouveau, Rose garnit les tables.

Après s'être empiffré, Jacques Gadiou fut malade. Raymond Brien lui conseilla de boire deux tasses d'eau chaude et d'aller dormir. Quand il entendit parler d'eau chaude, Gadiou se mit à rire.

— Apportez-moi plutôt à manger, ça fera passer le reste.

— Ah ben, coudon! Si c'est ce que tu veux.

Raymond traîna Gadiou par son col de chemise jusqu'à la table, l'assit devant les pâtés et passa la main sur sa tête rasée jusqu'au cuir comme un melon.

— Tiens, bouffe, mais ne dégueule pas sur la table parce que je vais te faire ravaler tes vomissures.

Agathe avait entendu. Elle en voulait à Raymond qui se mêlait de ce qui ne le regardait pas. Elle s'approcha de Jacques et lui conseilla doucement de retourner chez lui, mais celui-ci s'entêtait à rester.

Il faisait jour et les tables abondaient encore de nourriture quand Raymond demanda son manteau. Domitille le précéda à la chambre. Elle faisait mine de chercher le paletot dans la montagne de vêtements couchés sur le lit. Elle savait très bien où il se trouvait. Elle aurait pu mettre le doigt dessus les yeux fermés, mais elle lambinait pour donner à Raymond l'occasion de lui conter fleurette ou mieux encore, de la serrer contre lui. Finalement, quand il retira son paletot des bras de la jeune fille, celle-ci sentit une main frôler son sein. Son corps était proche, si proche. L'avait-il fait exprès? Était-ce accidentel? Allait-il l'embrasser, lui dire qu'il la trouvait à son goût ou peut-être allait-il lui proposer de venir la voir au salon? Rien. Elle n'entendit pas les mots qu'elle attendait.

Raymond enfonça à deux mains son feutre gris sur ses oreilles, faisant disparaître du coup son front et l'arcade régulière de ses sourcils.

— Ne partez pas si vite, insista Domitille, les violons continuent, eux.

— Je dois aller reconduire mes vieux parents. Maman s'empêtrerait dans la neige; et puis elle se plaint que la poudrerie l'étouffe. Dans le boghei, elle se cachera sous la robe de carriole.

– Allez-y et revenez ensuite. Vous demeurez à deux portes, ce n'est pas le bout du monde.

Raymond ne répondit pas. Il sourit et secoua le menton délicat.

Domitille détestait ce geste puéril ; elle n'était plus une enfant. Elle aurait préféré un baiser, un vrai. Peut-être devait-elle prendre l'initiative ? Elle avait du mal à se contenir. Hélas, elle devait retourner à la cuisine ; une absence, même brève, risquait d'être remarquée.

Raymond salua les gens de la maison et sortit. Domitille restait soudée au carreau. La bise mordante s'acharnait sur Raymond et ne décolérait pas. Il releva son col et approcha l'attelage du perron.

Domitille monta à la chambre des garçons et se rendit à la fenêtre afin de s'assurer en secret du retour de Raymond. Elle attendit un moment, les coudes sur l'appui de la croisée, le regard mélancolique. Elle vit les Brien descendre de voiture et Raymond mener son attelage à l'écurie. Déveine ! Sans Raymond, la fête avait perdu son charme.

En bas, on festoyait encore. Domitille descendit retrouver les joyeux convives. Ce premier départ donna le pas à quelques autres invités.

Amable tira de son veston une montre retenue par une chaînette d'or. Il se leva et invita Josine à le suivre. Celle-ci, les yeux brillants de reconnaissance, s'adressa à la maîtresse de maison :

– Merci, merci ben Rose. Elle était jolie, la fête.

Rose lui donna une tape amicale sur le bras. C'était la première fois qu'elle entendait Josine complimenter.

La plupart des hommes retournaient chez eux, à demi-morts de boisson, couchés dans leur voiture, laissant aller le cheval à sa crèche.

Seule Agathe s'attardait. Elle sortit la dernière après avoir invité Domitille à passer chez elle.

Les derniers invités retirés, Domitille monta à sa chambre. Elle se posta devant la fenêtre. Chez les Brien, les lampes étaient éteintes ; Raymond devait dormir. Son regard se porta vers la maisonnette blanche au toit de tôle rouillée. La carriole laissée devant la maison, Monsieur Amable et mademoiselle Josine avaient l'air de causer sur le perron. «Par un froid pareil», pensait Domitille qui frissonnait pour eux. Elle se questionnait sur ce couple. Ça lui semblait une grande difformité de la nature que deux vieux puissent être en amour. À quarante ans, Josine Rotureau avait un soupirant. Qu'est-ce que des gens de cet âge pouvaient bien avoir d'intéressant à se raconter ? Ils devaient avoir dépassé l'âge de l'amour. Elle les avait vus tout le temps de la danse, Josine, sérieuse comme un pape, qui n'arrêtait pas de parler et Amable qui riait de l'entendre.

Domitille restait plantée devant la vitre, pensive. Une grimace de dédain sur les lèvres, elle surveillait si les vieilles peaux ridées allaient s'embrasser. Non, sûrement pas. Mais peut-être monsieur Amable allait-il la demander en mariage ? Il n'avait pas de femme pour préparer ses repas et tenir maison.

Finalement, monsieur Amable prit congé de mademoiselle Josine.

Domitille souffla la chandelle.

* * *

Dans la petite maison en crépi blanc, Josine laissa ses bottines sur le tapis et jeta son manteau sur une chaise. Ce n'était pas son habitude de laisser ses vêtements à la traîne. Cette fille avait la manie de la propreté et de l'ordre, mais après une nuit d'émotions, elle avait la tête ailleurs. Elle se sentait vibrante, surexcitée. Un sentiment venait de naître et les premiers sentiments étaient les plus vrais. Elle revivait ces délicieux moments où son cœur débridé battait la chamade. Pour la première fois de sa vie, il sembla à Josine qu'elle n'était plus seule. Avec Amable, elle pouvait exprimer tout haut ses pensées ; une oreille était là pour l'écouter. Ce soir, elle goûtait une joie profonde et réalisait combien il était doux d'aimer. Josine avait envie de pleurer, chanter, rire et danser tout à la fois. À quarante ans, elle commençait à vivre. Elle s'endormit plus langoureuse que jamais.

* * *

Le lendemain, quelques maisons plus loin, derrière la petite lucarne ensoleillée, Domitille s'étirait paresseusement. Elle n'avait dormi que quelques heures. La veille, les invités partis, la jeune fille avait aidé sa mère à débarrasser les tables et à remettre un peu d'ordre dans la cuisine.

Ensuite, elle était montée se coucher, si épuisée que sitôt la tête sur l'oreiller, elle s'endormit comme une bûche.

Ce matin, l'envie la prit de rêvasser, de songer à son avenir ; avant, elle n'y pensait jamais. Mais comme le bonheur lui donnait des ailes, Domitille, débordante d'entrain, descendit à la cuisine, les cheveux défaits. Elle dressa la table en chantonnant et en tortillant des hanches, comme si elle voulait prolonger la fête.

Les garçons attendaient assis bien sagement sur le banc. Médard dormait à demi, la tête appuyée sur les poings et les coudes sur la table. Les matins de congés de classe, personne ne se pressait.

Daniel bâillait. Sa mère avait cessé ses petits savonnages et la vessie de cochon ne s'exhibait plus au bout du manche à balai.

Rose profita de la présence des garçons pour passer une remarque sujette à façonner leur éducation.

– S'il n'y avait pas eu l'esclandre du jeune Gadiou, la fête aurait été parfaite.

– Il a un sacré coup de fourchette, ce Gadiou ! lança Daniel toujours d'humeur à plaisanter.

– Ce garçon a agi avec la plus basse grossièreté. J'espère que mes fils ne feront jamais pareil affront à leur blonde.

Médard sourit.

– Le message est passé, maman, mais faut dire que la petite Morin a couru après, qu'elle l'a provoqué. Les avez-vous vus danser les yeux dans les yeux ? C'était assez pour exciter la jalousie de Gadiou.

– Il n'y a pas de quoi rire, la pauvre fille et toute sa famille ont été humiliées.

Domitille attendit d'être seule avec sa mère pour se confier.

— Si j'étais Agathe, je lui tiendrais tête. Jacques Gadiou l'a demandée en mariage, elle n'a qu'à refuser.

— Ah oui? fit Rose étonnée ou déçue. Et qu'est-ce que ma sœur pense de cette union?

— Ses parents ne sont pas encore au courant. Jacques doit faire la grande demande sous peu, mais Agathe dit que ses parents n'aiment pas Jacques. Je comprends donc, il boit comme un trou et mange comme un porc. En plus, il est jaloux. Mais Agathe l'aime à ne plus en voir clair.

— Essaie de la raisonner. Les amies ont parfois plus d'influence que les parents.

Rose enveloppa sa fille d'un regard tendre.

— Toi, ma Domitille, j'espère que tu ne fréquenteras pas n'importe qui. Dis-toi que celui que tu choisiras sera le père de tes enfants et que tu ne devras jamais en avoir honte. C'est long une vie avec un homme, et encore plus long pour les gens malheureux.

* * *

Deux jours plus tard, chez les Morin, Domitille et Agathe se retrouvaient au salon.

La pénombre et l'ameublement, composé d'une commode verte, de chaises cannées et d'une petite table en bois d'érable, donnaient un cachet d'intimité à la pièce. Agathe laissa la porte ouverte pour surveiller les enfants. Sa mère n'était pas là. Elle secondait son père à l'étable. Agathe parlait bas afin de ne pas être entendue des enfants. Elle raconta, les yeux au bord des larmes :

– Maman m'en veut à cause de Jacques. Elle m'a dit : « Ton grand *tarlais* nous a fait honte devant tout le monde. » Je pense que les parents ne trouvent jamais un prétendant assez bien pour leur fille. Dimanche, Jacques doit faire la grande demande, j'ai ben peur que mon père lui refuse ma main.

– Et si c'était pour ton bien ? Tes parents t'aiment ; ils doivent vouloir ton bonheur.

– Tu crois ? Ils ne me l'ont jamais dit. Toi, ta mère est correcte ; la mienne est froide, sévère, dominante. Je suis certaine qu'elle veut choisir pour moi.

– Oublie ta mère et arrête-toi seulement aux qualités et aux défauts de Jacques, mais sois franche avec toi. Compare-le aux autres garçons. Ensuite tu feras ton choix. Et vise le meilleur.

– Ce n'est pas comme ça que ça marche ; quand on aime, on ne calcule pas. On aime, c'est tout. Quand on sera marié, Jacques changera.

– Et si tu choisissais un garçon que tu n'as pas besoin de changer ?

– Et rester seule ? Moisir dans mon coin durant des années ?

– Le mariage n'est pas une course, Agathe.

– On voit ben que tu connais pas ma vie ici ; c'est l'enfer.

– À toi de t'en préparer une plus belle. François Lafortune te mangeait des yeux en dansant. Ensuite, il a eu l'air si malheureux pour toi. Tu sais, Agathe, j'ai vu Jacques te tirer par la manche, t'asseoir sur une chaise et te disputer. Ses yeux étaient loin d'être ceux d'un amoureux. Jacques Gadiou ne te respecte pas. Tes parents ont peut-être raison de se dresser contre lui.

— Après son départ de chez vous, je n'ai pas revu Jacques pendant quelques jours et pas un seul instant je n'ai cessé de penser à lui. Puis, un soir, je suis sortie sur le perron; il était là, assis sur la marche, repentant. Je me suis assise à ses côtés. Il a pris ma main et s'est excusé.

Agathe cacha son visage dans ses mains.

— Je sais plus sur quel pied danser. Jacques n'a qu'à être là et je perds tous mes moyens.

Domitille lui servit la salade de sa mère:

— C'est long une vie de ménage et encore plus long pour les gens malheureux.

Domitille ne lui parla pas de son penchant pour la bouteille ni de sa manière dégueulasse de s'empiffrer comme un porc.

— Jacques Gadiou est jaloux. Il t'enfermera et peut-être ira-t-il jusqu'à te battre.

Agathe ne défendait plus sa cause. Elle détourna froidement la conversation.

— Et toi, Domitille?

— Moi? Rien!

— Rien? Pourtant, les deux Brien te tournent autour. Je sais que tu préfères Raymond, ça saute aux yeux. Je ne sais pas ce que tu y trouves, il n'a rien, tandis qu'Olivier est plus beau et il a une si belle parlure.

– Une belle parlure, c'est ben beau dans un salon, mais a-t-on besoin de ça pour arracher la nourriture à la terre, faire pousser l'avoine?

Mais Agathe insistait.

– Olivier est un garçon pourri de talent. Avec le collège, son éducation est nettement supérieure. On dit que du temps où son frère Thélis étudiait chez les Sulpiciens, il passait ses journées de vacances à lui enseigner la religion, le français et l'arithmétique. À neuf ans, Olivier savait lire. Un prêtre dans la famille, ça ne nuit pas, hein! Avec son grand savoir, Olivier gagnera largement sa vie.

– Tant mieux pour lui, ajouta Domitille lasse d'entendre louanger Olivier. Moi, je préfère être heureuse que riche.

Domitille possédait une culture de l'âme et elle en avait contre les bruits du monde qui lui paraissaient extravagants. Elle préférait Raymond avec ses cheveux en broussailles, ses mains larges et sa cravate entortillée comme une corde sous son col de chemise; Raymond était beau de l'intérieur.

Mais rien n'arrêtait Agathe de vanter Olivier.

– T'as vu ses yeux? On dirait des perles noires.

– Je sais ben, je vois tout ça, mais moi, ce sont les yeux de Raymond qui m'attirent.

– Je ne te comprends pas.

Comme la conversation dérapait, Domitille se leva.

– Moi, j'y vais. Tu viendras faire ton tour.

XVI

L'été suivant, Olivier passa un peu de temps à travailler et beaucoup de temps à s'amuser. Il ne vivait pas comme un saint, mais il n'était pas non plus un mauvais garçon. Il gardait en tout un juste milieu. Selon lui, c'était la règle du bonheur.

La sonnette retentit, annonçant un client dans le magasin désert. Thomas Currie ne se pressait pas. Olivier s'impatientait de sa lenteur à lui répondre. Il ouvrit et referma la porte par deux fois dans le but d'actionner la clochette qui annonçait la clientèle. Ses yeux firent le tour de la pièce. L'épicerie était pleine de potasse, mais vide de provisions, rien sur les rayons de rangements et dans les barriques.

– Oui, oui, j'arrive ! annonça une voix un peu rauque. Je me demande ce qui presse tant.

– Je viens vous offrir mes chapons. J'en ai cinq.

– Tu peux retourner chez toi avec tes volailles, je ne prends plus rien. Les colons me paient avec de la potasse, et j'en ai tellement que je ne sais plus quoi en faire.

– Vous feriez mieux de mettre la clé dans la porte.

– Mais qui te répondrait ?

Son ton vibrait d'indignation.

Olivier hésitait à partir. Il était venu là pour rien. Comment Currie pourrait-il répondre à la demande de la clientèle s'il ne s'approvisionnait pas en aliments ? À quoi lui servira cette grande bâtisse de vingt pieds sur cinquante si elle reste vide de vivres ?

Olivier sortit déçu. Toutefois, il ne se résignait pas à avoir parcouru tout ce trajet pour rien. Il mena son attelage vers le coteau, le refuge des pauvres gens qu'on appelait poliment « La Haute-Ville ». Là-haut, une veuve lui devait de l'argent. Dans cette rue, les maisons montaient la côte en escalier. La dame habitait la deuxième ; une habitation délabrée, sans rideaux aux fenêtres. Sa couleur d'un jaune criard et son perron penché attiraient l'attention. Devant la masure, Olivier attacha son cheval à un piquet fiché en terre. Une corde à linge tendue, où séchaient des linges de misère, courait autour du perron à la rambarde brisée. Olivier laissa ses chapons dans la voiture et frappa à la porte. Une femme lui ouvrit. Le logement était malsain et une odeur caverneuse incitait à quitter ce taudis.

La femme était seule avec cinq jeunes enfants, un dans les bras, les autres accrochés à son tablier. Les petits pleurnichaient tout bas parce qu'ils avaient faim.

– Je passe collecter mes œufs. Vous m'en devez bien six douzaines. Vous ne pouvez pas dire que je vous ai talonnée ; ça fait un bon trois mois de ça et je ne vous ai pas encore demandé un sou.

La veuve se retourna brusquement, comme si le garçon l'avait mordue.

– Allez voir le caporal de milice si vous voulez. Il ne trouvera ici que cinq enfants et pas un sou.

– Quand on doit, il faut payer.

Pour toute réponse, la femme se mit à pleurer, puis elle lui désigna une casserole sur le poêle.

– Regardez de quoi je nourris mes petits depuis des semaines. Vous voyez ben que je n'ai pas d'argent pour vous payer.

Olivier s'approcha. Il s'attendait à voir mijoter une soupe bourrée de légumes, comme sa mère en préparait, mais, erreur !, c'était pire qu'en plein temps de carême.

À l'intérieur de la marmite cuisait à gros bouillons une sommité d'herbes, de racines et de feuilles à l'odeur désagréable auxquelles la veuve avait ajouté un peu de beurre et d'eau. Olivier se boucha le nez et recula d'un pas. Quel drôle de mélange cette femme donnait à ses enfants ! Jamais on ne lui ferait goûter pareille lavasse. Chez lui, sa mère défendait de manger des herbes inconnues sans qu'on lui demande son avis.

La pauvre veuve se saignait aux quatre veines pour garder ses petits en vie. Olivier, ému, les prit en pitié. Il effaça la dette. Puis il tâta au fond de sa poche le peu d'argent qu'il possédait. Il hésitait à le donner à la veuve. Il aimait bien avoir quelques sous à dépenser quand il allait veiller avec ses amis sur la rue d'en bas. Il pensa à ses volailles que le marchand venait de refuser.

– Attendez, dit-il.

Olivier se rendit à sa voiture et rapporta un beau chapon à la tête coupée et frais plumé, qu'il déposa sur la table.

– Prenez ça pour vos petits et jetez-moi ce mélange de mauvaises herbes qui risque de vous rendre malades.

La femme ouvrit de grands yeux ronds. Elle saisit l'oiseau par l'aile et recula, comme si elle craignait que le garçon ne change d'idée et lui reprenne le poulet. Olivier ne bougeait pas. Il regardait les enfants décharnés aux yeux creux, aux joues pâles, aux vêtements en lambeaux. Il passa la main sur la tête des gamins, tentant en vain de leur arracher un sourire. La femme, en proie à une vive émotion, s'avança vers lui.

– C'est un beau geste que vous faites-là. Plus tard, je leur dirai, dit-elle, en pointant le menton du côté de ses enfants.

Olivier sortit et, une fois sur le perron, il déposa la monnaie de son fond de poche bien en vue sur le pas de la porte. Ainsi, ce serait moins humiliant pour la dame et, à cet endroit, elle ne pourrait le manquer. « À la manière dont la veuve a saisi la volaille, se dit Olivier, elle ne crachera certes pas sur l'argent.»

Arrivé chez lui, Olivier raconta la triste scène à sa mère.

– Maman, vous ne pouvez pas vous figurer l'état lamentable de cette maison. Il faudrait donner un peu de farine à la veuve pour qu'au moins sa famille ne manque pas de pain.

Geneviève, troublée d'entendre pareille histoire, se rendit au hangar puiser dans ses réserves. Pliée en deux au-dessus du tonneau, elle plongea une main dans le ventre de la barrique et retira du gros sel, deux briques de petit lard de la grosseur du poing et les rapporta à la cuisine. Elle rassembla des œufs encore tout chauds et du pain frais, du lait et bien sûr de la farine, des pois et des fèves. Elle déposa le tout dans une boîte en bois.

– Tiens, va lui porter ça. La dame aura de quoi manger pour quelques jours. Au ciel, comme chez le marchand, on doit peser les consciences.

Geneviève voulait lui faire comprendre par ce vieil adage qu'au ciel toute bonne action est comptée et notée dans le grand livre du bon Dieu.

Louis-Michel Brien était un homme installé, c'est-à-dire qu'il avait des biens. Il possédait une pièce de prairie, un roulant, une grange, une maison, un chemin devant sa porte, un banc à l'église et un peu d'argent de la vente de son blé. On pouvait dire qu'il vivait à l'aise.

Il sortit un rouleau d'argent de sa poche avec l'intention de rembourser la dette de la veuve envers Olivier.

Celui-ci refusa net.

– C'est déjà réglé. Donnez plutôt cet argent à la veuve.

Son père était intraitable sur la question de l'économie. Il pouvait casser une cent en deux; ménager faisait partie de ses principes.

– Non, c'est de nourriture dont cette femme a besoin. Manger est une nécessité. Maintenant, va porter ces dons à cette pauvre veuve et reviens vite; on a besoin de toi pour affiler les faux.

Geneviève le regardait s'en aller. Quel adorable fils que son Olivier. C'était rare chez un garçon, un cœur aussi sensible.

XVII

L'été avançait. Bientôt, ce serait la rentrée. Olivier refusait de retourner au collège. Il refusait cette vie de cloître qu'il n'avait pas choisie. Avant, il lui semblait au moins avoir une raison de s'instruire ; maintenant plus rien. Et puis, il n'était pas aveugle, Domitille lui échappait. Il était temps de régler cette question une fois pour toutes.

Il allait causer une grande déception à son père. Il n'avait qu'à se rappeler, chaque mois, quand celui-ci recevait ses notes et son état de conduite ; ses yeux s'allumaient. Mais sa décision prise, Olivier n'en démordrait pas. Il lui fallait maintenant convaincre son père de son choix.

Le garçon profiterait du repas du midi pour lui faire connaître son intention bien arrêtée d'abandonner ses études. À la table, sa mère serait présente pour amortir le coup. Celle-ci savait si bien plaider en sa faveur ; elle gagnerait peut-être Louis-Michel à sa cause.

Entre deux cuillerées de soupe, Olivier lâcha le paquet :
– Je ne retourne pas au collège cette année.

Le garçon surveillait la réaction de son père. Celui-ci ne détachait pas les yeux de son assiette. « Pour lui, c'est un dur coup à encaisser », se dit Olivier. L'homme se gratta la tête d'un air consterné. Depuis ses évanouissements, Louis-Michel Brien était comme une extension sur laquelle le malheur s'acharnait à tirer. Il trancha d'un ton catégorique :

— Tu y retourneras.

Geneviève intervint en faveur de son fils

— Si Olivier préfère la terre aux livres, je ne vois pas pourquoi tu le tiendrais de force aux études.

Louis-Michel donna une tape sur la table.

— Il fera ce qu'on lui dit.

Son bol de soupe à peine vide, l'homme sortit en claquant la porte.

Pendant l'absence de son père, Olivier supplia sa mère :

— Je veux vivre une autre vie, fonder ma propre famille.

Au fond, Olivier ne désirait qu'une chaumière et un cœur. N'était-ce pas l'idéal de tout jeune homme simple et sensible ?

Alors, Geneviève lui prédit en souriant :

— Tu vas voir, ton père va changer son fusil d'épaule.

— Comment vous le savez ?

— Je le connais, c'est tout.

— Ça me surprendrait. Vous l'avez entendu tantôt ? Il s'entête dans son idée. Et puis là, il va se passer de souper pour aller bouder à l'étable. Il décide de moi comme si c'était sa propre vie qui était en jeu.

— C'est qu'il s'inquiète pour ton avenir, sinon il se ficherait carrément de ce qui peut t'arriver. Tu le sais ben.

— Si papa s'inquiète tant de mon avenir, pourquoi veut-il léguer sa terre à Raymond plutôt qu'à moi ?

— Parce que Raymond est l'aîné, parce que Raymond s'acharne au travail de la ferme. Et parce que ton père reconnaît ton grand talent. Il sait que tu peux très bien te débrouiller autrement.

Olivier n'ajouta rien. Peut-être son père avait-il raison ?

Deux minutes passèrent et Louis-Michel réapparut. Geneviève sortit une assiettée de grillades de lard du réchaud du poêle et la déposa devant lui.

L'homme se servit une bonne portion. Puis il regarda Olivier à travers ses lunettes à double foyer.

— Si tu abandonnes tes études, il va falloir t'installer sur une ferme.

— J'aimerais qu'elle soit en bordure de la rivière.

— Seulement si la chose est possible, mon garçon. Les terres qui longent la rivière sont recherchées, mais si tu y tiens, il te faudra patienter un bon bout de temps, peut-être des années.

Après le repas, les garçons sortirent s'asseoir sur la galerie.

Geneviève balaya la table du tranchant de la main. Louis-Michel profita du fait d'être seuls pour confier son inquiétude à Geneviève, sans se douter que derrière la porte du salon, le jeune Chévaudier épiait leur conversation.

— Nos deux fils sont épris de la petite Perreault. Je me demande comment les choses vont tourner.

— Domitille aura sans doute son mot à dire. C'est elle qui choisira l'élu et l'autre devra regarder ailleurs. C'est ben triste parce qu'un des deux va souffrir. Mais j'ai ma petite idée là-dessus ; aux fricots des fêtes, elle a passé ses veillées à danser avec Raymond. Nous, on ne peut rien y faire. On n'a rien qu'à attendre. Avec le temps, on verra ben.

XVIII

L'heure était à la récolte. On attendait toujours sec et chaud pour commencer la moisson.

Les chevaux devaient être bien entraînés. Quelques jours avant la fauchaison, Louis-Michel Brien avait augmenté la ration d'avoine et exposé les bêtes à la chaleur du soleil. Raymond les avait fait marcher dans les champs, histoire de renforcer leurs muscles.

Après avoir affilé les faux et les faucilles, Olivier s'assurait que les manches des fourches et des râteaux tiendraient le coup. Le fenil nettoyé, la toiture réparée, tout semblait prêt pour la récolte.

Le premier jour de fauchage, les Perreault et les Lorion arrivèrent tôt. Les voisins échangeaient du temps entre eux, sans jamais compter l'avantage.

Chaque homme se rendait responsable d'une planche à faucher. Raymond, tantôt à genoux, tantôt debout, fauchait sans perdre un instant. Il roulait bien sa poignée à chaque coutelée et il réussissait à la grossir le plus possible, sans s'engorger le poignet. Les jeunes gens avaient l'ambition de faire mieux et plus vite que leur voisin, mais Louis-Michel Brien recommanda à chacun d'y aller à son rythme.

L'heure n'était pas aux gageures. Il importait surtout de tenir jusqu'à la fin du jour.

Les faucheurs, les uns carrés, les autres solides, se tuaient au travail. Le front incliné bas, ruisselant sous leur chapeau de paille, les manches retroussées aux coudes, des cernes de transpiration aux sous-bras et le corps bien campé sur leurs jambes solides, ils maniaient à deux mains la faux avec violence à gauche, à droite. Ils avançaient sans arrêt, le torse balancé au même mouvement rythmique, et, à chaque coup de reins, la fourche folle abattait les épis blonds, dont la tête était pleine, et les tiges barbues tombaient à genoux devant les moissonneurs. Des perdrix piétaient dans le chaume et les rats des champs prenaient la fuite.

La chaleur devenue trop lourde, ils s'arrêtèrent un moment. Olivier sortit une bouteille d'eau chaudasse et but une bonne gorgée, puis il la passa à Raymond qui la passa à son voisin. Tous buvaient au même goulot sans aucun dédain. Aussitôt désaltérés, les faucheurs reprenaient le collier jusqu'à midi. Les femmes et les jeunes filles fournissaient davantage d'efforts que les hommes. Elles savaient aussi bien accomplir les travaux des champs que ceux de la maison. Les lieux les plus difficiles d'accès leur étaient réservés. Il fallait voir toutes ces paysannes, les jupes épinglées au-dessus de la cheville ; pliées en deux, elles se faufilaient entre les roches et les fardoches, maniant habilement le fauchet, la faucille et la ramassette. On ne laissait rien se perdre.

Au loin, l'Angélus sonnait. Les hommes déposèrent les faux et se signèrent.

Là-bas, Geneviève et Domitille sortaient de la petite maison de pierre avec un vulgaire panier qui contenait le lard salé, la laitue, les radis, un corbillon de pains bénits et des fraises des champs. Domitille se sentait indiciblement heureuse. Chaque pas la rapprochait de Raymond. Elle était convaincue encore une fois qu'il ne lui parlerait pas, mais elle se contenterait de le regarder. Elle ramassait du pain d'oiseaux qu'elle grignotait tout en marchant. Domitille cherchait Raymond des yeux. De loin, les hommes se ressemblaient tous. Plus près, elle le différencia. Sa chemise détrempée collait à sa peau et l'eau lui pissait au bout du nez. Il tirait de sa botte une petite pierre à aiguiser qu'il trempait dans l'eau de la rigole et, à gestes répétés, il faisait glisser la pierre grise d'un côté et de l'autre du taillant, avec un son d'essieux grinçants, jusqu'à ce que sa faux reprenne sa coupe initiale.

Olivier lui tendit la sienne.

– La mienne est ébréchée. Elle s'use vite.

Peu de colons savaient aiguiser comme il fallait ; Raymond, lui, avait cette adresse dans l'œil et le geste.

– Les faux jaunes sont de mauvaise qualité. Choisis toujours les bleu clair et les gris cendré. Les mauvaises faux obligent à travailler davantage et épuisent son homme beaucoup plus vite.

– On devrait se débarrasser des jaunes, proposa Olivier.

– Ce serait un péché. Sur une ferme, on jette rien ; tout peut servir.

Domitille passa près d'eux. Elle espérait un regard, un sourire de Raymond, mais celui-ci était trop affairé pour s'occuper d'elle.

À l'orée du bois, les enfants, pieds nus et en haillons, s'adonnaient aux rapâillages. Leurs pieds se levaient délicatement pour éviter les déchirures, mais les broussailles leur égratignaient les jarrets. Ces foins, sous le coup de la lame, laissaient échapper tous les parfums de baume, de menthe, de jasmin et de thé des bois qui montaient agréablement aux narines. Les enfants ne tenaient jamais longtemps à la tâche, aussi avaient-ils abandonné les faucilles.

Domitille entendit des cris dans la luzerne. Elle trouva les garnements penchés au-dessus d'un vieux puits. Ils s'amusaient à écouter l'écho sourd de leur voix qui semblait venir des profondeurs d'une caverne. Des gouttes d'eau se détachaient des pierres humides des parois et tombaient sur le fond sombre et immobile. Domitille pressentit un danger. Les enfants risquaient de tomber dans ce trou et peut-être se noyer. Ils semblaient envoûtés par ce phénomène de la nature. Domitille s'en voulait un peu de mettre fin à la féerie.

— Amenez-vous, c'est le temps de manger.

Ils restaient là, émerveillés par l'enchantement du spectacle.

— Grouillez-vous! insistait Domitille.

Geneviève Brien, installée sous un orme, distribuait la nourriture. Il était grand temps; les estomacs vides ressentaient des crampes gastriques douloureuses.

Le repas fut vite avalé. Les hommes fumèrent une pipe, tandis que les garçons se débottèrent pour piquer un somme, sous les chapeaux de paille rabattus sur le nez. Les petits se roulaient dans l'herbe foulée, sans rosée.

Olivier s'assit contre Domitille.

Et voilà que tout près, la jeune Aglaé tentait de séduire Chévaudier, l'engagé des Brien, par des œillades, minauderies et sourires. La petite coquette donnait des coups de tête gracieux et ses cheveux blonds s'éparpillaient comme le blé dans le vent. Il fallait voir sa bouche en cœur. À cet âge, la physionomie dit tout; les mots sont inutiles, la franchise est affichée sur les visages.

Domitille pouffa et mit la main sur sa bouche pour étouffer son fou rire. «Pas Aglaé et Joseph, se dit-elle, Aglaé a seulement onze ans et elle suce encore son pouce. Onze ans, c'est trop tôt pour découvrir l'amour.» Aglaé ignorait sûrement qui de la fille ou du garçon devait choisir l'autre.

Tous les yeux fixaient Domitille, curieux de comprendre ce qui excitait son rire.

Sous l'orme, Raymond avait ouvert un œil et remarqué le charmant tableau.

Joseph Chévaudier et Aglaé Perreault n'avaient connaissance de rien. Ils passaient leur temps à se regarder dans les yeux. C'était donc ça! Dernièrement, Aglaé refusait de porter ses vieux vêtements. Elle demandait une robe neuve, quand la sienne faisait encore l'affaire. C'était dans le seul but d'éblouir le petit Joseph. Ce n'était pas un hasard; ce goût des toilettes ne lui était pas venu tout seul. Aglaé avait dû malheureusement en prendre son parti; sa mère avait refusé en disant que ce serait du gaspillage et qu'on en reparlerait quand sa robe serait trouée.

Domitille s'occupa à ramasser les restes du repas en mangeant ses lèvres pour reprendre son sérieux.

Le soleil tapait dur. Après le dîner, c'était à qui des enfants ne travaillerait pas. Aglaé se plaignait que l'odeur des foins coupés l'étouffait. On leur laissait toujours les surfaces raboteuses hérissées de pierres et de souches. Aglaé préférait mettre ses pieds à l'eau et écouter le clapotis de la vase tandis que les gamins seinaient des petits poissons d'argent avec leur chapeau de paille défraîchi.

Les jeunes filles coupaient des harts qui serviraient à attacher les gerbes. Raymond s'approcha.

– Coupez des rouges. Au bout d'un an, les harts jaunes se cassent facilement tandis que les rouges, trempées dans l'eau, reprennent leur souplesse et peuvent servir au même usage pendant des années.

La charrette recevait les gerbes que les hommes, à l'aide d'une fourche, chargeaient une à une. Il fallait prendre des précautions afin que l'avoine bien mûre ne s'égrène pas sur le champ.

La première charge prit enfin le chemin de la grange. Comme la charrette ventrue s'engageait sur un ponceau de bois, la voiture renversa sa charretée de gerbes dans le fossé.

Le soir, à la table, Olivier rapporta le fait et on en rit.

– Papa n'a pas réparé ses traverses pendant la saison morte. Voilà, papa, pour votre négligence !

Seul Louis-Michel Brien ne riait pas, à cause du respect rigoureux exigé des enfants, mais en dedans, la taquinerie le chatouillait un peu. Il rétorqua :

– C'est que votre charge était mal balancée.

* * *

Le gros de la récolte bien à l'abri, Louis-Michel referma les grandes portes de la grange. Il ne restait que deux charretées à rentrer. C'était l'affaire de quelques heures.

Les garçons s'en chargeraient; eux, ils avaient la jeunesse et la santé.

— Il restera à battre tout ça au fléau et à vanner. On fera ce travail à temps perdu. Il faudrait, bien sûr, mettre en réserve une partie de la récolte d'avoine en prévision de la semence pour le printemps suivant.

Louis-Michel, éreinté, rentra à la maison, se campa dans la berçante et s'endormit les pieds juchés sur une chaise droite.

La récolte entière dormait sous le toit de la grange et il ne restait que la dernière gerbe sur le champ.

* * *

Domitille se leva au chant du coq. C'était un de ces matins lumineux où la rosée sur l'herbe brillait comme des diamants. Ce soir, ce serait la fête de la dernière gerbe chez les Brien. Raymond serait là. Raymond n'avait qu'à être là et déjà, la jeune fille nageait dans le bonheur.

Domitille se hissa sur le bout des pieds et fouilla dans un minuscule coffre installé sur la commode. Elle en retira une poignée de rubans multicolores qu'elle enfouit dans la poche de son tablier. Après un déjeuner rapide, elle aida sa mère à préparer la nourriture et tout le monde se rendit à la ferme des Brien. Sans passer par la maison, ils s'engagèrent dans le sentier qui menait aux champs. L'air sentait déjà la fête.

Chaque année, à la fin de la récolte, les moissonneurs et moissonneuses se livraient à un rite : la rentrée triomphale de la dernière gerbe, la plus grosse, la plus belle. Les garçons lançaient leur chapeau de paille en l'air en criant : « Finie la moisson et que commence la fête ! »

À tous les trois pas, Domitille ramassait une brassée d'épis qu'elle posait ensuite en javelle. Suivaient les jeunes faneuses : Agathe liait les tiges ensemble et deux filles tenaient la fameuse botte de céréales debout tandis que sa sœur Thérèse l'attachait solidement. Deux harts, les plus longues qu'il était possible de trouver, servaient de ceinture à sa taille souple. Thérèse criait :

– Allez les enfants, ramassez tout ce que vous pourrez de fleurs.

Les jeunes filles ajoutèrent des épis à la tête de la gerbe et piquèrent des fleurs sauvages trouvées sur les levées de fossés. Domitille noua des rubans à la jupe de paille. Puis tous les travailleurs se donnèrent la main. Olivier à gauche de Domitille et Raymond à droite, ce dernier serrait fortement sa main. Était-ce intentionnel ? Raymond éprouvait-il des sentiments pour elle, des sentiments pareils aux siens, ou si sa main habituée aux rudes travaux ne maîtrisait plus sa force musculaire ? Ils étaient plus de trente adultes et beaucoup d'enfants, presque autant que de sauterelles, autour de la grosse gerbe, et tous chantaient de vieux refrains populaires qui remplissaient le ciel de rires et de cris. En chantant, les jeunes filles émues souriaient aux garçons.

On déposa ensuite la dernière gerbe au milieu d'une grande charrette et tous les moissonneurs s'entassèrent autour, serrés comme des sardines. Domitille prit place aux côtés de Raymond et le cheval partit au pas. Domitille sentait le bras de Raymond qui chevauchait son sein, et sa hanche et sa cuisse qui, à travers les rudes vêtements, semblaient doux comme de la soie. Les secousses des roues, provoquées par les cahots, secouaient les corps et éveillaient des sensations chez la jeune fille. Sa décence lui conseillait de changer de position, mais Domitille en était incapable. Son cœur palpitait en secret. Comment rester de marbre alors que le bras, la hanche et la jambe de Raymond frôlaient agréablement son corps. Autour, personne ne remarquait ses états d'âme, même pas Raymond. Celui-ci semblait indifférent à sa présence. Il devait la considérer comme une enfant avec cette importante différence d'âge qui les séparait. Et ils chantaient. Au passage d'une rigole, la charrette fit une secousse brusque. Raymond posa une main sur un enfant qui dormait contre la grosse gerbe et de l'autre, il saisit le poignet de Domitille et le serra si violemment qu'elle se tut net. Il lui sourit.

— Vous avez encore failli vous ramasser dans le champ, mais cette fois, je suis là pour vous retenir.

Domitille pencha légèrement la tête vers Raymond afin que personne ne l'entende et ses cheveux effleurèrent la joue du garçon.

Les joyeux flonflons couvraient leurs voix.

— J'aime bien que vous soyez là, osa Domitille, mais en cet instant, votre regard me semble bien lointain. Je peux savoir à quoi vous pensez ?

— À vous, chère demoiselle.

Il posa sa main sur la sienne, cachée sous un pli de sa jupe. Ils ne parlaient plus, mais leur cœur palpitait. Tous deux, chacun de leur côté, devaient penser les mêmes choses.

La fête ne faisait que commencer. Ils avaient toute la journée devant, peut-être se passerait-il encore autre chose de doux entre eux.

Le cheval orné de pompons se dirigeait à pas lents vers la grange.

Après le souper, une petite sauterie familiale couronnerait la fête de la dernière gerbe et on noierait les fatigues dans les réjouissances. Les danseurs et les violoneux prouveraient que les rudes travaux des champs ne tarissaient pas la source de leurs énergies. À seize ans, on ne pense pas à se reposer; le corps est léger comme le cœur. On mord dans la vie à pleines dents.

Et commença la veillée des moissons chez les Brien. Les éclats de rire annonçaient que la fête débutait. Agathe Morin et Jacques Gadiou étaient déjà là.

On se précipitait aux tables où attendaient les voisins sans prendre le temps de changer de vêtements. Domitille excusa sa tenue. Sur ce, le vieux Lorion, la barbe raide, la veste marron et la pipe de plâtre entre ses dents jaunes, rétorqua:

– Ce n'est pas le temps de vous mettre sur votre trente-six. Ne farfinez pas pour vous approcher à la table. On fête la grosse gerbe en habits d'ouvrage.

Domitille cherchait à s'asseoir près de Raymond, mais comme les chaises voisines étaient occupées, elle prit place entre Olivier et son père. De sa place, elle pouvait voir Raymond de face et, mine de rien, le contempler tout à son aise. À quelques reprises, leurs regards se croisèrent et, chaque fois, Raymond lui sourit gentiment. Domitille mangeait sur le bout des dents. Louis-Michel Brien remplissait son assiette, avant même qu'elle ne la vide, de soupe aux pois, patates jaunes, tarte à la farlouche, compote à la citrouille, jusqu'à ce qu'elle soit saturée et refuse tout aliment.

Les Brien estimaient Domitille. Dans cette maison, on traitait toujours la petite Perreault comme une reine.

Les violons à peine accordés, un vent de folie souleva les danseurs de leur chaise. Raymond s'approcha de Domitille et l'invita à le suivre au milieu de la place. Ils y restèrent toute la veillée, à danser, sauter et rire jusqu'à épuisement. Raymond et elle! Domitille flottait sur un nuage.

Ce fut une révélation pour Olivier. Domitille l'avait remplacé par Raymond. Il céda galamment sa place à son frère. S'il était jaloux, il ne laissait rien voir. Il dansait tantôt avec les jumelles Françoise et Thérèse Morin, tantôt avec Anne Lorion. Si les violons s'arrêtaient le temps de reprendre leur souffle, Olivier avançait aussitôt sa chaise, la faisait pivoter jusqu'au milieu de la place et se campait dessus à califourchon. «J'ai une histoire à vous raconter», disait-il. Et chaque fois, avant même de commencer, il riait à s'étouffer et son fou rire se propageait à toute l'assistance. Tentait-il d'endormir son mal à l'âme ou de cacher sa défaite aux yeux des invités? Si oui, il y arrivait plutôt bien. Olivier semblait s'amuser de bon cœur à écouter les blagues des autres. Toutefois, personne ne le surpassait. Avec un petit verre dans le nez, c'était lui le plus drôle. Les pauses étaient courtes. Les ménétriers frottèrent de nouveau les archets aux violons.

Soudain, un gros boum surprit tout le monde. Louis-Michel Brien gisait par terre. Il semblait inconscient. Geneviève se précipita près de son mari et posa une main sur son front tiède.

– Encore ce mal qui revient, dit-elle.

Morin, énervé, quitta la maison en vitesse, en disant :

– Je vais chercher le docteur Cazeneuve.

Les violons s'étaient tus. On n'entendait plus qu'un bruit sourd, léger et continu de voix humaines.

Ils se prirent à quatre pour transporter l'homme à son lit.

Geneviève, penchée sur son mari, l'appela à quelques reprises, mais ce fut pour rien. Elle se rappelait l'avoir déjà ranimé avec une serviette d'eau froide. Mais cette fois, elle n'obtint aucun résultat. Au bout de quinze interminables minutes, Louis-Michel revint à lui et tenta de s'asseoir dans son lit. Geneviève l'obligea à s'allonger.

– Attends de savoir ce que pense le docteur de ces évanouissements.

Le médecin entra en trombe et, sans un salut, à travers la fumée des pipes et les chuchotements de la cuisine bondée d'invités, il fila directement à la chambre où il s'enferma avec Louis-Michel et Geneviève. Il prit la pression du malade, compta les battements de cœur, étira ses paupières et examina ses yeux. Puis, il se tourna vers Geneviève.

– Demandez à vos invités de bien vouloir quitter et revenez ensuite.

Geneviève se plia aux exigences du médecin.

La maison bondée de monde se vida d'un coup. Geneviève revint s'asseoir près du lit. Alors, Cazeneuve parla :

– Monsieur Brien, vos évanouissements vont revenir à l'occasion. Quand ? Je n'en sais rien, mais la prochaine pourrait être fatale.

Geneviève épluchait, analysait et enregistrait le moindre mot. Elle intervint.

– Il doit y avoir un lien avec l'émotion, parce que j'ai remarqué qu'à chaque perte de conscience de mon mari, la maison se trouvait remplie de monde.

– C'est plus sérieux que vous ne le pensez. À tout moment son cœur peut flancher.

Le médecin serra le poignet de Louis-Michel.

– Monsieur Brien, il serait grand temps de rédiger votre testament, de passer la terre à vos fils. À votre âge, on doit céder la besogne aux plus jeunes. Vous devez vous reposer.

– Vous n'allez pas me défendre d'aller bûcher et de fendre mon bois ?

– Finis les efforts ! Je vous conseille aussi de ne plus remettre un pied à l'étable.

On eut dit que l'homme allait pleurer.

– Et alors, s'écria impétueusement le vieillard la voix poignante et pleine de colère, dites-moi ce que je vais faire !

– Rien ! Et ne vous énervez plus comme vous venez de le faire.

– Rien, hein ! Fini de faire la fête, de danser des rigaudons. Je suis un vieux usé jusqu'aux os.

Louis-Michel était bouleversé Il avait l'impression que toute sa vie s'écroulait. Il en était rendu là, au bout de son chemin. En avril, les vaches allaient vêler et il ne pourrait même pas leur donner les soins appropriés. Raymond était apte à prendre la relève, mais Louis-Michel se sentait indispensable. Il s'entêtait à vouloir continuer.

— Demain, le déblaiement des chemins va être mis aux enchères. Je me proposais de faire une soumission.

— Oubliez ça, monsieur Brien.

Louis-Michel murmura comme pour lui seul :

— Ce qui signifie que je vaux plus rien !

Le médecin opina de la tête.

— Vous m'avez compris. J'aime bien que tout soit clair pour vous.

— Je préfère mourir.

— Profitez du bon temps qu'il vous reste à vous gâter un peu. Ce serait bien mérité. Sortez et marchez ! Toutefois, sans vous essouffler.

« Passer sa ferme à un fils », avait dit le médecin. Louis-Michel savait qu'un jour il en arriverait là, mais il en repoussait toujours l'échéance. Il lui fallait subitement renoncer à tout. Louis-Michel se sentait comme un vieux capitaine sur le point de quitter son navire, comme un homme déchu, et ce sentiment était plus fort que la crainte de la mort.

Le vent tournait à l'ouest. Un orage de pluie et de vent éclatait et la maison s'imprégnait d'humidité. Figé sous son édredon, Louis-Michel ne se décidait pas à se lever de crainte de perdre le peu de chaleur retenue dans ses couvertures. Il posa la main sur le ventre de Geneviève dont la peau était chaude et douce. Il s'approcha pour s'approprier un peu de sa chaleur. Elle tourna le visage vers lui.

– Tu ne dors pas, Louis-Michel ?

– On gèle dans cette maison. Si le poêle n'est pas déjà éteint, le feu doit être ben bas. Il faudrait que j'aille faire une attisée.

Habituellement, Louis-Michel dormait dès que sa tête touchait l'oreiller. Comment pouvait-il frissonner en plein mois d'août si ce n'était de son état de santé ? Geneviève supposait que sa nervosité était en cause.

– Ce n'est pas bon de trop penser. La nuit fait tout voir en noir.

Geneviève s'assit dans le lit et lui remonta la couverture sous le menton, une petite tendresse en guise de réconfort.

– Dors ! dit-elle. J'y vais.

Comment pouvait-il dormir quand sa terre l'obsédait ? Il fallait faire un choix entre Olivier et Raymond avant de rencontrer le notaire Chagnon. Il en avait déjà été question par le passé, une seule fois parce que sa femme et lui ne s'étaient pas entendus quant à l'héritier. Louis-Michel n'osait pas imposer son choix. Il ne voulait pas partir en guerre et peut-être se mettre Geneviève à dos ; elle penchait nettement en faveur d'Olivier. Il comptait sur le temps qui arrangeait souvent les choses et depuis, il s'évertuait à amener Geneviève à penser comme lui et à privilégier Raymond qui avait la terre dans le sang. Mais que ce soit Raymond ou Olivier, Louis-Michel savait que de toute façon, ce choix allait plaire à l'un et déplaire à l'autre de ses fils.

Olivier, moins sérieux, dépensait son temps bêtement. Il sortait le soir, allait retrouver les gars au village et se laissait distraire par toutes sortes de préoccupations idiotes. Au retour, il s'amusait à raconter les anecdotes des copains et à vanter leurs prouesses. Rien de mal, bien sûr, il fallait que jeunesse passe. Son père le voyait toujours traîner le pas derrière Raymond. Olivier n'aimait pas se faire pousser dans le dos. Louis-Michel ne pouvait s'empêcher, bien sûr, de remarquer son intelligence vive. Comme Olivier s'entêtait à ne pas retourner au collège, il pourrait se lancer dans le commerce, peut-être en commençant par le blé et les produits de la ferme.

Louis-Michel disait Raymond plus réfléchi, plus apte à prendre les décisions. Il était doté d'un solide bon sens. Raymond lui ressemblait ; son point de vue sur les choses rejoignait le sien. Avec Raymond, il continuerait de coucher dans la chambre du bas, il conserverait sa place au bout de la table et il tracerait encore la croix sur le pain avant de l'entamer. Même s'il n'était plus le propriétaire de sa ferme, il en resterait le maître. Louis-Michel n'appréciait pas les changements. Si Raymond prenait la relève, tout pourrait continuer comme avant et ça ne changerait rien pour Olivier ; il continuerait de coucher dans le salon avec Raymond et le petit Joseph.

Pendant que Louis-Michel retournait toutes ces pensées dans sa tête, Geneviève allumait la chandelle et traversait à la cuisine. Le feu se mourait dans le poêle. Après avoir excité les tisons rougis, Geneviève croisa quelques copeaux et déposa trois gros quartiers de bois dans l'espace ambigu. Elle ouvrit toutes les clés du poêle et s'assit devant l'âtre, attendant patiemment que le tout s'enflamme. Le visage caché dans ses mains, elle priait Dieu, tout bas, qu'il protège son mari. Elle aimait Louis-Michel si fort qu'elle en vivait. Maintenant, leur vie achevait; le temps avait filé à la rapidité de l'éclair et ils étaient devenus deux vieux qui allaient se donner à charge et céder la place aux enfants.

Le feu grondait dans la cheminée et la chandelle se consumait lentement sur la table. Geneviève referma la clé du tuyau, puis du bout des doigts, elle prit la chétive lampe au suif et retourna à sa chambre, le pas lent, le dos courbé sur la petite flamme prête à s'éteindre d'elle-même.

Louis-Michel ne dormait pas. Il ruminait.

– Ça, ça dépasse tout, dit-il, répète-moi ce qu'a dit le docteur voir si j'ai ben compris.

Geneviève répéta les propos du médecin.

– Maintenant, dors! On reparlera de tout ça demain.

* * *

Deux semaines passèrent.

Geneviève jeta un coup d'œil à la fenêtre.

Un individu vêtu de noir, de pied en cap, se promenait à pied dans la campagne. Il cheminait tout à ses pensées, les yeux baissés sous son chapeau melon.

Geneviève souleva le rideau pour mieux voir et examina l'étranger avec ce regard attentif qui étudie plus qu'il ne regarde. Il ressemblait à un maître d'école qui allait autrefois de maison en maison pour dispenser son savoir. Puis l'homme se pencha, déposa sur le chemin une petite malle, usée aux angles, aussi noire que ses vêtements, puis il attacha son lacet de bottine et reprit un objet laissé sur le sol, quelque chose qui ressemblait à un bâton ou à un parapluie. Lorsqu'il s'approcha, Geneviève reconnut une canne. Plus près, elle vit une plume à écrire fixée dans la ganse de son chapeau et un encrier attaché à sa ceinture. Le personnage était trop bien mis pour être un escroc. Il s'arrêta au bas des marches et son regard fit le tour complet des lieux. Il monta lentement et, de ses jointures délicates, il frappa trois coups réguliers au montant de la porte.

Geneviève lui ouvrit. L'homme, épuisé de marcher et lutter contre le vent, détacha sa redingote et desserra sa cravate. Il toucha le poignet de Geneviève.

– Madame, dit-il, apportez-moi une chaise. Il faut aussi que vous me donniez quelque chose à manger ; ne serait-ce qu'un quignon de pain et un peu d'eau. Je vous paierai, lui dit-il.

– Vous venez de loin ?

– Je viens de L'Assomption. Je suis le notaire Chagnon. En chemin, je me suis arrêté chez quelques clients.

Geneviève lui prépara un goûter qui ressemblait à un déjeuner. Puis l'étranger demanda à parler à Louis-Michel en privé.

Les deux hommes s'enfermèrent dans le petit salon. Une heure plus tard, la porte s'ouvrit et l'homme demanda à parler à Raymond.

Geneviève, comme toutes les femmes du temps, qui se devaient d'être douces, soumises et effacées, était tenue à l'écart des arrangements. Le notaire mit un bon quatre heures à rédiger le testament.

Dans la cuisine, Geneviève se tracassait. Il était clair que Louis-Michel passerait la ferme aux mains de Raymond et qu'Olivier serait mis au rancart. Si, au moins, elle avait pu avantager Olivier, ne serait-ce qu'un tout petit peu. Mais non, elle n'avait pas son mot à dire et pourtant elle gérait avec une sévère économie le modique avoir des Brien.

* * *

Le souper terminé, Louis-Michel, allongé de tout son long, les bras sous la tête en guise d'oreiller, dormait un somme sur la galerie. Geneviève retint Raymond à la table en lui versant un café chaud.

— Ton père t'a légué la terre, dit-elle, t'es au courant du testament. Qu'est-ce qu'il adviendra du petit Joseph Chévaudier?

— Légué avec la terre!

— Tu sais, cet enfant n'est pas un esclave. Ton père l'a toujours traité comme du monde. Je compte sur toi pour continuer sur la même voie. Quand je ne serai plus là, je ne voudrais pas que tu l'attelles à la tâche.

— Dites-moi donc d'où il vient, ce Chévaudier.

— Je n'en sais rien. Je m'évertue à vous le répéter.

— Si vous ne parlez pas, je peux imaginer des choses qui ne seraient peut-être pas tout à fait à votre goût.

Geneviève coupa court à son indiscrétion.

– Tu prendras ben soin du petit et tu le dédommageras pour son travail.

– Comment je pourrais le dédommager quand c'est encore papa qui a le portefeuille ? La donation, ça change rien à la routine, mais quand viendra le jour où je me marierai, il faudra agrandir la maison, et peut-être vivre chacun dans nos appartements. Ça prendra de l'argent.

Louis-Michel, debout dans l'encadrement de la porte, avait surpris ses dernières paroles.

– Jamais ! La maison va rester telle qu'elle a toujours été. Quand ta mère sera malade, ce sera à la bru de préparer nos repas. Tu connais les arrangements du notaire ?

Louis-Michel cherchait quelqu'un près de lui pour soutenir ses défaillances. Si Geneviève partait la première, la femme de Raymond serait là pour préparer ses repas et tenir maison.

Raymond, de caractère aussi fort que celui de son père, examinait la situation. La chambre sous les combles était une vraie fournaise en été et une glacière en hiver. Il rétorqua :

– Et quand la maison sera pleine d'enfants ?

– Tu feras avec ! Quand j'étais jeune, on couchait trois par lit et il n'y avait pas moins de deux ou trois lits par chambre. Regarde ta mère, elle en a élevé huit si je compte le petit Joseph et vous ne l'avez jamais entendue se plaindre du manque d'espace.

Raymond réfléchit. Cette ferme était à lui. Il n'allait pas lever le nez dessus. Tout lui appartenait : le fonds de terre, les bâtiments, les animaux et bien sûr, ses parents avec, ça allait de soi. Mais le portefeuille ? Son père ne se presserait pas de le lui passer. Ça deviendrait embêtant de toujours quémander pour le moindre besoin, et quand ce serait pour sa femme, ce serait encore plus gênant. Raymond en était à se demander si la donation était un avantage ou un embarras. « Je vais laisser passer le temps, on dit qu'il arrange les choses », pensait Raymond un peu amer.

XIX

Les fréquentations assidues entre Amable et Josine furent de courte durée. À peine quelques mois et ils passaient devant le curé.

Après un mariage intime, Amable ramena Josine chez lui où la lune de miel les attendait.

En entrant dans sa nouvelle maison, Josine avait posé des pots de géraniums aux bouts des quatre marches à fonds étoilés et, avec des gestes passionnés, presque sensuels, elle avait placé deux berçantes sur la galerie : une pour Amable et une pour elle, parce que désormais, elle ne serait plus jamais seule avec sa solitude. Ils seraient deux à se bercer, à causer. Elle avait pris soin de les espacer seulement d'une main pour éviter qu'elles se heurtent.

Josine entrait en maître chez Amable. Exigeante et sévère avec son mari, elle décidait tout.

– Qui, dit-elle, a placé le crachoir près du poêle ? Sa place est dans le coin de l'escalier.

Amable conservait son calme.

– Comme il a toujours été de ce côté, je craindrais avec ma vieille habitude, de cracher par terre ou ben sur tes pieds.

– Tu t'habitueras.

– T'as ben raison, ma Josine. Place-le où tu veux.

Si Josine tentait de lever le ton, de le dominer, Amable la cajolait.

— Tu vois, Josine, tu peux faire tout ce que tu veux ici, tu es chez toi dans cette maison.

— Je sais. Au fait, j'ai replacé le crachoir près du poêle. T'avais raison, il sera plus commode pour toi près de la berçante.

La vie d'Amable se trouvait bouleversée, ses habitudes chambardées, mais il ne regrettait pas son union. Depuis son mariage, sa maison avait une âme et l'âme c'était Josine qui lui préparait de bons repas, lavait la vaisselle, balayait la place.

Que de temps elle avait consacré à blanchir les pièces du bas au lait de chaux. Les vitres et le plancher en bouleau blanc brillaient de propreté. Elle avait lavé les rideaux de la cuisine et caché les reprises au creux des plis. Elle avait ensuite teint quelques retailles au thé rose et les avait ourlées à la main, ce qui donnait de jolies serviettes de table. Et que de petits plats Josine préparait avec amour! Une marmite aux flancs roussis par la flamme exhalait ses odeurs dans toute la cuisine.

Amable vantait ses talents de cuisinière et Josine s'évertuait à se surpasser. Josine, loin d'avoir éteint l'ardeur de la fièvre qui l'animait, avait toujours ses ripostes drôles. Elle savait marier amour et humour. Et que dire du froid qui pénétrait dans sa chair et dans ses os et que seule Josine réussissait à réchauffer? Comment pourrait-il se plaindre d'une femme aussi entière? Amable savait reconnaître le petit travers, l'attitude ou le geste qui déclenchaient le rire. Josine mettait de la vie dans sa maison et quand

Amable parlait, il trouvait maintenant une oreille pour écouter. Avant le coucher, Josine allumait un petit feu pour le thé. Ils se sentaient si bien le soir dans leur cuisine. C'était le moment privilégié où ils pouvaient se laisser aller à causer ou se disputer une partie de cartes sur le bout de la table avant de réciter en commun la prière du soir.

Non, Amable ne regrettait rien. A-t-on déjà vu quelqu'un vivre des amours faciles ? Il fallait gagner son bonheur, se battre pour l'amour. Et Amable, avec son don de guérir les corps, savait aussi pétrir les cœurs. Douceur, bonté et patience étaient ses armes les plus efficaces et bien sûr, quelquefois, la surdité.

À force de côtoyer un homme compréhensif, le tempérament de Josine s'adoucit. Ce revirement était impensable. Au début, Josine, têtue comme un âne, figeait dans sa première idée, mais Amable obtint tout par la douceur. Elle se mit à plier devant lui. Josine aidait Amable au train et, en retour, lui l'aidait à la mise en conserve. Quand le bonheur est présent on ne voit plus le temps filer. Ils aimaient leur train de vie routinier et ils s'attendaient à ce que ça continue ainsi tout le restant de leurs jours, sans se soucier le moins du monde que parfois la vie nous joue de ces tours. Les Crevier n'étaient pas à l'abri des changements et des surprises.

Leur vie de couple à peine commencée, un événement inattendu vint bouleverser la vie tranquille d'Amable et Josine.

Ce matin là, au retour de l'étable, Josine déposa le lard bouilli, les cretons et le pain sur la table et pendant qu'Amable savonnait ses mains, elle dépendit son manteau du clou.

— Je vais faire un petit tour chez les Perreault. Je reviens dans la minute.

— On ne se présente pas chez les gens si tôt, Josine, tu pourrais déranger. Et puis, tu n'as même pas déjeuné. Viens manger.

Tout en parlant, Amable lui approchait une chaise de la table.

— Je n'ai pas faim, dit-elle avec l'intention de couper court à toute question.

— Mange quand même un peu. L'appétit vient en mangeant.

Josine ne répondit pas et Amable n'insista pas. Quand sa femme serrait les lèvres d'une façon exagérée, Amable savait qu'elle ne parlerait pas.

Il la regardait de son vif regard derrière ses lunettes de fer.

Josine avait le sentiment d'être observée. Elle détourna la tête car elle sentait les larmes lui brûler les yeux.

— Qu'est-ce qui se passe, ma Josine ? Tu n'as pas l'air dans ton assiette. Tu as quelque chose qui ne va pas, toi ; j'en mettrais ma main au feu. Tu n'es pas venue m'aider au train ce matin. Ce n'est pas un reproche que je te fais, tu me connais. C'est juste que ce n'est pas ton habitude. Et puis, aller chez les Perreault, c'est une bonne trotte. Si tu patientes un peu, tantôt j'irai te reconduire en voiture.

— Non, ce n'est pas la peine, marcher me fera du bien.

Elle avait le regard noyé, la bouche pleine de salive. Amable posa une main sur son front et sentit la peau moite. Alors, Josine eut envie de cacher son visage au creux de son épaule, de tout lui raconter, mais quelque chose la retenait. « Si ce n'est rien, se dit-elle, Amable n'a pas besoin de savoir. »

L'inquiétude laissait Josine plongée dans un silence embarrassant. Elle se pressa de sortir avant d'éclater en pleurs.

Amable la regarda s'éloigner d'un pas décidé. La route s'égrenait devant elle, interminable. Elle passa devant son ancienne maison. En arrière, la porte de la bécosse avait été arrachée par le vent et un nuage de grosses mouches vertes envahissait le petit lieu. Tout s'en retournait depuis son départ. Comme le gazon n'était plus piétiné, les mauvaises herbes montaient allègrement. Comment se trouvait l'intérieur de sa maison ? Elle ne voulut pas s'y arrêter pour peut-être seulement se désoler davantage. « Il faudrait vendre », se dit-elle. Comme sa vie avait changé depuis son départ. Josine ne ressentait aucun regret si ce n'était celui de ne pas avoir rencontré Amable des années plus tôt. Et voilà qu'aujourd'hui, son bonheur était en jeu. Tout son intérêt se limitait à son inquiétude face à son avenir.

Josine laissait flotter ses pensées tout en suivant des yeux une feuille séchée que le vent poussait devant elle, sur le sol cail024teux du chemin.

* * *

Domitille ouvrit les persiennes sur un petit matin ensoleillé. De la fenêtre de sa chambre, elle jeta un regard du côté de chez Josine. La porte était cadenassée. Tout était mort depuis que mademoiselle Josine était devenue Madame Amable Crevier. Plus de rideaux aux fenêtres, plus de chaise berçante sur le perron, que de longues herbes sèches devant sa porte. C'était la désolation. La maison donnait l'impression d'être depuis longtemps abandonnée. Depuis que Josine était partie, il manquait un peu de vie dans le voisinage.

Domitille se pressa d'enfiler sa robe et ses bas, quand elle entendit frapper en bas. Elle descendit les marches en courant et aperçut la face blême de Josine à travers la vitre. Elle ouvrit.

— Entrez! La porte n'est jamais barrée. Je pensais justement à vous ce matin, c'est drôle!

— Pas si drôle que tu penses, répondit sèchement Josine. Ta mère n'est pas là?

— Ben oui! Donnez-moi votre manteau et prenez une chaise.

Aussitôt, Domitille appela:

— Maman, c'est pour vous, de la grande visite.

En l'espace d'un instant, la cuisine était grouillante d'activité. Les petites se disputaient la même chaise, Joseph attachait une bande de cuir au poêle pour redonner du fil à son rasoir. Le matin, il était toujours d'humeur à taquiner, mais ce jour-là, comme Josine, bouleversée, frappait chez lui à une heure indue, il imagina aisément qu'elle traînait un ennui. Il eut la délicatesse de quitter la maison. Il remit son rasage à plus tard et sortit en appelant ses fils qui n'en finissaient plus de se réveiller:

– Les gars, venez m'aider au train. On déjeunera après.

Josine attendait près de la fenêtre. Un voile passa devant ses yeux. Elle dut se cramponner au battant pour conserver son équilibre.

Deux grands garçons descendaient le petit escalier de bois résonnant. À demi réveillés, ils croisèrent la nouvelle venue sans la voir et filèrent à l'étable.

Josine baissa les yeux, consciente qu'elle dérangeait tout le monde et son sentiment de culpabilité s'en trouva aggravé.

Rose sortit de sa chambre avec un reste de sommeil dans les yeux. «De la visite à pareille heure, se dit-elle, j'ai même pas le temps de me passer une débarbouillette sur la figure.»

Rose se retrouva devant une Josine défaite, angoissée. Celle-ci lui demanda :

– Si vous aviez un petit coin tranquille, j'ai besoin de vous parler en privé.

Domitille les pria de passer au salon.

– Je monte ranger les chambres, ensuite, mademoiselle Josine, vous prendrez ben un café avec nous ?

– Madame Crevier ! rectifia Josine, offensée. Je suis maintenant une femme mariée.

Josine gardait une dignité glacée. On eut dit un garde du corps.

– Excusez-moi, madame Crevier !

Au salon, Josine ne tarda pas à exposer à Rose la raison de sa visite matinale.

– Je sens que je dérange tout le monde, mais je ne pouvais pas attendre. Depuis quelque temps, je vis sur des charbons ardents. En plus, la nuit me fait voir tout en noir. J'ai sauté deux mois, vous me comprenez? Je me demande si c'est mon retour d'âge. À quarante et un ans, ce ne serait pas autre chose?

— Le docteur vous le dirait mieux que moi.

— De toute ma vie, je n'ai jamais mis un pied chez le docteur. Si je commence, Amable va se douter de quelque chose. Amable ne veut pas d'enfants. Il aime trop sa tranquillité. Il a été ben catégorique là-dessus quand on s'est marié.

— Avez-vous des nausées?

— Rarement, mais je m'endors partout, sur le petit banc à vaches, sur la berçante, même aux repas; je ne vous mens pas, si je ne la retenais pas, la tête me tomberait dans l'assiette. Chaque fois que je passe près de mon lit, je le regarde avec une envie de m'y allonger, et ce, à toute heure de la journée.

Rose sourit.

— Qu'est-ce qui vous en empêche?

— Je serais gênée devant Amable de paresser en plein jour.

— C'est un signe évident. Vous êtes mariée, Josine. Tout est possible.

— Dites-moi pas ça, vous! Amable ne sera pas content. Je le sais, je le sens et je ne peux pas me décider à lui en parler.

— Qu'est-ce que vous craignez au juste, qu'Amable vous renvoie? Vous êtes mariés, Josine, pour le meilleur et pour le pire.

— Et si Amable me boude pour le restant de mes jours?

Elle éclata en pleurs.

– Je ne sais pas ce qui me prend à matin, je n'ai jamais été braillarde comme ça

– Enceinte, une femme est plus émotive. Et vous, Josine, seriez-vous contente d'être mère ?

– Plus jeune, oui ! Surtout quand je voyais les femmes de mon âge avec un bébé dans les bras. Même que j'ai eu ben de la misère à me rentrer dans la tête que j'en aurais jamais. Mais aujourd'hui, avec l'âge, c'est différent. Et puis, je n'aurais pas le tour avec un enfant.

– Le tour ? Ça vient tout seul. On les aime assez qu'on fait tout pour les réchapper. Et puis, si vous saviez, Josine, un enfant, ça vous égaie une maison, ça réveille les berceaux, ça ensoleille une cuisine, ça vient au monde avec des petits bras qui vous serrent à vous étouffer. Parlez-en à votre mari. Vous serez peut-être surprise de sa réaction. Et puis au besoin, je serai toujours disponible pour un conseil ou un coup de main.

– Amable tient tant à sa tranquillité. Avant notre mariage, il a tranché la question et c'était sans ambages, comme noir sur blanc.

Rose bondit d'indignation. Elle plongea ses yeux clairs et bien décidés dans ceux de Josine.

– C'est peut-être cet enfant-là qui veillera sur ses vieux jours. Et puis, il l'aura sa tranquillité. Quand les enfants sont les nôtres, vient un temps où on ne les entend plus.

– En entrant à la maison, je vais lui dire. Il n'en mourra pas, que diable ! Tenez, je pense que je vais accepter le café de Domitille.

* * *

Au retour, le bonheur du matin chantait dans le cœur de Josine et le chemin semblait s'être raccourci.

Arrivée chez elle, Josine vit Amable se diriger vers le poulailler avec dans sa main une terrine de grenailles pour ses poules.

Josine fila directement à la maison, déposa son châle dans le placard et monta à l'étage. En haut de l'escalier, une lourde trappe fermait l'accès au deuxième. Josine la souleva. Dans cette grande maison sans enfants, les pièces du deuxième inoccupées servaient à ranger les vieilleries.

En campagne, on ne jetait rien. Les paysans étaient très attachés à leurs choses et tout ce dont les colons ne se servaient plus se retrouvait au grenier. Mais chez les Crevier, c'était différent : le deuxième était vacant, donc d'accès plus facile que sous les combles.

Josine y trouva de tout : une petite armoire crevassée aux tiroirs désajustés par l'âge, un métier à tisser, deux rouets, des chaises à fonds cannés défoncés. Au mur pendaient un licou, une sous-ventrière, des sangles et un troussequeue. Josine soupira. « Des pièces de harnais dans une maison ; ça prend ben des hommes pour endurer ça ! » À la chambre voisine, elle figea sur le seuil. La poussière la fit éternuer. Le sol disparaissait sous une nappe de noix laissées à sécher. Sous une fenêtre s'entassaient deux coffres bombés, renforcés de coins de métal et à côté, une armoire ou dormaient quelques rares livres aux coins écornés, une couchette d'enfant, du sirop d'érable et des pots en verre qui devaient autrefois servir aux conserves. Josine étira le nez dans les autres chambres, referma et descendit, découragée. Chaque pièce possédait une couche de poussière, une odeur âcre et des fils d'araignée. Son énergie tomba.

Ses poules soignées, Amable rentra à la maison et s'assit dans la berceuse, la pipe entre les dents.

Il regardait Josine descendre l'escalier, la main agrippée aux barreaux de bois tournés.

– Qu'est-ce que tu cherchais en haut?

– Une chambre.

– Il y en a quatre.

– Oui, mais elles sont toutes occupées. Je me demande où on va coucher l'enfant.

– Quel enfant?

– Le nôtre, celui que tu m'as fait.

Amable ne parla plus pendant un long moment, puis il se leva et sortit.

Josine le vit atteler et mener son attelage vers le village. Amable subissait sans doute le contre-choc de l'annonce de sa paternité, comme si c'était un désastre. Josine restait soudée à la fenêtre, la larme à l'œil. «Je le savais ben!» se dit-elle en ravalant. Josine détestait être si sensible. Elle se rappelait le temps où rien ne la faisait ciller, pas même, petite fille, les fois où son père prenait sa grosse voix pour la gronder.

Où Amable pouvait-il bien aller?

* * *

Au début de l'après-midi, Amable Crevier revint à la maison, ivre. Il colla l'attelage au perron, descendit péniblement de la voiture et tira de l'arrière de la banquette un beau berceau en bois sculpté qu'il abandonna sur le perron.

Josine se demandait où Amable avait bien pu dénicher ce joli bijou de bois blond. Il ressemblait étrangement à celui de sa mère, mais en plus ouvragé.

Par deux fois, Josine vit son mari trébucher et chaque fois, sur le point de tomber, il s'accrochait d'une main à une colonnette de la galerie et réussissait à se tenir debout. Josine recula de la fenêtre pour ne pas lui laisser voir son inquiétude. Amable avait sans doute bu pour faire passer le *motton*. La venue d'un enfant allait-elle le conduire à l'ivrognerie ? Elle lui réservait une bonne discussion, mais elle ne lui parlerait pas avant qu'il ne dégrise complètement.

Le temps qu'Amable mit à dételer, Josine s'allongea sur son lit et s'endormit profondément.

Amable traversa de l'étable à la batterie et se laissa choir sur la paille.

Pendant que Josine et Amable dormaient chacun de leur côté, le soleil marchait lentement dans le ciel. Aux meuglements des vaches, Amable sursauta. C'était l'heure du train.

Le long somme de Josine avait réussi à endormir aussi sa rogne envers son homme. Quand Amable entra, le souper l'attendait sur la table.

Josine désigna le berceau laissé près de la porte et s'informa :

– Où as-tu trouvé cette merveille ?

– Chez l'artisan. Je l'ai fait faire exprès pour notre enfant. Je lui ai dit de ne pas se gêner pour le fignoler.

– Quand ça ?

– Le mois passé.

– Tu savais que… ?

– Ben oui ! Tu oublies que j'ai hérité du don de ramancheur de ma tante Thérèse. Si je peux sentir un petit poulet dans un œuf juste à le tenir dans ma main, comment veux-tu que je ne sente pas la vie à travers ton ventre ?

Josine était abasourdie.

– Ça se peut-tu, avoir une main aussi sensible ? Tu sais, je pensais que tu ne reviendrais plus. Un homme comme toi ne se remplace pas aisément.

– Je n'ai pas pu m'empêcher d'aller annoncer la nouvelle au village.

– Tu n'aurais pas dû. Ces choses-là doivent rester secrètes.

– Je savais que tu dirais ça ! C'est pour cette raison que je suis parti en coup de vent. Maintenant, c'est trop tard pour les « tu n'aurais pas dû. » Tu ne me croiras pas si je te dis que je n'ai pas mis un pied à l'hôtel, hein ! Chez le marchand, il y avait : le forgeron, le cordonnier et un scieur de long. Quand je leur ai annoncé la belle nouvelle, le marchand nous a invités tous les quatre à traverser à l'arrière-boutique et on a bu une chopine et une autre.

– J'espère que tu n'en prendras pas l'habitude.

– Ben sûr que non, je jure de ne plus boire avant la prochaine grossesse.

Josine fronça les sourcils et répéta : « la prochaine gros-sesse ». Un enfant, ça pouvait aller, mais deux ou peut-être trois, elle ne pourrait jamais.

— Penses-tu, Amable, qu'on peut s'attendre à avoir d'autres enfants ? C'est une possibilité que je n'ai jamais envisagée.

— Oh, tu sais, quand la machine est en marche…

— Ah ben, misère à poil ! Si je m'attendais ! Je me pensais à l'abri des maternités. Je me disais qu'on avait passé l'âge d'élever. À quarante ans, on risque de se rendre à combien ?

Amable ne savait que répondre. Il se contenta de sourire.

Josine balaya autour de la table, le pas à la cadence d'une marche militaire.

— On va avoir besoin du deuxième.

Amable mit deux semaines à vider les pièces du haut, à balayer, lessiver les murs à l'eau de potasse, brosser et asti-quer les planchers. À la fin, une odeur de désinfectant flottait dans l'air. Amable peignit au lait de chaux la plus petite pièce dont la fenêtre se trouvait au soleil du midi.

XX

Louise dépérissait. Sa mère avait beau l'encourager, tenter par tous les moyens de l'intéresser à de menus travaux, ses efforts n'arrivaient pas à changer son attitude fermée.

Ce jour-là, Domitille se rendait chez elle avec la ferme intention de lui brasser la cage. Mais arriverait-elle à la sortir de sa torpeur ?

— Aide-toi un peu, Louise ! Allen Nicholson est pas le seul être au monde qui peut te rendre heureuse.

Louise ne dit rien. Elle ne levait pas les yeux plus haut que les mains.

— Il y en a d'autres avant toi qui ont vécu des peines d'amour et, un beau jour, un nouvel amoureux leur a fait oublier le premier. Mais encore faut-il le vouloir et y mettre du sien.

Domitille murmura :

— Viens dehors, on jasera mieux.

Louise suivit Domitille, indifférente, un peu comme un petit chien en laisse. Arrivée à l'extérieur, à l'abri des regards, Domitille prit la figure de Louise entre ses mains et la força à la regarder dans les yeux.

— Tu es mon amie, Louise, et je n'en peux plus de te voir dépérir. Je veux te voir heureuse, tu m'entends ? Moi, je tiens à toi.

Domitille avait crié ses derniers mots, les yeux au bord des larmes. Il lui sembla que Louise s'animait un peu. Elle leva les yeux à l'horizon et demanda :

— Est-ce que je peux te dire un secret sans que tu ailles l'ébruiter à gauche et à droite ?

— Tu peux me faire confiance.

— J'attends un enfant, l'enfant d'Allen. Je veux mourir, Domitille. Tu comprends maintenant pourquoi je n'ai pas envie de rire, comme dans les veillées, je n'avais pas envie de danser.

Ce fut d'abord le silence total. Puis les deux filles se mirent à pleurer.

Domitille était abasourdie. Peu de temps avant, elle-même avait tremblé devant la perspective d'une grossesse hors mariage.

— Tu es ben certaine de ce que tu avances ?

— Absolument certaine ! Les seins sensibles, les maux de cœur, les étourdissements, l'envie de dormir. Touche mon ventre. Le petit enfant d'Allen est là et je dois m'en séparer. Si au moins Allen savait. Je n'ai aucun moyen de le joindre.

— Et si tu parlais à son père ?

— Jamais ! Pour lui, c'est l'honneur avant les sentiments. En tout cas, Allen m'a laissé entendre que son père est avant tout un homme intransigeant. Plus jeune, Allen a beaucoup souffert de sa sévérité.

— Surtout, décourage-toi pas Louise, maman a toujours dit que chaque problème a sa solution.

— Pas le mien.

— Et tes parents, ils savent ?

— Non! Si ma mère l'apprend, elle va me battre, c'est certain.

— La mienne me tuerait.

— Je ne leur dirai jamais. Il faut que je me débarrasse du bébé avant que ça paraisse et ça me fait mal sans bon sens.

— Tu ne peux pas faire ça! Pense un peu, ce serait tuer. Si j'étais toi, je parlerais à ma mère.

— Non! J'ai vécu l'enfer rien qu'à fréquenter un Anglais. Maintenant, qu'est-ce que ce serait s'ils apprenaient que je suis comme ça?

— Et si tu te mariais avec un autre, un gars d'ici qui accepterait de te prendre avec l'enfant?

— Ça n'existe pas, des gars comme ça qui ramassent les pots cassés.

— Prends Daniel, par exemple, je sais qu'il te trouve à son goût. Si tu lui disais tout ce que tu viens de me dire? Si Daniel te prenait comme tu es?

— Jamais! Je te défends ben de lui en parler.

— Je t'ai donné ma parole et je la respecterai. Je propose seulement. Et si tu t'embarquais sur un navire pour l'Angleterre? C'est peut-être possible de trouver où habitent les Nicholson.

Les yeux de Louise s'allumèrent aussitôt.

— Je connais déjà le lieu où ils habitent. C'est à Cardiff, un port de Grande-Bretagne sur le canal Bristol. Une petite place toute en fleurs. Allen m'en a parlé quelque-fois.

— Tu en sais déjà beaucoup.

— Mais comment partir, sans le sou et sans savoir comment je serais reçue à Cardiff?

— Et si t'écrivais à Allen ? Ses parents sont à l'aise, ils pourraient t'envoyer l'argent du voyage. Brouillet parle les deux langues, il traduira.

— Non ! Je ne veux rien ébruiter. Et puis tu crois que les Nicholson m'aideraient, après que son père ait tout fait pour nous éloigner l'un de l'autre ? Monsieur doit sans doute vouloir conserver une race pure, la sienne, comme de raison. Nous, les petits colons, nous sommes des moins que rien aux yeux des Anglais. Ils doivent nous confondre avec les sauvages. Mais ce que les Anglais ne savent pas, c'est que les sauvages sont beaucoup mieux qu'eux. Il n'y a aucune issue, Domitille. Si seulement je pouvais écrire à Allen et lui faire savoir pour l'enfant. Le courrier prend des mois à traverser les mers et le bébé n'attendra pas. Tu vois, tout ça ne mènerait à rien. Le destin s'acharne contre moi.

Des volailles dans leurs jambes gloussaient. Louise les effraya en les bousculant du pied. Les petits qui venaient d'éclore, pressentant un danger, coururent se cacher sous les plumes de la poule couveuse.

— Oh, comme je voudrais reculer, avoir dix ans ; dans le temps, je ne me cassais pas la tête. Je veux mourir. C'est trop dur ce qui m'attend.

* * *

Ce soir-là, Louise repassa dans sa tête toute la conversation entre elle et Domitille. Elle pensa un moment à aller retrouver Allen et elle sourit. Allen la recevrait à bras ouverts, mais les premières effusions passées, que ferait-il d'elle ? Il lui en voudrait peut-être de l'avoir relancé jusque chez lui. Son sourire s'effaça. Sans argent, on ne va pas loin. Tout se dressait contre elle. Chaque fois qu'elle croyait trouver une issue, la dure réalité la rattrapait.

La nuit tout à fait tombée, Louise s'assura que toute la maisonnée soit endormie et, à pas de loup, elle descendit à la cuisine. Les volets fermés, la maison était si obscure qu'on n'aurait pas pu distinguer un être. Louise avançait lentement, les bras tendus devant elle, jusqu'à l'armoire d'où elle sortit une bouteille de piquette, une boisson médiocre, censée soulager tous les maux. Elle tira de sous la huche à pain un panier d'osier rempli de tricots et de broderies. Sa main fouillait au plus profond de la corbeille où se trouvaient une bonne douzaine d'aiguilles à tricoter de toutes les dimensions. À tâtons dans la pénombre, elle tassa les écheveaux de laine et retira quatre tiges métalliques. Elle choisit la plus longue et la plus pointue qu'elle dissimula le long de sa cuisse. Puis elle sortit en pleine noirceur et descendit le petit escalier du perron, la main accrochée solidement à la rampe. Elle regardait avec désespoir cette obscurité où il n'y avait personne. Puis, lentement les nuages s'éclipsèrent devant une grosse lune ronde.

Des bêtes marchaient dans l'herbe, ou peut-être quelqu'un. Sûrement pas; tout le monde devait dormir. Aux maisons, les lampes étaient éteintes depuis un bon moment. Louise n'avait pas peur. La seule chose qui l'épouvantait était dans son ventre. Elle regarda de tous les côtés et ne vit pas âme qui bouge. Elle marchait à pas comptés, tout en écartant les buissons chétifs. L'enfant en elle bougeait doucement. Elle marcha ainsi jusqu'à la rivière.

C'était une nuit où la face de la lune ressemblait à un énorme pamplemousse à peau jaune qui jetait sur l'herbe ses rayons affaiblis.

Assise sur une vieille souche rejetée sur le rivage, Louise voyait l'astre de la nuit se refléter dans l'eau noire. Elle se retrouvait complètement seule avec elle-même et pensait au geste qu'elle détestait devoir poser. Y avait-il une autre solution ? Peut-être, attendre. Elle avait déjà trop attendu, les semaines, les jours, les heures avaient culbuté, et à force de remettre à plus tard, elle en était rendue à quatre mois et demi.

Elle tenait l'aiguille à deux mains. Elle se pencha en avant, la tête baissée comme une vieille qui porte toute une vie sur ses épaules et qui regarde la terre avant d'y retourner. La tige de métal lui brûlait les doigts et pourtant, ses mains étaient moites de sueur. Louise hésitait, tâtait la grande aiguille qui allait tuer son enfant et son sang se glaça dans ses veines.

Les tristes grenouilles, avec leur accordéon vert sous l'eau, adressaient une complainte à la lune. C'était le soir d'un beau jour et elle allait commettre un crime.

Louise fut prise d'une répulsion insurmontable au point d'en avoir le frisson. « Si plutôt, se dit-elle, je me jetais à l'eau et mourais avec mon petit. »

Elle dévissa la bouteille de piquette, renifla l'odeur et fit une grimace. Elle avala une petite gorgée, puis une autre. Au début, la boisson au goût désagréable tombait lourd dans son estomac. Après quelques gorgées, elle en éprouvait un dégoût qui lui donnait l'envie de vomir. Elle se força à boire encore. Quelle quantité fallait-il ingérer si elle ne voulait rien sentir ? Elle but encore jusqu'à ce que ses yeux deviennent troubles et qu'un nuage de fumée la coupe du réel. « Maintenant, il faut en finir une fois pour toutes », se dit-elle, l'âme déchiquetée.

Louise releva sa jupe, inspira profondément et ferma les yeux.

Caché derrière le bosquet, Chévaudier regardait fixement l'aiguille et y vit quelque chose de redoutable. Il sentit un serrement au cœur. Qu'est-ce qui le poussait donc à se mêler de la vie de Louise Picotte ?

Louise inséra lentement la longue aiguille dans son vagin puis sentant un obstacle solide, elle poussa avec force. Une douleur aiguë la traversa de bas en haut et ce fut comme si son corps s'était embroché. Un son sourd sortit de sa poitrine. « Han ! C'est fait ! » se dit-elle désolée.

Chévaudier sentit un élancement lui trouer le crâne, comme si c'était lui la victime. Il prit sa tête à deux mains et échappa un cri de terreur :

– Non ! Mademoiselle Louise, non !

Son nom ainsi prononcé, à cette heure obscure, en ce lieu isolé, fit sursauter Louise. On l'avait piégée. « Qui c'est ? » se dit-elle, en retirant doucement l'instrument de son corps. Un craquement la fit se retourner, mais l'esprit brumeux, elle ne pouvait distinguer la silhouette qui s'avançait vers elle. Elle sentit la panique l'envahir.

– C'est dangereux ces choses-là, murmurait l'arrivant, en lui arrachant la broche malfaisante.

Louise reconnut le petit engagé des Brien. Elle tendit la main pour reprendre l'aiguille, mais au lieu de lui remettre, Chévaudier la dissimula dans son dos et remonta en courant vers les terres. Elle lui cria, la bouche pâteuse :

– Ne te sauve pas, Chévaudier, reviens ! Il faut se parler. Rends-moi cette aiguille ! Elle est à ma mère. T'entends ?

Le garçon n'écoutait rien.

On prenait Chévaudier pour un innocent. Tout le monde le trouvait stupide, mais derrière son visage enfantin, tantôt effronté, tantôt sérieux, ce gamin cachait une honnêteté, une droiture d'esprit. Il en savait long sur la procréation. Maintes fois, il avait vu des animaux s'accoupler et sans cesse, il épiait les moindres gestes des amants de la place. Il avait assisté, quelques mois plus tôt, aux ébats amoureux de Louise et de son Anglais. À leur insu, il les avait vus de sa cachette, là, à deux pas, derrière les bosquets. Ensuite, avec les mois, la taille de Louise s'était légèrement épaissie. Il avait tout compris le gamin. N'était-ce pas sa propre histoire qui se répétait ?

Louise insistait, mais Chévaudier, révolté, s'en allait en criant :

– Il y a encore des portes où déposer les paniers. Vous irez brûler en enfer pour ce que vous faites.

Comme le médecin demeurait à bonne distance, le garçon courut avertir les Brien. On lui poserait des questions sur ses sorties tardives, on le sermonnerait, mais rien ne l'arrêtait. Il entra chez lui avec l'intention de réveiller madame Geneviève et lui raconter l'affaire. Il frappa à la porte de chambre de ses maîtres. Geneviève se leva et l'écouta relater les faits. Il lui raconta que des mois plus tôt, le couple se retrouvait sur la rive, mais ce qu'ils faisaient ensemble, il ne pouvait le répéter. La gêne l'en empêchait.

– Va avertir les Picotte. C'est à eux de s'occuper de leur fille. Et reviens vite te coucher. Je te pensais déjà dans ton lit. Je te défends d'ébruiter l'affaire. Ces histoires ne nous regardent pas.

* * *

Là-bas sur la rive, Louise sentait un peu de sang mouiller ses cuisses. Les paroles de Chévaudier revenaient hanter son esprit : « Vous irez en enfer. » Elle récita tout bas son acte de contrition. « Où est-il allé, celui-là ? pensa-t-elle. Peut-être tout raconter à gauche et à droite. »

Elle laissa tomber sa tête dans ses mains. Maintenant, elle pouvait se laisser aller et pleurer tout son soûl, personne ne pouvait l'entendre.

Elle attendait qu'il se passe quelque chose, que l'enfant s'expulse de son corps. Le sang coulait plus abondant entre ses cuisses. Tant de sang. Trop de sang. Si le bébé pouvait sortir au plus vite, elle retournerait à son lit. Une faiblesse et une lourdeur la gagnaient. C'était sans doute cette boisson qui lui montait à la tête. Un léger mal de ventre lui rappelait ses menstruations. Puis une douleur plus forte lui déchira les entrailles. Louise retint une grimace. Là-haut, dans le ciel noir, la lune se déplaçait lentement. Elle marchait vers l'ouest. Pas d'autre bruit que le coassement harmonieux des ouaouarons qui continuaient leur concert. Et le mal revenait. De brusques douleurs, comme des coups de poignard, traversaient son ventre. Il fallait sans doute payer pour son crime et effacer les traces du passé par ce moyen expiatoire.

Et le sang affluait. Les crampes la pliaient en deux. Elle criait, mais ses lamentations se perdaient dans la nuit. Sa vue faiblissait, la lune et les étoiles se brouillaient. Louise se tourna sur le ventre et tenta de ramper comme un enfant vers la maison, mais elle en fut incapable, son corps était si lourd. Ses bras et ses jambes n'obéissaient plus. Elle resta à plat ventre, clouée au sol pendant un temps indéterminé. Elle avait froid dans sa chair et dans ses os. Tous ses membres tremblotaient. Elle aurait dû prendre sa veste en cheviotte.

Louise déclinait, baissait, empirait. Après avoir tout espéré de l'avenir, d'Allen, sa vie s'en allait goutte à goutte. Elle allait mourir et personne ne s'en apercevrait. Sur le point de défaillir, elle s'efforça de crier : « Maman ! »

C'était pour rien ; sans ressort, sans force, aucun son ne sortait de sa bouche, que des bâillements répétés. Et le sang coulait, coulait.

Elle tomba dans un état d'épuisement extrême et tout devint flou dans son esprit. Son imagination en délire la transporta à Cardiff, un quelconque port peuplé de voiliers et grouillant de touristes.

* * *

Sur le quai de bois se trouvaient une foule de vendeurs ambulants, de commis voyageurs, de barils, de ballots de marchandises et de chiens errants qui flairaient des caisses de bois, à la recherche de denrées. Dans l'agitation de la foule, pour la plupart des Anglais, elle aperçut une tête qui dépassait toutes les autres. Un demi-sourire effleura ses lèvres. Puis l'eau du canal Bristol se changeait en sang, et dans le sang, le beau visage d'Allen se dessinait et rapetissait, rapetissait, jusqu'à disparaître.

* * *

Près d'elle une voix murmurait : « Allez-y doucement. On va la soulever et la déposer sur la civière. Vous, tenez-la par les pieds, je vais glisser mon bras sous sa nuque. Surtout, gardez le siège plus haut que la tête pour qu'elle ne se vide pas de son sang. »

Chévaudier, que la vue du sang effrayait, surveillait de loin, recroquevillé sur le sol. Louise n'avait plus besoin de lui, mais il craignait pour elle. Il s'effaça et laissa passer les porteurs.

« Louise va mourir », se dit-il.

Le cœur de Louise cessait de battre pour se rallumer ensuite, tel un tison qui n'en finit plus de s'éteindre. Ainsi sa vie et sa mort se battaient en duel. Soudain, tout devint noir et elle se sentit engagée dans un tunnel où tout au bout se trouvait une lumière éclatante qui l'attirait. Elle ressentit une chaude sensation de bien-être. Elle était plus légère que le vent. Puis elle revint brusquement à la réalité. À nouveau, tout lui parut dur et lourd. Elle se sentait ficelée à un brancard, comme une marchandise, et portée par deux hommes dont elle ne reconnaissait pas les voix. Elle aurait voulu qu'on la laisse en paix. Deux minutes plus tôt, elle avait ressenti un moment de bien-être et elle aurait voulu qu'il dure toujours.

Au loin, sa mère l'appelait. Louise répondait, mais ses lèvres bougeaient sans qu'aucun son ne s'en échappe. Quand elle ouvrit les yeux, tout n'était qu'ombres et profils. On chuchotait autour. Les murmures faisaient penser à une assemblée et, parmi ce débit, la voix étouffée de sa mère qui ne cessait de l'appeler. Que lui arrivait-il? Où se trouvait-elle? Plus de quai, ni voiliers, ni chiens, ni Allen. Elle tenta de s'agripper aux côtés du brancard, mais ses doigts n'obéissaient pas. Elle renonça.

Elle se mit à divaguer et à parler tout bas de choses qui n'avaient aucun lien jusqu'à ce qu'elle s'entende délirer une dernière phrase. De courts moments, elle revenait à elle pour sombrer à nouveau dans un état comateux. Puis ce fut la brusque réalité. Des brancardiers la déposaient sur un lit blanc dans une pièce étrangère et sa mère, la main sur son poignet, murmurait une prière du bout des lèvres. Louise s'inquiétait de ce qu'elle avait pu dire pendant son délire. Avait-elle parlé de l'enfant qu'elle portait? Était-il encore dans son ventre? Elle ne se souvenait pas de l'avoir senti passer. Quand elle apprendrait son geste criminel, comment réagirait sa mère?

Le médecin soupçonna aussitôt un avortement provoqué. Ses yeux anxieux devinrent très grands. Il décrocha d'une patère une blouse blanche qu'il endossa puis il savonna longuement ses mains.

— Il faut absolument arrêter cette hémorragie et pour y arriver, je vais commencer par lui administrer un coagulant. C'est un risque que je prends d'épaissir son sang, mais je dois tenter l'impossible.

Le médecin bravait le danger, mais où en serait la médecine si on n'acceptait pas un infime pourcentage de risques.

Le docteur Cazeneuve approcha prudemment une petite table chargée de flacons sur laquelle de l'eau bouillait sur un petit réchaud à gaz. Il recouvrit sa patiente d'un grand linge blanc aseptisé. Le soigneur se pressait. La fièvre montait et l'inquiétait. Il prit une seringue et la plongea dans l'eau bouillante, puis il déboucha un flacon, y enfonça l'aiguille et tira le piston. La seringue remplie, Cazeneuve s'approcha du lit, garrotta le bras gauche de Louise dans l'intention de faire saillir une veine. Il badigeonna la peau d'alcool, puis y enfonça obliquement l'aiguille. Il appuya doucement sur le piston et vida la seringue lentement.

Le père, l'esprit ailleurs, regardait fixement et durement sa fille. Cet écœurant d'Anglais l'avait bien eue. Il avait pris Louise et lui avait fait un enfant. Picotte se demandait depuis combien de temps ces relations duraient. Louise allait-elle s'en tirer? Sa rage n'avait pas de limite. Il s'en promettait : « Maudit Nicholson! Il me le paiera. Il ne perd rien pour attendre. »

Mais Nicholson demeurait sur un autre continent et Picotte ne connaissait même pas son prénom.

Il tenta de se contenir. Il fit quelques pas et retrouva un peu de maîtrise.

Le médecin expliquait :

– S'il reste des débris placentaires, il me faudra recourir au curetage. Ensuite, si l'hémorragie persiste, je devrai lui ouvrir le ventre et tenter de réparer les dégâts. Encore là, je ne réponds pas de la réussite. Maintenant, je dois perfuser ma patiente. Il faut absolument que l'un d'entre vous lui donne de son sang, sinon ce sera la fin. Je devrai piquer la veine du donneur et celle de la patiente afin de transfuser le sang de bras à bras.

Louise était aussi indifférente que si on parlait d'une autre patiente. Elle ne craignait ni l'opération ni la mort. Partir serait la meilleure solution.

En même temps, Charles et Nicolas présentaient un bras au docteur Cazeneuve. Charles refusa le concours de son fils :

— Laisse ! Je m'en occupe.

— J'aime mieux ça ; j'ai horreur des aiguilles.

Nicolas recula. Une sueur froide lui mouillait les tempes.

— Faites tout votre possible, docteur, suppliait Charles, il faut que ma fille s'en tire.

— Tu me reconnais, Louise ? Tu me reconnais ? insistait sa mère, les larmes aux joues.

Nicolas Picotte ne pouvait en entendre davantage. Il posa sa main gourde sur le bras de sa mère.

— Si vous n'avez plus besoin de moi, je vais vous attendre à côté.

— Vous, reprit le médecin, allez plutôt chercher le curé pour qu'il lui administre les derniers sacrements.

— Quoi ? L'extrême-onction ?

— Et que madame veuille bien prendre la chaise dans le coin.

Nicolas n'avait pas imaginé une seconde que la mort pouvait lui prendre sa sœur. Il comprit que le cas de Louise était très grave. Il sortit en vitesse, les jambes flageolantes.

Catherine, le cœur serré, se retenait de pleurer devant sa fille. Celle-ci avait le visage blanc comme une morte, la bouche douloureuse, les yeux vagues. La mère recula dans le coin de la pièce et tourna le dos à sa fille pour essuyer ses larmes quand elle s'entendit appeler.

– Maman !

– Docteur, docteur, ma fille revient à elle.

– Même si elle a des moments de lucidité, reprit le médecin, ça ne veut pas dire que votre fille est sauve. C'est encore trop tôt pour se prononcer.

Le curé entra en trombe. Appelé d'urgence aux petites heures de la nuit, il n'avait pas consacré de temps à l'élégance. Il portait sa vieille soutane luisante aux coudes râpés. Il passa devant les parents, trop pressé ou trop en colère pour saluer qui que ce soit.

Mais cette nuit, rien n'était assez vite pour la pauvre mère. Quand la vie de votre enfant est en jeu et que chaque minute est comptée, le temps prend une importance cruciale.

– Faites vite, Monsieur le Curé ! Notre fille est presque morte. Peut-être vos prières arriveront-elles à la sauver ?

Le prêtre regarda la femme sans un mot. Il sortit les huiles saintes et récita les paroles prescrites par le rituel.

Toute cette liturgie empêchait le médecin de poursuivre comme il aurait dû. Il avait besoin de travailler en paix. Sitôt les onctions terminées, il s'en prit au curé :

– Poussez-vous ! dit-il, bourru. Vous avez fait votre devoir, maintenant laissez-moi faire le mien.

Cazeneuve planta ses petits yeux gris dans ceux du curé et déversa toute sa hargne sur l'homme de Dieu.

– Vous, qui prêchez le cinquième commandement, qu'est-ce que vous faites du droit à la vie ? Tous ces enfants pourraient vivre. Si des jeunes mères désespérées comme celle-ci ont recours à des moyens extrêmes par crainte de représailles, c'est qu'on les traite comme des criminelles. C'est l'Église et la société qui sont les vrais responsables de ces morts qui ressemblent à des assassinats. Ça me révolte !

Le temps de se prendre aux cheveux était mal choisi. Le curé bouillait de colère. Il s'affairait à rassembler le crucifix, les huiles saintes et les cierges, sans lever les yeux sur le médecin.

Les filles-mères étaient un mauvais exemple pour les jeunes filles vertueuses, une tare pour les familles et toute la communauté paroissiale. Les accepter, c'était encourager l'immoralité. Maintenant les médecins allaient-ils se mêler de faire la morale ou plutôt, faire leur morale aux prêtres ?

– Laissez-moi m'occuper des âmes et gardez-vous bien d'intervenir dans le domaine de l'Église. Quand on est rendu au point de mépriser la religion, je me demande où s'en va la vertu !

– Je ne méprise pas la religion.

Le curé sortit en claquant la porte.

Catherine était sidérée. Elle n'avait jamais entendu quelqu'un manquer ainsi de respect à un prêtre. «Il faut, pensait-elle, que le docteur craigne fort de perdre Louise pour parler au curé sur ce ton.»

Après avoir retiré les aiguilles des bras, le médecin prit une tasse de ce qui ressemblait à une tisane, puis il souleva la tête de Louise, l'appuya sur son avant-bras et lui fit avaler le liquide de force en introduisant la cuiller entre ses dents serrées.

Il regarda les parents droit dans les yeux.

– Allez m'attendre à côté. Quand j'en aurai fini avec votre fille, je veux vous parler.

* * *

Dans la pièce attenante, Catherine chuchota à l'oreille de son mari:

– Je suppose que ce sera notre tour d'essuyer ses reproches. Allez savoir qui a tort, qui a raison. Quand le médecin et le curé s'affrontent, on sait plus très bien à quoi s'en tenir.

– Le docteur ne peut toujours pas nous rendre responsables des actes de nos enfants. L'important c'est qu'il sauve Louise.

Il ajouta:

– Et toi, t'as rien vu venir? Rien deviné?

– Le matin, elle vomissait, mais ce malaise n'a pas duré. Je n'ai jamais fait le lien avec l'Anglais. Si j'avais su que Louise était comme ça, elle n'en serait pas là, aujourd'hui. Ma pauvre fille.

– Si le jeune Chévaudier ne l'avait pas trouvée, elle serait morte au bout de son sang.

– Dis-moi donc par quel hasard le jeune Chévaudier se trouvait là, en pleine nuit?

– Il n'était peut-être pas seul. La rive est l'endroit privilégié des amoureux.

– Lui, amoureux ? C'est encore un enfant. J'ai ben peur qu'il aille éparpiller d'un bord et de l'autre ce qui s'est passé cette nuit. Il a toujours le nez fourré partout. Mais ce moins que rien est peut-être trop limité pour comprendre que Louise était en famille. Qu'est-ce qu'un gamin de cet âge connaît des choses de la vie ?

– Tu le malmènes un peu fort. Tu ne réalises pas qu'il vient de sauver la vie de notre fille ?

Catherine encaissa le reproche sans réagir.

– Tant qu'il ne portera pas atteinte à la réputation de Louise… Je ne serais pas surprise qu'il profite de la situation pour salir sa réputation.

– Je crois qu'il comprend beaucoup plus qu'on le croit. Quand il est venu me réveiller, Chévaudier m'a tendu la broche à tricoter et m'a dit comme ça : « Elle a choisi d'aller respirer ailleurs. » Si notre fille s'en sort, elle lui devra une fière chandelle.

La porte s'ouvrit sur le médecin.

– Je crois que votre fille va s'en sortir. L'enfant, un garçon, est arrivé mort-né. De toute façon, à quatre mois et demi de gestation, un fœtus n'est pas viable.

Ainsi, Louise apprit la triste fin de sa grossesse. Il était mort, mort son petit ange anglais. Ses parents étaient trop différents et il y avait trop d'eau entre l'Angleterre et l'Amérique.

Le médecin ajouta :

– Si les parents étaient à l'écoute de leurs enfants, combien de drames seraient exemptés.

– Que les prêtres et les médecins commencent par s'entendre, rétorqua Charles Picotte, ensuite, on tentera d'accorder nos flûtes en conséquence.

Louise entendait monter le ton entre le médecin et son père, mais de son lit, elle ne pouvait comprendre nettement les paroles échangées.

Catherine sentait un pressant besoin de parler à sa fille:

– Est-ce que je peux lui dire un mot, docteur?

– Allez! Seulement deux minutes et surtout pas de questions gênantes. Ne la forcez pas à parler. Elle doit ménager ses forces. Je vais la garder sous surveillance une nuit ou deux. Vous pourrez ensuite aller dormir tranquilles. Si elle saigne trop abondamment, je lui ferai un curetage. De ce fauteuil, je la veillerai sous la vieille lampe. Je ne la lâcherai pas d'un souffle. Au retour, votre fille n'aura pas besoin de remontrances, mais de soutien et de repos. Vous essaierez plutôt d'enterrer cet épisode de sa vie en n'en parlant pas.

Catherine ne trouva rien d'autre à dire à Louise que: «C'est ben triste ce qui t'arrive. Ton père et moi, on a eu ben peur de te perdre.» Tout en parlant, la mère serrait le poignet de sa fille.

XXI

C'était un bel après-midi ensoleillé. Domitille cueillait les dernières tomates du jardin. Son ramassage terminé, elle déposa son panier sur le perron et descendit à la rivière laver ses pieds boueux. Elle s'amusait à lever les pieds sous les cailloux de fond. La jupe relevée, tout en clapotant dans l'eau, elle fredonnait une chanson apprise de sa mère :

« S'il est des jours amers, il en est de si doux. »

En chantant, elle pensait à Raymond qu'elle désirait à pleins bras, à pleine bouche.

Elle ramassa quelques feuilles vêtues de leurs couleurs royales, des feuilles d'érable qui n'avaient jamais été aussi vivantes que mortes. Chaque automne, elle choisissait les plus colorées et les insérait entre deux pages de son livre. Elle n'en possédait qu'un seul et il avait les coins écornés et les pages froissées parce qu'elle l'avait relu maintes fois.

Soudain, un bruit, comme le craquement d'une branche qui casse, la fit se retourner vivement. Raymond s'approchait, une lueur scintillante au coin de l'œil. Domitille, surprise de le voir là, se tut net, mais tout en elle continuait de chanter.

— Vous ! s'exclama-t-elle.

— Attendiez-vous quelqu'un d'autre ?

— Non. Au bruit de branches, j'ai pensé que c'était un animal échappé, dit-elle de sa façon la plus coquine.

Raymond rit de sa drôle de mimique.

Elle s'approcha de lui.

– Regardez! On est seulement fin août et déjà, les feuilles changent de couleurs.

Raymond ne s'intéressait pas aux feuilles d'érable. Il contemplait sa figure d'ange, ses yeux purs, ses cheveux souples, ses seins naissants, sa taille fine, ses longues jambes. Il la trouvait jolie et pourtant, il ne le lui disait pas.

– Venez vous asseoir dans l'herbe. J'ai à vous parler.

Domitille ne se fit pas prier.   Il s'était tissé entre eux des sentiments solides et purs qui sont dans une vie non seulement une joie, mais une bénédiction. Cette passion restait secrète, bien qu'ils fussent sûrs l'un de l'autre, parce que leur amour avait mûri bien avant d'être avoué.

Le cœur de Domitille battait à tout rompre quand celui de Raymond était au plus calme. Calme et heureux. Elle le suivit dans un petit coin sec, protégé des regards par les broussailles. Raymond s'étendit dans l'herbe jaune et desséchée et Domitille s'assit tout près. Elle n'osait pas s'allonger contre lui. Avec Olivier, elle avait eu sa leçon. Et puis elle conservait un reste de pudeur.

Raymond caressait pudiquement ses cheveux, sa nuque, ses joues. Sa main ne s'aventurait pas plus bas que le cou. Domitille s'attendait à quelques privautés, comme des baisers, et elle lui permettrait bien aussi quelques caresses. Raymond pourrait au moins la tutoyer. Peut-être la trouvait-il repoussante?

– Je vous plais? dit-elle.

Il rit doucement.

– Je vous adore.

Raymond prit son visage entre ses mains. Il l'avait embrassée cent fois en rêve, mais il se gardait bien de le lui dire. Cette fois, ce fut bien éveillé qu'il entrouvrit ses lèvres et Domitille sentit le bout de sa langue sur la sienne.

Soudain, Raymond l'attira à lui et passa sa main carrée dans sa chevelure brune. Domitille s'abandonna. Les buissons secs et piquants l'incommodaient, mais les baisers l'empêchaient de parler. Quand Raymond desserra son étreinte, Domitille ne put s'empêcher de s'exclamer :

– Il y a un siècle que j'attendais ce moment.

De douces larmes mouillaient ses yeux parce que l'instant était grand.

– Pesez vos mots, mademoiselle. À vous entendre, je pourrais présumer que vous m'aimez.

Raymond la ramenait toujours à la réalité. Elle rit.

– Considérez, monsieur, que c'est entendu.

Raymond la demanda en mariage simplement. Il ne s'embarrassait pas de manières détournées.

– J'attendais tes quinze ans pour me déclarer.

Pour la première fois, Raymond la tutoyait.

– T'es en avance de quelques mois, avoua-t-elle un peu honteuse, je les aurai seulement le premier novembre. Mais c'est ben correct de même. Ce sera trois mois de plus de bonheur.

Ils se trouvaient seuls sur la rive. Domitille ressentait des battements de cœur, des pétillements de joie.

Elle demanda :

– Est-ce que tu m'aimeras toujours ?

– Voilà une drôle de question ! Peut-on aimer autrement que pour toujours ?

Domitille ne doutait plus de la sincérité de Raymond. Elle pourrait désormais rêver sans crainte de se désillusionner. Devant eux s'ouvrait un avenir plein de promesses.

Puis Raymond lui fit part d'un projet qu'il mijotait sans cesse ces derniers temps.

— Qu'est-ce que tu dirais qu'on loue la maison de Josine pour nos premières années de mariage ? Elle est abandonnée, mais avec un peu de travail, on pourrait la rafistoler.

— J'aime mieux m'installer tout de suite dans notre maison avec tes parents. C'est là que je veux vivre ma vie. Je m'arrange ben avec eux et ils me traitent comme une reine. Je ne demande rien de plus.

— Tu ne vas pas te trouver trop à l'étroit ?

— L'important dans tout ça, c'est qu'on ait une chambre à nous. Je sais me contenter de peu.

Ainsi quand son Raymond rentrerait de l'étable, il ne se tromperait pas de porte comme le faisait son oncle Albert. Domitille se rappelait sa tante Élizabeth qui, jeune mariée, tempêtait sans cesse parce que son mari se retrouvait plus souvent chez ses parents que dans sa propre maison.

— Si c'est ce qui te convient, ce sera comme tu veux.

— Tout ça, Raymond, ça ne t'excite pas ? Moi, je me sens transportée. Regarde, mes mains tremblent et je ne peux pas les arrêter.

— T'es trop émotive ; moi, c'est ma tête qui mène mon corps, pas mes sentiments.

Domitille le regarda mieux. Pourquoi lui disait-il tout ça ? N'était-ce pas lui qui avait éveillé en elle ces petits frissons délicieux, ces sensations agréables qu'on éprouve jusqu'au fond de l'âme et qu'on voudrait voir durer éternellement. Elle qui, depuis son aventure dans la chaloupe, se croyait vaccinée contre l'amour. Avec Raymond tout était si différent. Raymond l'attirait.

Raymond était un vrai terrien qui n'avait rien vu en dehors de son sol natal. Il avait le parler franc et direct de son père. Il était très différent d'Olivier. Ce dernier parlait comme écrivent les poètes ; pourtant, c'était Raymond avec ses grosses mains carrées que Domitille aimait. Elle ajouta :

— On peut s'endurcir au froid, au vent, au soleil, à la fatigue, mais pas s'endurcir le cœur.

— Dans ce monde, on ne fait pas son chemin avec les sentiments.

— Moi, je pense autrement, Raymond. Prends par exemple un bon geste, ça fait partie des sentiments. Quand Bergère a pris l'épouvante et que tu m'as portée dans tes bras, que tu t'es occupé de moi, c'est là que je suis tombée en amour avec toi. Les sentiments appellent les sentiments.

Domitille n'arrivait pas à toucher une fibre. Lui faire dire qu'il ne pouvait se passer d'elle était aussi difficile que lui réapprendre à parler.

Raymond ne ressentait pas le besoin d'exprimer tout haut ses émotions. S'il était là, c'était que ça allait entre elle et lui. Raymond l'écoutait, le haut du corps appuyé sur un coude, il mâchouillait une longue herbe en travers de ses lèvres souriantes. Il prit sa main.

— Tu chantes bien, dit-il, railleur.

— Tu te moques de moi, hein ? Il n'y a jamais moyen de connaître le fin fond de ta pensée.

Raymond était-il un dur à cuire ou peut-être son orgueil cachait-il un petit côté romantique ? Il n'avait pas ces élans d'amour qu'elle remarquait chez les autres couples. Avec lui, tout était réfléchi, raisonné. Domitille se rappelait qu'aux champs, son attention était toute à son travail et quand il la regardait, ce n'était pas dans le but de la conquérir, mais bien parce qu'elle se trouvait devant lui.

Il lui avait dit : « Je sais que tu seras une bonne épouse, capable de m'épauler. »

Domitille ne parlait plus. Qui était ce mal coiffé, aux mains sales, qui tenait si gentiment ses doigts et qui lui demandait de l'épouser ? Avait-il déjà, comme elle, ressenti cette attirance des corps ? En amour, le désir et les sens commandent. Et si elle le faisait attendre jusqu'à ce qu'il se jette à ses pieds et lui chante son amour sur tous les tons ? Elle se ravisa. Elle savait bien que ce serait pour rien. Raymond était lui-même et il le resterait. Après tout, c'était peut-être ce petit côté mystérieux qui l'attirait. « Je l'attendrirai ben avec le temps », se dit-elle. Puis elle pensa à Agathe qui disait de Jacques Gadiou : « Il changera une fois marié. » Elle aussi en était rendue à penser ainsi. Domitille, remplie d'amertume, ne parlait plus.

Raymond prit son menton dans sa main.

– T'as l'air toute bouleversée.

– On se connaît si peu.

Il embrassa le bout de son nez.

Elle aimait Raymond et lui disait l'aimer ; qu'attendait-elle de plus ? Raymond ne voyait aucune utilité aux petits mots doux. On les chantait dans les soirées et ça lui suffisait.

Derrière eux, il se produisit un «pif, pif» dans les branches. Et le charme secret tomba. D'un élan, Raymond sauta sur ses pieds. Il se retourna et chercha autour de lui. Il aperçut entre les arbustes rabougris un gamin qui courait les talons aux fesses et qui se laissa tomber sur les mains et les genoux pour ramper dans le saut-de-loup.

Le saut-de-loup, on s'en souvient, limitait le terrain qu'Olivier désirait tant pour construire une maison.

Raymond cria:

– Fiche-moi le camp d'ici ou ben tu vas avoir mon pied là où tu t'assieds.

Chévaudier mit le pied dans une horrible saleté, comme un énorme caillot qui croupissait dans le ruisseau obstrué. Recroquevillé sur lui-même, le gamin ne bougeait pas.

Raymond s'allongea de nouveau aussi calme que si rien ne s'était passé.

Domitille s'assit tout contre lui, encercla de ses bras les genoux relevés de Raymond et y appuya la joue.

Raymond ne bougeait pas pour que dure son plaisir de sentir le corps de Domitille s'apprivoiser agréablement au sien.

– Ce diable de Joseph, il est partout.

– T'aurais pu au moins lui demander ce qu'il veut.

– Je le sais trop bien. Il est curieux comme une belette.

Ce colporteur de nouvelles, sournois et indiscret, s'immisçait dans toutes les situations. Son passe-temps favori consistait à fureter dans tous les coins avec l'intention de découvrir des secrets qu'il brûlait de divulguer et aussitôt, ses ragots prenaient le rang et sautaient de perron en perron.

– Je te gage qu'il connaît la vie privée des gens de la paroisse au complet.

Chévaudier n'attendit pas longtemps. Au bout d'un moment, comme sans mémoire, il se glissa sur les genoux et sortit de l'espèce de fossé où il s'était caché. La curiosité le ramenait sur les lieux. Il s'approcha plus prudemment cette fois et demeura accroupi sur l'herbe. Il lui semblait impossible que les amoureux n'entendent pas sa respiration. Il tendit l'oreille.

On parlait de lui. Domitille s'informait à Raymond :

– Tu sais d'où il vient ce garçon ?

– On nous a toujours dit qu'il était orphelin de père et mère. Plus jeune, on avalait cette histoire, mais aujourd'hui, je crois plutôt qu'il vient d'une fille-mère.

– Ma tante Jeanne dit que les trois quarts du temps, ces enfants viennent de quelque cousine ou nièce de la famille et que ces filles mères sont traitées plus durement que des criminelles. Même la faute des aïeux de lignée éloignée ne s'efface jamais. Elle dit aussi que, de tout ce calvaire, la pire douleur est de se séparer de son enfant.

– Ta tante te parle de ces choses ? Chez nous, jamais ! C'est le silence total. Un mystère entoure les naissances.

– Ta mère craint peut-être de se faire poser des questions gênantes. Elle sait peut-être qui est sa mère.

– Maman a toujours dit qu'il a été déposé en pleine nuit à notre porte. Ces histoires-là, on raconte ça aux enfants. Mais comme je connais maman, elle ne parlera jamais, surtout qu'entre Brien et Chévaudier, c'est du tissé serré. Par contre, si j'en crois mon instinct, les Chévaudier auraient patte blanche dans cette affaire. Donner leur nom au petit aurait été trop évident.

– Ma tante Jeanne dit qu'on aura beau taire ces choses-là, les gens jasent tout bas en cachette. Peut-être que la mère du petit Joseph est plus proche parente avec toi que tu le crois. En bout de ligne, il n'y a pas une fille qui va vouloir marier le petit Joseph. C'est malheureux.

* * *

Derrière le bosquet, le cœur du petit Joseph battait fort dans sa cage. Il prit sa tête à deux mains. Il lui fallait assimiler l'heureux secret qu'il venait d'entendre. Lui qui se croyait personne. Était-ce possible qu'il fasse partie de cette belle famille? À moins que sa mère soit une Quennel, une parente du côté de madame Geneviève. Mais ce nom de Chévaudier? Autrefois, ça lui semblait naturel de porter un nom étranger; il subissait les événements. Mais avec l'âge, il se comparait aux autres. Ailleurs, dans une même maison, les enfants portaient tous le même nom. Il questionnait. On lui répondait qu'on l'avait trouvé sur le perron. Et les autres, Sophie et Isabelle, on les avait trouvées aussi? Il restait sans réponse. Par la suite, il lui arrivait de se demander ce qui le retenait chez ces gens. Il avait bien pensé fuguer, mais comme il ne savait où aller, il restait. Dans cette maison, il y avait au moins quelqu'un pour demander: «Qui c'est qui veut une crêpe?» Même qu'au besoin, madame Geneviève lui donnait des petits pruneaux pour lui lâcher le ventre et à la moindre toux, elle le bourrait de sirop pectoral. Chévaudier tirait vanité des secrets qu'il détenait. C'était la seule manière qu'il avait trouvée pour se sentir quelqu'un. Maintenant, il avait son secret à lui et il ferait tout pour faire la lumière sur sa naissance. Il observait et écoutait attentivement pour ne rien manquer d'intéressant.

* * *

– Qu'est-ce qu'il va devenir ? s'informa Domitille ?

– Je ne sais pas ! Il va continuer d'aider sur la ferme comme avant. Il fait partie des biens, donc de mon héritage.

– Je l'aime ben ce gamin. Il a beau fureter un peu partout, il n'est pas méchant pour deux sous.

Domitille passa une main dans ses cheveux et rejeta sa tête en arrière. Elle retrouvait sa mine enjouée, son rire sonore. Soudain sa voix prit une intonation tendre.

– Je voudrais rester ici toute la nuit. Je suis trop bien avec toi.

– On n'est jamais trop bien avec quelqu'un.

– Tu ne me croiras pas, mais à la fête de la grosse gerbe, quand t'as pris ma main, mon cœur battait si fort que je me suis dit que tu le sentais se démener dans ta main. J'ai commencé à vivre quand je t'ai connu. Si je me laissais aller, je t'embrasserais.

Ils échangèrent un regard infiniment tendre et il se produisit entre eux un rapprochement de l'âme, une complicité charmante. Le timbre de voix de Raymond se fit plus grave.

– Ben, laisse-toi donc aller.

Raymond l'attira à lui, entoura ses frêles épaules de ses bras puissants, roula sur elle et l'embrassa à pleine bouche. Ses baisers avaient l'odeur de l'herbe. Domitille ferma les yeux.

Ils passèrent une heure ensemble. Quand ils se quittèrent, le tonnerre roulait à l'ouest.

Dans les broussailles, Chévaudier pensait à Aglaé.

* * *

Chévaudier se rendit à la chède à bois, un petit coin pépère, fréquenté de lui seul où il s'évadait dans son monde restreint ; comme si le hangar était sa maison et les objets sa famille.

C'était un refuge où il traversait les mauvais jours, sans trop en sentir le poids, et où il se sentait complètement chez lui. Personne d'autre ne mettait un pied dans ce hangar. Qu'est-ce qui aurait pu les attirer là si ce n'étaient un baril de bois qui servait aux salaisons et une cuve en tôle galvanisée pour les ablutions ? Chaque jour, le garçon fendait du cèdre en éclisses pour allumer le feu, il cordait et rentrait le bois, balayait la place.

Chévaudier laissa la porte ouverte pour inviter les rayons du soleil, les rayons d'espérance, à entrer dans son refuge et lui remplir l'âme d'une lumière agréable comme un rire intérieur, comme le sourire d'Aglaé Perreault.

Il s'assit en plein dans la bande lumineuse sur une grosse bûche d'érable, l'esprit confus de ce qu'il venait d'entendre. Un bouillonnement échauffait son cerveau. Il entretenait l'espoir insensé de retrouver sa mère.

Tout en tentant de se concentrer, Chévaudier s'amusait à faire pivoter la hache sur son manche. Il ne parvenait pas à démêler ses pensées pas plus qu'il ne réussissait à donner l'équilibre à la hache. Il avait toujours cru qu'il n'avait pas de mère, comme s'il avait pu tomber du ciel comme un flocon, mais après son indiscrétion, il était convaincu d'être né d'une fille-mère, d'une parente comme disait Domitille.

Il tenta de reculer le plus loin dans ses souvenirs.

* * *

Tout petit, il surnommait Isabelle « Belle », et ensuite, tous ses frères et sœurs adoptèrent ce gentil raccourci. Et si Isabelle prenait la berçante, le petit Joseph grimpait sur ses genoux et disait :

— Belle, raconte-moi mon histoire.

— Tu la connais par cœur. Je te l'ai répétée pas moins de cent fois.

Mais le gamin la suppliait et Isabelle recommençait. Souvent le petit Joseph s'endormait avant la fin.

Du plus loin que le petit Joseph se souvienne, seules Sophie et Isabelle avaient bercé ses jeunes années. Monsieur Brien, jamais. Il le nommait le petit engagé. On le reprenait chaque fois qu'il disait papa ou maman pour monsieur ou madame. Et quand il posait des questions à madame Geneviève sur son nom de famille, celle-ci se dérobait adroitement. Il commença à prendre ses distances. Vers l'âge de sept ans, il comprit qu'il n'était pas complètement chez lui.

Maintenant, depuis sa récente indiscrétion, le bonheur l'étouffait. Il n'en revenait pas de faire partie de la belle famille des Brien, sa famille, et il en tirait une juste fierté, une dignité. Il se sentait davantage chez lui dans cette maison, la sienne. Dire qu'il se croyait un rejet de la société, qu'il se disait né pour les commissions. Il laissa tomber la hache à ses pieds. Il devait côtoyer sa vraie mère et sans doute l'avoir vue maintes fois sans savoir qui elle était. Il demeurait là, extasié, le visage fendu par un sourire de bonheur. Il avait maintenant une famille où planter ses racines. Ce soir il se regarderait dans la glace pour découvrir à laquelle de ses tantes il pouvait le plus ressembler.

Les coudes sur les genoux, Chévaudier pensait aux lamentations de Louise qui appelait Allen, sa mère et son petit. Ce soir-là, sur la rive, il avait tout vu, tout compris. Louise s'était débarrassée de son enfant tandis que sa mère lui avait laissé la vie sauve. Par la suite, il était tombé entre les mains d'une bonne famille. Comment, pourquoi? Il n'en savait rien. Les Brien ne le maltraitaient pas. Ailleurs, d'autres enfants de sa condition étaient menés à coups de pied. On le nommait l'engagé, pourtant personne ne le forçait à travailler ni aux champs ni à l'étable. On le laissait libre de suivre les autres quand bon lui semblait. Ses seules tâches étaient de lever les œufs et de remplir le coin à bois, deux fois par jour par gros froids, et une fois par jour en été pour permettre à madame de cuire les repas. Cette responsabilité l'avait amené à se retirer au hangar où, à cœur de jour, il s'amusait avec des planches et un marteau.

Louis-Michel Brien ne le reprenait que rarement et lui laissait une grande liberté, un peu comme un chat lâché dans la nature. Le petit Joseph avait un jour entendu le curé lui recommander: «Ne le gâte pas. Ces enfants du péché, il faut les laisser pâtir un peu.» Sur ce, Louis-Michel avait répondu carrément: «Je le considère comme le mien.»

Le garçon arrivait à ne pas être trop malheureux. On lui donnait le nécessaire, mais pour l'estime, un gros zéro. Si une voix le reprenait, il s'en trouvait toujours une pour contredire; ainsi, le petit Joseph ne savait plus à qui obéir. Raymond et Olivier avaient tout; lui rien. Il se sentait mis au rancard comme les clous rouillés et tordus qu'il s'amusait à arracher et à redresser au cas où ils pourraient servir à nouveau. Et s'il ouvrait la bouche pour donner son opinion, on lui clouait le bec, sauf bien sûr quand il livrait des secrets intéressants, et il en détenait une banque.

Il décida que dorénavant, même si personne ne connaissait ses origines, il marcherait la tête haute. Quelle heureuse journée que celle-ci! Pour comble, il apprenait que la belle Domitille l'aimait bien. Raymond, le chanceux, venait de la demander en mariage. La seule consolation de Chévaudier était que Domitille allait bientôt vivre dans la même maison, partager la même table et coucher sous le même toit.

* * *

Les trois mois précédant son mariage, Raymond passa le plus clair de son temps chez les Perreault. Puis, un jour, il se décida à faire la grande demande.

Joseph avait un sourire tel que Raymond ne put douter de sa réponse. Mais l'homme prenait un malin plaisir à le faire patienter.

– Vous ne la trouvez pas un peu jeune ?

Raymond joua le jeu.

– Si l'âge est un défaut, avec le temps, ça va lui passer.

– Je vous trouve ben pressé. Ma fille n'a pas encore commencé son trousseau. Elle n'a que quatorze ans. Je me demande même si elle a eu ses mois.

– S'il le faut, je patienterai. Pour ce qui est de son trousseau, elle n'aura besoin de rien ; on a tout ce qu'il faut à la maison. Vous savez, votre fille ne pourra pas trouver meilleur mari que moi.

– Jeune homme, ce n'est pas la modestie qui vous étouffe.

– En effet, monsieur ! Mais vous n'avez pas encore répondu à ma demande et je suis fatigué d'être à vos genoux.

– Ma fille ne vaut-elle pas quelques douleurs ?

– Certes monsieur, mais je préférerais souffrir debout.

– Eh ben, relevez-vous mon futur gendre. Je vous accorde ce que j'ai de plus cher. Vous avez ma bénédiction.

– Je savais ben que nous finirions par nous entendre.

Et Raymond ajouta, fier comme un paon :

– Comme ça, le nom des Brien va continuer sa marche.

Dissimulée derrière la porte, Domitille s'amusait de leurs réparties. Raymond avait une façon de pousser son père à la tendresse. Et ce dernier avait dans ses ripostes quelque chose de si bon, si doux, si paternel.

Elle pointa le nez dans le salon.

— Avez-vous fini de jouer au plus malin ? dit-elle.

Joseph appela sa femme.

— Raymond vient de me demander la main de notre fille. Tu vas perdre une aide précieuse.

— Qu'ils se marient au plus vite ces deux-là que je dorme tranquille, ajouta Rose, taquine.

— Maintenant, ma Rose, apporte ma boîte de cigares en bois. On va aussi déboucher une bouteille de vin au bonheur de nos enfants. À moins que notre futur gendre ne boive que du lait ?

— Pour l'occasion, j'accepterais volontiers du vin.

Les deux hommes burent chacun leur tour au même goulot.

* * *

Raymond posa un double de planches sur les murs afin de réchauffer les pièces du haut. Il savait que cet ajout serait insuffisant à leur confort, mais il espérait tout de même gagner quelques degrés de chaleur. Pour cet automne, ça irait, mais l'hiver venu, il leur faudrait dormir sous une peau de buffle.

Geneviève prépara une chambre sous le toit pour le jeune couple. Elle choisit la pièce côté sud avec sa fenêtre au soleil du midi.

Elle frotta le parquet et brossa les rainures avec un soin particulier. Puis elle s'entêta à garnir le vitrage d'un vieux rideau de dentelle sorti des boules à mites et cent fois reprisé. Au bas, les dentelures étaient effilochées. Comme Geneviève ne possédait pas de petit métier portatif, elle piqueta son tissu avec des épingles sur un carton dur et, à l'aide d'un crochet infiniment fin, elle rejoignit délicatement les fils tout en conservant l'aspect ajouré. Elle mit deux jours à redonner au tissu son aspect de neuf. Les vitres lavées et les rideaux installés, elle revêtit ensuite le lit nuptial d'une courte-pointe à pointes folles, bariolée de couleurs les plus voyantes.

Geneviève s'appuya au chambranle de la porte et admira la pièce. La fenêtre, avec son rideau de guipure écrue, donnait une allure charmante à la chambrette. Le soleil jouait à travers le tissu ajouré de capricieuses mignardises et répétait sa dentelle sur le sol. La petite Perreault serait bien reçue chez elle.

XXII

L'automne agonisait. Des nuées couleur d'encre envahissaient le ciel comme des fantômes et s'affaissaient en sueurs froides. Bientôt la terre serait ensevelie d'un linceul blanc.

Pour le lendemain, jour de son mariage, Domitille espérait une belle neige blanche qui serait la première de la saison. Avant d'aller dormir, elle suspendit son chapelet à la corde à linge.

Sa prière fut exaucée au-delà de toute attente. Le matin du grand jour, les nuages avaient déserté le ciel et Dame Nature avait revêtu ses parures de reine. Les arbres, du tronc jusqu'aux plus fines ramilles, les maisons du rang et le sol, étaient revêtus d'une superbe couche de cristal que le soleil argentait comme une poudre de diamant. Toutefois, le sol recouvert d'une glace vive était extrêmement redoutable. Joseph Perreault saupoudra de cendre le perron, les marches et l'entrée glacés afin d'éviter les chutes.

* * *

Le bedeau, la soutane noire tachée de cire, tirait les câbles avec une ardeur exubérante. Et sonnaient les cloches, les belles cloches de L'Assomption. Elles battaient à tout rompre et c'était comme si le cœur de la paroisse battait aussi à grands coups.

Il y avait sur la place de l'église un délicat tapis de verre très fin et sous chaque pas, l'herbe craquetait comme du sel dans le feu.

Au ciel, un mariage d'oies sauvages piquait vers le sud. Les bernaches applaudissaient des ailes, à tout rompre. Les unes claironnaient: «Couac, couac, couac», les autres trompetaient de fausses notes en claquant du bec et en grelottant des ailes: «il fait froid, il fait froid, froid, froid!»

En bas, toute la noce aussi grelottait et claquait des dents dans l'air vif et piquant du petit bourg de L'Assomption.

Le parvis de l'église était comble de visages connus. La paroisse presque au complet était présente au mariage. Dans l'attente frileuse, on s'étonnait de la lenteur de l'escorte nuptiale.

Plus personne aux labours. On laissait dormir la terre en paix. Le meunier avait fermé son moulin pour la journée. Pierre Turgeon, le maître-chapelier, n'avait gardé qu'une employée et avait libéré les cinq autres pour la journée du mariage. Le patron était bien conscient que lorsque tout le monde est à la noce, les boutiques vivotent. Mademoiselle Martel suffirait donc à la demande. Elle occuperait son temps mort à rouler des bords de chapeaux. Les autres commerces étaient cadenassés.

Dans l'écurie, toutes les stalles étaient occupées et des voitures étaient alignées aux deux côtés de l'église. À l'extérieur, chaque bête était abriée d'une robe de carriole en peau de buffalo et immobilisée par un poids en fonte attaché à son mors.

Enfin, la foule entendit un bruit de grelots vibrer au vent du matin. Le cabriolet tout enrubanné s'arrêta devant les grandes portes de l'église. Un frisson secouait la bête.

Joseph Perreault descendit le premier. Même s'il était un homme modeste, il se flattait de servir de guide à sa fille. Rouge comme un coq, sous son chapeau en tuyau de poêle, il tendit une main rassurante à Domitille qui patientait debout dans la voiture. Joseph faisait tout son possible pour cacher ses manières rustres.

– Attention au marchepied!

Domitille se laissa glisser dans les bras de son père.

Les assistants, désireux de voir la jeune beauté de quatorze ans, se pressaient, étiraient le cou, se juchaient sur le bout des pieds. On oubliait le froid. Domitille distribuait des sourires à gauche et à droite. Elle était si touchante, si jolie. La foule eut un moment d'attendrissement. Les yeux s'embuaient et les gorges se serraient d'émotion.

Puis, un murmure d'admiration traversa la foule en voyant Domitille s'avancer majestueuse dans tout l'éclat de sa beauté. Elle portait une robe en crêpe georgette et un mantelet à capuchon de ton cuivré. Elle conservait son petit air réservé, mais on pouvait voir plein de soleil dans ses beaux yeux.

Sitôt la mariée arrivée, les invités ne se firent pas prier pour entrer dans l'église. Le plancher craquait sous les pas. Une vieille femme qui faisait son chemin de croix à genoux se signa et regagna vivement son banc.

Raymond attendait au pied de l'autel. Il fallait le voir, raidi dans son col empesé, la cravate au cou bien nouée. Il portait une longue veste croisée où un mouchoir brodé dépassait le gousset. Quoique très ému, il affectait la plus grande sérénité.

Au premier rang se tenaient les marguilliers. Puis venaient les familles Perreault et Brien. Derrière eux, Joseph Chévaudier, l'engagé, qui n'avait d'yeux que pour Domitille. Dans les bancs suivants : le docteur Cazeneuve et sa dame, le notaire Chagnon, le caporal de milice, Basile Papin, la servante du curé, le cordonnier, l'épicier, Monsieur Brouillet, Amable le ramancheur, qui conduisait Josine dont le ventre bombait la mante, et quelques autres commerçants. Il y avait bien sûr la parenté, les voisins, un essaim d'enfants et même le fou du village qu'on appelait le Cayen. S'ajoutaient aussi quelques curieux, venus admirer la mariée, la plupart des amoureux timides qui n'avaient pas osé se déclarer et qui s'entêtaient à la trouver belle. Ils contemplaient la jeune mariée avec une attention goulue.

Louise Picotte, un nœud au ventre, se laissa tomber dans le banc de famille avec un air d'abandon et de tristesse.

À l'autel, le bedeau allumait les cierges.

Olivier entra le dernier. Il trempa le bout des doigts dans le bénitier et se signa rapidement. Le garçon pétri d'amour-propre avait perdu son air arrogant. Comme il se dirigeait vers un banc libre, il aperçut Louise assise en solitaire sur la banquette devant le confessionnal. Elle avait maigri. Les os de ses épaules pointaient sous sa robe. Olivier s'assura que les parents de Louise occupaient un autre banc. Il les aperçut dans la grande allée ; ainsi il ne risquait pas d'être délogé. Il pencha son long corps vers la jeune fille et posa une main sur son poignet.

Louise ne semblait nullement troublée par l'intérêt qu'Olivier lui portait tout à coup. Elle ne se demandait pas pourquoi le frère du marié n'était pas dans l'allée centrale avec sa famille. Elle savait.

Il chuchota à son oreille :

– Vous attendez quelqu'un ?

– Non, il ne viendra plus.

– Je peux m'asseoir, là ?

Louise parut hésiter puis elle se poussa avec son sac en étoffe chinée et ses gants tout au fond de la banquette.

Olivier fléchit légèrement le genou et entra dans le banc. Tout le temps que dura l'office, tous deux pensaient, chacun de leur côté, à ce qu'aurait pu être leur mariage raté.

Louise glissait un ongle dans l'étroit sillon des initiales incrustées un an plus tôt sur le petit prie-Dieu. Et le rêve la reprenait. Amour, douleur, espoir se confondaient.

Elle n'entendit pas Domitille et Raymond échanger leur consentement et c'était bien ainsi parce que tout l'agaçait ; même la joie et la gaieté l'irritaient. Secrètement, c'était l'agonie dans son cœur. Toutefois, à la sortie des nouveaux mariés, une larme qu'elle ne put retenir roula sur sa joue blême. Domitille était bel et bien mariée et naturellement avec le garçon de son choix. Louise ne lui en voulait pas, loin de là, elle aurait aimé partager son bonheur ; mais pour partager il faut d'abord posséder et Louise n'avait que sa tristesse à dispenser.

Afin de ne pas attirer les regards, Louise se faufila comme une voleuse entre les invités et se rendit à l'écurie derrière l'église. À la troisième stalle, elle monta dans la voiture et attendit sagement ses parents. Les chevaux piétinaient, s'ébrouaient et battaient de la queue, impatients. La pièce, malgré l'air froid, exhalait une odeur infecte de crottin. Louise faisait des efforts pour vomir, mais comme elle n'avait rien sur l'estomac ; ses haut-le-cœur n'avaient d'autres effets que de lui arracher l'eau des yeux.

* * *

Allen quitta l'hôtel de Jimmy Wright et se retrouva dehors, les tempes battantes. Le froid lui faisait du bien. Plus tôt, l'avant-midi, le jeune homme s'était rendu chez les Picotte où il avait trouvé une maison vide. Cette fois, il s'informa à un gamin qui s'amusait entre deux commerces. Celui-ci lui répondit qu'il la trouverait probablement à la noce. « La noce », pensait Allen. Et si c'était Louise, la mariée ? Elle n'a jamais répondu à mes lettres. »

– Quelle noce ? insistait Allen, rongé par l'inquiétude.

Le garçon secoua les épaules.

– Dans le Haut-de-L'Assomption.

Allen le remercia et se rendit chez le maquignon. Pour la deuxième fois, ce même jour, l'Anglais louait un cheval au marchand.

Encore une fois, le rang était mort, sauf chez les Perreault où il aperçut dans la cour de l'étable plusieurs voitures enrubannées. Tout le rang devait être là, y compris Louise. Seule ou accompagnée ? Et si elle le repoussait ? Il resta là, sur le perron, à sentir son cœur battre à une vitesse inquiétante.

* * *

Les tables aboutées traversaient le salon, la salle à manger et la cuisine. Olivier et Louise étaient les seuls à ne pas s'approcher. Rose se glissait entre les invités, déposait les plats devant eux, léchait ses doigts et les essuyait sans cesse sur son tablier brodé; une manie chez elle dès que ses mains étaient inactives. Rose aperçut Olivier et Louise qui se tenaient à l'écart. Comme tout le monde, elle connaissait leur échec amoureux. Elle les pria d'approcher. Louise ne bougeait pas. Olivier jeta un regard de son côté et remarqua son teint encore pâle et livide de sa maladie. Ses cheveux tombaient en cascade sur ses épaules et semblaient trop lourds pour sa frêle constitution. Le soleil entrait doucement par la fenêtre et colorait sa crinière de reflets roux.

— Venez manger près de moi, l'invita gentiment Olivier.

Louise obéit. Il fallait bien finir par s'asseoir quelque part. Ils s'installèrent au bout d'une table remplie d'enfants. Ils tournaient le dos à la fenêtre qui donnait sur le perron. Rose déposa une pleine louche de potage aux légumes dans leur bol. Olivier laissa la femme s'éloigner un peu, puis il posa une main sur le poignet de Louise.

— Vous savez, Louise, je suis au courant de tout.

— De grâce, taisez-vous!

— S'il y a des misères que je peux soulager, je me mets à votre disposition. Vous voyez, je ne supporte pas de vous voir souffrir.

Toutes ses belles paroles n'étaient que pitié. Olivier ne pouvait l'aimer quand leur cœur à tous deux était déjà pris ailleurs. C'était simplement un retour de sympathie.

— Vous êtes ben aimable, mais laissez-moi. On a chacun sa destinée sur terre : la mienne, vous ne pouvez la changer ; personne ne le pourrait. Je ne suis pas née pour être heureuse. La vie ne veut plus, voilà tout ! C'est fini.

— Non, ce n'est pas fini. Vous serez heureuse. Vous verrez ! Vous et moi, dit-il, on est pareil, on est seul. Vous savez, je connais cette griserie de l'âme. On dit qu'avec le temps, on oublie. Il faut se résigner, accepter ce qu'on ne peut changer et continuer. Que voulez-vous, on ne peut pas forcer les sentiments de l'autre.

Louise renifla son assiette, mais n'y toucha pas.

— Mangez donc, Louise ! Vous ne trouvez donc rien à votre goût ?

Elle répondit « oui », mais ça lui était égal comme le reste.

— Vous n'allez pas vous laisser mourir ? Tenez ! Ça me fait penser…il faut que je vous raconte.

Olivier s'arrêta un moment de manger. Il appuya ses avant-bras sur la table et rapporta un fait piquant, sans n'omettre aucun détail :

— Un soir, au collège, les pensionnaires finissaient de souper en silence, quand, tout à coup, Émile, mon voisin de table, cessa net de manger. Émile était un petit être chétif, presque un enfant, aux bras et aux jambes fluets et qui parlait peu. Il me regarda un moment avec des yeux chiasseux et, pouf!, son corps s'affaissa sur la table, les bras étendus, comme une chemise mise à sécher sur l'herbe. Je l'ai secoué. Je l'ai appelé, j'eus beau crier, rien. Il était mort, mort à quinze ans. Je me suis dit : pourquoi lui ? Pourquoi pas moi ? La vie est injuste. Mon confrère voulait peut-être vivre, lui, quand pour moi la vie n'avait plus de sens. Mais on ne pouvait échanger notre heure dernière. En m'entendant crier, les autres pensionnaires avaient tous figé. Ils me fixaient, sans faire un geste, comme si j'étais le seul responsable de mon voisin de table. Le surveillant me fit signe de le monter au dortoir. J'ai soulevé le corps de mon confrère, je l'ai porté sur son lit et j'ai remonté le drap sur sa tête. J'ai fait un bout de prière, oh! bien court, vous imaginez. Il m'en a fallu du courage. La sueur me coule encore sur le front, rien que d'y penser. Le surveillant m'avait suivi sans que je m'en rende compte. Il m'a fait signe de les laisser. Je ne me suis pas fait prier. Vous allez me trouver fou. Dès que je me suis retrouvé seul dans le corridor, j'eus une peur bleue que le mort m'apparaisse.

Louise, dont les traits du visage étaient tendus, écoutait attentivement son histoire macabre ponctuée de soupirs quand, au même instant, les enfants sortirent de table et dérangèrent leur attention.

Olivier toucha le bras de Louise.

– Ce n'est pas tout. Vous voulez sans doute savoir la fin de cette histoire. J'ai descendu à l'épouvante un petit escalier raide à rampe de fer qui criait sous mes pas et je me suis enfin retrouvé au réfectoire. Les étudiants mangeaient en silence. Moi, je n'avais pas faim. J'avais le cœur en compote. Je regardais mes confrères terminer leur repas quand le surveillant, derrière moi, toucha mon épaule et me chuchota à l'oreille: «Allez! Terminez votre repas! Monsieur Émile s'est seulement évanoui.»

Olivier ajouta:

– Aujourd'hui, cette anecdote me fait rire. Qui nous assure que plus tard, la blessure guérie, nos déboires ne nous paraîtront pas anodins ?

– Je vous trouve ben optimiste.

Les propos d'Olivier n'arrivaient pas à convaincre Louise. Olivier Brien pouvait bien parler, mais de là à comparer ses souffrances aux siennes ; il y avait des limites. Que savait-il d'elle ? d'eux ? L'amour qu'elle portait à Allen, même s'il était solidement enraciné dans son cœur, n'était rien en regard de la perte de son enfant à qui elle avait défendu de voir le jour. Elle l'avait assassiné avant même de voir son visage. Elle lui avait coupé le soleil, la lune et les étoiles et maintenant, elle en bavait de regrets. Mais on ne raconte pas ces choses laides, on les garde pour soi, on en meurt à petit feu.

Louise céda sans honte à sa peine, mais ses légers reniflements ne durèrent pas. Olivier posa une main sympathique sur son avant-bras.

Ces deux êtres retrouvaient dans leur chaude amitié un certain courage. Ils n'étaient pas seuls. Il leur arrivait de flancher au même endroit, de souffrir en même temps du même mal, toutefois, aucune passion amoureuse ne les unissait. On ne fonde pas son avenir sur deux malheurs.

Au fond, Olivier laissait sa peine en veilleuse dans le seul but d'encourager Louise.

– C'est que vous, comme moi, ne pouvons forcer le destin. Il ne reste qu'à s'incliner et laisser du temps au temps, comme dirait mon père.

Gênée de lever les yeux, Louise ajouta d'une voix neutre qui la trahissait :

— Vous parlez comme un sage, mais arrivez-vous à oublier?

— Non, bien sûr que non. Pour vous, la blessure est encore trop fraîche. Tant qu'à moi, j'ai un peu d'avance sur vous; Domitille ne m'a jamais aimé. Je l'ai toujours senti, mais je ne voulais pas y croire, je m'entêtais dans mon idée. C'était Raymond qu'elle avait en tête. Avec le temps, le mal s'atténue et je me fais lentement une idée. Par contre, aujourd'hui, ce mariage remue bien des sentiments. Regardez, Domitille resplendit de bonheur. Malheureusement, elle ne m'aimait pas.

Olivier avait beau lutter contre lui-même, il avait l'air d'un blessé qui n'a pas senti le coup.

— À vous, il restera toujours le plaisir de la regarder vivre. À moi, Allen n'a rien laissé, si ce n'est qu'un souvenir.

Le visage d'Olivier passa de l'amertume à la sérénité.

Devant chaque assiette, une serviette de table était pliée en bonnet d'évêque. Olivier la déplia et l'étendit sur les genoux de Louise, puis il saisit le couteau et la fourchette de celle-ci, les inséra dans les mains délicates et emprisonna les doigts froids sur les ustensiles. Les dents de la fourchette piquaient à coups modérés dans l'assiette et montaient jusqu'à la bouche de Louise, guidées par les longues mains d'Olivier.

Louise sentait ses phalanges écrasées sous celles puissantes d'Olivier. Elle tenta de libérer ses mains, mais Olivier tenait ferme et ne lui laissait aucune chance. Elle le regarda mieux, étonnée de son geste sympathique, et elle sourit tristement.

— Laissez! Je peux le faire.

Alors seulement, les mains d'Olivier démissionnèrent.

– Et si on se versait une rasade ? dit-il.

Au même instant, au milieu des voix, on entendit frapper des coups légers aux carreaux. Louise se retourna doucement. Un jeune homme se tenait sur le perron. À travers les vitres, elle crut reconnaître Allen. Avait-elle la berlue ? Elle eut un moment de défaillance et ses jambes mollirent. Puis le tic-tac de son cœur devint si rapide qu'il la soulevait de terre. Elle se ressaisit. Elle était sûrement victime d'une hallucination. Mais non : la porte s'ouvrait sur l'Anglais.

Le garçon, gêné de déranger, se confondit en excuses et demanda à voir Louise. On lui désigna la table où elle se trouvait. Allen reconnaissait à peine sa petite Canadienne tant elle avait maigri.

Louise, figée, attendait, blanche comme du lait. Avait-elle des hallucinations ? Ses immenses yeux noisette fixaient Allen. Elle ne fit pas un geste, ne dit pas un mot. On eût dit qu'elle n'avait plus de forces physiques, mais dans sa poitrine, son cœur arrêté de battre reprenait son tic-tac.

– Louise, dit-il.

Le dos voûté de la jeune fille se redressa. Sa fourchette lui échappa des doigts et tomba dans l'assiette avec un son clair. Elle ferma les yeux.

Allen redit son nom d'une voix étranglée.

Louise se leva, posa sa longue main maigre et douce sur sa nuque, comme un merci pour être enfin là.

Louise devait maîtriser son besoin irrésistible de se pendre au cou d'Allen, de l'embrasser. On jaserait sur leur compte. Elle ne pensait qu'à s'enfuir avec lui, mais ce serait faire un affront à Domitille qui l'avait invitée à sa noce. Déjà les convives figeaient, le silence s'installait et tous les yeux convergeaient vers eux.

En apercevant Allen, Domitille déposa ses ustensiles et serra le poignet de Raymond.

– Regarde qui est là. Louise doit être folle de joie.

Domitille fit un petit signe à Aglaé.

– Qu'on prépare une assiette à monsieur Allen et dis-lui qu'il est le bienvenu ici.

Louise et Allen se dirigeaient déjà vers sa table. Dans un français cassé, Allen offrit ses vœux de bonheur à Domitille et Raymond, puis il s'excusa de leur enlever Louise.

* * *

Les amoureux descendirent à la rivière, au lieu même où leur enfant avait été conçu et où il était mort-né. Mais ce jour-là, l'herbe gelée craquait légèrement sous leurs pas. Allen posa un pied sur la souche, Louise, les yeux accrochés aux siens, tomba dans ses bras en sanglotant et ils demeurèrent ainsi longtemps éperdus dans les bras l'un de l'autre.

– Je pleure de joie. Si seulement j'avais pu espérer que tu reviendrais, notre enfant serait encore en vie. Pourquoi n'as-tu pas écrit ?

– Tu n'as donc rien reçu ?

– Non, rien! À moins que mes parents aient saisi le courrier. Raconte-moi tout, dit-elle.

– Viens ! Le fond de l'air est frisquet. Viens avec moi à l'hôtel. Nous serons plus confortables. J'ai pris une chambre là-bas, la moins chère. Sa vue donne sur des terrains vagues entourés de palissades. Il fallait bien dormir quelque part, mais ce n'est que pour peu de temps. Comme les prix sont assez salés, je devrai me trouver une pension en attendant notre mariage.

– Notre mariage ?

– T'as bien compris. Pour t'épouser, je suis prêt à me convertir à ta religion. Ce matin, j'ai parlé avec le curé Labelle. Il m'a expliqué le processus à suivre : apprendre le catéchisme, ensuite ce sera le baptême, la communion, la confession. Il veut s'assurer que nous élèverons nos enfants dans la religion catholique. C'est lui qui va nous marier.

– Nous marier, toi et moi ! Si je m'attendais !

Allen tira sa main.

* * *

Louise, bien consciente qu'elle bravait l'interdit, suivit Allen à la chambre d'hôtel. Un peu plus tôt, près de la rivière, les quelques heures d'isolement avec Allen avaient réveillé en elle des émotions troublantes et, de nouveau ici, tout l'invitait à flancher. Une idée lui traversa l'esprit, prendre ce qu'il y avait de meilleur sans crainte des conséquences, sans retenue. Dans la place, on jaserait sur son compte, son père la renierait, mais qu'avait-elle à perdre ? C'était Allen ou mourir.

Sitôt entré dans son réduit, Allen l'étreignit sur son cœur et l'embrassa tendrement avec effusion. Puis il enleva sa redingote.

C'était une chambre d'aspect singulier et la plus reculée de l'hôtel. Tout était propre, mais dans un coin se trouvait une chaise dépaillée. Louise étira le cou à la fenêtre. Un tas de ferraille rouillée et des bouts de bois traînaient dans le clos.

Allen entraîna Louise vers le lit et entreprit de la déshabiller. Elle se laissait dévêtir sans résister. Elle était maigre à faire peur.

Allen s'était pourtant promis de rester sage, mais l'occasion était trop belle et l'amour trop longtemps refoulé était plus fort que sa volonté. Sous l'édredon à pivoines roses, sous les caresses douces, légères et voluptueuses, Louise se donna corps et âme. Allen lui fit oublier pendant un moment toute la période obscure des derniers mois.

Après s'être aimés, Allen s'assit carré, le dos appuyé à la tête du lit, ses bras encerclaient et retenaient le corps frêle de Louise, assise entre ses jambes écartées.

– Ton père a écrit au mien, dit-il.

– Papa? Comment peut-il avoir mis la main sur votre adresse?

– Sans doute au bas des lettres que je t'ai postées et qu'il a dû intercepter.

– Papa aurait fait ça? C'est ignoble.

– De mon côté, j'ai agi de la même façon. J'ai volé la lettre de papa et je l'ai fait traduire pour ne rien manquer d'important. Il écrivait que je t'avais souillée, déshonorée, presque tuée et que tu te laissais mourir par ma faute.

Louise caressa sa joue. Allen continua :

— Il me disait responsable du malheur qui s'abattait sur votre famille et il avait raison. Mais depuis que j'ai atteint l'âge légal requis par la loi, plus rien ni personne ne peut me retenir. Je suis revenu pour de bon. J'aime ce pays, ses hivers et surtout la belle fille au teint clair que je tiens dans mes bras et que je ne quitterai plus jamais.

Il passa une main dans la chevelure rousse et embrassa Louise sur la bouche.

— Je regrette pour l'enfant et les souffrances que tu as dû supporter.

Elle le regardait et son épuisement lui enlevait le contrôle de ses émotions. Elle se laissa aller à pleurer silencieusement : son avortement, sa maladie, sa surprise de revoir Allen. Celui-ci essuya ses larmes et continua :

— J'ai compté les jours qui menaient à ma majorité et, le temps qui restait, j'ai essayé d'assurer notre avenir. J'ai un peu d'argent, pas trop. Je m'achèterai un commerce et je l'hypothéquerai. Peut-être une boutique de curiosités ou encore une mercerie.

— Je pensais que tu m'avais oubliée et cette pensée me déchirait le cœur.

— J'ai essayé, mais je n'ai pas pu. J'ai refusé toute tendresse de femme autour de moi parce qu'outremer, une petite Canadienne avait déjà pris mon cœur. Et me voilà !

— Un peu plus et tu revenais pour rien ; on m'a répété que j'ai passé à un cheveu de la mort.

— Tais-toi, de grâce ! Je t'aime et je ne te quitterai plus jamais.

Allen l'embrassait, touchait son cou, sa taille, ses bras et c'était comme si ses gestes la ranimaient. Louise acceptait d'être sienne pour la vie. Mais ses espérances étant toujours coupées, elle craignait de subir, encore une fois, les contrecoups d'un bonheur possible. Elle avait toujours payé si cher ses moindres joies.

Ils passèrent le reste de la journée à la chambre d'hôtel, à se parler, à s'aimer sans retenue.

La lune entrait par les quatre carreaux de la fenêtre et jetait sa blancheur blafarde sur le lit, et ce fut comme si le ciel leur accordait une absolution.

Puis Allen se leva et saisit la main de Louise qu'il tint fermement dans la sienne.

– Viens, on va manger, ensuite on ira parler à tes parents.

– Mon père va te tuer.

– Ne crains rien! J'ai de bons arguments pour gagner ma cause. Je me sens prêt à l'affronter. Cette fois, les choses ne se passeront pas comme l'an dernier. S'il refuse, je parlerai au curé. Maintenant, je veux te voir sourire.

* * *

Les Picotte quittèrent la noce plus tôt que prévu. Ils rentrèrent chez eux avec le coucher du soleil.

Louise n'était pas de retour et ils n'arrivaient pas à dormir tant l'inquiétude les rongeait. Depuis le départ d'Allen, les Picotte craignaient de perdre leur fille tant elle s'étiolait à vue d'œil. Quand son père la voyait si abattue, il sentait à quel point il tenait à elle au plus profond de sa chair, de son âme. Sous son air bourru, Charles Picotte était le meilleur homme du monde.

Ce soir-là, il pensait avec remords à toute sa hargne, son amertume, à son comportement agressif, parfois méchant et haineux, auquel il s'était laissé aller et qui avait pris le dessus sur sa tendresse. Ce n'était pas digne d'un père aimant. Comme si Louise n'avait pas eu assez de sa peine. Mais où donc était sa fille ? Allait-elle passer la nuit sur la corde à linge ? Il descendit sur la rive. Rien ! Il attela son cheval à la voiture et traversa le rang au pas. Revenu à la maison, il s'endormit inquiet et ne l'entendit pas entrer.

* * *

Chez les Perreault, Raymond et Domitille, épuisés de danser, abandonnèrent leurs invités et filèrent en douce chez les Brien. Derrière eux, la noce continuait. Il n'était pas rare de voir des jeunes passer deux jours d'affilée sans dormir.

La petite maison de pierre était vide, noire et humide. Raymond alluma une chandelle et conduisit sa jeune femme à la chambre. Il descendit ensuite à la cuisine allumer le poêle. Le feu jetait une clarté rouge dans le crépuscule.

En haut, le plancher craquait. Domitille s'assit sur la grosse valise placée au pied du lit et enleva ses souliers. Désormais, elle serait chez elle dans cette pièce.

La couleur dorée du bois donnait une ambiance chaude à la chambre étroite et sombre où un lit prenait presque tout l'espace. La fenêtre étalait ses fines dentelles et la jeune femme reconnut la courtepointe en éventail qu'elle avait vu maintes fois sur le métier à piquer de Geneviève. Au-dessus de la porte, un rameau tressé en cercle, ressemblant à une couronne d'épines, pendait d'un crucifix. Sur le petit chiffonnier, un pot rempli d'eau reposait dans un bol et au dos, deux serviettes étaient suspendues sur un support. Domitille y trempa un doigt. L'eau était froide, mais elle s'accommoderait de ce désagrément. Elle profita de l'absence de Raymond pour se faire une toilette intime.

Après avoir tant dansé à la noce, le gros lit de bois invitait au repos.

Raymond arriva dans son dos, ferma la porte sur ses talons et poussa la targette. Il enleva ses vêtements et se jeta sur le lit.

Domitille, l'estomac noué, ne bougeait pas. Une chaleur lui montait au front et elle devint rouge comme une cerise.

Raymond l'attendait sur la paillasse.

– Viens avant que la chandelle arrive au bout de son souffle.

La jeune femme, comme sourde, ne bougeait pas.

– Viens, viens te coucher, Domitille.

Elle fit oui de la tête et se retourna gênée. Depuis longtemps, elle rêvait du moment où elle se retrouverait seule avec Raymond et voilà que sa pudeur prenait le dessus. Raymond sauta du lit, approcha le bougeoir de son visage et lui leva le menton. Elle le regarda avec une douce moue des lèvres

– Viens, dit-il.

Domitille appuya sa tête sur sa poitrine. Raymond la souleva dans ses bras et la déposa sur le lit. Il souffla la

chandelle avant de lui enlever sa robe de nuit puis il rabattit la courtepointe sur eux. Domitille s'abandonna aux
préliminaires. Il y eut d'abord les douces lenteurs de
l'amour. Puis le vieux lit grinça et crépita au rythme des
battements de cœur. Après leurs ébats amoureux, alors
que l'amour avait épuisé toutes leurs énergies, Raymond
et Domitille se laissèrent choir d'émotion.

En bas, la porte s'ouvrait. Geneviève et Louis-Michel
entraient, mais sans Olivier et Chévaudier restés à la noce,
parce que chez les Perreault, la fête continuait.

De sa chambre, Geneviève entendait Raymond et
Domitille causer en haut. Il fut impossible de distinguer
ce qu'ils disaient, mais à quelques reprises, leur conversation était entrecoupée de rires si forts que leur lit en
tremblait. Comment trouver le sommeil quand le sang
court et rit dans les membres?

***

Le matin arrivait trop vite. Domitille ouvrit un œil.
Raymond n'était plus là, mais sa place était encore chaude
de sa présence.

Domitille restait blottie en boule sur sa paillasse neuve
fraîchement gonflée de feuilles de blé d'Inde. La paresse
la clouait au lit, mais ce n'était pas le moment de prendre
de mauvaises habitudes. La jeune femme s'arracha du
lit, revêtit sa robe de semaine et lissa ses cheveux. Elle
s'agenouilla et offrit sa journée au bon Dieu. Sa prière
terminée, elle retrouvait le goût de se lancer corps et
âme dans le travail.

Le bonheur lui sortait par tous les pores de la peau. Tout en mettant de l'ordre dans la chambre, elle pensa à Louise qui s'était évaporée dans la nature avec son Anglais. Peu importe où les tourtereaux pouvaient se trouver, de voir Louise heureuse fut le plus beau cadeau de mariage de Domitille.

La jeune femme descendit. En bas, on allait sûrement parler de Louise. Ce retour d'Allen au pays avait surpris tout le monde. Mais non, rien! On devait taire un scandale ou encore, faire des suppositions tout bas. Qu'advenait-il de ses amours avec son Anglais? La question devait être dans tous les esprits, quand Louis-Michel se leva.

– Ne préparez pas le déjeuner, ma bru, on retourne à la noce.

Raymond et Domitille montèrent l'escalier en courant. Le rire clair de Domitille résonnait dans toute la maison. Il fallait changer de vêtements.

Dans cette campagne les noces duraient trois jours d'affilée.

* * *

Ce même matin, quelques fermes plus loin, Louise sautait dans ses souliers.

De haut en bas de la maison, ses parents l'entendaient chanter comme un rossignol, balayer, déplacer les meubles. Avec le retour d'Allen, Louise redevenait le soleil de la maison, la joie de ses parents.

Assis au bout de la table, Charles Picotte attendait son déjeuner. Louise, étonnée que son père ne lui pose pas de questions sur son escapade de la veille, jeta un regard posé sur lui. Il dissimulait une certaine tendresse derrière ses lunettes. Elle les lui retira du nez.

— Vous ne devez rien voir à travers cette saleté.

Louise les rinça sous l'eau de la pompe, les essuya et lui rendit, étincelantes.

— Papa, autant vous le dire tout de suite, aujourd'hui, Allen va venir vous parler. Je vous préviens pour que vous le sachiez. Quand on s'en attend, le coup est moins dur.

— Je suis au courant de tout. J'ai jasé de vous deux avec le curé hier. J'ai des torts et je le reconnais. Au fond, je sais que t'es une bonne fille.

— Monsieur le curé vous a dit qu'Allen va se convertir à notre religion et qu'on va se marier?

— Il m'a dit tout ça, mais j'espère que vous attendrez au printemps.

— Allen veut s'acheter un commerce. En attendant, il cherche une pension. Peut-être qu'on pourrait…

Son père ne lui laissa pas terminer sa phrase.

— C'est non! Pas ici.

Charles se leva et Louise entendit le bruit sec de son pas qui le menait à sa chambre.

— Si c'est comme ça, Allen trouvera une chambre ailleurs.

Pour la première fois depuis sa maladie, Louise sentit une faim la dévorer, mais la table n'était pas dressée.

— On ne déjeune pas, maman?

— Non! Les Perreault nous attendent. Tout le rang doit déjà être là.

— Moi, j'attends Allen.

– Non ! Tu n'as qu'à lui laisser un mot dans la porte. Il viendra nous retrouver. Viens !

XXIII

Le midi, à la table, Josine avait ressenti ses premières douleurs aux reins, mais si faibles qu'elle les avait prises pour des courbatures. Amable ne s'était aperçu de rien.

Le soir, alors que le vent râlait aux fenêtres, une douleur plus forte lui déchira les entrailles et la plia en deux. Amable s'empressa d'aller quérir le médecin.

Dans la cuisine, Amable faisait les cent pas et surveillait l'horloge. Chaque seconde lui semblait un siècle. «Mon Dieu que c'est long», pensait-il et il collait un moment son oreille au trou de la serrure et retournait s'asseoir. Il ne pouvait rester en place plus de deux minutes. Il se prépara un café qu'il avala d'une seule traite, puis il se rassit les coudes appuyés sur ses genoux écartés, la tête dans les mains. Josine allait-elle mourir comme sa Jeanne, vingt ans plus tôt? Le destin lui refuserait-il encore une fois la paternité? Il s'efforça de repousser cette pensée négative. S'il fallait qu'à force de penser vraiment à cette conséquence fatale les choses arrivent. N'en pouvant plus de ne savoir à quoi s'occuper l'esprit, il se leva, se versa un deuxième café. Pourquoi ne venait-on pas lui donner des nouvelles de ce qui se passait dans cette chambre? Pourquoi lui en interdisait-on l'entrée? Lui qui se considérait comme un guérisseur.

Comme les heures les plus longues contiennent plus de pensées, Amable s'épuisait à force d'imaginer les pires scénarios. Sa pauvre femme était-elle morte ou encore, anesthésiée? Elle n'avait pas encore poussé un cri ou une plainte.

Dans la chambre, Josine refoulait ses gémissements dans son âme. Elle faisait voir que tout allait bien quand rien n'allait.

Dans le silence de la cuisine, Amable n'entendait que la marmite d'eau qui bouillait, le vent qui faisait gémir les cloisons et le crépitement du feu dans l'âtre. Le regard dur et fermé, il regardait la porte de la chambre comme une ennemie. De l'autre côté, peut-être sa femme agonisait-elle? Ou bien, le travail s'était-il arrêté? Et ce silence inquiétant ne finissait jamais. La chaudière à couches attendait sur le sol, dans le coin de l'évier. Amable se demandait si elle servirait un jour.

Soudain, dans le silence, une étrange petite plainte, puis un cri chevrotant firent tressaillir tout le monde d'espérance.

Le docteur nouait le cordon.

Rose étira le cou dans la porte.

– C'est une fille, monsieur Amable.

– Enfin!

– Faites vite chauffer des flanelles pour tenir l'enfant au chaud.

À l'horloge, la neuvième heure sonnait. Elle sonnait le bonheur.

Marie-Anne voyait le jour à la pleine lune de février. C'était une belle fille de six livres qui tournait sans cesse sa petite tête, cherchant à téter. On l'avait déposée sur le sein de sa mère pour la conserver au chaud avant son premier bain.

Josine rabattit la grosse couverture de laine sur le petit corps. Elle ne cessait de regarder sa fille. C'était son enfant, un enfant que depuis des années elle n'espérait plus parce que, dans le temps, aucun garçon n'avait voulu d'elle. Il y avait eu toutes ces années de solitude puis Amable était venu, et avec lui, ce bonheur indéfinissable. Des larmes de joie emplissaient ses yeux.

C'était à tout ça qu'elle pensait la Josine en serrant son enfant contre elle, à sa petite famille ; ils étaient trois maintenant. Que d'émoi ! Elle, si forte devant les douleurs, avait maintenant envie de rire et pleurer tout à la fois.

L'événement mettait toute la maison en effervescence. Dans l'excitation, on n'entendait plus le vent hurler aux brèches de la maison. On n'entendait qu'un petit cœur tout neuf qui battait la vie à pleines pulsations.

Josine, le visage blême, les traits tirés, resplendissait d'un bonheur indéfinissable.

Rose s'affairait autour du lit. Elle déposa dans la cuvette un tas de linges souillés de sang.

– Allez ! Vous pouvez entrer, monsieur Amable.

– Non, reprit le médecin, avant, vous me servirez bien un café noir ? J'en ai besoin, croyez-moi.

– Madame Perreault s'en chargera. Ma fille ne peut pas attendre. Elle se meurt d'envie de connaître son père.

Amable avança doucement dans la chambre où il trouva Josine, enfoncée dans ses oreillers moelleux, la chemise ouverte sur le bébé accroché à son sein.

Le bonheur transfigurait sa femme, l'embellissait.

– Le docteur a dit que la petite a tous ses morceaux, s'exclama Amable, je veux m'en assurer.

Josine lui rendit le nourrisson et rajusta son corsage. Elle faillit éclater en sanglots tant la joie l'étouffait.

– Et avec ça, jolie comme un cœur. C'est une réussite.

Amable, en extase devant la petite créature, n'avait pas remarqué ses cheveux raides et son minois chiffonné.

Il s'allongea près de sa femme, sur la paillasse de coutil, et serra délicatement contre lui les deux femmes de sa vie.

– C'est le plus beau jour de toute mon existence, Josine. Tu m'as fait le plus merveilleux cadeau.

– Il faut dire que je ne l'ai pas cherché. Tu m'as tellement radoté que tu ne voulais pas d'enfants.

– Je ne savais pas ce que c'était d'être père. Et puis, un accouchement comporte certains risques.

Amable faisait allusion à la mort de Jeanne, sa première femme. Mais le bonheur que lui procurait la naissance de sa fille l'emportait sur ses souvenirs amers.

Amable s'appuya sur un coude et tenta, de son index, d'ouvrir les cinq doigts fins, mais la menotte rebelle résistait, tenait bon.

– Notre fille est née les poings fermés. Elle va avoir du caractère. Au fait, elle a quel âge au juste pour ainsi tenir tête à son père ?

Amable était gaga. Il riait si fort que le lit en tremblait.

***

Chaque fois qu'Amable entrait dans la maison, il savonnait ses mains et ses pas le menaient directement au berceau de bois doré.

Le matin du premier jour, il prit un ton mielleux.

– Bonjour, Fille du vent. Viens dans mes bras, regarde ton père comme il est beau !

– Quand même, Amable ! N'en mets pas trop, tu vas l'aveugler.

Amable soulevait son trésor et appuyait la petite tête chancelante sur son cou velu. Il posait sa joue sur ses cheveux foncés et Marie-Anne n'était plus qu'une petite chose fragile dans la main de son père. L'enfant, confiante, se laissait caresser comme si l'affection lui était due.

Josine les observait. Quel beau cadeau le ciel lui avait réservé ! De toute sa vie, elle n'avait jamais vu un père aussi épris de son enfant. Ailleurs, les câlins semblaient le privilège des femmes. Chez elle, tout l'amour du monde se retrouvait dans le regard d'Amable. « On dirait du soleil sur son visage », se dit-elle.

– Prends garde ! Serre-la pas trop fort, tu vas l'étouffer.

– Elle a besoin d'une épaule pour appuyer sa petite tête et son père est là pour la soutenir.

Amable examinait attentivement la couleur changeante de ses yeux. Un voile bleu recouvrait l'iris. Il déplaçait son doigt devant sa figure, mais le regard de l'enfant ne suivait pas le mouvement.

– Cette enfant, dit-il, je l'aime trop. Tu vois, elle me reconnaît. Chaque fois que je passe à côté, elle agite ses pieds et ses mains.

— Je n'ai jamais vu un homme se pâmer comme ça devant un bébé, mais c'est ben correct de même.

— Ce n'est pas parce que c'est la nôtre, mais c'est la plus belle.

— Tous les parents doivent penser la même chose de leurs enfants, mais t'as raison, Marie-Anne est la plus belle.

Josine s'épatait de voir Amable s'investir dans son nouveau rôle de père. Il était aux petits soins pour sa fille et tout venant d'elle l'émouvait. Il n'en finissait plus de bercer, cajoler, admirer.

À l'heure de quitter la maison pour l'église, la petite était couchée sur une couverture installée sur la table. Elle était habillée d'une longue robe de baptême recouverte d'une cape en organdi que Josine avait confectionnées de ses propres doigts. Rose l'emmaillota dans un grand châle blanc et la présenta à sa mère. La petite avait cette odeur commune aux nouveaux-nés, une odeur d'ange qu'on retrouvait dans le cou délicat.

— Regardez, Josine, comme votre fille est adorable dans sa layette de baptême.

Josine ressentait une émotion qu'elle n'arrivait pas à exprimer. Elle posa les lèvres sur le front de son enfant. Elle ne pouvait se décider à laisser partir sa fille. Le vent hurlait comme un loup autour de la maison, secouait les arbres, couchait les arbustes au sol et mouvait même le boghei. Et son petit bout de chou serait le jouet du vent avec pour seule arme rien que sa vie fragile.

— Si on attendait que le vent tombe pour la faire baptiser ? Peut-être demain…

Rose s'objecta.

– Soyez raisonnable, Josine. Il faut la faire baptiser aujourd'hui même, parce que si la petite allait mourir sans baptême, sa pauvre âme s'en irait dans les limbes.

– S'il fallait qu'avec ce gros vent, la voiture verse ou que la petite prenne froid ou étouffe. À peine née, notre fille doit se battre contre les bourrasques.

Amable s'empressa de rassurer sa femme.

– On ne peut pas changer le climat, mais on peut le déjouer. Fais-moi confiance. Je vais enfermer la petite dans mon paletot où elle profitera de la chaleur de mon corps. Je la passerai aux bras de Domitille seulement un coup rendus dans l'église, pas avant.

Alors seulement, Josine consentit à laisser partir sa fille.

– N'oublie surtout pas les noms : Marie-Anne, Agnès, Sarah, Denise et Rose, comme sa marraine.

Rose intervint.

– Comment voulez-vous que le curé s'y retrouve avec tous ces noms nouveaux ?

– Et moi, reprit Amable, j'ajouterai : Fille du Vent.

Josine regarda Amable d'une façon étrange et sourit.

– Le curé va refuser ce nom païen.

– Fille du vent, rétorqua-t-il, ou ben un nom de fleur, comme Violette, Pâquerette ou Rose, où serait la différence ?

En entendant son nom, Rose fronça les sourcils.

– Attention, monsieur Amable, se défendit-elle, les roses ont des épines.

– Tout le monde a une épine… dorsale.

– Le curé va vous demander s'il existe une sainte qui porte ce nom.

– Je lui dirai que oui, qu'il est justement en train de la baptiser.

Rose regardait Amable penché sur le berceau. L'homme s'en donnait pour sa fille. Et dire qu'il ne voulait pas d'enfants ! Il était bien branché.

XXIV

Olivier se laissait emporter dans le tourbillon du monde et se livrait à des distractions futiles. En plein midi, il se rendit au village retrouver une dizaine de jeunes, tous des anciens confrères du collège.

– Venez par ici, les gars ! J'ai un plan d'enfer pour samedi. Je vous invite à assister à un spectacle drôle moyennant la modique somme d'un penny.

Le samedi suivant, Raymond préféra ne pas s'éloigner de la ferme. Une vache avait de la difficulté à vêler et il craignait pour sa vie et celle du veau. Chévaudier fut désigné pour mener le cheval chez le forgeron et, par la même occasion, conduire Domitille au magasin de tissu.

Arrivée au village, la jeune femme descendit de la voiture et Chévaudier mena son attelage deux rues plus haut. Le temps que mettait le forgeron à transformer une barre de métal dur en fer à cheval, Chévaudier marchait pour se dégourdir les jambes, quand il aperçut Olivier entouré d'un groupe de jeunes. Les garçons se tenaient devant un vieil hangar ouvert sur la rue. Chévaudier se plaça en retrait pour mieux surveiller.

Olivier s'adressait à un nigaud qui traînait dans la place et qui ressemblait au curé comme deux gouttes d'eau à la seule différence que l'idiot du village avait l'accent acadien, ce qui lui valait le surnom, soit de «petit curé», soit de «Cayen.»

– Une bière pour toi, mon Cayen, si tu nous chantes une messe.

– J'avions pas d'hosties, rétorquait Cayen, prêt à tout faire pour une bière.

– Georges va aller chercher des rondelles de patates.

– J'allions chercher un surplis.

Au bout d'un moment surgit un étranger piqué par la curiosité. Il était le fils d'un nouveau colon, un nommé Panneton. Olivier lui chargea un prix d'entrée et le garçon, dont les poches étaient vides, promit de le payer plus tard.

Cayen revint avec un drap et en recouvrit son corps, en guise d'aube. Seuls deux gros sabots dépassaient. Il s'inclina à droite et à gauche en souriant d'un air béat, bénissait les assistants, ouvrait les bras à hauteur d'épaules et répétait sans fin : «patati, patata, patati, patata…»

Olivier remplissait une coupe de bière et Cayen buvait, et Olivier versait encore et encore. Après quelques bières, Cayen vacillait sur ses jambes et répétait sans cesse : «patati et patata» et les répons de l'assistance ne manquaient pas d'entrain : «patati et patata», criaient les jeunes pour l'encourager.

Les garnements se tordaient de rire.

Soudain, un garçon du groupe, un nommé Germain, aperçut, juché sur une tablette, une bouteille de D.D.T., un poison à mouches puissant. Trop excité pour réfléchir au geste qu'il allait poser, il en versa une quantité dans la coupe qui servait de calice. À la gorgée suivante,

Cayen s'étouffa et se mit à cracher par terre, à tousser et à baver.

Germain lui lança d'une voix qui portait :

– Avec ça, t'auras plus besoin de te faire aller la queue pour chasser les mouches.

La plaisanterie déclencha une explosion de rires.

« Cayen va certainement s'empoisonner », se dit Olivier. Il arracha la coupe de poison des mains de Cayen, lança le contenu par terre puis remplit de nouveau la coupe de bière.

Tout à coup, au beau milieu de l'excitation générale, Cayen tomba par terre.

À ce moment, Olivier aperçut Domitille qui passait lentement devant le hangar. Son regard croisa le sien. La jeune femme s'en allait du côté de la forge et, pour tuer le temps, elle s'arrêtait à toutes les vitrines.

« Je suis fait, comme un rat », pensa Olivier. Il cria aux gars :

– Débarrassez-moi le plancher.

Les garçons se sauvèrent aussitôt à toutes jambes.

Olivier, inquiet de voir Domitille rôder dans le coin, jeta un œil aux alentours. La jeune femme avait disparu de sa vue dans les rues du village. Il abandonna Cayen à son sort et se sauva par une ruelle en serpentant le long des maisons, puis il descendit la pente à longues enjambées jusqu'à la rue Saint-Étienne qu'on appelait la rue d'en bas.

C'était une rue de négociants, d'artisans et de professionnels où les toitures s'entassaient à touche-touche et où les portes des maisons bécotaient les trottoirs de bois.

Arrivé dans ce beau quartier, Olivier, se sentant hors d'atteinte, ralentit le pas. Il aimait bien déambuler dans ce coin et admirer les commerces, les industries et les belles et riches résidences de pierre appartenant aux bourgeois les plus cossus. Une dame poussait un landau tressé de jonc où dormait un poupon dont les petons roses dépassaient la nacelle, ce qui amena un sourire à Olivier.

* * *

Deux jours passèrent. Juste après le dîner, Louis-Michel Brien, calme et rigoureux, attendait le moment où Olivier se retirerait de table pour régler l'histoire de Cayen.

— Raconte-moi donc ce qui s'est passé dans le vieil hangar des Dorval.

Olivier, interloqué, adressa un regard foudroyant à Domitille avant de répondre :

— Presque rien. On s'est amusé un peu aux dépens de Cayen, l'idiot du village. Il n'y a pas de mal à ça.

— Ne va pas penser que je vais prendre cette histoire à la rigolade. À ce qu'on dit, vous avez saoulé le pauvre gars et ridiculisé la religion. Et tout ça pour de l'argent. Tu nous fais toute une réputation. Je verrai à ce que tu fasses des excuses devant les jeunes. Ça t'apprendra ! Maintenant, va aider ton frère au champ.

— Écoutez papa ! Ce n'est pas ce que vous pensez. C'était juste pour rire.

Louis-Michel restait sourd à ses arguments.

Olivier regardait par terre, incapable de rien dire. Il était trop fier pour se fondre en excuses. Il en voulait à son père qui ne badinait pas avec l'honneur, à Domitille qu'il accusait intérieurement d'avoir tout rapporté. Elle était là, silencieuse, qui noircissait la surface du poêle à l'aide d'une couenne de lard comme si de rien n'était.

Louis-Michel prit sa blague à tabac et, la pipe pendante entre les dents, il sortit s'asseoir sur la galerie.

Sitôt son mari dehors, Geneviève donna une tape maternelle sur l'épaule d'Olivier. Celui-ci maugréa :

– Papa me considère comme un enfant.

– Tu sais, le dernier reste toujours notre bébé. On refuse de le voir vieillir.

– Je ne ferai pas d'excuses.

– Ne crains rien ! Ton père va changer d'idée.

– Il n'y a que vous pour le faire changer d'avis.

Geneviève sourit.

– Ton père a un seul défaut et c'est l'entêtement. Au début de notre mariage, il tenait tête juste pour le plaisir d'obstiner, sans reconsidérer la situation. Il m'en a fallu de la patience pour le faire plier, il m'en a fallu beaucoup !

– Papa n'a pas besoin de remuer ciel et terre pour une niaiserie sans conséquence. Il est plus tolérant avec le petit Joseph qu'il ne l'est pour son propre fils.

Geneviève devint pensive. Olivier avait raison. Ils laissaient peut-être le petit Joseph un peu trop à lui-même.

– Ne t'en fais pas. Tout ça séchera comme la rosée au soleil. Mais quand même, essaie de ne pas répéter tes gamineries.

* * *

Chaque soir, avant le souper, Domitille dressait la table, conservait ses plats à la chaleur du réchaud et disait : « Je vais au devant de Raymond à l'étable et je reviens dans la minute. »

Au hangar, Chévaudier brisait des écailles de noix à l'aide d'un marteau quand il entendit des éclats de voix qui ressemblaient à une engueulade serrée. Le garçon, toujours en humeur d'écouter, se cacha derrière la porte où l'interstice allongé de la structure lui permettait de tout surveiller.

Dans la cour de l'étable, Olivier s'en prenait à Domitille qu'il accusait d'avoir rapporté à son père l'affaire de Cayen. Domitille s'en défendait corps et âme et Olivier la traitait de menteuse.

Chévaudier n'osait pas se montrer le nez et dévoiler que Panneton était le responsable ; on l'accuserait encore d'épier les conversations. Mais où donc était Raymond ? Chévaudier ne pouvait aller l'avertir sans être vu des deux belligérants. Ils en étaient rendus à crier à tue-tête, comme si tous deux étaient sourds.

— Cesse de m'accuser sans savoir ! Va plutôt demander à ton père qui a parlé.

— Non ! Celui-là, il m'en veut assez comme c'est là.

— D'abord, je vais lui demander moi-même.

— Je te le défends bien.

— Je vais lui demander quand même. Je n'ai pas d'ordres à recevoir de toi. Ça t'apprendra à parler à travers ton chapeau et à m'accuser faussement.

La porte de l'étable battait. C'était Raymond.

Domitille, encore fâchée contre Olivier, prit la main de Raymond, l'entraîna vers la balançoire où elle s'assit tout contre lui, l'humeur chagrine. Elle ne parla pas de son différend avec Olivier; ce serait risquer de dresser les frères l'un contre l'autre. Elle appuya sa tête sur l'épaule de Raymond. Avec lui, elle retrouvait la paix.

L'affaire en resta là jusqu'au soir. Au coucher, Chévaudier, qui couchait dans le petit salon avec Olivier, lui dit avoir entendu un certain Panneton rapporter à son père une curieuse histoire de messe.

– Panneton refusait de payer son prix d'entrée.

Le lendemain, Olivier fit des excuses à Domitille et la bonne entente revint aussitôt.

* * *

Depuis que Raymond avait hérité de la ferme, Olivier avait perdu tout intérêt au travail. L'été, au plus fort de l'ouvrage, il suivait Raymond aux champs, mais sans aucune reconnaissance en retour, le cœur n'y était pas vraiment.

Un jour, Olivier avait passé l'avant-midi à traînailler autour de la maison. Louis-Michel, qui craignait que son fils ne fasse rien de ses dix doigts, lui fit cette remarque:

– Je me demande si tu seras vraiment à ta place sur une ferme. Je te verrais mieux pousser le crayon.

– Vous verrez bien quand j'aurai mon propre bien, comme ce sera différent.

– Au fait, hier, on annonçait dans le journal *La Minerve* qu'à Montréal, cinq beaux magasins sont à louer sur la rue des Enfants Trouvés, juste en face de la grande bâtisse du marché Sainte-Anne, avec chacun une cour et un grand logement pour la famille. L'annonce dit qu'on peut s'adresser au propriétaire sur les lieux. Peut-être que ça pourrait t'intéresser ? Si on allait se renseigner plus à fond, voir de quels commerces il est question ?

— Non ! Je ne me vois pas habiter la ville. Je veux ma propre ferme.

— Je me souviens d'un jour où tu t'étais mêlé de marchander le bois à ma place. J'ai remarqué que tu ne te défendais pas trop mal en fait de commerce.

Olivier n'ajouta rien. Il regardait Domitille qui balayait minutieusement le plancher sous les meubles, le bas de porte, le coin à bois et le dessous du poêle. Chaque fois qu'on faisait du feu, le monstre en fonte échappait un peu de cendre.

La jeune femme ramassa ensuite ses balayures et les jeta au poêle. Elle se rendit au hangar d'où elle rapporta un seau en bois et une brosse à plancher jaune à poils raides. Puis, à peine entrée, elle s'immobilisa, le seau à la main, la porte ouverte derrière elle.

— J'ai oublié la perlasse.

Olivier se leva promptement, sortit et revint avec le contenant de perlasse qui servait à jaunir les planchers de bois. Devant le poêle, Domitille puisait l'eau chaude du réservoir et versait de grands gobelets fumants dans sa chaudière. Elle ajouta ensuite un peu de *lessi* pour nettoyer les taches de graisse.

— Je vais donner deux lessivages parce que le second traitement blanchit davantage, ensuite je terminerai par la galerie.

— Vous n'êtes pas obligée de tout faire le même jour, suggéra Geneviève bienveillante, le perron peut attendre un autre jour, mais faites donc à votre gré.

En entrant chez les Brien, Domitille avait vaillamment pris les rênes de la maison et Geneviève s'était inclinée, sans sourciller.

Avec une remplaçante à la maison, Geneviève se proposait des petites promenades en voiture. Elle pourrait dorénavant visiter plus souvent ses frères et sœurs et ses enfants mariés.

Assis au bas de l'escalier, Olivier regardait sa belle-sœur en train de s'agenouiller au bout de la pièce. Il jucha les huit chaises sur la table et lui prit le seau des mains.

— Donne-moi ta place. Je peux le faire aussi bien que toi.

Geneviève était fière de son fils. À cette époque, il était plutôt rare de voir un homme exécuter des travaux réservés exclusivement aux femmes.

Elle prépara une eau vinaigrée et avec Domitille, elle frotta les vitres jusqu'à les faire crier de propreté.

Le plancher lavé, la cuisine dégageait une odeur de fraîcheur. Olivier lança la lavure au bout du perron.

— Tu me le diras quand ce sera le temps d'un deuxième traitement.

Geneviève étendit deux longues catalognes aux couleurs de l'automne sur le plancher de bois. Puis les deux femmes sortirent s'asseoir sur le perron et chantèrent en duo « Douce France ».

Ensuite, Geneviève raconta à sa bru l'arrivée de son ancêtre en sol canadien.

XXV

Le soleil brillait, la sève montait, les glaçons pendus aux toits pleuraient des petites larmes de joie et l'air sentait bon le printemps. Encabané par la rudesse d'un hiver trop long, Louis-Michel mijotait une promenade en traîneau.

Il déposa sa pipe dans le cendrier et se planta dans la porte, les poings sur les hanches. Il avait toujours aimé le printemps, cette saison qui ressemblait à une naissance avec son renouveau, son odeur terreuse et ses journées qui s'étiraient. Attaché au sol par des racines profondes, l'homme embrassait sa terre du regard. Il prit une longue respiration.

— Quelle journée splendide ! Si on soupait tôt, on pourrait aller faire un petit tour de voiture, peut-être même aller veiller chez Jean-Baptiste.

Son fils Jean-Baptiste demeurait à Saint-Jacques L'Achigan.

— Saint-Jacques, ce n'est pas le bout du monde. Environ une heure et demie de trajet, ça nous fera juste une belle promenade. Olivier va nous conduire.

— Moi, reprit Olivier, je ne resterai pas à veiller avec vous autres, je veux aller retrouver les jeunes au village.

— Quels jeunes ? s'informa Geneviève.

— Donat Gauthier, Augustin Thibautière et les autres.

Louis-Michel réfléchit un moment. Deux allers et retours le même soir occuperaient toute la soirée d'Olivier.

– Si c'est comme ça, on pourrait coucher là-bas ; ça fera du bien à votre mère de changer d'air et de se faire servir à son tour. Elle s'est tellement donnée pour ses enfants.

Louis-Michel se rendit à sa chambre et y demeura un bon moment, puis, d'un coup de genou, il referma le tiroir de la commode. Au sortir de la pièce, une énorme liasse gonflait la poche de son gilet.

Geneviève changea de vêtements, puis tira de sous son lit une boîte de carton remplie de linges à vaisselle tissés, de chaussons en laine grise tricotés de ses propres mains auxquels elle avait pris la fantaisie d'ajouter une touche de rouge pour les filles et de bleu pour les garçons. Elle déposa sur le dessus une liseuse blanche pour sa bru qui allait bientôt accoucher. Geneviève avait plissé l'empièce-ment en rucher et y avait brodé un nid d'abeilles au fil rose. Elle enfouit sur le côté un sac de bonbons aux patates et de la tire couleur de miel. Que ne ferait-elle pas pour acheter l'affection de ses chers petits ? Mais Geneviève voulait surtout profiter de sa visite chez son fils pour ber-cer ses petits-enfants qu'elle adorait. Elle tira du tiroir une minaudière et y déposa un petit poudrier rond et du fard à joues et l'enfouit dans son manchon de fourrure. Elle sortit de la chambre vêtue d'un manteau brun et d'un feutre beige à bord ourlé.

* * *

C'était le samedi du 22 mars 1834. Le printemps administrait une dégelée au vieil hiver fichu, pour l'expulser comme une vieillerie inutile.

La voiture s'ébranla sur le chemin maussade. La neige, salie de boue, avait perdu son éclatante blancheur. Le sol défonçait sous les sabots du cheval et les patins de la voiture creusaient des ornières que l'eau emplissait complètement.

De nouveau les piquets de cèdre divisaient les champs. Et enfin, une première hirondelle plana non loin d'eux, annonçant qu'enfin, l'hiver était derrière.

Quel bonheur Geneviève et Louis-Michel ressentaient à longer le ruisseau Vacher, à croiser les rangs des paroisses. Ces gens savaient regarder, admirer, écouter.

Il existait comme ça des lieux silencieux qui parlaient et que les gens des villes ne pouvaient discerner parce que le bruit et la cohue grouillante enterraient les sons variés, comme par exemple : le clapotis des enfants qui s'amusaient dans les flaques d'eau, les saluts qu'on échangeait, un écureuil qui sautait de branche en branche. Telles étaient les petites joies des colons.

Geneviève, ballottée au gré des cahots et des fondrières de la route, résistait au sommeil qui la gagnait. Elle ne voulait rien manquer des charmes de la nature. En passant devant les croix des chemins, les Brien remerciaient Dieu pour tous ces petits plaisirs qui embellissaient leur voyage.

Geneviève pensait aux lainages et aux fourrures qu'au retour elle devrait remiser au fond du coffre en cèdre. Cette année, Domitille serait là pour l'aider. Heureusement, la jeune femme ne se faisait pas tirer l'oreille pour effectuer les grosses besognes.

Doucement, Geneviève s'endormit, la tête appuyée sur l'épaule de Louis-Michel.

* * *

Le soir venu, dans la petite maison de pierre, Domitille et Raymond se retrouvaient seuls, en amoureux.

Olivier se trouvait au village avec Augustin Thibautière. Le petit Joseph entra vers sept heures, se coucha dans le petit salon et s'endormit aussitôt.

Raymond invita Domitille à marcher, comme ils le faisaient souvent l'automne précédent, mais la jeune femme déclina son offre, accusant sa fatigue de la journée.

Depuis leur mariage, le jeune couple couchait au deuxième. Les chambres sous les combles étaient si froides que même la trappe de l'escalier ouverte ne permettait pas aux pièces du haut de se réchauffer. Le printemps avait beau frapper aux portes, l'air de la pièce était si frisquet que si Domitille sortait la tête de sous la peau de buffle, le bout de son nez piquait.

En bas, le grand lit vide était bien invitant. Domitille et Raymond profitèrent de l'absence des parents pour dormir à la douce chaleur de leur chambre.

Dans cette pièce, il y avait l'horloge au cœur fragile qui détestait les coups.

Quand Domitille entra dans la pièce, la pendule marquait huit heures. Raymond alla la retrouver vers neuf heures et il s'endormit aussitôt.

Peu de temps après, Olivier entrait, sans faire de bruit. Il prit la chandelle sur la table de la cuisine et il passa à la chambre des parents pour aller voir l'heure à l'horloge.

Il se pensait seul dans la pièce. Il s'arrêta net, en voyant Raymond et Domitille dormir dans le lit des parents, lui du côté du mur, elle du côté de la fenêtre.

Dans son sommeil, Raymond ouvrit un œil. Olivier s'attendait à ce qu'il lui dise un mot, qu'il lui parle de sa soirée, mais Raymond ne dit rien. Il ne le salua pas et ne lui demanda pas de ses nouvelles. Il ne devait pas avoir envie de parler en pleine nuit, il aurait risqué de réveiller sa petite femme.

Olivier les regarda pendant quelques secondes, puis il se retourna et sortit de la chambre en tenant la chandelle allumée. Raymond se rendormit aussitôt. Olivier se dirigea vers le petit salon où dormait Chévaudier et il se coucha sur un deuxième lit placé derrière la porte.

* * *

Entre minuit et une heure, Raymond, au plus fort de son sommeil, crut entendre des plaintes, mais son esprit léthargique était si embrouillé qu'il se demandait si ce n'était pas un rêve. Les plaintes se changeaient en cris. Et en même temps que les cris, il entendait des boums. Et ce qu'il pensait être son rêve continuait. Après deux ou trois coups, il se réveilla pour de bon. À ses côtés, Domitille se plaignait doucement. Raymond s'assit carré. « Mais, bon sang ! Qu'est-ce qui peut bien se passer ? »

Les contrevents fermés assombrissaient la pièce et, dans la nuit noire, Raymond voyait mal. Il distinguait toutefois une ombre plutôt qu'une personne. À son tour, il reçut deux coups, puis il put attraper ce qui lui semblait être un bâton. Mais la personne qui avait frappé était partie.

Raymond appela aussitôt à l'aide :

– Apportez une chandelle, vite! On m'assomme! On me tue!

Chévaudier qui dormait dans le petit salon avait entendu du bruit lui aussi. Levé en vitesse, il eut tout juste le temps d'apercevoir quelqu'un qui sortait par la porte du côté ouest, où personne ne passait et, en même temps, quelqu'un d'autre, qui ne pouvait être qu'Olivier, entrait par la porte de la cuisine. Mais tout était si sombre. Raymond demandait qu'on allume la chandelle. La porte laissée ouverte au vent du large jetait un air froid dans la maison. Chévaudier entra dans la chambre, le bougeoir à la main. Olivier suivait en baragouinant quelque chose que personne ne comprit.

Raymond se leva pour regarder sa petite femme. Elle avait reçu quatre coups de hache à la tête, au visage et d'autres coups ailleurs sur le corps. Le spectacle était abominable. Sa figure si charmante était complètement défaite. Le sang giclait de la bouche, des oreilles et des blessures infligées. Raymond recula. Un cri d'horreur sortit de sa poitrine.

– Non!

Le bâton que Raymond avait attrapé n'était autre que la hache de la maison qu'il trouva près du lit.

Raymond cria aux garçons d'aller chercher de l'aide.

Olivier et Joseph Chévaudier sortirent en vitesse. Olivier courait à perdre haleine.

Le premier voisin, Pierre Laporte, habitait à un arpent et demi. Olivier frappa à coups de poing dans la porte.

– Ouvrez ! Ouvrez ! Mais dépêchez-vous donc !

Aux cris lancés par le jeune homme. Laporte répondit :

– Oui, oui, j'arrive ! Diable ! Voulez-vous me dire ce qui se passe de si urgent pour réveiller le monde en pleine nuit ?

À peine entré dans la maison, Olivier Brien, en proie à un bouleversement étrange, prit sa tête à pleines mains et cria : « Ah mon Dieu ! » puis il s'écroula, évanoui près du poêle.

Chévaudier entra quelques minutes plus tard en criant :

– Vite ! Venez vite ! On assassine mon bourgeois et sa femme.

Avant de se rendre à la maison où avait eu lieu le crime, Pierre Laporte somma Chévaudier d'aller avertir Basile Papin, le capitaine de milice. Ce dernier avait charge de faire arrêter les criminels. Il fallait agir promptement ; le bandit courait toujours.

Basile Papin demeurait de l'autre côté de la rivière. Sa maison faisait dos à celle des Brien. Laporte recommanda à Chevaudier :

– Ne va surtout pas t'aventurer sur la rivière. La glace est trop fragile ; tu y risquerais ta peau.

– Je vais monter la jument et je ferai le grand détour par le chemin.

Le gendre de Laporte offrit de l'accompagner, mais Pierre Laporte intervint.

– Viens plutôt avec moi chez les Brien.

Chévaudier parti, Pierre Laporte et son gendre, qui vivaient dans la même maison, volèrent au secours de Raymond et Domitille, laissant Olivier aux bons soins de sa femme et de sa fille.

Olivier prit une bonne demi-heure à se remettre d'aplomb. Madame Laporte enroula un bandage autour de son doigt blessé qui perdait beaucoup de sang. Ensuite, elle lui offrit un café qu'il refusa. Puis il se mit à parler à la femme de Pierre Laporte, d'une voix lente, comme celle d'un homme que les sanglots étouffent. Il rapporta les événements, puis il s'exclama :

– Oh ! Pauvre femme !

Ses genoux plièrent et il s'évanouit de nouveau. On lui fit respirer les sels ; cette médecine de maison l'avait ramené à lui à son premier évanouissement.

* * *

D'autres voisins alertés accoururent à la petite maison de pierre. Ils eurent la surprise d'entrevoir le corps de la jeune femme baigné de sang, allongé auprès de la hache meurtrière.

On s'empressait autour de la mourante. Comme on ne savait que faire dans un cas aussi extrême, on la soignait n'importe comment en attendant le médecin qui tardait.

Une heure et demie plus tard, Olivier entra et alla s'asseoir près de la cheminée.

* * *

Joseph Perreault, alerté par Chévaudier, réveilla ses grands garçons. Joseph et Rose étaient atterrés. Rose, secouée par l'idée horrible qu'elle pouvait perdre sa fille, se pressait tant qu'elle enfila sa robe à l'envers. Elle demanda à Daniel de surveiller la maison.

– Je te laisse la garde des petites. Ne leur dis rien. Verrouille bien toutes les portes. Si les voleurs frappent, n'ouvre pas. Si on attaque, prends la hache derrière le poêle.

Daniel voyait sa mère trembler comme une feuille.

Arrivés chez les Brien, Rose et Joseph Perreault entrèrent en trombe dans la chambre du bas. Le spectacle qui s'offrait à leurs yeux était inimaginable. Il y avait du sang sur les murs, le plancher et le lit. La figure de leur fille, tailladée à la hache, était méconnaissable. Le sang sortait abondamment par des fentes qui devaient être son nez et ses oreilles. Le bleu de la mort cernait ses lèvres roses. Domitille gémissait doucement. Rose sentit ses jambes plier sous elle. La blessée ne ressemblait en rien à sa fille, mais elle reconnaissait la robe de nuit inondée de sang qu'elle avait confectionnée pour sa nuit de noces.

Le malheureux père ne put en supporter davantage. Il se sentit mal en point. Sa fille allait mourir ; il ne lui restait même pas la plus infime chance de survie. Il prit sa tête à deux mains, sortit de la maison et alla vomir au bout du perron tout ce qu'il avait sur l'estomac.

Rose tenait la main de sa fille. Ce n'était pas le temps de se laisser aller aux sentiments, de pleurer. Mais où donc se trouvait Joseph ? Pourquoi n'était-il pas au chevet de sa fille ? Domitille allait avoir besoin de l'assistance de ses deux parents pour passer dans l'au-delà.

Raymond s'agenouilla près de la mourante et prit sa main qu'il tint collée contre sa joue. Oh combien il regrettait de ne pas avoir loué la maison de Josine Rotureau! Aujourd'hui, Domitille n'en serait pas à l'article de la mort. La respiration de Domitille faiblissait.

Tout le monde restait là, à regarder la petite victime, à parler tout bas, à espérer l'arrivée du médecin, à prier.

Rose sentit une force surhumaine traverser son corps. Elle devait s'oublier pour sa fille et agir en attendant le médecin. Elle demanda des linges et imbiba le sang qui bouillonnait abondamment des lésions profondes. Elle parlait sans cesse; peut-être pour rassurer Domitille de sa présence, l'encourager; ou était-ce sa nervosité qui se traduisait en paroles?

– Ça va aller, ma petite fille. Le médecin s'en vient, il va te soulager. Tu vas voir que tantôt, plus rien n'y paraîtra. Aussitôt que tu seras sur pied, je t'amènerai à la maison et on te soignera ben comme il faut. Raymond viendra lui aussi.

Médard n'en pouvait plus de voir sa sœur mourante. Il supportait mal la vue du sang et il se sentait complètement inutile. Il aurait voulu faire sa part pourtant et soulager les siens. Il offrit d'aller chercher les Brien à Saint-Jacques, mais Raymond le remercia.

– Olivier est déjà en chemin. Ce n'est pas une nouvelle réjouissante à annoncer, mais il faut en venir là. Ça va achever mes parents.

Raymond restait agenouillé près de Domitille, le visage décomposé, le cœur déchiré de ne pouvoir soulager son mal. Il suppliait le bon Dieu de lui laisser sa petite femme défigurée ou pas, qu'elle ne s'en aille pas comme ça. Il l'aimait tant et ils avaient à peine commencé leur vie de ménage. Préoccupé par les souffrances de sa femme, Raymond oubliait ses propres coups et les entailles à son bras. Il caressait la main blanche et froide, puis sa lèvre inférieure se mit à trembler. Sa peine débordait, comme la rivière à l'époque des crues.

* * *

Arrivé à Saint-Jacques, Olivier frappa à coups redoublés chez son frère Jean-Baptiste. Celui-ci se leva vêtu d'une longue combinaison grise et souleva un coin du rideau. Il tentait de reconnaître l'arrivant à travers la vitre, mais il faisait encore nuit. Il y avait eu des vols récents dans la place et Jean-Baptiste hésitait à déverrouiller sa porte.

– C'est moi, ton frère Olivier. Ouvre vite! Un grand malheur est arrivé à la maison.

Quand Jean-Baptiste se décida d'ouvrir, toute la maisonnée était déjà debout derrière lui. Olivier regardait ses parents, la gorge serrée, sans pouvoir s'exprimer. On alluma la lampe. On le fit asseoir et on lui servit un verre d'eau. Puis Olivier annonça la nouvelle sans aucune précaution :

– Domitille est en train de mourir assassinée. Raymond et elle dormaient dans votre lit quand un intrus est entré et les a frappés à coups de hache.

Geneviève, atterrée, posa ses mains tremblantes sur son cœur.

– C'est abominable ce que tu nous racontes là! Ce n'est pas possible! Qui aurait osé? Un jeune couple en pleine santé. Explique-moi mieux, dit-elle, raconte-moi tout dans le détail.

– Domitille a reçu des coups de hache sur la tête et d'autres en pleine figure. Elle baigne dans son sang. Raymond, lui, a reçu des coups au bras, mais il était debout quand je suis parti. Il a l'air de s'en tirer, mais…

Geneviève se mit à pleurer après ces dernières nouvelles.

Louis-Michel Brien, tenu de faire face à la réalité, joignit ses grosses mains rudes.

– Si j'avais été là! dit-il. C'est moi qui aurais écopé. C'est moi qu'on cherchait à assassiner pour un peu d'argent. Moi, ma vie achève tandis que la vie de la petite ne fait que commencer. On ne meurt pas à quinze ans. Si j'avais été là!

« Si j'avais été là! » une phrase que Louis-Michel répéterait inutilement cent fois par la suite.

* * *

À L'Assomption, la vie s'était arrêtée. À peine les portes de la petite presqu'île s'étaient-elles ouvertes sur un petit matin neigeux que l'effrayante nouvelle du crime volait de maison en maison.

Vers sept heures, tous les villageois savaient que Domitille Perreault, frappée entre minuit et une heure, était sur le point de rendre l'âme après une longue et douloureuse agonie.

Un peu avant midi, Domitille mourait avec les derniers flocons de neige.

Il y eut un silence respectueux, consterné, écrasant. Puis on entendit des lamentations, des sanglots étouffés, des murmures de révolte. Tout le rang était touché, brisé, anéanti. Thélis étreignait Raymond dans ses bras comme un enfant. Ce dernier tremblait et échappait des hoquets incontrôlables, étouffés, presque silencieux.

La plainte du chien rendait ces heures lugubres. Ce chien, il était toujours là quand ils n'en avaient pas besoin, la gueule retroussée, l'œil méchant, prêt à mordre toutes les voitures qui passaient sur le chemin et, au moment du crime, il n'avait même pas aboyé.

Dans un coin de la salle, les yeux rivés sur la fenêtre, Olivier regardait au loin sans rien voir. Il participait à la prière générale, mais depuis ses évanouissements chez les Laporte au cours de la nuit, il semblait qu'aucun sentiment, aucune émotion ne l'atteignaient.

Près du corps, Raymond, atterré, se demandait comment et pourquoi sa jeune femme avait été frappée. Pourquoi Tout-Petit, le chien de la ferme, n'avait pas aboyé, lui qui, à la vue du moindre étranger, jappait à tue-tête jusqu'à ce qu'on lui ordonne de se taire ?

L'engagé se posait la même question, mais comme Raymond, il se demandait par quel hasard Olivier s'était trouvé à l'extérieur de la maison alors que l'alarme n'était pas donnée et que Raymond se croyait encore la victime d'une hallucination. Quelque chose clochait. Olivier ne pouvait être à deux endroits en même temps. Et cette porte ouverte au bout de la maison, où Olivier n'était jamais passé, le rendait perplexe.

Entre deux dizaines de chapelet, les voisins et les parents réclamaient une enquête, voulant savoir si leur propre sécurité n'était pas menacée par un assassin furieux, capable d'entrer dans leur maison en pleine nuit et de s'en prendre à eux.

Mais Raymond préférait ne pas enquêter et ne demander l'aide de personne.

– Ce n'est pas nécessaire, dit-il, cette affaire-là, c'est un mystère. C'est tout !

Pierre Laporte, lui, trouvait que ce crime n'était pas vraiment mystérieux. Comme d'autres, il avait remarqué les traces de sang sur le gilet et sur le pantalon d'Olivier Brien. En retournant chez lui, Laporte vit l'empreinte d'une main ou de ce qu'il croyait être une main sur le bord d'une fenêtre qui donnait sur le perron de sa maison. N'était-ce pas Olivier Brien qui le premier l'avait averti de l'assaut porté contre son frère et sa belle-sœur ?

Laporte ne prit pas en considération l'entaille à son doigt.

Olivier avait aimé la petite Perreault, ce n'était un secret pour personne. Et si c'était lui l'assassin ?

La question était sur toutes les lèvres lorsque mourut Domitille Perreault. On se la posait déjà à voix basse après le départ d'Olivier, parti à Saint-Jacques, chercher son père et sa mère.

Dans la petite maison de pierre pleine de cris et de pleurs, le docteur Cazeneuve enfin arrivait. Il prit le poignet de Domitille et le déposa aussitôt le long de son corps. Le cœur ne battait plus. Il était trop tard bien sûr. S'il avait été là, il aurait pu soulager les souffrances de la jeune femme, mais il était à accoucher madame Chagnon du Point-du-Jour-Sud. Les uns naissaient, les autres mouraient et le médecin s'en voulait de ne pas être partout à la fois.

Il s'essuya le front et les yeux et s'effondra dans un fauteuil. La tête entre les mains, il poussa un long soupir. Ses clients étaient ses enfants. Lui seul pouvait les soigner, les guérir et s'ils mouraient, lui aussi mourait un peu. Cazeneuve ne s'habituait pas à perdre la partie.

Son regard rencontra celui de Raymond. Il n'eut pas à lui annoncer le décès; Raymond savait déjà et il était atterré. Il s'en prenait à Dieu et à diable de lui avoir pris sa femme. Cazeneuve se leva avec effort et le conduisit dans le petit salon où il lui parla longuement.

Dans la maison, on étendit le corps sur une table que l'on avait placée au fond du salon. Les visiteurs se précipitaient en foule par la porte d'en avant et passaient devant le cadavre. Les gens récitaient chapelet sur chapelet. Ce long murmure et les larmes silencieuses des parents attristés rendaient ces heures macabres.

Le curé vint aussi, de même que le capitaine de milice, Basile Papin, qui avait de la justice une vision particulière : pour être efficace, elle devait, pensait-il, être rapide. Et pour qu'elle le soit, des hommes comme Papin, sans doute de bonne foi, s'emparaient du premier soupçon qui se formait dans leur esprit pour en faire un indice de culpabilité.

Papin, ayant vu Olivier Brien et les taches de sang qui maculaient ses vêtements, vit aussitôt dans le jeune homme le coupable qu'il recherchait.

Pourquoi ne pas avoir envoyé des hommes parcourir les routes à la poursuite d'un malfaiteur bien réel et alerté la milice des villages avoisinants? Non. Pas un moment Papin ne songea à cela. Pourtant, on aurait pu réclamer le secours de détectives et amorcer, dès le matin du 23 mars, une véritable enquête.

Au lieu de cela, Basile Papin fondit sur Olivier Brien qu'il interrogea après lui avoir fait remarquer que son attitude était celle d'un lâche. Par surcroît, il l'accusa d'être trop indifférent au malheur accablant de son frère pour n'avoir rien à se reprocher. Ce à quoi, Olivier répondit: «Je suis si bouleversé que je ne sais pas très bien de quoi j'ai l'air.»

Outré par le comportement d'Olivier et indigné par les taches de sang, Basile Papin décida d'arrêter le jeune homme. Il fallait absolument trouver un coupable pour calmer la peur qui sévissait dans la paroisse.

Toutefois, Papin ne le fit pas arrêter immédiatement. Laissant la famille à sa peine, il se prépara à former un corps de jurés qui serait appelé à décider s'il y avait eu meurtre ou pas et s'il soupçonnait Olivier Brien ou pas. Ainsi, Basile Papin ne porterait pas seul le poids de l'accusation.

***

Pendant les heures de liberté qui lui restaient, Olivier Brien se rendit régler une affaire avec Augustin Thibautière.

– Je pars en voyage, dit-il, et je ne sais pas si je serai longtemps parti, mais comme je m'en vais, j'aimerais autant régler notre affaire tout de suite. Tiens, voici l'argent que tu m'as prêté pour acheter ma ligne à pêche. Je ne te dois plus rien.

Ensuite, Olivier, qui se savait soupçonné de meurtre, se rendit au village chez le marchand Thomas Currie. C'est là que Pierre Perreault, agissant au nom du capitaine de milice de l'Assomption, l'arrêta et lui demanda comment les choses s'étaient passées.

– Il m'est bien difficile d'avoir des détails précis là-dessus, dit-il. Je suis allé veiller ce soir-là et je suis revenu à neuf heures. J'ai fait ma prière, je me suis couché dans le petit salon et je me suis endormi sans barrer la porte. On ne barre pas la porte quand il n'y a rien à voler. À un moment donné, je me suis levé puis j'ai gagné la grange pour faire mes besoins dans le dalot des vaches. Au retour, comme il faisait noir comme chez le loup, je me suis enfargé dans une menoire de la voiture près de la laiterie. Je suis tombé et je me suis rouvert le doigt blessé la veille en faisant des chevilles de clôtures, vous le voyez? En entrant, j'ai entendu le grand cri qu'a jeté ma belle-sœur en recevant le coup. Puis j'ai entendu Raymond crier: «On m'assassine.» Le petit Joseph était déjà debout. L'assassin doit avoir passé près de nous sans que nous en ayons eu connaissance. J'étais tellement effrayé que je suis parti en courant avec l'idée d'avertir les voisins. Croyez-vous, monsieur Perreault, que si j'avais commis ce crime, je ne me serais pas sauvé? En tout cas, j'aurais mieux fait de me sauver puisqu'on me soupçonne quand même. Je suis innocent et je me confie à Dieu qui saura dévoiler mon innocence.

Pendant que ses pensées se mêlaient avec la rapidité de l'éclair, Olivier contestait.

– Oh! Et puis après, la mort ne me coûte pas tellement, vous savez. Mais ce n'est pas moi qui a commis ce crime.

– Moi, je te crois. Maintenant, on doit s'en remettre au tribunal. On verra ce que les jurés penseront de ton innocence.

Perreault le rassura et lui dit que de toute façon, il ne pouvait être pendu parce qu'un de ses frères était prêtre.

Les deux hommes prirent la direction de chez Basile Papin, le capitaine de milice[3].

* * *

Olivier, ayant été arrêté, il restait au jury formé par le capitaine de milice à se réunir pour juger du cas et de la culpabilité du principal témoin.

À l'issue d'une enquête sommaire tenue sur les lieux du crime, les jurés, recrutés au village de L'Assomption et dans les rangs avoisinant la petite maison de pierre, déclarèrent qu'ils soupçonnaient Olivier Brien d'avoir assassiné sa belle-sœur, Domitille Perreault.

Là-dessus, les deux hommes se saisirent de l'accusé qui demanda à voir sa mère.

---

3. Le capitaine de milice jouait le rôle de chérif ou de policier.

Celle-ci, les yeux pleins de larmes, veillait le corps de sa belle-fille. Elle leva la tête et vit son enfant encadré par les deux hommes.

– Je suis innocent ! dit-il.

– Je sais, Olivier. Je sais.

Olivier regarda son père. Lui qui, hier encore, s'entêtait dans ses opinions, lui qui ne pliait devant personne ; l'accusation et la détention de son fils le brisaient.

Olivier se tourna de nouveau vers sa mère qui pleurait près du corps de Domitille et dit :

– Ne pleurez pas, maman ! Je n'ai pas peur de ce qui m'attend parce que je suis innocent.

– Je sais ! C'est écrit dans le carnet du bon Dieu.

***

En attendant son procès, Olivier fut conduit à la prison de Montréal.

Le choléra frappait de nouveau et faisait la manchette des journaux. Les journalistes s'emparèrent avec voracité de l'affaire Brien qui leur semblait étrange et sordide.

Chaque soir, Louis-Michel se rendait au village acheter La Minerve, ce journal sortait aux deux jours. L'homme surveillait attentivement ce que disaient les reporters rusés, rapides et subtils.

La Minerve écrivait :

Le meurtre a été commis dans des circonstances mystérieuses. La victime a été tuée à coups de hache alors qu'elle dormait depuis quelques heures à peine. Elle a été tuée auprès de son mari pendant qu'il dormait aussi et l'assassin serait son propre beau-frère.

Les journaux parlaient donc d'un frère ulcéré par le mariage de son frère et de celle qu'il aimait, un garçon dénaturé, déterminé à mettre fin au doux bonheur des époux.

En peu de temps, les versions les plus fantaisistes succédèrent aux versions les plus folles et bien sûr, Olivier y conservait toujours le visage du coupable.

Louis-Michel Brien, impuissant, déposa le journal et, bouleversé, il cacha sa figure dans ses mains.

Les nuits suivantes, il dormit très mal.

XXVI

Le procès d'Olivier n'eut lieu qu'à la fin de l'été 1834. Cette année-là, le choléra revenait en force. On reportait la date des instances de semaine en semaine à cause de l'épidémie qui sévissait. Le recrutement des jurés était difficile; sitôt assignés, la moitié mourait du choléra.

Après avoir entendu les témoins, les premiers jurés déclarèrent Olivier Brien innocent du crime de sa belle-sœur.

Mais à cause d'un taux d'absence trop élevé, la cour s'objecta. On rassembla un nombre suffisant de nouveaux jurés, le même manège recommençait. Ceux qui étaient appelés se trouvaient la plupart du temps affectés par le terrible fléau qui ne laissait de répit ni aux hommes ni à la justice. Une semaine plus tôt, toute la famille Mercier s'était éteinte: le père, la mère, le fils, la bru et un voisin. Tous étaient disparus en l'espace de six jours.

La sélection des récents jurés fut donc moins sévère. La défense se fit moins exigeante, compte tenu de l'épidémie.

Le mardi, le 2 septembre 1834, la cour criminelle de Montréal ouvrait ses portes.

Messieurs le juge en chef Reid, le juge Pyke et le juge Gale prenaient leur siège. La galerie était vide, par ordre de la cour.

À dix heures, le procureur de la couronne appelait les témoins : Raymond Brien, Pierre Brien dit Desrochers, Joseph Chévaudier dit Lépine, Pierre Laporte, Joseph Picotte, le capitaine Basile Papin, François-Xavier Gauthier, Augustin Thibautière, Pierre Perreault, Joseph Gauthier et le docteur Louis-Joseph Charles Cazeneuve, qui avaient juré et été interrogés.

Ces témoins étaient payés cent louis par jour pour témoigner au procès d'Olivier Brien.

Olivier Brien dit Desrochers âgé de vingt ans, accusé du meurtre de Domitille Perreault, épouse de son frère, fut appelé à la barre. Vêtu de drap bleu, il était pâle suite à une longue réclusion.

Monsieur Grant était son avocat.

Le greffier appela et assermenta d'emblée les douze seuls jurés qui s'étaient présentés devant la cour, le vingt-huit août précédent.

Alexis Dubuc	Lambert Fontaine
Louis Poissan	J-Bte Bernard
Jacob Lamontagne	Pierre Leduc, à Guillaume
J-Bte Amiot, fils	Pierre Bougie
Antoine Franche	J-Bte Hélémond
Xavier Meloche	Alexis Blain

Le procès ne dura qu'une journée. Comme les trois juges et maître Grant, l'avocat de la défense, étaient tous des Anglais, la langue parlée fut tantôt l'anglais, tantôt un français désarticulé qui, avec ses saccades, faisait penser à un pantin, sec, froid, impartial.

On n'y apprit pas grand-chose, sinon que Chévaudier avait rapporté qu'Olivier et sa belle-sœur avaient eu une querelle sans importance une quinzaine de jours avant le meurtre. Par contre, tous les témoins appelés à la barre s'accordaient à dire qu'Olivier s'était toujours comporté honnêtement et qu'il se montrait serviable et gentil avec Domitille, allant même jusqu'à laver lui-même son plancher. Était-ce là, l'attitude d'un meurtrier?

Le sang trouvé par Joseph Picotte sur les culottes d'Olivier Brien, le fait que le chien n'ait pas jappé et que l'arme du crime ait été la hache de la maison, rangée dans un endroit connu des habitants seulement, persuadèrent le jury de la culpabilité d'Olivier Brien.

La défense ne prit pas en considération le fait que Raymond n'avait pas vu d'autres taches de sang sur le gilet et sur les culottes d'Olivier que celles de la veille quand Olivier s'était blessé à un doigt, ni le fait que Chévaudier, le jour du crime, avait vu du sang sur la neige près de la porte du côté ouest de la maison par où Olivier Brien n'était jamais passé, ni que la hache avait disparu du hangar depuis quelques jours.

Pour Chévaudier, il était clair qu'Olivier n'était pas le coupable. Le garçon avait ajouté: «Il n'y a pas eu de recherches ni de démarches faites pour découvrir l'assassin et je ne sais pas pourquoi. Monsieur Brien venait de recevoir un montant d'argent. Je ne saurais vous dire combien parce que ces choses ne me regardent pas.»

Des bandits, des coureurs de grands chemins commettaient leurs méfaits à cheval, mais ces derniers temps, on les oubliait tellement ils se faisaient rares.

Peu de temps avant le crime, Louis-Michel avait reçu le paiement de son blé et des cordes de bois vendues à l'hôtelier, au chapelier et à des villageois. Olivier, en sortant la nuit pour ses besoins, aurait-il dérangé le voleur? L'argent n'aurait pu être trouvé. Louis-Michel avait la somme sur lui, une énorme liasse qui gonflait son portefeuille. Le vol était-il un prétexte à tuer?

Ces alibis solides, s'ils avaient été pris au sérieux par maître Grant, avocat de la défense, auraient été suffisants pour gracier Olivier.

À quatre heures, l'après-midi du même jour, le jury se retira pendant une quinzaine de minutes avant de rendre le verdict de culpabilité.

Olivier s'écroula.

L'honorable George Pyke qui avait réclamé l'impartialité du jury, s'adressa ensuite à Olivier en lui faisant remarquer qu'il n'avait désormais rien à espérer de l'existence, ayant été trouvé coupable d'un crime horrible.

Le juge, qui n'aimait sans doute pas perdre de temps, fixa l'exécution au 4 septembre, surlendemain du procès.

Les honorables juges de la cour criminelle de Montréal firent modifier une partie de la sentence en reportant l'exécution d'Olivier Brien au vendredi 28 septembre suivant.

À Montréal, on espérait que d'ici cette date, la sentence contre Olivier Brien soit commuée, mais la justice prompte, sévère, inflexible suivit son cours.

* * *

Les filles, Marie, Sophie et Isabelle Brien, firent des mains et des pieds pour empêcher leurs parents d'assister à l'exécution. Elles eurent beau insister, supplier, s'emporter, ce fut pour rien, chaque tentative se terminait dans les cris et les larmes.

— Votre frère, mon fils, mon petit, disait Geneviève, est condamné à mort. Comment un père et une mère pourraient-ils abandonner leur propre enfant à ses derniers moments ? Si seulement je pouvais aller le consoler ou encore mourir avec lui.

— Je vous comprends, maman, approuvait Marie, on pense comme vous, mais on voudrait vous épargner la douleur de voir Olivier, la cagoule sur la tête, les fers aux mains et aux pieds.

Marie savait que sa mère gardait espoir, jusqu'à la toute fin, qu'on commue la peine d'Olivier en une autre moins sévère. Elle s'était laissée dire qu'un condamné était exempté de la peine de mort s'il y avait un prêtre dans sa famille. Mais en ce triste matin, son espoir venait de se changer en désespoir.

Geneviève exigea que chacun des siens porte le deuil, le jour de l'exécution, de manière à être reconnus d'Olivier.

* * *

La veille de l'exécution, Geneviève parla à Olivier.

— Demain, je souffrirai avec toi, comme au jour de ta naissance, parce que je t'aime. Je te sais innocent. Une mère connaît assez bien son enfant pour reconnaître sa franchise. Je sais que tu es un honnête homme. Jusqu'à la fin, je croirai à ta libération ; le vent peut encore tourner.

— N'assistez pas à la pendaison, maman.

– Personne ne pourra m'en empêcher. Tu ne partiras pas seul.

– On part toujours seul.

À côté, Louis-Michel assistait à leur entretien, le cœur serré d'angoisse. Avant de se retirer, il serra son fils dans ses bras.

* * *

Le 27 septembre 1834, veille de l'exécution, la famille d'Olivier était muette de terreur. Dans la petite maison de pierre, les Brien s'étaient rassemblés et avaient passé la journée à prier. À minuit, les prières s'étaient subitement changées en sanglots. Puis tout le monde monta dans les bogheis. Les exécutions avaient toujours lieu à l'aurore.

Olivier devait être exécuté à Montréal dans la cour de l'ancienne prison, rue Notre-Dame. La prison attenante au palais de justice s'étendait jusqu'à la place Vauquelin.

C'était une bâtisse de pierre à deux étages sur rez-de-chaussée. La partie centrale était surmontée d'un fronton et d'un petit dôme et allongée d'une aile de chaque côté. À l'arrière, face au Champ-de-Mars et au-dessus de la porte du préau se dressait la potence.

Longtemps avant que les portes ne s'ouvrent, plusieurs milliers de Montréalais s'étaient déplacés pour l'exécution d'Olivier Brien. Chacun cherchait la meilleure place, mais les autorités les repoussaient pour laisser l'avantage aux notables et aux familles immédiates. Geneviève Brien, la mère du condamné, était du nombre. Ces derniers mois, des mèches de cheveux blancs avaient plaqué son front et la douleur avait creusé des rides sur son doux visage. La pauvre mère était dans un état si lamentable qu'elle pouvait à peine se tenir debout. Les filles, glacées d'effroi, se serraient les unes contre les autres et surveillaient leur mère. Celle-ci ne supportait pas d'être touchée. Geneviève ne permettait rien qui puisse l'empêcher d'être en communion directe avec Olivier. Mais les filles n'obéirent pas. Geneviève se retrouva enserrée malgré elle comme dans un étau. À côté, Louis-Michel et Raymond étaient encadrés de Thélis et Jean-Baptiste. Louis-Michel, autrefois droit et fier, marchait les épaules voûtées. Sous son masque impassible, un pli dur barrait son front et une expression douloureuse plissait ses lèvres.

À proximité se tenaient deux remarquables reporters, l'un pour *La Minerve*, l'autre pour *L'Indicator*, tous deux armés de papiers et de crayons ; une précieuse valeur pour les journaux. Une sourde agitation déchirait la place de l'exécution. Des garçons appuyaient de longues échelles au mur de pierre afin de ne rien manquer du terrible spectacle. Sur cette place lugubre planait une infinie tristesse avec dans l'air une odeur de choléra. Un grand bruit de foule réveillait la place

On amenait Olivier. Il n'avait pas mangé depuis vingt-quatre heures, ayant refusé toute nourriture. Il regardait la muraille et s'étonnait d'être là. Jusqu'à la dernière seconde, il avait espéré être libéré. Ce n'était pas possible qu'il soit pendu. Les magistrats commettaient une erreur et ils allaient revenir sur leur décision. Mais l'heure fatale approchait. Qu'est-ce qu'on attendait pour le relâcher ?

Quel malheureux destin le menait? Son espoir se changea en désespoir.

Les chaînes aux mains et aux chevilles, il marchait lentement comme un accablé. C'était un autre que lui-même qui était là, qui s'en allait au devant de la mort.

Il se fit un grand silence dans l'assistance.

La vue du condamné, d'abord calme, s'arrêta sur la potence érigée expressément pour lui. Puis son regard devint effaré, fixe, empreint peu à peu d'épouvante. Des gouttes de sueur sortaient de la racine de ses cheveux et coulaient sur ses tempes.

Sa famille se tenait aux premières places. Il vit la dernière image de sa mère amaigrie et il reconnut sur son visage la même frayeur que la sienne. Cette image douloureuse, imprégnée dans son âme, le suivrait dans l'au-delà.

Messire Denis, vicaire de la paroisse de Montréal, après avoir donné tous les secours de la religion au prisonnier, marchait à ses côtés. Il devait l'assister jusqu'au dernier moment.

Olivier Brien, grand, droit, la tête haute de son innocence, refusait de porter la cagoule du meurtrier.

Il avait conservé son courage et sa foi depuis le jour de son jugement, mais maintenant, elle l'abandonnait complètement à l'approche du moment fatal, en telle sorte qu'il devint nécessaire de soutenir ses pas chancelants.

Tout le monde s'attendait à ce qu'au dernier moment, le condamné avoue sa faute, demande pardon à la famille éprouvée comme le faisaient chaque fois les condamnés.

Il n'en fut rien. Les mots adressés au peuple par Olivier furent courts et prononcés d'une voix faible qu'il tenta inutilement d'élever pour être entendu. Il ne parla en aucune manière du crime qu'il allait expier, ce qui surprit ceux qui s'attendaient à ce que des aveux sanctionnent le jugement qui le frappait. Il pria le bourreau de hâter sa fin.

Il y eut des murmures, des doutes chez les magistrats, mais personne n'arrêta le processus.

Les gens ressentaient de la compassion pour ce jeune homme pâle qui s'en allait au-devant de son sort. La foule réclamait son pardon, suppliait, criait, hurlait. Mais la justice suivit son cours et rien ne changea la décision des magistrats.

Placés au premier rang, Louis-Michel, Geneviève et leurs enfants, le visage blanc de terreur, se tenaient très serrés. Les larmes aux joues, les mains jointes, les yeux au ciel, ils priaient.

Subitement, la trappe s'ouvrit et le corps d'Olivier se balança dans le vide.

Il se fit un grand silence. Geneviève sentit un coup au cœur et la douleur devint intolérable. Elle poussa un cri déchirant, si long que tous crurent qu'elle ne reprendrait pas son souffle. Puis elle eut un hoquet et s'évanouit dans les bras de ses filles. Aussitôt, tous les siens se jetèrent la face au sol, incapables de regarder le corps d'Olivier se balancer au bout de la corde.

La mort fut lente. Si le nœud d'attache avait été formé selon les normes, la mort aurait été immédiate, mais il n'était pas adéquat.

Olivier se tordit de douleur pendant trente interminables minutes, les mains attachées dans le dos, le visage convulsé de douleurs, les yeux exorbités de terreur et injectés de sang. Tout son être était secoué par des spasmes horribles. La délivrance se faisait attendre. Le prêtre récitait des prières et avec la prolongation des souffrances du condamné, le ton des supplications changeait en timbre et en intensité. Olivier n'en finissait plus de mourir. Et la voix du prêtre se faisait encore plus forte, plus pressante. La mère, revenue de son évanouissement, était suppliciée par les souffrances de son enfant qui l'atteignaient au plus profond de ses entrailles. Puis les genoux du pendu plièrent cinq ou six fois et finalement, son corps se raidit.

Les Perreault se tenaient en retrait. Rose s'avança, aida Geneviève à se relever, la serra dans ses bras et mêla ses larmes aux siennes. Les Perreault avaient toujours cru en l'innocence d'Olivier.

Marie, Isabelle, Sophie, Thélis, Jean-Baptiste et Raymond étreignaient leurs parents et mêlaient leurs larmes quand, dans le silence, ils entendirent un magistrat présent avouer: «Je crois qu'on vient de pendre un innocent.»

Un murmure, comme une traînée de poudre, et toute la place connut le scandale en quelques minutes.

Louis-Michel, le poing levé, bouscula les journalistes et se rua sur le procureur en le frappant à coups de poing et en criant: «Criminel! C'est ben le temps! Deux minutes plus tôt et mon fils était sauvé. Vous venez de pendre un homme que vous croyez innocent. Vous méritez la même fin.»

Le magistrat enfonçait le cou dans ses épaules et battait des bras pour éviter les attaques répétées de Louis-Michel.

Thélis et Raymond s'interposèrent aussitôt. S'il faisait affront à la justice, leur père serait poursuivi pour outrage à magistrat.

– Laissez-moi le tuer ! criait le pauvre père.

Thélis lui conseilla à voix basse :

– Papa, pensez à votre cœur et laissez à l'assistance la charge de s'en prendre à la justice. Regardez comme les gens sont révoltés.

Louis-Michel tomba à genoux, en pleurant et rageant. Ses poings martelaient le sol.

– Ils ont tué mon fils. Ils méritent la potence.

La population indignée se soulevait, criait, hurlait. C'était comme si cette exécution ensanglantait toute la foule.

* * *

Le lendemain, dans la petite maison de pierre, le journal croupissait entre les cuillers du déjeuner. Louis-Michel l'ouvrit. On parlerait peut-être du soulèvement contre les magistrats. Il était trop tard pour son fils, bien sûr, mais si l'exemple pouvait servir à d'autres.

Le journal La Minerve relata ainsi les faits :

Ce malheureux avait conservé sa fermeté depuis le jour de son jugement, mais elle parut l'abandonner complètement à l'approche du moment fatal, en telle sorte qu'il devint nécessaire de soutenir ses pas chancelants.

Messire Denis, vicaire de la paroisse de Montréal, avait donné tous les secours de la religion au prisonnier et l'assista jusqu'au dernier instant.

Les mots adressés au peuple par Brien furent courts et prononcés d'une voix faible qu'il tenta inutilement de lever assez pour être entendu. Il ne parla en aucune manière du crime qu'il allait expier, ce qui surprit ceux qui s'attendaient à ce que des aveux sanctionnent le jugement qui le frappait. Il pria (le bourreau) de hâter sa fin et il fut lancé dans l'éternité. Le peu d'habitude qui préside à ce genre d'exécution put rendre ses souffrances assez longues.

À propos des exécutions publiques, dont un nombre de personnes de plus en plus grand déploraient la coutume, *La Minerve* émit ce souhait : *Nous ne condamnons point nos compatriotes de suivre un exemple trop commun en Europe. Nous formons des vœux pour que les lois nous épargnent ces scènes trop pénibles.*

Louis-Michel relut le reportage deux fois. Puis il repoussa le journal et s'exclama :

– Les reporters n'ont même pas parlé de l'erreur du magistrat qui a avoué publiquement s'être trompé. Voilà où en est la justice !

Olivier Brien avait toujours nié ce crime pour lequel il avait été exécuté. Son seul péché n'avait-il pas été d'avoir aimé Domitille Perreault ?

Malheureusement, la justice avait omis d'explorer d'autres avenues avant de le juger et de le rayer du nombre des vivants.

XXVII

Olivier, un beau jeune homme dans la force de l'âge, venait de disparaître. Il avait toute la vie devant lui et, du jour au lendemain, plus rien.

Sur sa famille s'appesantissait une fatalité de plus en plus terrible.

Geneviève était inconsolable et pour ne pas l'accabler davantage, personne ne parlait plus d'Olivier, pas même son mari qui refoulait sa peine au fond de lui, et encore moins ses enfants ; entre eux, c'était le silence total comme si leur frère n'avait jamais existé. Pourtant, Marie, l'aînée, l'avait bercé. À la naissance d'Olivier, Marie avait quatorze ans et, dans le temps, elle s'occupait du bébé comme s'il avait été son propre fils. Non, personne ne pleurait avec Geneviève.

Depuis le jour maudit, la pauvre mère avait perdu son énergie. Les volets de la petite maison de pierre restaient obstinément fermés, comme une barrière qui la coupait du reste du monde, comme si elle se défendait de regarder briller le soleil, de respirer, de vivre. Pour Geneviève, se résoudre au bonheur aurait signifié oublier son fils, l'abandonner, le renier. Comme si un cœur de mère pouvait briser le cordon infrangible de la maternité. Geneviève se sentait plus près d'Olivier dans sa souffrance. Elle en oubliait ceux qui restaient.

À cœur de jour, Louis-Michel dormait dans la berceuse, la bouche entrouverte. Ses lourds ronflements devenus familiers ne dérangeaient personne. La maison était lugubre, noire, silencieuse, froide, plus vide qu'une tombe.

Les voisins et la parenté, intimidés, refusaient d'infliger aux Brien la torture de leur présence. Ils craignaient de paraître indiscrets, inconvenants, et, plutôt que se de lancer dans un gouffre et d'imposer un malaise à la famille éprouvée, ils choisirent de s'abstenir. C'est toujours un peu gênant de regarder la tristesse en face.

Derrière ses volets, Geneviève aurait pu les voir penchés dans leur jardin ou en repos dans leur balançoire. Mais non, elle avait délibérément choisi l'isolement.

Depuis le triste événement, Louis-Michel, Raymond et le petit Joseph se présentaient aux repas devant une table rase. Geneviève se levait alors de sa chaise, le marcher lourd comme si elle portait Olivier sur ses épaules, et elle déposait devant eux une miche de pain, du beurre et un pain de sucre du pays, puis, le regard éteint, elle se rassoyait et grappillait quelques miettes qui passaient difficilement dans son gosier sec.

Louis-Michel la regardait avec pitié, bien conscient que quand le cœur est trop gros, il empiète sur l'estomac.

Où donc étaient passées les douces années de béatitude où Geneviève chantait en abattant sa besogne ? Olivier parti, leur vie avait basculé et désormais, plus rien ne redeviendrait comme avant.

Louis-Michel se rendit au jardin et rapporta quelques tomates qu'il ajouta à ce repas de misère.

* * *

Après le souper, Geneviève allait régulièrement vider sa tristesse au bout du champ. Elle marchait, le pas lent, dans le sens des guérets labourés en lignes droites qui rappelaient un lainage côtelé. Elle longeait une rangée de piquets qui divisait les champs et, sans cesse, son pied distrait butait sur les racines que le soc avait déterrées.

Louis-Michel savait ce qu'elle allait faire là-bas toute seule. Il ne lui posait pas de questions embarrassantes. Cependant, chaque fois, son cœur se serrait.

Il la regardait aller. Il la voyait de dos. Elle avait encore maigri : la peau et les os. Elle ne marchait plus, elle se traînait. À force de ne pas manger, Geneviève irait bientôt retrouver Olivier dans l'au-delà et lui-même suivrait Geneviève de près. Louis-Michel souffrait de ne pouvoir partager sa peine avec sa femme. Ils avaient toujours été si près l'un de l'autre. Il aimait Geneviève plus que tout. Un jour, ils avaient fondé un foyer ensemble, puis ils avaient eu des enfants et les choses avaient marché dans l'ordre. Ils avaient vécu des années de bonheur tranquille. Geneviève ne se souvenait donc plus ? S'ils avaient pu se parler, se consoler, laisser s'échapper le trop plein de tristesse… Mais Louis-Michel ne pouvait pas. Parler de la mort d'Olivier signifiait suffoquer, étouffer, s'étrangler encore une fois au pied de la potence et il n'en pouvait plus de revivre ce drame. Il croyait qu'avec le temps, son désespoir s'en irait dans le silence et dans l'oubli. Ainsi, Louis-Michel, Geneviève et Raymond, sacrifiés, crucifiés, traînaient, chacun pour soi, leur détresse accablante.

* * *

Là-bas, assise sur une souche, Geneviève pouvait se rappeler tout à son aise la naissance d'Olivier.

C'était vingt ans plus tôt, le 3 février 1814. Il faisait un froid mordant et elle avait beau enrouler son nourrisson bien serré, celui-ci repoussait chaque fois ses couvertures et passait une petite jambe maigrelette entre deux barreaux du berceau, comme s'il voulait lui faire comprendre qu'il avait été à l'étroit si longtemps, qu'il voulait maintenant qu'on lui laisse enfin sa liberté. Et deux ans plus tard, il descendait l'escalier sur les fesses ; et cette fois où Olivier, couché à plat ventre derrière le poêle, attrapait les chatons. Deux petits pieds ronds dépassaient et elle devait user de prudence pour ne pas les piétiner. Et quand il arrachait du potager des carottes, à peine plus grosses qu'un cheveu, qu'il lui présentait comme un bouquet. Elle aurait été davantage tentée d'embrasser ses menottes d'enfant que de le réprimander. Si elle le reprenait, il passait ses petits bras autour de son cou et la serrait tendrement.

Maintenant, son petit n'était plus. On l'avait pendu. Geneviève repensait au jour maudit, à la potence, à son Olivier qui étouffait et se débattait des bras et des jambes, à ses yeux exorbités. Les images revenaient la hanter et ils la hanteraient jusqu'à sa mort. Ce jour-là, on avait exécuté la mère avec le fils.

Elle porta les mains à sa gorge puis les remonta sur ses joues larmoyantes. Et comme une enragée, elle se mit à frapper son cœur à coups de poing, jusqu'à s'en faire mal, là où son Olivier demeurait bien vivant. Se sachant seule et à son aise, elle hurlait :

– Olivier, mon enfant, ma chair !

Ses larmes essuyées, son visage se fermait. Elle redescendait lentement à la maison avec son joug écrasant sur les épaules.

* * *

Raymond Brien étouffait seul dans son coin. Depuis le drame, dans cette famille, on ne parlait plus que pour le strict nécessaire.

La petite maison de pierre, autrefois vivante et riante, était morte et invivable. Les volets, comme les cœurs, restaient obstinément fermés. La mort avait laissé sa marque indélébile.

Raymond n'en pouvait plus de supporter cette atmosphère silencieuse, de vivre dans ces lieux maudits où tout lui rappelait sa jeune femme ensanglantée et l'exécution de son frère.

Raymond s'ennuyait de Domitille, d'entendre son pas affairé dans la cuisine, de sa joie de vivre, et c'était pénible. Il croyait ne jamais s'en sortir, mais c'était une erreur de penser qu'on touche le fond. La vie avait encore son mot à dire. Après des mois de deuil, Raymond sortait des limbes, des ténèbres, de son isolement. Sa jeunesse et sa soif de vivre l'emportaient enfin sur son veuvage, comme une éclaircie après les lourdes pluies d'orage.

L'idée le prit de refaire sa vie, mais dans ce coin de pays, quelle fille voudrait de lui ? Ici, les gens se connaissaient trop, le déshonneur ne s'oubliait jamais. Dans la place, les siens resteraient toujours le père du pendu, la mère du pendu, la sœur du pendu, le frère du pendu…

Raymond surveillait les annonces du journal *La Tribune*. Il ne lui restait plus qu'une issue, fuir vers la grande ville. Ici il était en train de s'enterrer vivant. Là-bas, il passerait inaperçu. Et parmi tant de monde, peut-être pourrait-il trouver une fille qui ressemblerait à Domitille. Mais encore fallait-il abandonner la belle ferme et ses vieux parents. Il voyait une montagne se dresser devant lui et sa famille faisait partie de cette montagne. Restait Chévaudier. Si lui voulait bien prendre soin des vieux, Raymond serait prêt à lui léguer ses droits.

Raymond retourna cent fois son projet dans sa tête avant d'en parler à son père. Il craignait de l'achever.

— À la ville, je pourrais refaire ma vie. Ici, les gens n'oublient pas facilement. Pour eux, je reste le frère d'un pendu, même si je suis convaincu de l'innocence d'Olivier. Chévaudier pourrait prendre la relève sur la ferme et s'occuper de vous deux. Vous avez toujours été si bons pour lui. Il pourrait à son tour se marier et avoir des enfants.

À en juger par son regard et les rebondissements de sa poitrine, Louis-Michel retenait sa colère.

Sa réponse fut catégorique.

— C'est non ! La terre des Brien restera aux Brien.

Louis-Michel était un homme de grande autorité envers ses enfants, mais Raymond avait l'âge de décider ce qui était bon pour lui.

— Pour moi, c'est clair, je pars d'ici. La terre, faites-en ce que vous voulez.

— Si tu te mets les pieds dans les plats, tu ne t'en prendras qu'à toi.

Son idée faite, Raymond se prépara au changement. Avant son départ, il avait un tas de problèmes pratiques à régler. Il apprit d'abord à Chévaudier à bien gérer les affaires. Le garçon en connaissait déjà beaucoup sur le travail d'une ferme.

— Je serai à tes côtés pour marchander la vente du blé. En attendant, trouve-toi un coin sûr où cacher ton argent. Il y a toujours des profiteurs, des gens malhonnêtes dont il faut se méfier.

Raymond dut aussi se soumettre à des formes légales.

Il ne parlait plus de son départ qu'il préparait comme une grande expédition. Il fuyait le regard de son père.

Sa mère observait son comportement. Geneviève savait lire au fond des cœurs. Elle laissa passer trois jours et lui dit :

— Tu ne parles plus à ton père ?

— Si c'est juste pour attiser sa colère... J'ai appris à me la fermer.

— Nous, on n'a plus que toi.

— Je ne changerai pas d'idée. Je veux refaire ma vie ailleurs, fonder une famille. Si vous voulez me suivre, vous avez ben beau.

– Peut-être, là-bas, ne trouveras-tu qu'un revenu de misère pour vivre dans l'inconfort. Il y a tout un monde entre la ville et la campagne. Ici, la terre est féconde et puis t'es aimé de tout le voisinage.

Raymond ne se laissa pas attendrir par sa dernière phrase. D'abord, qu'est-ce que sa mère en savait? Depuis le départ d'Olivier, elle ne mettait plus un pied dehors. Il recula sa chaise et se leva d'un bond.

– Ne venez pas m'en conter! Je n'y crois pas une minute.

Geneviève le regardait intensément. Raymond avait le même entêtement que son père. Elle secoua la tête et se mit à pleurer

– Tu cherches à nous faire mal, à ton père et à moi?

Raymond la regardait d'un air tranquille comme s'il en avait assez de tenir tête. Tout de même, au fond de lui, il détestait faire pleurer sa mère. Il monta se coucher.

Cette querelle marquait la fin de la journée et le début d'une nuit sans sommeil.

XXVIII

À vingt-sept ans, un malheur frappait Charlotte Chévaudier. Son mari, Aurèle Lorion, décédait accidentellement au moulin à scie. Du jour au lendemain, la jeune femme se retrouvait veuve et sans le sou avec sept enfants en bas âge.

Comme le lecteur s'en souvient, Charlotte était la fille de Blandine Chévaudier, qui demeurait à quelques fermes des Brien. Elle avait uni sa destinée à Lorion, un ami d'enfance, et, aux yeux de tous, le jeune couple et leurs sept enfants vivaient un bonheur parfait. Toutefois, dans l'intimité, c'était différent ; les Lorion vivaient dans une pauvreté extrême. Le mari en était à son troisième jour de travail lors de l'accident fatal. Et le couple traînait une peine invisible, un lourd secret qui assombrissait leur bonheur.

***

Quinze ans plus tôt, Charlotte, alors âgée de douze ans, avait accouché d'un garçon et tout juste avant l'aube, sa mère avait déposé l'enfant devant la porte des Brien. Depuis ce jour, leur fils vivait en permanence chez ces amis de la famille, sans que ni lui ni les Brien ne connaissent ses origines.

* * *

Louis-Michel et Geneviève Brien, amis et voisins des Chévaudier, se firent un devoir d'assister aux funérailles d'Aurèle Lorion. Le petit Joseph les conduisait. Après l'enterrement, toute l'assistance se retrouva chez les Lorion qui demeuraient sur le coteau. Chacun avait apporté soit des galettes, des gâteaux, des pâtés de viande, des tartines, etc.

Tout le petit bourg était attristé par cet accident mortel qui avait pris un des leurs. On offrait les condoléances à Madame Charlotte qui était inconsolable et on embrassait les jeunes orphelins vêtus de noir.

Le petit Joseph ne serra pas la main de la veuve. Il restait étranger à toutes ces cérémonies d'usage et, vu son jeune âge, on lui pardonnait son indifférence.

Il se faufila à travers les visiteurs et s'assit sur la chaise la plus proche de Blandine. Il adorait cette femme au front haut, au teint rose et au regard tranquille derrière ses lunettes à monture de métal.

Celle-ci lui adressa son plus beau sourire. Le cœur du garçon se mit à battre gaiement, comme lorsqu'il était enfant, les fois où Blandine venait en visite chez les Brien et qu'il montait sur ses genoux. Madame Geneviève le sermonnait, lui disait: «Va donc jouer dehors! Tu déranges la visite.» Mais le garçon ne bougeait pas, comme si en présence de Blandine, il n'entendait plus les ordres. Blandine n'était-elle pas sa marraine? La femme refermait tendrement ses bras sur lui. À l'occasion, elle lui apportait soit un toutou cousu de ses propres mains, soit une paire de bas de laine et chaque fois, elle disait : « Tiens, j'ai tricoté ça avec un reste de laine », ou bien : « C'est pour toi, chez moi, ça ne sert plus. » Maintenant, il était trop grand pour les câlins et les gâteries, mais l'attachement qu'il portait à sa marraine restait gravé dans son cœur d'orphelin.

Blandine tapota affectueusement son genou. Elle bouillait de lui révéler un secret tout de suite dans ce salon devant le cadavre de son gendre, mais elle craignait la réaction de Joseph ; elle risquait de provoquer un esclandre devant les visiteurs. Et puis c'était à Charlotte que revenait la tâche de parler. Ce secret lui appartenait.

* * *

Après des mois de veuvage et de pauvreté, Charlotte se décourageait. Il lui restait deux solutions si elle ne voulait pas que ses enfants meurent de faim : soit se remarier, si naturellement un veuf voulait bien d'elle, ou encore, reprendre son fils Joseph et le rendre responsable de sa famille. Joseph avait l'âge de travailler.

Avant, elle devrait rendre des comptes, briser un silence qu'elle aurait pensé éternel. Comment réagirait Joseph en apprenant qu'elle avait marié son père et qu'ils ne l'avaient pas repris aux Brien à cause des commérages ? Son fils lui cracherait sans doute son dédain au visage. Mais comme elle ne trouvait aucune autre solution, elle tenterait de lui parler, de lui expliquer. Ce ne serait pas facile de lui faire comprendre sa situation, mais avait-elle le choix avec sept enfants à nourrir ?

Charlotte en savait long sur Joseph. Dans le temps, son père ne voulait pas en entendre parler. Son orgueil en avait pris un coup. Mais sa mère veillait sans relâche sur son petit-fils et elle lui rapportait tout ce qui touchait l'enfant de près ou de loin.

Depuis le départ de Raymond Brien, le petit Joseph possédait une belle ferme et une bonne maison de pierre. Il s'occupait seul du travail aux champs et, une fois son travail terminé, il lui arrivait souvent de préparer les repas que Geneviève négligeait.

Charlotte devait lui parler. Avait-elle un autre choix? Toutefois, elle remettait sans cesse cette démarche déplaisante. D'abord, les Brien ne connaissaient pas les origines de Joseph; comment réagiraient-ils en apprenant la vérité? En voudraient-ils aux Chévaudier de les avoir tenus en dehors de cette naissance, eux qui avaient été si intimes dans le passé? Elle ne se décidait pas à parler à Joseph de sa pauvreté. C'était l'humiliation suprême que de quémander de l'argent à son fils. Et si elle allait habiter chez lui? Le petit Joseph gardait déjà les vieux Brien. Que diraient ceux-ci et leurs enfants de voir sept gamins prendre la maison d'assaut, et pour comble, sept petits étrangers? Tout ce beau monde aurait sa propre opinion.

Le seul fait de parler à Joseph à l'insu des Brien et de ses enfants s'avérait un casse-tête pour Charlotte. La veuve attendait une occasion qui ne se présentait pas. Elle remettait à plus tard. Finalement, elle s'en remit au curé et ce dernier arrangea une rencontre au presbytère.

Le prêtre les laissa seuls dans le bureau.

Le petit Joseph regardait la femme vêtue de noir qui demandait à lui parler.

Charlotte cherchait ses mots.

— Tu dois sans doute te demander la raison de cette rencontre ? Si nous sommes ici, c'est qu'il fallait que je te parle, seul à seul.

Joseph secoua les épaules.

– Ton père est mort le mois dernier.

– Pardon ?

– Mort à son travail, au moulin à scie. Un bête accident.

Il y eut un silence. Puis Joseph se leva de sa chaise. Nerveux, il bougeait sans arrêt.

– Vous avez connu mon père ? Parlez ! Je veux tout savoir de lui. Qui est-il ?

– Je suis ta mère et ton père était Aurèle Lorion, mon mari.

– Vous seriez ma mère ? À votre âge ?

Joseph releva la mantille noire qui lui voilait la figure, puis il la regarda dans les yeux comme s'il la voyait pour la première fois.

Charlotte s'attendait à ce que son fils l'embrasse, lui tombe dans les bras, que tous deux reprennent le temps perdu. Mais rien de tout ça. Il laissa tomber le petit voile de dentelle noir sur le visage émacié.

La veuve recula d'un pas et se rassit. Cet aveu l'épuisait moralement.

– Aurèle Lorion était mon père ! Vous étiez mes parents et tout ce temps, je vivais dans une autre maison, chez des étrangers ?

– Écoute-moi bien, mon Joseph, j'ai pleuré, hurlé quand ils t'ont amené. Je n'étais pas maître de la situation. Si je n'avais pas été clouée au lit, je me serais sauvée en pleine nuit et j'aurais pris le bord de la ville avec mon bébé dans les bras. On t'a enlevé à moi. Une seule chose m'a consolée. C'était le fait de te savoir chez du bon monde et qu'à quelques maisons plus loin, Maman veillait sur toi. Maman me disait tout en secret. Tu sais comme c'est du tricoté serré entre Chévaudier et Brien ?

Joseph regardait ses larmes couler sous la mantille noire et il ne ressentait aucune compassion pour cette femme qui se disait sa mère.

Charlotte lui expliqua la domination à laquelle les filles-mères étaient assujetties.

– Après notre mariage, chaque soir sur l'oreiller, ton père et moi nous causions de toi avant de nous endormir. À ta première communion, à ta confirmation, nous assistions en étrangers. Te rappelles-tu de nous ? Tu ne sentais pas un lien quelconque ? Nous nous demandions chaque fois si tu nous remarquais.

– Oui, je me souviens. Vous portiez toujours une robe tablier beige avec des fleurs olive ; une robe qui ressemblait à l'été.

Son fils l'avait remarquée. L'an dernier encore, elle portait cette vieille robe ample qui dissimulait son ventre rebondi, parce que chez elle, chaque année apportait une nouvelle grossesse.

Charlotte sourit tendrement. Joseph continuait :

– Mais pour moi, vous étiez des étrangers.

Charlotte ravala. Son sourire s'effaça.

– Nous t'aimions à distance, en silence. Tu as toujours manqué à notre bonheur. Tu ne peux pas deviner le déchirement qu'un cœur de mère peut supporter à vivre loin de son enfant.

Son exposé fini, Charlotte renonça à lui avouer qu'elle vivait maigrement. Elle l'invita à la maison et l'encouragea à rencontrer ses frères et sœurs.

– J'aimerais que tu reviennes à la maison, vivre chez toi, avec tes frères et sœurs que tu ne connais pas. Tu serais le chef de famille.

– J'ai déjà ma propre maison et des responsabilités plein les bras dont je dois m'acquitter. J'ai une autre famille.

En entendant ces derniers mots, Charlotte sentit monter des larmes qu'elle refoula discrètement. Elle sentait un fossé infranchissable se creuser entre elle et son fils. Il était plus Brien que Chévaudier. Joseph cherchait-il intentionnellement à la blesser ou à se revancher d'une mère qui l'avait abandonné ? Il devait lui en vouloir pour toutes ces années passées loin d'elle.

– Je tiens à ce que tu te sentes chez toi à la maison. Tu pourras venir aussi souvent que le cœur t'en dira.

– Je viendrai le dimanche.

Joseph s'en retourna sans l'embrasser.

Sur le chemin du retour, il ne cessait de ruminer : « Charlotte Chévaudier. Comment n'ai-je pas deviné ? Blandine, ma marraine, est ma grand-mère. Charlotte et Aurèle Lorion, que je considérais comme des étrangers, étaient mes parents. Dire que j'aurais pu vivre avec eux, dans la même maison, avec mes vrais frères et sœurs, ma vraie famille. »

Sur le chemin du retour, Joseph avait le temps de réfléchir, d'analyser les états d'âme de sa mère : ses peines, ses sourires, son affection.

Cette réalité le bouleversait. Lui qui se croyait un Brien pur sang.

* * *

La saison des récoltes débutait. Joseph se leva tôt et se débarrassa de son train. Il se rendit ensuite chez Charlotte chercher ses frères jumeaux âgés de douze ans pour l'aider aux champs.

Sa mère le reçut, pâle comme un drap. Sa voix commençait à donner des signes de déprime. Elle s'étiolait. Peut-être était-ce la perte de son mari qui la minait ou peut-être manquait-elle d'air et d'exercice entre les quatre murs de son logis ? Elle n'allait pas mourir elle aussi et laisser des petits orphelins ?

— Maman, êtes-vous malade ?

Pour la première fois, Joseph la nommait maman et pour la première fois, il s'inquiétait de son état de santé.

— J'ai des embêtements.

Il y avait comme un embarras dans son gosier.

— Quelle sorte d'embêtements ?

— Je n'ai plus de quoi nourrir les petits, Joseph. Je suis fauchée. J'ai eu beau dépenser au compte-gouttes, fendre les cennes en quatre, quand y en a plus, y en a plus ! Je dois trois mois de loyer. Le propriétaire parle de nous chasser. Il va me falloir passer de porte en porte et tendre la main. C'est ça ou on meurt tous de faim.

Elle retroussa son tablier pour essuyer ses yeux.

Joseph lui portait un grand intérêt. Il n'avait jamais fait face à des problèmes d'argent, mais il se souvenait qu'un jour, Olivier avait donné des poules à une autre veuve qui demeurait sur le coteau et madame Geneviève lui avait fait porter de la nourriture.

À son tour, Joseph se sentait responsable et ça lui donnait une importance que sa mère s'en remette à lui. Avant, on le traitait comme s'il s'agissait d'un gamin.

– Mendier ? Jamais ! Du moins, pas tant que je serai en vie. Mon père ne me le pardonnerait pas. Je vais voir si je peux faire quelque chose pour vous. Je vais parler aux Brien et je reviendrai ce soir.

– Parler de quoi, Joseph ?

– Peut-être faire travailler mes frères pour qu'ils gagnent le pain de la famille.

– À qui appartient la ferme ?

– À Raymond, mais elle sera à moi à ma majorité. Raymond a dit : « Ma parole est sacrée. Tu peux y faire ce que tu veux tant que tu prendras soin des vieux et que tu respecteras leur rente. »

– Les Brien savent que tu es mon fils ?

– Oui, j'en ai parlé à Madame Geneviève, mais je sentais une gêne ou un scrupule de sa part. Elle cherchait à éviter le sujet. Elle a fini par dire qu'elle s'en est toujours doutée et que ce serait la raison pour laquelle ils m'ont gardé. Et puis elle a ajouté : « Ne parle de cette histoire à personne. Ce serait à toi que tu ferais le plus grand tort. Les gens sont sans indulgence quand il s'agit de l'honneur. »

– C'est vrai ce que tu me dis là ? Ils savaient et ne disaient rien ? Ces Brien sont de braves gens. Et cette ferme, c'est tout un cadeau ! Maintenant, il faut que tu te montres digne de leur confiance.

– Avant, je subissais les événements, j'attendais rien de la vie. Je ne voulais ni m'attacher, ni m'arracher à cette famille. Ailleurs, je n'aurais peut-être pas eu mon hangar. Mais là, avec la terre, c'est comme si ma vie s'éveillait en sursaut. Je prends la peine de penser. J'ai des ambitions. Si vous voulez, ce soir, en ramenant les garçons, on reparlera tranquillement de tout ça. Il faut que j'aille, le travail m'attend.

Charlotte enfonça ses doigts dans les mèches rebelles de son fils. Elle respirait plus à l'aise.

– Tu es un bon fils, mon Joseph !

* * *

L'attente de Charlotte se prolongea, pénible, anxieuse, jusqu'à la brunante. Elle était certes impatiente de recevoir des nouvelles encourageantes, mais le fait de revoir son Joseph lui plaisait davantage. Elle se sentait si seule. Elle avait maintenant quelqu'un, une oreille à qui confier tout ce qui touchait sa petite famille. Et pourtant, elle s'en voulait d'accabler son fils avec ses problèmes ; il était si jeune.

Entre chien et loup, Joseph ramena les jumeaux épuisés. Il leur conseilla d'aller au lit.

– Demain matin, je reviendrai vous chercher et je veux des gars en forme.

Charlotte lui approcha une chaise tout contre la sienne.

– Quoi de neuf, là-bas ?

– Avec l'ouvrage qui pousse dans le dos, je n'ai pas eu le temps de parler. Demain, je vais essayer de trouver quelques minutes. Ces choses-là ne se règlent pas à la légère. Il faudra laisser un certain temps de réflexion aux Brien. Vous savez, les vieux ont plus l'âge des décisions et le moindre changement les préoccupe au point de les empêcher de dormir. J'imagine qu'ils vont demander l'opinion de leurs enfants, ceux-ci ont l'habitude de venir les visiter chaque dimanche.

Joseph vit les yeux de sa mère s'embuer. Allait-elle pleurer ? Il espérait que non. Il n'aurait pas su consoler une femme.

– Si tu savais comme je me sens encombrante. Je sais que je t'entraîne dans une affaire difficile. Il faut être ben mal prise pour demander à son enfant de jouer le rôle de père de famille. Mais quoiqu'il arrive, Joseph, je suis contente que tu démontres de la bonne volonté et surtout que tu me rendes visite.

Joseph ne savait que répondre. Sa mère avait raison ; c'était tout un problème, mais il fallait bien nourrir les petits.

– Dans ton jardin, tu ne trouverais pas quelques tomates moins belles pour nous ? Au pis aller, des vertes ; je pourrais les laisser mûrir dans la fenêtre.

– Depuis la mort d'Olivier, le jardin s'en retourne. Monsieur Brien le néglige. Mais pour parer au plus pressant, je vais vous payer la journée de travail des jumeaux. Vous vous arrangerez avec eux. Moi, je dois partir. Je compte les heures qui me restent à dormir avant de reprendre le collier.

Là-dessus, Joseph prit congé de sa mère.

S'il gardait ses frères à coucher, il s'exempterait chaque jour de deux allers et retours au village, ce qui permettrait aux chevaux de se reposer, mais il ne se décidait pas. Ce voiturage lui permettait de connaître mieux ses frères et de bavarder agréablement avec sa mère.

XXIX

Depuis des mois, les enfants Brien cherchaient à sortir leurs parents de la petite maison de pierre. Ils en parlaient souvent entre eux. Louis-Michel et Geneviève s'alimentaient mal. Ils étaient en train de s'enterrer vivants depuis le départ d'Olivier. Vivre parmi leurs petits-enfants les distrairait et leur ferait sans doute grand bien.

Comme Louis-Michel avait déjà refusé de suivre Raymond à Saint-Henri, les enfants devaient se montrer délicats à leur égard, ne pas les bousculer ni les inquiéter. Partir serait un gros changement pour des gens qui avaient passé leur vie dans la même maison.

Ce dimanche, les enfants Brien se réunissaient à la petite maison de pierre pour un conseil de famille. Ils espéraient régler la question de leurs parents une fois pour toutes.

Chévaudier était bien curieux de savoir ce qui se tramerait là, mais Marie lui demanda gentiment de les laisser. Elle ajouta tout bas :

– Je te raconterai tout. Surtout, ne viens pas écornifler ce qui se dira.

Marie l'écartait de la famille et il lui en voulait.

– J'ai affaire au village, dit-il, amer.

* * *

Dans la cuisine, c'était le silence total. Raymond regardait Jean-Baptiste qui regardait par terre. Marie se leva et offrit des carrés de sucre à la crème. Peut-être arriverait-elle à délier les langues.

Finalement, Jean-Baptiste offrit à ses parents de les prendre chez lui, mais encore une fois, Louis-Michel refusa net.

— J'ai ma maison, ici.

— Votre maison, s'emportait Sophie, parlez-en de votre maison. Si vous voulez mourir dedans, ce ne sera pas long, croyez-moi. Restez-y, si vous y tenez tant ! Ces derniers mois, vous vous lamentiez que vous n'aviez plus de visite. Elle n'est pas ben invitante votre maison. Elle a l'air d'un sépulcre.

Marie adressa un regard de reproches à Sophie. Sa sœur n'allait pas les défier ; c'était un non-sens. Leur but consistait à aider les parents et non à causer des divisions de famille. Elle ajouta d'un ton mielleux :

— C'est aux parents de décider. Ils ont encore toute leur tête. S'ils préfèrent rester ici, les choses continueront comme avant.

À son tour, Raymond insistait :

— Vous ne vous voyez pas, le père ? Vous dépérissez à vue d'œil tous les deux. Vous ne mangez presque rien. Chez Jean-Batiste, Blanche vous mijoterait de bonnes soupes et des bouillis de légumes. Vous savez comme elle a le tour de cuisiner. Et puis sortir de cette maison sombre vous ferait du bien.

– Et vous, maman, qu'est-ce que vous en pensez? reprit Isabelle. Sophie a un peu raison, la maison aurait besoin d'un bon ménage, tout s'en retourne ici dedans et vous n'avez plus l'âge de frotter. Vous voyez-vous à quatre pattes à laver votre plancher? Laissez-vous donc gâter un peu.

Tout le temps de l'entretien, Geneviève n'avait pas desserré les lèvres. Elle se décida à parler.

– Je suis ben prête à aller demeurer chez Jean-Baptiste, mais seulement pour essayer. Avec la rente, on paiera pension, comme ça on se sentira chez nous. Nous, les vieilles gens, on a nos petites manies qui risquent d'agacer les jeunes et qui, à la longue, peuvent taper sur les nerfs. Si par cas, ça ne marche pas, on reviendra. Les engagements resteront les mêmes pour le petit Joseph.

Marie se demandait si son père était d'accord avec la décision de sa mère. Elle détestait infliger cette contrainte à son père. Ces derniers mois, il avait fondu; il avait l'air d'un oiseau déplumé.

– Mais vous, papa?

Curieusement, celui-ci, le vieux regard usé, ne protestait pas. Est-ce qu'on lui laissait le choix? Il se résignait obligatoirement. Sur cette terre passée de père en fils, Louis-Michel s'était saigné aux quatre veines pour faire vivre sa famille et maintenant, cette même famille tournait le dos à la terre qui l'avait nourrie. Une grosse larme glissa sur sa joue fripée. Bien sûr qu'il suivrait sa femme là où elle le désirait. L'amitié de ces deux vieux était unie dans un commun besoin d'assistance.

Marie était bouleversée.

— Et si vous y alliez par étapes, quelques jours de temps à autre pour essayer et vous faire lentement une idée ?

— Que votre mère décide !

— Aller et revenir ? reprit Geneviève. On ferait ça combien de temps ? Je ne me sentirais nulle part chez nous. Je préfère m'installer chez Jean-Baptiste et si ça ne marche pas, on reviendra ; notre maison sera toujours là. Si votre père a une meilleure idée, je m'y conformerai.

* * *

Les filles se donnèrent la semaine pour préparer le départ. Marie menait les opérations d'une main de maître.

— Qu'est-ce que je fais de votre belle vaisselle, maman ?

— Je l'apporte. Je ne suis pas pour la laisser à des étrangers. Je vais tout donner à Blanche, qui a la bonté de nous accueillir chez elle.

— Moi, je prendrais ben votre sucrier, votre pot à crème en cristal et votre théière en cuivre. Vous me les donnez ?

— Prends ! Ce sera en récompense pour ton aide. Et toi, Isabelle, je te donne ma coutellerie en étain ciselé. Et Sophie aura ma nappe blanche et mes serviettes de table brodées au point de Richelieu.

Sophie, occupée à remplir une malle de linge de corps dans la chambre de ses parents, entendait leur entretien. Elle s'écria :

— Oh oui, maman ! Je n'osais pas vous les demander, mais je la reluquai. Vous vous rendez compte. C'est tout un cadeau que vous me faites là ! Elle est aussi belle qu'une nappe d'autel.

– Avant, je veux que tu me promettes d'en prendre ben soin. Tu sais comme je la ménageais ? Je m'en suis servie seulement aux baptêmes de mes enfants, aux noces de mes filles et à l'ordination de Thélis.

– Ne craignez pas maman.

Geneviève se leva et ouvrit un tiroir du buffet où elle conservait les lingeries anciennes.

Marie intervint dans le but de ménager ses forces.

– Assoyez-vous, maman, et contentez-vous de nous regarder empaqueter. Vous voyez, je range vos balles de laine et vos aiguilles à tricoter dans le grand sac brun. Chez Blanche, vous allez avoir du temps pour le tricotage de chaussons pour toute la famille. Et vous, papa, vous serez à cinq minutes du village de Saint-Jacques ; vous pourrez aller faire votre petit tour chaque jour au magasin général si le cœur vous en dit.

Avec tout ce remueménage, la vie de Louis-Michel et Geneviève se rallumait. L'heure du souper approchait. Marie tassa les boîtes, débarrassa la table de mille petits objets que Geneviève s'entêtait à apporter. Elle déposa la casserole de bouilli devant les assiettes, puis elle enjamba les malles.

– Bon, moi, j'y vais ! Couchez-vous pas trop tard. Demain matin on charge la charrette et hop !

– Vous feriez peut-être mieux de coucher ici, demain, vous seriez déjà sur place.

– Il y a les enfants et les maris qui nous attendent à la maison.

Les filles quittèrent la maison à reculons. Elles trouvaient triste de voir leurs parents vieillir et devenir à ce point dépendants de leurs enfants. L'an dernier encore, ils étaient autonomes. Maintenant, comment Louis-Michel et Geneviève vivraient-ils leur départ de la petite maison de pierre ?

* * *

La charrette, bondée de boîtes et de monde, patientait près des marches. Tout le temps des préparatifs, Chévaudier s'était tenu à l'écart, mais juste avant le départ, le garçon s'approcha de l'attelage. Louis-Michel attendait, assis sur la banquette avant. Cet homme qui autrefois ne changeait rien à ses habitudes, vivait ce jour-là un grand chambardement.

Le petit Joseph s'approcha de l'attelage, enleva son chapeau de paille en signe de respect et d'une main leste, il rabattit son toupet et s'adressa aux vieux :

— Je veux vous remercier pour m'avoir accueilli chez vous et aussi pour tout le reste. Vous serez toujours les bienvenus dans cette maison. Après avoir vécu ici comme votre fils, je vous recevrai à mon tour, quand bon vous plaira, comme mes parents.

Louis-Michel tourna la tête pour dissimuler son émotion.

Geneviève ajouta :

— Ça va, ça va, mais je te défends ben de parler d'héritage à qui que ce soit.

— Pourquoi ça ?

— Ça ne regarde personne et ça risquerait des problèmes. Où il y a de l'argent, il se trouve toujours des intéressés, et pour toi, ce serait le commencement de la merde. Ça ne va pas ben comme c'est là?

– Je ne parlerai pas. Je voulais juste vous démontrer un peu de reconnaissance pour m'avoir élevé.

– Ça va! Bonne chance!

La charrette à peine partie, le vieil homme se retourna et dessina de grands saluts de la main. Puis il marmonna pour lui seul: «On reviendra, c'est sûr.»

Chévaudier, resté sur le bord du chemin, se sentait un homme.

XXX

À deux portes des Brien, chez les Perreault, après le décès de Domitille, Rose n'était plus la toute-puissante d'autrefois. Les joies de l'âme et du corps n'existaient plus chez elle; tout était mort avec Domitille.

Le soir, dans l'ombre de leur chambre, Joseph lui échappait en esprit. Il restait sans bouger, faisant croire qu'il dormait, mais il gardait les yeux ouverts. Rose savait à quoi il pensait et elle se sentait impuissante devant sa détresse. Le lendemain de ces soirs, il était sombre et triste et rien ne pouvait l'arracher à son abattement. À son tour, il s'échappait et la laissait seule, comme ses enfants et ses voisins que le malheur tenait à l'écart. Ces derniers n'auraient rien su leur dire. Mais Joseph, son Joseph, avait-il perdu foi en elle? Tous ces mots, qu'elle ne disait pas, tamponnés au fond de sa gorge, ne demandaient qu'à se libérer, mais ils n'intéressaient personne, pas même son mari.

Parfois, le dimanche au confessionnal, Rose disait au curé:

– Amenez-le avec vous, parlez-lui, distrayez-le, sinon il va couler.

C'était lourd chez eux. Joseph s'évadait de la maison, de la ferme, de sa femme, de ses enfants. Joseph, autrefois si énergique, s'en allait, le pas appesanti par la tristesse. Il fuyait au village retrouver son curé et causait avec lui pendant des heures. Il parlait de son foyer, de sa femme, de Domitille. Il se rendait ensuite au cimetière, perdu en plein champ, où des petites croix blanches veillaient leurs morts.

Rose attendait péniblement son retour. Elle le guettait et sentait toute la douleur qu'il ressentait et qu'elle-même faisait tout pour étouffer. Suite à toutes ses visites au curé, l'atmosphère restait lourde, rien ne changeait

Rose sentait bien qu'il fallait parler à cœur ouvert avec Joseph pour n'avoir ensuite rien de dissimulé entre eux. N'est-on pas plus fort à deux devant l'épreuve? Ils versaient pourtant les mêmes larmes, mais chacun de leur côté. Leur silence était en train de tuer les liens qui les unissaient. Il fallait sauver leur dernière chance de s'aimer et vivre encore pour ceux qui restaient. Mais les mots ne sortaient pas; comment parler quand on se sent étranglée parce qu'on a le cadavre de sa fille en travers de la gorge?

Quand Rose, fatiguée de lutter pour réincarner le foyer, cessa tout effort et se laissa aller, ses nerfs cédèrent et elle tomba à son tour dans le plus affreux marasme. Suivit le dégoût de la vie, le désespoir, la solitude.

Leur bonheur avait duré plus de vingt ans et, avec le départ de Domitille, en quelques mois seulement, il avait baissé comme une chandelle sur le point de s'éteindre.

Ce fut Aurélie qui les sauva de l'enlisement dans lequel ils s'enfonçaient.

Aurélie et Aglaé ne s'attendaient plus à ce que le bonheur refleurisse dans leur maison. Les fillettes étaient assez matures pour comprendre que Domitille ne reviendrait jamais et que leurs parents mouraient de tristesse. Ces derniers temps, les filles préféraient l'étable à la maison où, avec leurs frères, elles pouvaient s'évader, s'égayer et rire un peu. Elles allaient parfois pêcher sur la rive.

* * *

Le train terminé, Médard et Daniel détachèrent les vaches. Les Perreault en possédaient seulement trois pour les besoins de la famille.

Les garçons quittaient l'étable. Ces grands gaillards avaient toujours l'estomac dans les talons. Le bouilli de légumes devait les attendre sur la table. C'était chaque fois à qui des deux arriverait le premier à la maison. Daniel l'emporta par deux pas.

Les garçons se poussaillaient gaillardement, tout en savonnant leurs mains, puis aussitôt leur joie s'éteignait par respect pour leurs parents atterrés par le deuil de Domitille. Elle n'était pas drôle cette maison muette où le rire semblait interdit. La tristesse de la cuisine étouffait même les odeurs de pains chauds.

Rose, le visage décomposé, déposait machinalement un couteau et une fourchette à côté de chaque assiette.

Daniel la regardait se dessécher. Le garçon, en pleine jeunesse, n'en pouvait plus de supporter cette atmosphère lugubre.

Là-bas, à l'étable, Joseph, resté seul, abreuvait les chevaux avant de les lâcher au grand air. Puis il s'amenait à son tour avec l'intention de calmer sa faim.

Comme il marchait vers la maison, il entendit Aglaé qui s'époumonait à crier, à appeler à l'aide.

— Papa ! Maman ! Aurélie est tombée à la rivière. Aurélie est en train de se noyer.

Joseph ne savait pas nager. Il cria aux garçons qui accoururent aussitôt sur les lieux. Les garçons n'avaient qu'une idée en tête, ramener la petite vivante coûte que coûte. Domitille partie, c'était déjà trop.

— Là ! là ! montrait Aglaé, qui trépignait des pieds et des mains, les yeux fixés à l'endroit précis où sa petite sœur venait de disparaître.

Joseph, les jambes coupées, la poussa sans ménagement.

— Cours vite chercher du secours chez les Brien.

Daniel plongea à l'eau tout habillé. D'abord, il ne vit pas l'enfant. Puis au bout d'un moment, le petit corps refit surface.

À son tour, Médard se précipita à l'eau. Joseph criait, les yeux exorbités de terreur :

— Elle est là !…là ! Regarde sa main.

Daniel se dirigea vers elle, mais à peine un moment et la petite main disparaissait de nouveau sous l'eau.

Raymond Brien, alors en visite d'affaires chez Chévaudier, s'amena en courant.

Sur la rive, Joseph hurlait comme un fou.

Raymond saisit Joseph Perreault par les épaules et le secoua violemment.

— Vous, dit-il, fermez-la ! C'est mauvais de crier comme ça. On va vous la ramener votre fille, l'assura Raymond encore tout essoufflé. Allez plutôt chercher une couverture de laine à la maison.

Daniel était épuisé. Il eut à peine le temps d'apercevoir sa petite sœur qu'elle disparut de nouveau.

Raymond Brien saisit une épave éventrée et vide qui traînait sur la rive et il s'avança dans l'eau.

– Sors de là, Daniel, t'es vidé. Chévaudier et moi, on va prendre la relève.

Daniel n'obéit pas. Quelle rage le menait? Il avait sans doute à se revancher d'une autre mort qui avait anéanti les siens. Chaque fois que la tête de la fillette émergeait de l'eau pour respirer, elle piquait aussitôt comme une pierre.

Sur la rive, Rose, les pieds cloués sur place, était muette de stupeur. Ses traits étaient bouleversés par la peur et le sang se figeait dans ses veines. Sans doute craignait-elle un autre coup du sort pour ne pas s'approcher plus avant? Soudain, une prière courte et désespérée jaillit de ses lèvres: «Domitille, je t'en prie, sauve-la.»

Aglaé lui décrivait l'accident en pleurant:

– Aurélie pêchait près de l'eau et, tout à coup, j'ai entendu «flouc!» et elle n'était plus là.

Finalement, Daniel repêcha Aurélie. Il échoua sur la rive avec dans ses bras sa petite sœur, sans connaissance, molle comme un chiffon. Il la déposa sur le sol et, vidé de ses forces, il alla échouer quelques pas plus loin.

Raymond retourna Aurélie, lui agita les bras et lui donna des petits coups dans le dos. Puis il pratiqua la respiration artificielle sur l'enfant.

Joseph approchait avec une couverture de laine sous le bras. Il s'accroupit près de la fillette, attendant un changement.

– Continue, Raymond, lâche pas, hein!

Médard prit la relève. Joseph craignait que les garçons se lassent et abandonnent la partie. Il fallait continuer, donner toutes les chances de survie à la petite. Joseph tentait de les encourager, mais le temps passait et rien ne se produisait. À son tour, Daniel, oubliant son épuisement, s'agenouilla près de l'enfant et lui administra le bouche-à-bouche. Soudain, Aurélie toussa et rejeta l'eau avalée, puis toussa encore. Daniel crut sentir la respiration de l'enfant monter et descendre comme une vague. Il resta le visage suspendu au-dessus du sien, prêt, au besoin, à reprendre la réanimation.

– Ouf! elle respire par elle-même.

Mais Daniel restait là à surveiller la fillette afin que son souffle ne s'éteigne pas de nouveau.

– Enfin! On l'a!

Son sauvetage réussi, Daniel se mit à rire, un rire absurde, houleux, convulsif qui se changea en sanglots. Il se jeta la face contre terre et se laissa aller à pleurer. Sa tension nerveuse relâchait à la suite de l'effort intense.

Le corps d'Aurélie était secoué de tremblements. Joseph l'enroula bien serrée dans la couverture de laine.

Raymond Brien s'en allait à grands pas, incapable de supporter davantage la triste scène, mais tout de même très content. Il avisa sans se retourner:

– Je vais chercher le docteur. Ce sera plus prudent de faire examiner la petite.

Rose tremblait et ceux qui se trouvaient là remarquèrent que ses dents claquaient quand elle remercia les sauveteurs. Elle se pencha sur l'enfant et la serra contre elle. Depuis combien de temps elle n'avait pas tenu quelqu'un dans ses bras ? un siècle ? De grands sanglots secouaient ses épaules.

Médard regardait la scène. Il crut que c'était mauvais pour la petite d'entendre sa mère pleurer quand elle-même venait de passer à un doigt de la mort. Il retira Aurélie des bras de Rose et invita celle-ci à le suivre.

– Venez tout de suite lui enlever ses vêtements mouillés. Une bonne friction, des vêtements secs et une tasse de lait bien chaud la ravigoteront.

Joseph Perreault se rendit à l'étable. Il n'avait pas à être aux bâtiments, son train était terminé. Daniel le trouva, les coudes sur une stalle, la tête appuyée sur ses mains croisées. Il poussait des gémissements étouffés. Daniel le laissa se vider de ses émotions et sortit sans bruit.

* * *

Au coucher, Rose entendit sa petite souris trottiner dans l'escalier. Suite au décès de Domitille, pas une fois Aurélie n'était revenue dans le grand lit.

Cette fois, elle restait debout près de sa mère et poussait son bras.

– Maman, Aglaé arrête pas de pleurer.

Aussitôt, Rose sauta du lit, prit la main d'Aurélie et monta retrouver Aglaé. Joseph suivit, quelques marches derrière elles. À deux, ils ne seraient pas de trop pour consoler et rassurer les filles. Aglaé aussi avait sa réaction. La fillette venait de passer à un cheveu de perdre la seule sœur qui lui restait.

Cet accident fut un choc bénéfique qui secoua les parents, qui leur fit prendre conscience qu'ils avaient encore cinq enfants qui avaient besoin d'eux, qui réclamaient leur attention et leur droit de vivre heureux. Depuis des mois, Rose et Joseph vivaient concentrés sur la douleur causée par la perte de Domitille et ils en avaient oublié le reste de leur famille.

Ce jour-là, Médard et Daniel s'étaient donnés corps et âme dans le but de sauver leur petite sœur. Et voilà qu'Aglaé souffrait d'affreux cauchemars. Si les enfants avaient tellement paniqué au sujet d'Aurélie, comme ils avaient dû souffrir en silence du départ de Domitille. Tous avaient vécu la tragédie en silence, seuls dans leur coin, comme des oubliés. Rose s'en voulait. Se pouvait-il qu'elle ait été à ce point aveugle pendant cinq longs mois ?

Rose traversa à la chambre des garçons et, même si ceux-ci semblaient dormir, elle déposa un baiser maternel sur leur front, serra leur poignet et leur dit : « Merci pour Aurélie, » et elle ajouta plus bas : « et pardon pour vous avoir négligés pendant tous ces mois. »

La vie reprit chez les Perreault avec, bien sûr, le grand vide que Domitille avait creusé dans leur âme ; mais le soir, Joseph et Rose pouvaient enfin parler de leur deuil et vanter entre eux chaque prouesse de leurs enfants.

La famille se relevait enfin de son malheur.

Ce soir-là, au coucher, Rose se leva pour revenir avec une boîte de biscuits au gingembre. Et Joseph donna un coup de pied sur la porte de chambre. Ils oublièrent et la capote anglaise, et la continence.

XXXI

Chévaudier n'attendait que le départ des Brien pour rentrer chez lui. Toutefois, il se donna un peu de temps afin de ne pas paraître réjoui de se débarrasser des vieux. Il entra dans une maison presque vide. Dans la cuisine régnait un silence de mort. Il ne restait que le gros poêle en fonte noir, la huche à pain et la longue table. Le buffet et les huit chaises à capucine[4] avaient disparu, ce qui faisait paraître la pièce plus vaste. Joseph se rendit à la chambre où, dans un espace de neuf pieds sur dix, se perdait un chiffonnier. Le grand lit manquait. Le petit salon était resté intact avec ses deux couchettes et sa commode.

Le plus grand vide que ressentait le petit Joseph était dans son cœur. Madame Brien, l'âme du foyer, celle sur qui il pouvait compter, n'était plus là. Et avec elle, tant de choses s'étaient volatilisées. Heureusement, elle avait laissé la berceuse sans bras où tout jeune, les petites mains retenues au siège, le petit Joseph avait pratiqué son équilibre. Puis il se ressaisit. La ferme, le bétail et ce qui restait dans cette maison lui appartenaient presque, parce que plus personne ne voulait plus y vivre ; c'était déjà beaucoup pour un enfant trouvé. Pour la première

---

4. Forme de cette fleur chantournée dans les dossiers des chaises.

fois de sa vie, le petit Joseph se sentait propriétaire de quelque chose. Une ferme, ce n'était pas rien.

* * *

Un matin, Chévaudier, sur le point de monter aux champs, aperçut un attelage au loin. Le menton appuyé sur son manche de pioche, il attendit. Plus près, Chévaudier reconnut la jument rouge des Roberge. C'était Marie, l'aînée des Brien. Elle venait chez lui à coup sûr. Mais qu'est-ce qu'elle pouvait bien lui vouloir? Peut-être venait-elle chercher des meubles regrettés. Il s'approcha du chemin.

— De la belle visite qui s'amène à matin. On peut dire que vous ne donnez pas de vos nouvelles souvent.

— Je suis justement venue pour ça. Si tu veux attacher ma bête au poteau.

— Entre un moment! On va jaser en dedans.

Marie le précéda et, sitôt entrée dans la demeure de son enfance, son regard fit un tour rapide des lieux. Les plus grandes joies de sa vie étaient reliées à cette maison.

— Comme c'est bon de se retrouver chez soi! Oh pardon! Ce n'est plus chez moi.

— Vous serez toujours chez vous ici. Comment vont monsieur Louis-Michel et madame Geneviève?

— Plutôt bien. Là-bas, il y a de la vie plein la maison. Les parents n'ont plus le temps de ruminer leur malheur et puis, ils adorent les enfants de Jean-Baptiste. C'est un peu comme s'ils retrouvaient Olivier dans chacun d'eux. Blanche leur sert une bonne nourriture. À leur arrivée, le beurre, les œufs et le vinaigre étaient déjà sortis et elle était en train de préparer une sauce à la poulette.

— Eh ben, tant mieux! Ici, ils étaient en train de s'enterrer vivants.

— Et toi? Es-tu à la veille de nous annoncer ton mariage? Joseph rit aux éclats.

— Jamais de la vie! J'ai juste seize ans, l'âge de ton Michel. Mais je peux te dire un secret. J'ai une fille en tête.

— Aglaé Perreault? Ce n'est pas un secret. Tout le monde sait ça.

Joseph sourit.

— Ma famille est dans le besoin. J'ai l'intention de la prendre en charge. Dans quelques jours, les miens vont venir habiter ici.

— C'est une grosse responsabilité, mais c'est un beau geste de ta part.

Marie approuvait sa décision. Ce serait une bonne chose que Charlotte partage le quotidien de son fils. Le petit Joseph y gagnerait au change. Elle se leva et Joseph la suivit à l'extérieur.

— Je t'inviterai, Joseph, un de ces dimanches. On reparlera de tout ça.

— J'y serai, crois-moi!

Chévaudier détacha la bête. Il se sentait heureux et il ne savait pas pourquoi.

* * *

Deux semaines plus tard, Chévaudier attela un gros cheval de trait à la voiture et mena son attelage vers le village. Il revint avec une charretée de meubles et d'effets qui composaient tout un ménage.

En entrant dans la petite maison de pierre, Charlotte ressentit une espèce d'extase. Son regard allait et venait autour des pièces presque vides. Elle imaginait ses chaises, sa glacière, un buffet. Et puis, comme par magie, toutes ses inquiétudes tombaient. Ici, il y aurait du pain plein la huche. Elle ouvrit toutes grandes les fenêtres et attacha les rideaux avec des bouts de laine, en attendant mieux, pour faire pénétrer le soleil. Les garçons entassèrent tous les meubles dans la cuisine avant de choisir un endroit pour chacun.

Joseph se réserva la chambre principale, la plus proche de la cuisine. C'était, disait-il, sa maison et lui le maître. Il voyait plus loin, le petit Joseph. Aglaé Perreault ne lui déplaisait pas. Depuis qu'il avait la ferme, il abordait Aglaé comme si elle eut été une femme. Il lui disait : « Que vous êtes jolie ! » et ses yeux devenaient encore plus bleus. Mais il n'osait pas en parler à Charlotte. Celle-ci craindrait de voir entrer une femme dans la maison quand elle avait encore toute une smala d'enfants sur les bras. Il s'accorderait un certain temps afin de mieux connaître sa nouvelle famille.

Le travail poussait. Dans la débandade bruyante, toutes les portes étaient restées ouvertes au vent du large. Il fallait s'organiser pour trouver un lit à chacun avant la nuit. Joseph donnait les consignes. Ça le flattait d'avoir autorité sur quelqu'un.

— Les jumeaux coucheront en haut et les filles avec vous dans la deuxième chambre, à moins que vous préfériez le petit salon.

Charlotte obéissait. Elle était bonne la Charlotte. Elle ne levait pas le ton et n'opposait jamais de résistance. Elle donnait de l'importance à Joseph, comme s'il était de l'or en barre. Elle se pâmait devant lui. C'était une femme économe, prévoyante, regardante même. Elle parlait déjà d'élever des poules avec les restes de table. Elle avait hâte de semer, sarcler, biner, récolter. À l'automne, elle ferait sécher les fines herbes et préparerait les confitures de fruits et les conserves de légumes, comme avant le départ de son mari.

Elle riait, chantait et apportait de la joie et du soleil dans la demeure, hier encore, croupissante de tristesse.

ÉPILOGUE

Le soir venu, alors que les enfants s'ébattaient comme des poussins dans la cour de l'étable, Joseph et sa mère sortirent prendre le frais dans la grosse balançoire. La température était exquise, la brise tombée et le soleil couchant éclairait de rose la devanture de la maison.

Joseph s'arrêta de bercer, regarda sa mère et la trouva jolie. Elle avait le même sourire que sa marraine.

— Maman, j'ai tant de choses à vous dire que je sais plus où commencer. Les Brien m'ont toujours bien traité. Chaque départ m'a fait l'effet d'un coup bas, Olivier surtout.

Joseph avait le regard noyé, la bouche pleine de salive. Quand est-ce qu'il s'était confié ainsi à quelqu'un, qu'il avait mis ses sentiments à nu ? Cet entretien laissait Charlotte mélancolique, jusqu'à la faire souffrir dans sa chair. Soudain, Joseph vit la détresse sur le visage de sa mère. Il se ressaisit.

— Tout a bien tourné pour moi. Finalement, la vie me gâte.

Il se redressa, le corps bien raide, comme s'il portait un corset de fer.

— Je deviendrai riche.

— Mais, tu es riche, Joseph !

– Vous savez ben que mes fonds de poches sont vides.

Il passait son temps à chasser les maringouins de sa main.

– Peut-être, mais tu ne manques de rien. L'argent ne fait pas le bonheur.

Le soleil tirait sa révérence.

Charlotte allait se lever.

– Le serein tombe, le banc est humide. Si on rentrait ?

Joseph l'en empêcha. Il tira sa manche et Charlotte retomba assise sur la banquette.

– Non maman, restez! Voulez-vous que j'aille vous chercher une petite laine pour jeter sur vos épaules ou ben que j'allume un feu de rondins ?

– Non! Il se fait un peu tard.

– Avant d'entrer, j'aimerais vous raconter une histoire que j'ai entendue pas moins de cent fois quand j'étais petit.

– Va donc! Il y a si longtemps que je n'ai pas entendu d'histoires.

Charlotte croisa ses bras et écouta.

– C'était un matin de l'été indien. En sortant pour son train, un homme trouva un panier sur le perron, là, tout près de la porte. Il le déposa sur la table devant sa femme. Celle-ci s'attendait à trouver une portée de chatons, mais surprise, elle aperçut un nouveau-né enveloppé dans une serviette. Pouvez-vous deviner qui c'était ?

Charlotte reculait dans le temps. On lui avait enlevé son enfant, sans lui laisser le temps de le regarder, de l'embrasser. Il fallait faire vite; déjà quelques étoiles s'éteignaient dans le ciel et il fallait déposer le nourrisson chez les Brien avant l'aurore.

Charlotte écoutait, des larmes plein les yeux.

– Oui, je sais, c'était toi, mon petit bébé, mon Joseph. La première fois que je t'ai vu, c'était à la messe du dimanche, assis sagement entre monsieur et madame Brien ; tu devais avoir quatre ans. Par la suite, nous avons loué le banc derrière les Brien. Je te voyais de dos avec tes frisettes sur le cou et ben planté sur tes jambes droites. Si tu savais combien de fois je t'ai embrassé à distance. J'étais jalouse des Brien qui t'élevaient. Tu m'appartenais. Je ne me lassais pas de t'admirer. Je me disais : « Cesse de le regarder, Charlotte Lorion, tout le monde va deviner que tu es sa mère », mais c'était plus fort que moi ; je ne pouvais détacher mon regard de ce beau petit garçon qui me déchirait les entrailles.

Charlotte ravalait. Puis elle fixa son fils d'un air grave.

– Si tu savais comme je devais me retenir pour ne pas t'arracher à eux.

Le garçon regarda sa mère avec une sorte de reconnaissance dans les yeux.

Charlotte lui adressa un sourire bienveillant.

– Tu ne sauras jamais à quel point je t'aime !

– Personne ne m'a jamais dit ça.

Les lucioles qui s'allumaient une à une comme des étoiles, le chant plaintif des grenouilles et les révélations de Charlotte ensorcelaient cette soirée douce.

Joseph appuya sa tête sur l'épaule de sa mère. Il n'avait plus de paroles en bouche, rien que, sur son visage, cet air de bonheur si grand qu'il vous étrangle. Pour la première fois de sa vie, Joseph versait une larme. Charlotte ressentait une paix dans son être, une paix qui ressemblait à un pardon. Aussi émue que si elle venait de lui redonner la vie, elle ouvrit les bras et n'eut qu'un mot, le plus beau, le plus grand, le plus vrai:

– Mon fils!

FIN

Raymond Brien a refait sa vie dans le quartier Saint-Henri où il a élevé une famille nombreuse.

NOTE DE L'AUTEURE

L'affaire Brien est une histoire vécue. Un drame de famille qui s'est greffé à vif sur un drame d'amour. Mais comme ma plume d'écolière n'est pas très familière avec le drame, il m'a fallu transiger avec elle.

Chévaudier, un enfant abandonné à la porte des Brien, prend la vedette avec son nez fourré partout.

Les lieux et les noms des personnages sont réels.

Mes pas m'ont menée sur le sol même où Olivier Brien a vécu sa courte vie. J'ai interrogé la terre sous mes pieds et le silence m'a répondu qu'on ne saura jamais qui a tué la petite Perreault.

J'aime croire que ce n'est pas toi, Olivier, parce que tout en écrivant ce roman, je me suis attachée aux honorables familles Brien et Perreault. Je t'ai porté dans mon cœur pendant douze mois afin de te redonner un nouveau souffle de vie. Avec toi, ma main a tremblé ; avec ta mère, mon cœur a saigné ; avec Domitille, martyre innocente, j'ai agonisé ; avec Raymond, je me suis révoltée.

Cent soixante-cinq ans plus tard, Olivier, tu es de nouveau appelé à la barre. Je me cite comme greffier. Cette fois, les jurés seront mes milliers de lecteurs, et en français s'il vous plaît ! Ensuite, chacun sera son propre juge. Que les jurés prennent leur siège !

BIBLIOGRAPHIE

Bizier, Hélène-Andrée. *La Petite histoire du crime au Québec*, Montréal, Libre Expression, 1983.

Gagnon, Gilbert. *Jean-Baptiste Bruguier dit Bélair, 1734-1820 : quelques pages de l'histoire de L'Assomption et du Régiment de LaSarre*, L'Assomption, Société Jacques-DeGeay, 2006, 437 p.

Provencher, Jean. *Les quatre saisons de la vallée du Saint-Laurent*, Montréal, Boréal, 1996, 603 p.

Tessier, Marcel. *Marcel Tessier raconte : chroniques d'histoire*, Montréal, Éditions de l'Homme, 2000, 277 p.

Histoire de L'Assomption, Christian Roy, édité par la commission des fêtes du 250e de l'Assomption.

Journal *La Minerve*

Archives juridiques du palais de justice de Montréal.

Je me suis ensuite documentée à la grande bibliothèque de Montréal, au journal *La Minerve*, aux archives juridiques de Montréal et à la Société de généalogie de L'Assomption.

Ce roman est fondé sur des documents authentiques.

J'ai respecté scrupuleusement les noms des personnages et tout ce qui se rapporte au meurtre.

Olivier, ayant été jugé à la diable, je laisse au lecteur le loisir de tirer sa propre conclusion.

LETTRE DE L'AUTEURE

J'ai lu quelque part : « Nous vivons dans un monde où presque tout s'oublie, mais il reste un chaînon qui relie ciel et terre et les gens de là-haut regardent ceux d'ici-bas. »

Je m'appelle Micheline, mais mon père, lui, y m'a toujours appelée Mi-che-li-ne. J'haïs assez ça !

Y me forçait à aider sur la ferme et aux champs. Moi, je boudais. J'avais peur pis dédain des animaux pis des vers à tabac. Ma mère a m'a dit : « La petite bête mange pas la grosse. » J'y ai dit : « Je le sais ben ; c'est la grosse qui veut pas manger la petite. »

Mes parents m'ont dit : « Tu veux pas travailler ; d'abord, tu vas aller au couvent, pensionnaire. » Mais la classe, moi, j'haïs ça ! Je leur ai dit : « Vous pourriez au moins me payer pour l'aide aux champs ! » Là, ma mère m'a fait comprendre qu'on doit pas travailler pour l'argent. C'est là que m'est venue l'idée d'écrire.

D'abord, j'étais forte en français... En anglais, un gros zéro. Au cours d'anglais j'étais assise derrière le tuyau de poêle.

Pis j'ai eu l'âge de courtiser. J'ai demandé à maman comment on fait ça. Elle m'a dit : « Ce soir, cache-toi

derrière la porte du salon et regarde ta sœur et son chum.»
J'ai pensé que son chum était sourd-muet parce qu'il parlait juste avec ses mains.

Ma mère m'a dit : «Le meilleur chemin pour avoir un
homme, c'est son estomac.» C'est drôle, moi, le soir d'avant
j'avais trouvé un raccourci.

Enfin, je me suis mariée. Dans ma famille, tout le monde
se marie dans la parenté : papa a marié maman, mon oncle
ma tante, mon grand-père ma grand-mère. Moi, j'ai dit à
maman : «Je vais marier un homme intéressant qui va
connaître la musique, chanter et rester à la maison.» Maman
m'a dit : «C'est pas un mari que tu veux, c'est une télévision.
Tu t'arrangeras pour trouver un bon gars.»

Comme si tout le monde n'avait pas un bon fond. Tout
le monde est bon. Il y a les bons diables et les bons à rien.
Moi, j'aimais mieux un bon diable.

J'avais trois théories sur la manière d'élever des enfants.
Aujourd'hui, j'ai trois enfants et plus de théories.

Je me souviens quand ma fille est née, elle ressemblait
à une chinoise avec ses cheveux raides pis ses yeux taillés
en amandes. Moi, je la trouvais assez belle! Tout le
monde me disait : «Tu vas voir, elle va changer. Un nouveau-né ça change de jour en jour.» Mais personne me
disait si elle changerait en mieux ou en pire. Elle a
changé… en mieux. Ouf!

Ensuite, j'ai eu un garçon. Les infirmières me disaient :
«C'est le plus beau bébé de la pouponnière.» Celui-là, j'ai
eu peur qu'il change.

Il a changé… tout en longueur.

Finalement, j'ai eu une autre fille qui ressemblait à la première comme deux gouttes d'eau. Elle aussi a changé… en mieux. Tout le monde me dit qu'elle a de la classe. Moi, la classe, j'ai toujours haï ça !

Les enfants partis de la maison, je me suis mise à écrire, à raconter tout ce qui me passait par la tête. Je trouvais que c'était une façon de parler à ceux qui m'écoutent pas quand je parle.

Puis, un jour, j'ai dû prendre un lousse parce que je me suis cassé un bras. Maman m'a demandé comment c'était arrivé. J'y ai dit : « Vous voyez l'escalier, là ? Ben moi, je l'ai pas vu ! »

Pis là, je me suis mise à sauter. Maman m'a demandé : « Qu'est-ce qui te prend de sauter comme ça ? » Je lui ai dit : « Vous voyez, le docteur m'a donné des médicaments pour la douleur. Il m'a dit d'en prendre un une journée pis de sauter l'autre. »

Puis, avec le temps, j'ai pris de l'âge. J'ai pensé : aussi ben écrire que vieillir ! Après un roman, c'est un autre. Je viens de terminer mon sixième, *L'affaire Brien*.

Messieurs, Dames,
Micheline Dalpé

REMERCIEMENTS

Je tiens à remercier Claudine Mercier, pardon! *Jocelyne Thouin*, pour sa présentation artistique. Par pur hasard, Jocelyne, amie de mes enfants Jean et Élaine, habite la petite maison de pierre des Brien où ont vécu les personnages réels de ce roman. Aujourd'hui, la maison agrandie est devenue une très belle résidence où on a pris soin de conserver le style d'autrefois et les beaux murs de pierre. Merci d'être là, Jocelyne. Tu vois, tu t'en es bien fait pour rien.

Merci à **M. Marcel Blanchard**. Sans lui, ce livre n'existerait pas. C'est lui qui a semé le germe, in vitro, bien sûr, dans mon esprit. Monsieur Blanchard, je peux enfin vous dire : mission accomplie.

Merci à **Estelle Brisson** (archiviste au Palais de Justice de Montréal) que je ne connais que de voix. Au nom de mes cousines Dalpé, mariées à ses cousins Brisson, elle m'a gracieusement fourni les comptes rendus du procès verbal d'Olivier Brien.

Merci à **Jacques Raynaud** pour une documentation indispensable qui m'a permis de situer les lieux dans leur décor évocateur, ainsi que les personnages qui ont côtoyé les familles Brien et Perreault.

Merci à **Richard Laurin** de Québec. Richard est traducteur de profession. Si j'ai eu recours à lui c'est que, dans le temps, la cour d'Assises était de juridiction anglaise. Merci aussi à ses parents, **Marc et Ninette**, qui ont servi d'intermédiaires. Je rêve d'un jour prochain où Richard prendra sa retraite. Ce jour-là on parlera sérieusement de traduire mes romans en langue anglaise.

Merci à **Jocelyn Paquin**. Jocelyn, comme un Fred Pellerin, me raconte des petites anecdotes intéressantes et vécues, qui ajoutent du piquant à la vie de mes personnages. Ils deviennent des ajouts indispensables. Je les glisse là où me manque parfois un fait essentiel.

Merci à mon fils, **Jean**. Celui-là, je le dérange pour tous mes problèmes informatiques. Je le sais, Jean, que c'est chaque fois entre la chaise et l'écran que réside le problème, mais que veux-tu ! J'ai besoin de t'appeler pour que tu me le répètes. Merci pour les fournitures : écran, imprimante, etc.

Merci à **Sonia Dalpé** qui, par ses visites ou téléphones, sait si bien nous sortir de nos ignorances en fait de logiciel.

Merci à **Suzanne Benny**, ma lectrice-correctrice-critique qui ne veut pas être nommée. Malheureusement, je ne peux la laisser dans l'ombre. Elle s'en donne telle-ment pour mes romans.

Toujours disponible, sans compter son temps, même dans les plus tragiques moments de sa vie, comme au décès de son mari et lorsque son fils a été bêtement brûlé. Elle était là, vive, généreuse, dévouée. Elle n'hésitait pas à relire maintes fois mes manuscrits. Suzanne est plus efficace que certains correcteurs professionnels qui, par le passé, m'ont déçue.

Merci à mon mari, toujours prêt à m'épauler pour la mise en page et tout ce qui touche la fabrication du livre, la publicité, les déplacements. Tout autant que moi, *Irénée* travaille dans l'ombre. Merci, aussi, pour tout ce temps sacrifié à mon travail d'auteure.

Finalement, merci à mes *lecteurs* assidus, qui me per-mettent de vivre la belle aventure de l'écriture et d'entretenir le feu de cette passion qui me dévore. Sachez que vous êtes absolument indispensables à ma production littéraire.

Tous ces *gens*, cités ci-haut, m'ont apporté un soutien purement gratuit. Je leur garde toute ma reconnaissance.